DREAMSPINNER
PRESS

Veröffentlicht von
DREAMSPINNER PRESS

5032 Capital Circle SW, Suite 2, PMB# 279, Tallahassee, FL 32305-7886 USA
www.dreamspinnerpress.com

Missbraucht
Urheberrecht der deutschen Ausgabe © 2017 Dreamspinner Press.
Originaltitel: Violated
Urheberrecht © 2015 Jamie Fessenden.
Original Erstausgabe. August 2015
Übersetzt von Nora Lys.

Umschlagillustration
© 2015 L.C. Chase.
http://www.lcchase.com
Die Illustrationen auf dem Einband bzw. Titelseite werden nur für darstellerische Zwecke genutzt. Jede abgebildete Person ist ein Model.

Deutsche ISBN. 978-1-64080-018-2
Deutsche eBook Ausgabe. 978-1-64080-019-9
Deutsche Erstausgabe. September 2017
v 1.0

Gedruckt in den Vereinigten Staaten von Amerika.

MISSBRAUCHT

JAMIE FESSENDEN

Für Stacia

Danksagung

Mein Dank geht an: Stacia, Cody Kennedy, B.A. Brock, Eli Easton und Brandilyn Carpenter. Sie haben mich auf einer meiner schwierigsten Reisen als Autor begleitet. Im letzten Jahr mussten sie viele spätabendliche Gespräche ertragen, weil ich verzweifelt oder unsicher war.

ANMERKUNG

MANCHMAL KOMMT einem Autor der Gedanke zu einer Geschichte, die ihm nicht mehr aus dem Kopf geht. Vor über einem Jahr hatte ich plötzlich die Geschichte von einem Mann im Kopf, dessen bisheriges Leben durch seine Vergewaltigung zerstört wird. Ich war mir jedoch nicht sicher, ob ich qualifiziert genug wäre, darüber zu schreiben. Es ist ein grauenvolles Thema, das ich sehr ernst nehme. Die Geschichte musste jedoch erzählt werden und so schrieb ich sie, mit der Hilfe vieler Freunde, einiger Beta-Leser und mehrerer Besuche der örtlichen Polizeiwache. Bei der Vorgehensweise der Polizei habe ich mir einige Freiheiten erlaubt, damit Russ zur richtigen Zeit agieren konnte. Ich hoffe jedoch, dass das Ergebnis trotzdem das gleiche und es eine gute Geschichte ist.

Warnung: Dieses Buch enthält Szenen, die Opfer von sexueller Gewalt verstören können.

1

DIE HINTERE Veranda des Hauses am See besaß eine Fliegengittertür, durch die man auf eine große Holzterrasse gelangte. Von dort führten kleine Stufen auf einen Steg, von dem man auf einen großen, von Kiefern umsäumten See blickte. Zwischen die Kiefern schmiegten sich kleine Häuser. Derek Sawyer trat hinaus in die warme Morgenluft und genoss den würzigen Duft der Kiefern und den erstaunlich frischen Geruch von feuchtem Schlamm. Irgendetwas hier brachte ihn dazu, sich zu entspannen und runterzukommen, umhüllte ihn wie eine weiche Decke. In dem Moment, in dem er das Haus zum ersten Mal gesehen hatte, war ihm klar, dass er es haben wollte.

Sein Hund drängte an ihm vorbei zum Ende der Terrasse, abwägend, ob ihre kurzen, arthritischen Beine in der Lage wären, es die Stufen hinunter zu schaffen.

„Gracie!“ Derek hörte seinen Verlobten von drinnen rufen und seufzte. Tim würde den Hund natürlich nicht holen kommen – er rief lieber nur nach ihr. *Das ist die Strafe, wenn man sich in einen Katzenfreund verliebt.*

„Alles in Ordnung“, rief Derek ins dunkle Innere des Hauses. „Ich passe auf sie auf.“

„Gut.“

Er ging zum Ende der Terrasse, setzte sich auf die Stufen und streichelte mit der rechten Hand Gracies Hals. Die alte Mischlingshündin lehnte sich an ihn, schloss die Augen und seufzte zufrieden. „Was meinst du? Ist das ein schöner Platz?“

Es war ein wenig zu spät, seine Meinung zu ändern. Derek und Tim hatten die letzten Papiere gestern unterschrieben. Im Moment war Tim zusammen mit der Maklerin in der Hütte, sortierte die Schlüssel, die die Vorbesitzer ihnen überlassen hatten, und vergewisserte sich, dass keine unerfreulichen Überraschungen in den Wandschränken zurückgelassen worden waren.

Das Haus gehörte ihnen.

Es war ein Luxus, vor allem, da sie nicht das ganze Jahr über hier wohnen würden. Derek hatte sich jedoch solange er denken konnte nach einem Haus am See gesehnt. Nach einem Platz, an dem er die frische Luft tief einatmen, sich nachts vor einem Feuer entspannen und vielleicht sogar angeln konnte …

Als dann eine Kollegin am Schwarzen Brett der Firma einen Aushang mit dem reduzierten Verkaufspreis gemacht hatte, hatte er Tim praktisch gezwungen, sich das Haus am Wochenende gemeinsam anzusehen. Tim war nicht sonderlich beeindruckt gewesen, doch für Derek war es perfekt – es ähnelte so sehr dem Haus, in dem er als Junge mit seinem Vater Urlaub gemacht hatte. Und sie konnten sich die Hypothek leisten. Da es sich bereits so lange auf dem Markt befand, hatte die Eigentümerin einem Verkauf unter Wert zugestimmt.

„Ist es eine Bruchbude?", hatte Tim skeptisch wissen wollen.

„Nein", hatte ihnen die Maklerin versichert. „Aber im Moment kauft niemand. Nicht in dieser Gegend. Zurzeit halten die meisten Menschen ein Sommerhaus für reinen Luxus."

Die Sachverständigen und der Bankgutachter hatten keine Probleme gesehen und so hatte Derek Tim schließlich überredet. Sie besaßen immer noch ihre Eigentumswohnung in der Stadt, doch vielleicht würden sie diese irgendwann gegen ein dauerhaftes Heim eintauschen. Jetzt aber hatten sie erst einmal ein Sommerhaus.

„Max! Nein! Komm' her!"

Derek blieb keine Zeit, herauszufinden, wer da rief. Gracie spannte sich kurz an, als auch schon ein sehr großer und sehr nasser Deutscher Schäferhund die Stufen vom Steg hinaufgerannt kam. Derek hatte nicht einmal mitbekommen, wie er aus dem Wasser gesprungen war, so sehr war er in Gedanken versunken gewesen. Der Hund war offensichtlich freundlich, sein Maul zu einem albernen Grinsen geöffnet, sein Schwanz wild wedelnd. Daher war Derek lediglich leicht überrascht, als das Tier auf ihn kletterte und ihm einen feuchten Kuss aufs Kinn gab. Gracie schien nicht sehr begeistert über den Überfall zu sein, doch sie neigte auch nicht dazu, andere Hunde anzuknurren. Sie sah einfach nur verärgert aus.

Eine Sekunde später schüttelte sich der Schäferhund und verspritzte überall Wassertropfen.

„Max! Hierhin, *sofort*!" Die männliche Stimme erscholl hinter Derek, sodass Max sich zwischen Gracie und ihrem Herrchen hindurchzwängte. Dabei verteilte er noch mehr Schmutz auf Dereks T-Shirt und hinterließ matschige Pfotenabdrücke auf der Holzterrasse.

Derek drehte sich um und erblickte einen gut gebauten Mann mit kurzem, braunem Haar, der sich hinkniete, um den Schäferhund am Halsband festzuhalten. Der Mann blickte auf, unter verärgert zusammengezogenen Brauen waren überraschend himmelblaue Augen zu sehen. „Es tut mir wirklich leid! Er war so aufgeregt, weil er jemanden auf der Terrasse gesehen hat, und ist weggelaufen." Er schnaufte leicht, als ob er gerannt wäre.

Derek stand auf und unternahm einen vergeblichen Versuch, den Dreck von seinem Hemd zu reiben. Dann gab er auf und streckte dem Besucher die Hand entgegen. „Schon in Ordnung. Das bisschen Schmutz werde ich überleben. Ich bin Derek."

„Russ", erwiderte der Mann und ergriff die angebotene Hand mit einem warmen Lächeln. „Ich wohne in dem Haus dahinten." Er deutete auf die andere Seite der Terrasse, von wo sich ein Pfad durch die Sträucher auf dem Hügel wand. In kurzer Entfernung war unter Kiefern ein Haus zu erkennen, das dem glich, was Derek gerade gekauft hatte.

Max versuchte sich aus Russ' Griff zu winden, seine Aufmerksamkeit galt jetzt Gracie. Es schien keinerlei Bosheit in dem Deutschen Schäferhund zu stecken – lediglich Neugier – aber Gracie war lediglich halb so groß und ein wenig zu alt für Raufereien.

Sie versteckte sich halb hinter Dereks Beinen und beobachtete den größeren Hund ängstlich.

„Tut mir leid", sagte Russ abermals. „Wir waren am Steg, als er euch gesehen hat und ins Wasser gesprungen ist. Ich musste den Pfad hinaufrennen, um ihn abzufangen."

Da Russ mit der Hand am Halsband nicht entspannt stehen konnte, kniete sich Derek hin und hielt dem Hund seine Hand entgegen, damit dieser daran schnüffeln konnte. Das übersprang Max jedoch und begann sofort, ihm durchs Gesicht zu lecken.

„Max!" Russ versuchte, den Hund wegzuziehen, doch Derek lachte nur und kraulte Max hinter den Ohren.

„Du bist ja ein ganz freundlicher! So ein feiner Hund!" Gracie schien zu realisieren, dass Max trotz seiner Hyperaktivität keine große Gefahr darstellte. Eifersüchtig stieß sie ihn mit ihrer Nase an, um auch einige Streicheleinheiten abzubekommen. Derek streichelte ausgiebig ihren Kopf.

„Wer ist dein neuer Freund?" Tims Stimme durchdrang die exzessiven Zuneigungsbekundungen der Hunde. Derek blickte zur Küchentür und sah dort seinen Verlobten mit vor dem Oberkörper verschränkten Armen am Türrahmen lehnen. Er lächelte, doch Derek kannte diesen Gesichtsausdruck. Die Frage bezog sich nicht auf Max – Tim wollte wissen, wer der attraktive Mann war, mit dem Derek sprach.

„Hallo Schatz." Derek versuchte einen Streit abzuwenden, obwohl er wusste, es wäre sinnlos. Tim würde vor Russ oder der Maklerin keinen Streit anfangen. Er würde warten, bis sie beide alleine wären. „Das ist Russ. Er wohnt im Haus nebenan."

„Nett, dich kennenzulernen. Ich bin Tim, Dereks Verlobter."

Russ war nicht dumm. Derek war klar, dass er Tims frostigen Unterton sofort bemerkt hatte. Der Mann lächelte unbehaglich, erhob sich und griff wieder nach Max' Halsband. „Schön, dich kennenzulernen." Er blickte kurz zu Derek. „Ich sollte jetzt gehen. Man sieht sich bestimmt mal wieder."

Max ungeschickt hinter sich herziehend ging er den Pfad zu seinem Haus hinauf und hinterließ ein unangenehmes Schweigen zwischen Derek und Tim. Derek hasste es, wenn Tim das tat, wenn er den eifersüchtigen Partner heraushängen ließ und das vor Leuten, die nicht das Geringste getan hatten.

Mürrisch stand er auf. Tim drehte sich um und ging wortlos in das Haus zurück. Derek folgte ihm. Die Gelassenheit des Morgens war verdorben. Er hielt Gracie die Tür offen und hörte, wie Tim der Maklerin zumurmelte: „Wir scheinen einen sehr freundlichen Nachbarn zu haben."

„Oh, der Mann gerade?“ Sie schien die Spannung gar nicht zu bemerken. „Ist er nicht attraktiv?“

„Ja.“

„Ich habe gehört, er ist Polizist.“

„Na“, erwiderte Tim in völlig gelangweiltem Tonfall, „hoffentlich sorgt er dann für Sicherheit in der Nachbarschaft.“

STELL' DIR vor, ein attraktiver, schwuler Mann zieht ins Nachbarhaus ein ... und es stellt sich heraus, dass er verlobt ist. Russ Thomas hatte immer Pech mit den Männern. Warum sollte es dieses Mal auch anders sein. Für einen Moment schien Derek der perfekte Mann gewesen zu sein – groß und kräftig, mit kurzem, blondem Haar, grauen Augen und einem überraschend zarten, sinnlichen Mund. Außerdem mochte er Hunde.

Aber er war verlobt. Russ hatte noch nie einen verheirateten Mann angebaggert und er würde jetzt auch nicht damit anfangen.

„Vielen Dank auch, Kumpel“, brummte er, während er Max die Seitentür aufhielt und der Hund ins Haus lief. „Wenn du mich schon vor einem hübschen Kerl blamieren musst, kannst du dann nicht wenigstens einen nehmen, der nicht vergeben ist?“

Max ignorierte ihn und sprang auf die Couch.

„Oh, wunderbar. Jetzt muss ich das nachher abwischen.“

Max bellte ihn ungeduldig an und er wurde weich. „Na gut. Ich mache den Grill an. Aber du bekommst kein Steak, du Schlingel. Für dich gibt es nur einen Burger und Schluss.“

Die Androhung dieser harten „Bestrafung“ schien keine große Wirkung zu haben. Max hechelte ihn lediglich zufrieden an und wedelte mit seinem feuchten Schwanz gegen eins der Sofakissen.

Während er das Fleisch aus dem Kühlschrank nahm, dachte er über Dereks Verlobten nach, wie auch immer er hieß – den Namen hatte er bereits wieder vergessen. Der Kerl sah auf eine zurückhaltende Art gut aus. Er war ziemlich dünn und trug eine Brille. Er war nicht wirklich Russ‘ Typ, doch er war durchaus attraktiv.

Aber Himmel! Dieser Blick!

Mit Sicherheit würde Russ in nächster Zeit keine Einladung zum Scrabblespielen bekommen.

2

DURCH DEN vierten Juli, der auf den Freitag fiel, war das nächste Wochenende ein langes. Dereks Mutter lebte zwar noch, doch sie hatten keinen Kontakt mehr. Tims Familie lebte in Michigan. Victor, Dereks bester Freund und Manager bei Top Circle Security, hatte sie eingeladen, den Tag gemeinsam zu verbringen. Da er und Tim sich jedoch hassten, hatte Derek keine Lust, an dem Tag Tims beißende Attacken gegenüber Victor und dessen kaum harmlosere Beleidigungen Tim gegenüber ertragen zu müssen.

Also blieben nur Derek und Tim, um sich das Feuerwerk anzusehen, falls sie Lust dazu haben sollten. Die hatten sie jedoch meistens nicht. Rockford, New Hampshire, war zu klein für ein eigenes Feuerwerk, und obwohl das Feuerwerk in Manchester manchmal durchaus eindrucksvoll war, war es doch nicht immer den Umstand wert, dafür auf der Rückfahrt den Stau aus der Stadt hinaus auf sich zu nehmen.

„Lass‘ uns das Wochenende im Haus am See verbringen“, schlug Derek vor. „Wir können Steaks oder Hamburger mitnehmen. Das wird toll.“

Tim schien nicht so begeistert zu sein. „Wir brauchen eine neue Matratze für das Bett. Ich werde nicht auf der alten Matratze von jemand anderem schlafen.“

Die Vorbesitzer hatten einige Einrichtungsgegenstände dagelassen. Derek hatte jedoch von Bettwanzen gelesen, die sich in Gegenständen – hauptsächlich in Kissen und Matratzen – von Garagenflohmärkten befanden, sodass er Tim keinen Vorwurf wegen dessen Vorsicht machen konnte.

„Wir kaufen eine neue Matratze.“

„Kein Geschäft wird eine Lieferung bis zum Wochenende garantieren.“

Das stellte sich als falsch heraus. Nachdem Derek fast jedes Matratzengeschäft im Umkreis von achtzig Kilometern angerufen hatte, fand er schließlich eins. Tim stimmte dem Plan zögernd zu.

Das bedeutete jedoch, dass er den ganzen Donnerstag im Haus am See verbringen musste, um auf die Lieferung zu warten, da Derek arbeiten musste. Das war allerdings nicht besonders schlimm, da er als technischer Redakteur meistens von zu Hause aus arbeitete.

Derek fiel der attraktive Nachbar ein und er war gefährlich kurz davor, einen Scherz zu machen in der Art, dass Tim nicht über die Stränge schlagen sollte, während er selbst arbeiten musste. Glücklicherweise konnte er die Bemerkung gerade noch rechtzeitig hinunterschlucken.

Derek fürchtete nicht im Geringsten, Tim könnte ihn betrügen, daher hätte er gut darüber scherzen können. Das Letzte, was er wollte, war jedoch, Tim daran zu erinnern, dass nebenan ein attraktiver Nachbar wohnte. Tims Eifersucht in Zaum zu halten, nahm allmählich seine gesamte Zeit in Anspruch.

RUSS KAM Donnerstagabend pünktlich zum Sonnenuntergang nach Hause und entdeckte das Auto auf dem Parkplatz. Vielleicht verbrachten sie das lange Wochenende am See. Der kurze Anflug von Begeisterung, den er bei dem Gedanken, am Wochenende mehr Gesellschaft als nur Max zu haben, verspürt hatte, wurde fast schlagartig von der Erinnerung an Tims kalten Blick zerstört. Selbst wenn Derek Lust auf ein Barbecue und abendliche Gespräche haben sollte, sein Freund – *Verlobter* – hätte das höchstwahrscheinlich nicht.

Russ verbannte den Gedanken aus seinem Kopf und ging den Pfad entlang zu seinem Haus. Dort wäre wenigstens Max, wenn auch sonst niemand, überglücklich, ihn zu sehen. Genauer gesagt war der Hund überglücklich, zum Pinkeln hinausgelassen zu werden. Danach schien er immerhin *glücklich* zu sein, Russ zu sehen. Noch glücklicher wurde er, als Russ ihm einen Napf voller Trockenfutter hinstellte.

Wenn Menschen doch auch so leicht zufriedenzustellen wären, dachte Russ.

Er hatte einen Fernseher und einen alten DVD-Player, aber keinen Kabelanschluss – eine bewusste Entscheidung, die er vor langer Zeit getroffen hatte. Daher nahm er seinen Kindle, holte sich ein Bier und ging wieder nach draußen. In einem der Liegestühle sitzend, betrachtete er aus der relativ insektenfreien Sicherheit seiner mit einem Fliegengitter umgebenen Veranda den Sonnenuntergang. Ab und zu blickte er nach unten und las ein paar Zeilen aus „*Die Gefährten*“.

Er hatte das Buch so oft gelesen, dass es keine Rolle spielte, welche Zeilen er las. Er kannte sie alle auswendig.

Als der Sonnenuntergang jedoch der Dämmerung wich, spürte Russ den Drang, etwas zu *tun*. Es wäre wahrscheinlich keine schlechte Idee, mit Max einen Spaziergang auf den Wegen rund um den See zu machen. Daher legte er das Buch und die leere Bierflasche zur Seite und erhob sich. Sofort sprang Max, der sich in seinem Hundekörbchen ausgestreckt hatte, auf, völlig munter und bereit für ein Abenteuer.

Sowohl Mann als auch Hund hielten kurz zum Pinkeln am Ende des Grundstücks und folgten dann einem der Trampelpfade zwischen den Kiefern hindurch. Es kam ihm wie eine zufällige Wahl vor, doch es dauerte nicht lange, bis Russ merkte, wo ihn seine Füße hinführten – zum Haus von Derek und Tim.

Er hatte zwar nicht geplant, dort hinzugehen, doch er war auch keineswegs überrascht, dort gelandet zu sein. Sie waren die einzigen Schwulen im näheren Umkreis. Auch wenn sie vergeben waren, wollte Russ doch versuchen, sich mit ihnen anzufreunden. Klar, Tim war nicht übermäßig freundlich gewesen, doch vielleicht musste er nur überzeugt werden. Ihm würde schließlich kein Zacken aus der Krone brechen, wenn er fragte, ob sie morgen Abend hier wären und er sie zum Barbecue einlud.

Als er näher kam, bemerkte er Licht im Haus und sah, wie sich drinnen jemand bewegte. Hoffentlich störte er nicht beim Abendessen, aber andererseits war es schon nach halb neun. Eigentlich müssten sie schon gegessen haben.

Er klopfte an die Tür und Tim öffnete mit verwirrtem Gesichtsausdruck.

„Oh! Hallo! Zu dieser Uhrzeit hatte ich niemanden erwartet."

Russ musste sein Knie gegen den Türrahmen drücken, um Max daran zu hindern, ins Haus zu stürmen. Dadurch befand er sich in einer ungünstigen Position, gelinde ausgedrückt. Er bedauerte seine Aktion bereits. „Tut mir leid. Ich habe das Licht gesehen und wollte Hallo sagen."

Dieses Mal schien Tim nicht verärgert zu sein. Er lächelte leicht und zuckte mit den Schultern. „Hallo. Ähm … Derek ist nicht hier, falls du zu ihm wolltest."

„Oh …" Max machte erneut einen Schritt nach vorne, als Dereks und Tims alter Mischling vorsichtig hinter Tims Beinen hervorschaute. „Max! Beruhig' dich! Tut mir leid, er versucht nur, nett zu sein."

Einen Moment lang sah Tim nachdenklich aus, dann lächelte er wieder. „Willst du nicht reinkommen? Derek müsste jede Minute hier sein."

„Äh … klar."

Als Tim einen Schritt zurücktrat, um die Tür weiter öffnen zu können, schlüpfte Max sofort zwischen Russ' Beinen hindurch ins Haus. Der stieß Tim fast aus dem Weg, um den Hund nachzueilen. Er hatte Angst, Max würde etwas Dummes tun, wie zum Beispiel Tims Hündin anfallen – hatte Derek eigentlich ihren Namen genannt? – oder das Bein an einem Möbelstück heben.

Warum habe ich nicht daran gedacht, die verdammte Leine mitzunehmen?

Tim gluckste und schloss die Tür. „Er steckt definitiv voller Energie."

Ganz zu schweigen von peinlichem und demütigendem Verhalten.

„Tut mir leid", entschuldigte sich Russ abermals. Max hatte den anderen Hund gegen eine Couch gedrängt, deren Polster komplett abgezogen waren. Die Hündin schien jedoch nicht in Bedrängnis zu sein. Die Tiere beschnüffelten sich lediglich gegenseitig, um sich kennenzulernen.

„Ich muss mich für die Einrichtung entschuldigen", bemerkte Tim, während er in die Kochnische ging. „Sie stammt noch vom Vorbesitzer und ich musste alle Polster entfernen." Russ stellte fest, dass nicht nur die Couch, sondern auch drei große Sessel bis auf die Rahmen abgezogen waren. „Du kannst dich in die Küche setzen, wenn du magst."

Er deutete auf die großen Hocker an der Bar.

Da die Hunde friedlich waren, ging Russ zur Bar und setzte sich. „Wie heißt dein Hund?"

Tim machte eine wegwerfende Handbewegung. „Es ist Dereks Hund. Gracie. Sie ist echt süß, aber ich bin eher ein Katzenfreund und das weiß sie. Wir kommen miteinander klar."

Russ blickte zu Gracie. Max verneigte sich gerade spielerisch vor ihr. Er senkte den Kopf und klopfte mit beiden Pfoten auf den Boden, hoffnungsvoll hechelnd, dass sie seine Einladung annehmen würde. Gracie schien jedoch unentschlossen zu sein. Sie war nicht wirklich ängstlich, doch Max war ein großer Hund mit maßloser Energie. Gracie war offensichtlich ein ruhigeres Leben gewohnt. Allerdings schien sie keine Hilfe zu benötigen. Russ wandte sich wieder seinem Gastgeber zu. „Woher kommt ihr?"

„Ich habe eine Eigentumswohnung in Portsmouth", antwortete Tim abwesend, während er den Kühlschrank öffnete, mit Frischhaltefolie bedeckte Schüsseln herausholte und sie auf die Bar stellte. Darin befanden sich Salate, Beilagen und ein Maisauflauf. „Als wir uns vor ein paar Jahren verlobt haben, ist Derek zu mir gezogen."

Er öffnete den Ofen. Eine Welle heißer Luft streifte Russ' Haut. Tim stellte den Auflauf hinein und schloss die Tür wieder.

„Habt ihr schon ein Datum festgelegt?", wollte Russ wissen.

Tim runzelte die Stirn. „Wir diskutieren ständig, wie die Feier aussehen soll. Ich hätte gerne ein großes, aufwendiges Fest mit unserer ganzen Familie und allen Freunden, zum Beispiel im Wentworth by the Sea oder dem Mount Washington Hotel." Wie Russ wusste, waren beides Hotels im viktorianischen Stil in New Hampshire, und wunderschön und sehr teuer. „Derek will es lieber kleiner halten", fuhr Tim fort. „Vielleicht ein paar Freunde und eine Feier in einem Bed and Breakfast irgendwo."

Russ erwiderte nichts, seiner Meinung nach war Dereks Vorstellung jedoch reizvoller. Ein idyllisches, kleines Bed and Breakfast auf dem Land und nur die engsten Freunde? Ja, er wäre für diesen Vorschlag. Nicht nur, weil es günstiger wäre, sondern weil es ebenso schön wie in einem noblen Hotel, jedoch tausendmal entspannter und ruhiger sein würde. Wenn er nur einen Mann zum Heiraten finden würde …

Oh Mann, dachte er. *Ich höre mich schon an wie ein unverheiratetes Mädchen in einem Fünfzigerjahre-Film, die sich danach sehnt, dass ihr Märchenprinz vorbeikommt.* Er konnte trotz des furchtbaren Klischees jedoch nicht leugnen, dass er einsam war. Vor ein paar Jahren hatte es noch nach einer guten Idee geklungen, ganz alleine hier draußen am See zu leben. Die Ruhe und Einsamkeit begannen jedoch an ihm zu nagen.

Plötzlich spitzten beide Hunde die Ohren und wandten ihre Köpfe in Richtung Eingang. Eine Sekunde später hörte Russ, wie ein Auto in die unbefestigte Auffahrt einbog. Die Tiere sprangen auf und rannten zur Tür.

„Da ist er schon!", stellte Tim fröhlich fest. „Oh, ich habe dich noch gar nicht gefragt. Ich wollte dich zum Abendessen einladen. Es gibt gegrilltes Hühnchen. Natürlich nur, falls du Hunger hast. Wahrscheinlich hast du schon gegessen?"

Russ hatte ein wenig Bedenken, sich aufzudrängen, fühlte sich jedoch verpflichtet, die Einladung anzunehmen. „Äh … klar. Das wäre toll." Er klopfte auf seine Hüfte und rief: „Max! Hierher!“ Das Letzte, was Derek brauchte, war ein weiterer Überfall von seinem Hund.

Glücklicherweise gehorchte Max dieses Mal. Zumindest mehr oder weniger. Er versuchte, sofort eine Kehrtwende zu machen und zurück zur Tür zu laufen, doch Russ griff schnell nach seinem Halsband.

Als Derek die Tür öffnete, senkte er automatisch den Blick, um nach Gracie zu suchen. „Da ist ja mein Mädchen!“, säuselte er und streichelte ihre Ohren, während sie aufgeregt mit dem Schwanz wedelte. Erst danach richtete er sich auf und sah zur Kochnische. Sein Blick fiel auf Derek, und er schien erschrocken zu sein. Er sah von Russ zu Tim und wieder zurück, beinahe schuldbewusst. „Hi.“

DEREK WAR auf den Anblick des in seiner Küche sitzenden Russ‘ nicht vorbereitet, ebenso wenig wie auf das warme Gefühl, das mit einem Mal unkontrollierbar in ihm aufstieg. Der Mann war attraktiv und bei ihrem ersten Treffen sehr sympathisch gewesen. Es war nicht Dereks Schuld, wenn sein Anblick etwas in ihm auslöste. Mit Sicherheit war es weit von Untreue entfernt. Trotzdem fühlte sich Derek schuldig. Er wurde das Gefühl nicht los, dass ihm eine Falle gestellt worden war – und Tim seine Reaktion auf ihren Gast hatte beobachten wollen.

So schnell er konnte, brachte er seine Geschichtszüge wieder unter Kontrolle. Die nagende Sorge, Tim könnte etwas gesehen haben, was seine Eifersucht weiter anheizte, blieb jedoch. Im Moment konnte er das nicht herausfinden. Das würde er später, wenn sie beide alleine wären.

Verdammt. Ich hasse diesen Mist.

„Hallo Süßer“, begrüßte ihn Tim herzlich. „Schau‘ mal, wer vorbeigekommen ist!“

„Hallo. Ähm … tut mir leid, wie war noch mal dein Name?“ Die Frage nach dem Namen war Quatsch, Derek hatte ihn nicht vergessen.

„Russ.“

„Ich bin Derek.“

Tim entfernte die Frischhaltefolie von einigen Schüsseln auf der Bar. „Ich hoffe, es ist in Ordnung, dass ich Russ zum Essen eingeladen habe.“

„Klar. Kein Problem.“ Derek bemerkte, dass die Tür immer noch offen stand, und schloss sie. Max, der sich gegen Russ‘ Griff wehrte und frustriert wimmerte, nutzte diesen Moment, riss sich los und schoss quer durch den Raum. Derek nutzte die Unterbrechung, lachte und hockte sich hin, um Max‘ am Hals zu kraulen. „Natürlich erinnere ich mich an dich, Max! Wie hätte ich dich vergessen können?“

Max‘ Antwort bestand aus freudigem Bellen.

Sollte Russ gekränkt sein, dass Derek seinen Namen vergessen hatte, so ließ er sich nichts anmerken. Er stand auf, um seinen Hund wieder unter Kontrolle zu bekommen und lächelte Derek verlegen an. „Ja, Max ist schon … einzigartig.“

Unglücklicherweise entstand dadurch eine Nähe zwischen ihnen, die Derek nach Möglichkeit vermeiden wollte. Der Duft von Russ' Aftershave gemischt mit einem Hauch von Schweiß stieg ihm in die Nase. Er verspürte das Verlangen, tief einzuatmen, widerstand dem jedoch. Ihm wurde klar, dass er Tim noch gar nicht geküsst hatte, also richtete er sich schnell auf und ging in die Küchenecke. Er küsste Tim direkt auf den Mund. Der kicherte und tat verlegen, weil sie Besuch hatten, doch Derek wusste, das war nur gespielt. Er mochte es, wenn sein Platz als Dereks Partner öffentlich bestätigt wurde.

„Kann ich dir helfen?", fragte Derek, als er den Kuss beendete.

„Du kannst das Hähnchen auf den Grill legen. Es liegt in einem Topf mit der Marinade im Kühlschrank."

SEIT DEREKS Ankunft empfand Russ den Abend als angenehmer, spürte jedoch eine gewisse Anspannung zwischen seinen Gastgebern. Lag das an ihm? Sein erster Eindruck an dem Abend auf der Terrasse war gewesen, dass Tim der eifersüchtige Typ war. Heute Abend schien anfangs alles in Ordnung gewesen zu sein. Inzwischen nahm Russ zwischen dem Lächeln und den Scherzen ein besitzergreifendes Verhalten wahr. Es lag an der Art, wie Tim sich zwischen Russ und Derek drängte. Es war nichts Offensichtliches – lediglich ein Kommentar oder ein Scherz, die Frage, ob noch jemand etwas trinken wolle oder die Art, wie er übereifrig abräumte, wann immer Russ und Derek zu freundschaftlich miteinander umgingen.

Das Essen war hervorragend. Tim hatte einen Salat mit drei verschiedenen Bohnensorten und einen griechischen Salat gemacht. Außerdem hatte er grüne Bohnen und Zucchini gegrillt und einen Mais-Käseauflauf zubereitet, der einfach köstlich war. Das in braunem Zucker, Sojasoße, Sesamöl und wer-weiß-was-noch marinierte Hähnchen war erstaunlich zart und saftig.

Es gab jedoch mehrere Momente voller unbehaglichen Schweigens. Russ wünschte schon fast, er wäre zu Hause geblieben.

Er konnte sehen, dass sich auch Derek nicht sehr wohl fühlte. Dessen Laune verschlechterte sich im Verlauf des Abends immer mehr, bis er schließlich in einem Liegestuhl saß, an seinem Bier nippte und kaum noch etwas sagte. Schließlich, als sie das Dessert gegessen hatten, ein traumhaftes Pfirsichsorbet, das Tim Anfang der Woche zubereitet und in einer Kühlbox hierhin transportiert hatte, sah Russ seine Chance zur Flucht.

„Das war fantastisch." Er stand auf. „Aber es wird langsam spät …"

Derek wurde bei dieser Bemerkung wieder munter. Er erhob sich und sah Russ mit einem fast entschuldigenden Blick an. „Es war schön, dich wiederzusehen, Russ." Er hob die rechte Hand wie zum Handschlag, schien sich dann jedoch eines Besseren zu entsinnen und nickte stattdessen.

Du lieber Himmel.

Russ hatte vorgehabt, sie am morgigen Feiertag zu sich einzuladen, doch jetzt besann er sich eines besseren. Das Letzte, was er brauchte, war noch mehr Zeit in der Mitte dieses kleinen Familiendramas zu verbringen. Da wäre er alleine mit einem Sixpack Bier besser dran.

Er nickte Tim zu, der auf einem Barhocker saß, den er nach draußen geholt hatte und immer noch den Rest seines Eis löffelte. „Danke für die Einladung. Du bist ein großartiger Koch."

Tim strahlte ihn an. „Vielen Dank. Jederzeit wieder."

Jaaah, dachte Russ. *Sicher*.

3

ALS OB das Abendessen letzte Nacht nicht demütigend genug gewesen wäre, führte Victors Auftauchen beim Frühstück am nächsten Morgen dazu, dass Derek kurz davor war, sich vom Steg zu stürzen. Es machte ihm nichts aus, sich mit Victor zu treffen. Seit der weiterführenden Schule waren sie beste Freunde und arbeiteten jetzt schon mehr als zehn Jahre zusammen. Genau genommen verdankte Derek seinen Job Victor. Victor war jedoch fast zwei Meter groß und besaß die Statur eines Quarterbacks. Er war hetero, verrückt nach Football und verbrachte nahezu seine gesamte Freizeit im Fitnessstudio. Unterschiedlicher hätten Tim und er gar nicht sein können. Fast seine gesamte Schulzeit hindurch hatte sich Victor Jungen wie Tim gegenüber wie ein Arschloch verhalten, was Tim genau wusste. Sie konnten einander nicht ausstehen.

Als er den Truck in die Einfahrt fahren hörte, sprang Derek von seinem Barhocker und schaute aus dem Fenster. „*Verdammt.* Es ist Victor."

„Hast du vor, dich noch anzuziehen, oder willst du dich gleich mit gespreizten Beinen auf den Boden legen?", wollte Tim wissen.

Derek war völlig nackt, da er stets so schlief und so früh am Morgen keinen Besuch erwartet hatte. Er warf Tim einen bösen Blick zu und ging ins Schlafzimmer, um sich ein Paar Shorts anzuziehen, mit einem Shirt gab er sich gar nicht erst ab.

Er kam gerade in den Hauptraum zurück, als Victor auch schon mit seinen riesigen Fäusten gegen die Fliegengittertür klopfte und sie dadurch zum Klappern brachte. Eine Antwort wartete er gar nicht erst ab, sondern kam einfach herein. „Hey! Wer möchte eine Flasche?" Er hielt ein Sixpack Bier in die Höhe.

„Um zehn Uhr morgens?", brummte Tim leise. Er saß in T-Shirt und Boxerhorts an der Bar und schien es nicht nötig zu finden, sich wegen Victor etwas anderes anzuziehen. Nicht, dass es für Victor eine Rolle spielte, was andere Kerle trugen. Derek und er sahen sich im Umkleideraum der Firma regelmäßig nackt – etwas, an das Derek Tim für gewöhnlich lieber nicht erinnerte.

„Was tust du verdammt noch mal hier?", fragte Derek atemlos, während er den Reißverschluss zuzog. Sein Tonfall war locker, er und Victor beschimpften sich ständig.

„Hey Kumpel! Bin ich rechtzeitig zum Frühstück gekommen?"

TIM UND Derek hatten an diesem Morgen noch keine zwei Wörter miteinander gewechselt. Sie waren beide immer noch verärgert wegen des Verhaltens des anderen bei Russ' Besuch. Derek war klar, dass der gesamte Abend ein Test gewesen war. Natürlich hatte er nichts Falsches getan. Tim hatte jedoch auf einen entlarvenden Gesichtsausdruck von ihm gewartet, wenn er Russ ansah oder auf eine zufällige Berührung, als er ihrem Gast einen Teller mit Maisauflauf reichte. Es war so verdammt kindisch.

Victors Besuch würde Tims Laune wahrscheinlich nicht bessern. Bei der Erwähnung von Frühstück erwachte jedoch sein Gastgeberinstinkt. Er stand auf und bereitete Victor ein großes Omelette, gebratenen Speck und gebutterten Toast zu. Sogar Kaffee bot er ihm an.

„Danke." Victor senkte seine Muskelmassen auf den Barhocker, den Derek geräumt hatte. Dieser knarrte bedenklich unter seinem Körpergewicht. „Aber ich hatte schon Kaffee. Ich trinke nur ein Bier."

Tim zog eine Schublade heraus und holte einen Flaschenöffner hervor, warf ihn jedoch zurück, als Victor die Flasche lässig mit den Zähnen öffnete. Tim schloss die Schublade und brummte: „Mein Leben ist zu einer Reality Show geworden."

„Also", Victor ignorierte ihn, „ich bin aus zwei Gründen hier, erstens, um mir den Ort mal anzusehen. Zweitens, ich will zwei Schwulen dabei zusehen, wie sie es miteinander treiben. Vielleicht macht es mich ja an."

Das war Victors Art von Humor. Wenn sie alleine waren, störte sich Derek nicht daran. Er ignorierte es einfach, wenn sich Victor wie ein Idiot benahm. Manchmal lachte er sogar darüber. Aber verdammt noch mal. Doch nicht vor Tim. Tims Mund stand offen. Er sah aus, als wäre er soeben Zeuge einer Massenkarambolage geworden.

„Verdammt, Victor", stöhnte Derek.

Angesichts seines derben Scherzes johlte Victor hysterisch los. Nachdem er sich wieder beruhigt hatte, nahm er einen Schluck aus seiner Bierflasche. „War doch nur ein Witz. Jack möchte, dass ich nächstes Wochenende nach Florida fahre." Jack war der Vizepräsident des Unternehmens und ging Victor auf die Nerven, seit Top Circle eine kleinere Sicherheitsfirma in Tampa übernommen hatte.

„Und?"

„Ich möchte, dass du mitkommst."

„Warum?"

Als ob jemand einen Schalter umgelegt hätte, verwandelte sich Victor von einem ungehobelten, kindischen Kerl in den Leiter einer fünfzig Mitarbeiter umfassenden IT-Abteilung. „Weil du der Teamleiter für den technischen Support bist und wir einschätzen wollen, ob die Mitarbeiter in der Supportabteilung ihre Arbeit gut machen, deshalb. Jack ist ein verdammter Geizhals, aber er ist bereit, die Reisekosten für zwei Leute zu übernehmen und du bist meine erste Wahl."

„Das klingt … langweilig."

„Ich habe mir gedacht, wenn ich schon leiden muss, dann kannst du das auch. Wir müssen uns übrigens ein Zimmer teilen."

„Wie romantisch", bemerkte Tim sarkastisch.

Derek presste die Zähne zusammen, ließ diese Bemerkung jedoch auf sich beruhen. Die Vorstellung, Tim könnte eifersüchtig auf Victor sein, war absolut lächerlich. Möglicherweise sagte er genau aus diesem Grund und ohne zu zögern: „Kein Problem“, nur um zu sehen, wie sich Tims Nasenflügel aufblähten.

„Klasse“, sagte Victor und nahm noch einen Bissen Omelette. Die Spannung zwischen seinen Gastgebern schien er gar nicht wahrzunehmen, Derek bezweifelte jedoch, dass er tatsächlich so ahnungslos war. Victor wäre nicht Manager geworden, wäre er ein totaler Dummkopf. Oft nahm er sich die Zeit, erst einmal zu beobachten, bevor er reagierte.

Tim hielt die Bratpfanne unter den Wasserhahn und murmelte: „Meine Meinung zählt wohl überhaupt nicht.“

„Das ist mein *Job*“, schnauzte Derek. „Haben wir nächstes Wochenende etwas vor, das ich vergessen habe?“

„Ich dachte, du wolltest das Haus renovieren?“

„Das eilt nicht. Dafür haben wir den ganzen Sommer lang Zeit.“

„Ok, vergiss‘ es einfach.“ Tim schmiss die Pfanne in das Spülbecken, dreckiges Wasser spritzte auf die Arbeitsplatte. Daran, dass er es nicht aufwischte, sah man, wie verärgert er war. Er drehte das Wasser aus und stürmte aus dem Zimmer. Eine Sekunde später wurde die Schlafzimmertür zugeknallt.

Derek seufzte und rieb sich die Schläfen. Ihm war klar; Tim erwartete, dass er zu ihm ging und sich entschuldigte. Doch Derek konnte einfach nicht, nicht jetzt. Er war selber stocksauer.

„Hör zu Kumpel“, begann Victor. Doch falls er dem noch irgendetwas hatte hinzufügen wollen, schien er es sich jetzt anders überlegt zu haben.

Es war nicht immer so gewesen. Bevor sie zusammengezogen waren, war Tim … *normal* gewesen.

„Komm.“ Derek nahm ein Bier aus dem Sixpack, das Victor auf die Bar gestellt hatte. „Nimm deinen Teller mit und lass uns auf die Terrasse gehen.“

WÄHREND DEREK und Victor mit der friedlich zwischen ihnen schlafenden Gracie auf der Terrasse saßen, wurde irgendwann die Eingangstür zugeknallt. Kurz danach fuhr Tims Auto die Einfahrt hinunter. Derek ließ ihn fahren und widerstand der Versuchung, ihn auf seinem Handy anzurufen. Er war nicht sicher, ob Tim zum See zurückkommen oder in die Wohnung nach Portsmouth fahren würde, aber sie brauchten eindeutig beide erst einmal etwas Abstand.

„Aus genau diesem Grund bin ich Single und werde es auch bleiben“, stellte Victor trocken fest.

„Ich dachte, weil du so stinkst.“ Das war nur zum Teil scherzhaft gemeint. Victor benutzte immer dieses schreckliche Aftershave, das nach Moschus und Leder riechen sollte. Das versprach zumindest die Aufschrift. Für Derek roch es mehr nach einer schwitzigen Lederjacke.

„Das kommt noch hinzu.“

Eine Weile tranken sie schweigend, sahen den Segelbooten zu, die über die spiegelglatte Oberfläche des Sees glitten, und hörten gelegentlich das Knallen eines Feuerwerkskörpers in der Nähe eines der Häuser. Derek fiel kein Gesprächsthema ein. Letzten Endes hatte er, abgesehen von der Arbeit und dem Fitnessstudio, keine Gemeinsamkeiten mit Victor. Das war schon immer der Fall gewesen, sogar in der Schule. Sie mochten beide Football. Victor war zufrieden, solange das Bier floss.

„Er ist einfach nur eifersüchtig, weil du besser aussiehst als er“, sagte Victor plötzlich wie aus heiterem Himmel.

Derek fühlte sich nach dieser Bemerkung unwohl, es war fast so, als ob Victor ihn anmachen würde. Er verbannte den Gedanken. Das war verrückt. Für Victor gab es nur einen Standard, mit dem er Männer maß und das waren Muskeln. Derek dagegen wollte seine Work-outs nicht übertreiben. Er wollte fit und durchtrainiert – *männlich* – und nicht bullig-muskulös wie Victor aussehen. Im Gegensatz dazu war Tim dünn und würde niemals ein Fitnessstudio betreten. Vielleicht war Derek damit in Victors Augen automatisch „besser aussehend“.

„Tim sieht gut aus“, stellte Derek loyal fest. „Er ist nur nicht durchtrainiert.“

Victor tat seine Verachtung für die Definition von „gut aussehend“, die ein „durchtrainiert“ ausschloss, mit einem Schnauben kund. Derek mochte Tims dünnen Studentenkörper. Tims Collegeabschluss lag jetzt schon einige Jahre zurück, doch ihn umgab immer noch diese intellektuelle College-Aura. In Dereks Augen waren kluge Menschen verdammt heiß.

Natürlich hatte Victor Jungen wie Tim in der Schule verprügelt. Eines Tages, einige Zeit bevor er mit dem Training begonnen hatte, hatte Derek ungewollt die Aufmerksamkeit von Victor und dessen Freunden auf sich gezogen. Er hatte sich jedoch gewehrt und so ihren Respekt verdient. Sie waren nicht übel gewesen – auch nicht, als er sich geoutet hatte – solange Derek nur aussah und sich benahm wie … nun ja, wie ein *Kerl.* Tim wäre niemals dazu in der Lage. Für Derek war das in Ordnung. Er fand Tims zartes Wesen sogar sexy. Victor hatte damit aufgehört, Männer wie Tim körperlich fertigzumachen, größtenteils dank Dereks Einfluss. Ihn und Tim jedoch zu bitten, sich gegenseitig zu *mögen,* wäre zu viel verlangt.

Derek wusste, dass Victor ein wenig einfach gestrickt war. Andererseits beleidigte er Tim selten direkt, während der kein Problem damit hatte, abfällige Bemerkungen über Victor zu machen. Tim war es, der versuchte, Derek dazu zu bringen, Stellung in einer Art sonderbarem Wettkampf zu beziehen. Er wollte, dass Derek ihm seine ungeteilte Aufmerksamkeit schenkte. Derek liebte ihn, doch diese ständige Eifersucht belastete ihn.

Trotz all seiner Fehler war Victor zuverlässig. Er war ein guter Freund, ein hervorragender Manager und ein großartiger Fitnesspartner. Die Vorstellung, ein Wochenende in Tampa zu verbringen, war zwar nicht sehr reizvoll – Derek hasste das Reisen und er müsste am Wochenende arbeiten – doch es gab Schlimmeres.

Außerdem würde Victor dafür sorgen, dass Jack von Dereks freiwilliger Teilnahme zum Wohl der Firma erfuhr. Wahrscheinlich würde der Trip ganz gut werden, selbst wenn er das Zimmer mit einem Kerl teilen musste, der das gesamte Alphabet rülpsen konnte.

4

RUSS KNALLTE den Klotz gefrorener Hamburger auf die Arbeitsplatte. Es waren handgemachte Burger aus dem Supermarkt, jeweils durch Papier voneinander getrennt. Das Eis war jedoch zu fest, um sie trennen zu können. Das Geräusch klang in etwa wie ein Ziegelstein, der auf Resopal aufschlägt.

„Ich vermute mal, es wird nicht rechtzeitig zum Abendessen aufgetaut sein."

Max wandte den Kopf in seine Richtung und hob eine Augenbraue, als ob er fragen wollte: „*Warum hast du es nicht einfach früher aus dem Gefrierfach geholt?*"

Weil dafür Vorausschau nötig gewesen wäre, etwas, von dem Russ nie viel besessen hatte. Jetzt war es zu spät, sich darüber zu ärgern. „Ich frage mich, ob die Mikrowelle eine Auftaustufe hat?" Er besaß das Gerät bereits seit Jahren, hatte diese spezielle Funktion jedoch nie benötigt.

Glücklicherweise verfügte sie über dieses Programm. Er legte den Fleischklotz auf einen Teller voller Küchenpapier, deckte das Ganze mit noch mehr Papier ab und stellte eine Dauer von zehn Minuten ein. In dem Moment, als er auf den Startknopf drückte, sprang Max auf und rannte zur Seitentür. Russ wunderte sich, wie das zusammenpasste, bis es an der Tür klopfte.

Natürlich hatte Max einfach nur gehört, dass jemand kam. Russ wusch sich schnell die Hände und öffnete die Tür. Davor stand sein attraktiver Nachbar mit einer Flasche Wein in der Hand und schien sich sichtlich unwohl zu fühlen. Max stürmte hinaus, um Gracie zu begrüßen, die sich jedoch schnell hinter den Beinen ihres Herrchens versteckte.

„Max!"

„Ist schon okay, ihr geht's gut", sagte Derek. Gracie schien nicht in Bedrängnis zu sein, als Max an ihrer Schnauze schnüffelte. Sie beobachtete ihn misstrauisch, hatte aber keine Angst.

„Hey Derek. Wie geht's?"

Derek lächelte, schien jedoch unsicher zu sein. „Tja … ich wollte mich für das kleine Drama entschuldigen, dessen Zeuge du gestern geworden bist. Ich weiß nicht, was in Tim gefahren ist, aber in letzter Zeit …" Ihm schienen die Worte auszugehen, daher hielt er ihm die Flasche Wein entgegen. „Wir hatten noch eine Flasche Wein übrig und ich dachte, vielleicht magst du sie ja haben?"

„Eine Flasche Wein *übrig*?"

Derek zuckte mit den Schultern. „Na gut, das hört sich blöd an. Ich wollte mich einfach entschuldigen, deshalb habe ich nach dem Nächstbesten gegriffen. *Magst* du überhaupt Wein? Es war leider kein Bier mehr übrig."

Einen Hauch des Bieres nahm Russ in seinem Atem wahr, hätte jedoch nicht sagen können, ob Derek nun betrunken war oder nicht. Da es nicht schaden würde, den Kerl hereinzulassen, trat er von der Tür zurück und hielt sie ihm offen. „Kommt Tim auch?"

„Nein", antwortete Derek, als er eintrat. Gracie folgte ihm sofort und Max bildete den Schluss. „Wir haben immer noch Streit. Er ist weggefahren. Wahrscheinlich zurück nach Portsmouth."

Russ begann sich zu fragen, ob diese Männer zu seinen neuen Sorgenkindern werden und nach jedem Streit vor seiner Tür auftauchen würden. Doch eine Entschuldigung für das merkwürdige, unbehagliche Abendessen gestern war nicht abwegig. Er konnte Derek – und Tim – immerhin einen Vertrauensbonus gewähren. Dankend nahm er den Wein an und schoss lächelnd die Tür hinter seinem Gast.

„Hast du schon gegessen?", wollte er wissen. „Max und ich wollten gerade ein paar Burger grillen."

„Kann Max denn einen Burger wenden?"

„Meistens nur in seinen Mund. Ich werde ihn im Auge behalten."

NACHDEM DIE Burger immerhin weit genug aufgetaut waren, um sie trennen zu können, zogen sie auf die hintere Terrasse um, wo Russ' Gasgrill stand. Leider schossen ihre Nachbarn immer mehr Feuerwerkskörper ab. Da es in der Stadt kein öffentliches Feuerwerk gab, veranstalteten die Bewohner eigene in ihren Gärten oder wie hier, von ihrem Steg aus. Nichts Großes natürlich, lediglich kleinere Feuerwerksbatterien, einige Mehrschussbatterien und dazwischen ein paar einfache Raketen. Zumindest nichts, was Russ veranlasst hätte, sein seriöses, ernstes Polizistengesicht aufzusetzen und an Türen zu klopfen. Die Böller und Flaschenraketen, die er als Teenager abgefeuert hatte, waren laut Gesetz nicht länger erlaubt, was wahrscheinlich auch besser so war. Beide Hunde waren wegen der nahen Explosionen verängstigt. Als Russ mit dem Säubern des Grills fertig war, lagen sie bereits mit eng anliegenden Ohren und hechelnd auf dem Boden.

„Sollen wir sie lieber wieder reinbringen?", fragte Derek, während er Gracie beruhigend über den Rücken strich.

Russ musterte die Hunde. Er erinnerte sich an einen Vorfall aus dem letzten Sommer. Ein Paar, das wegen eines Open Air Konzerts hier gewesen war, war auf der Wache erschienen, weil jemand kleinere Raketen, wie sie in den Minimärkten erhältlich waren, abgefeuert hatte. Darauf hatte ihr Hund völlig panisch reagiert, war auf die Straße gelaufen und von einem Auto angefahren worden. „Ja, lass' uns das machen."

Beide Hunde winselten, als sie sich von ihren Besitzern – und den rohen Hamburgern – trennen sollten, daher ließ Russ die Terrassentür offenstehen und schloss nur die Fliegengittertür. So konnten sich Hunde und Männer sehen und hören, aber die Hunde waren trotzdem sicher im Inneren eingesperrt. „Wenn die

Hamburger gar sind, kommen wir sofort rein. Bis dahin musst du auf Gracie aufpassen“, erklärte er Max.

Während er an den Grill zurückkehrte, ging Derek ins Haus. Er fand heraus, wo Russ die Weingläser aufbewahrte und kehrte mit zwei gefüllten Gläsern zurück nach draußen. Eins überreichte er Russ mit der Warnung: „Don't drink and grill“. Dann zog er einen Liegestuhl in die Nähe der Tür und ließ sich hineinplumpsen. Auf diese Art und Weise konnte er sich mit Russ unterhalten und war trotzdem in der Nähe der Hunde. Das wusste der Polizist zu schätzen. Kleinigkeiten wie diese verwandelten einen Mann, der einfach nur einen Hund besaß, in einen Mann, der seinen Hund *liebte*.

„Wie gefällt es dir hier?“, wollte Russ wissen.

Derek nahm einen Schluck Wein, bevor er antwortete. „Ich liebe es. Hier draußen bin ich viel entspannter als in der Wohnung. Zumindest, wenn … du weißt schon … die Lage nicht so *angespannt* ist.“ Diese Formulierung ließ Russ lächeln, doch ihm war klar, was Derek meinte. Der fuhr fort: „Als ich ein Kind war, habe ich mit meinem Vater viel Zeit in einem Haus am See verbracht, das diesem sehr ähnlich war.“

„Wo war das?“

„Am Lake Ossipee. Das Haus gehörte Wally, dem Freund meines Vaters. Wir sind hochgefahren und haben das Wochenende mit Wally verbracht. Wir haben nach Forellen geangelt, sind geschwommen, Kanu gefahren …“ Er nahm noch einen Schluck Wein. „Natürlich war ich noch ein Kind. Deshalb habe ich erst Jahre später verstanden, warum meine Mutter nie mitgekommen ist. Weil der gute Papa eine Affaire hatte.“

Russ lachte überrascht auf. „Was? Willst du damit sagen …?“

„Genau. Er und Wally. Ich habe es natürlich nie mit eigenen Augen gesehen. Sie haben sich nie vor mir geküsst, sind nie nackt rumgelaufen oder etwas in der Art. Doch da waren diese Kleinigkeiten – kurze Berührungen, ihre Blicke, mysteriöse Bemerkungen. Als alles aufgeflogen ist und sich meine Mutter scheiden ließ, ergab plötzlich alles einen Sinn.“

Russ drehte geschäftig die Burger um. Er war sich nicht sicher, wie er auf diese Enthüllung reagieren sollte, vor allem, da sie von jemandem kam, den er kaum kannte. „Hast du jemals … mit deinem Dad darüber gesprochen?“

„Nein, er ist gestorben, als ich ein Teenager war.“

„Oh“, sagte Russ betreten. „Das tut mir leid.“

„Nun, zumindest ist es das, was mir Larry erzählt hat. Er war Moms zweiter Mann, ein totales Arschloch. Er hat gesagt, Dad wäre an AIDS gestorben. Als ich jung und dumm war, habe ich ihm geglaubt, aber … jetzt frage ich mich, ob er es sich nicht einfach ausgedacht hat, um mich fertigzumachen.“

Russ verzog angewidert die Nase. „Das hätte er gemacht?“

„Oh ja“, antwortete Derek in säuerlichem Tonfall. „Er war ein echt mieser Kerl. Einmal hat er mir gesagt, wenn ich je zulassen würde, dass mir etwas in den

Hintern gesteckt würde –selbst wenn es ein Frauenfinger wäre, ganz zu schweigen von einem Schwanz – würde er mir eine Kugel in den Kopf jagen. Zum Glück ist er gestorben, bevor ich mich geoutet habe.“ Er schnaubte und trank noch einen Schluck. „Verdammt, schau‘ mich mal an! Ich tauche an deiner Tür auf und jammere wegen meines Streits mit Tim und meiner schweren Kindheit. Tut mir echt leid.“

„Kein Problem.“ In Wahrheit war Russ ein wenig befremdlich zumute. Da sie sich kaum kannten, war das Thema ein wenig zu intim, um es in einem normalen Gespräch zu erwähnen.

„Und … wie sieht *dein* Leben aus?“

„Ganz gut.“ Russ drehte erneut die Burger um und hoffte, sie nicht zu verbraten. Für seinen Geschmack waren sie noch ein wenig zu blutig. „Meine Eltern leben beide noch, unten in Florida. Meine ältere Schwester lebt in Keene. Ich sehe sie nächstes Wochenende.“

„Schön.“

„Meistens hänge ich hier mit Max rum.“

„Keine Dates?“

Russ schüttelte den Kopf und fragte sich, ob er sich das kurze interessierte Aufblitzen in Dereks Augen nur eingebildet hatte. War da ein verlegener Ausdruck gewesen, als er schnell weggeblickt hatte? Oder ein schuldiger? „Ich bin eher der Einzelgänger. Hoffentlich nicht einer der unangenehmen Art.“

Derek kicherte, versicherte ihm aber nicht das Gegenteil.

Russ hatte nie klargestellt, dass er schwul war, wie ihm jetzt auffiel. Es spielte zwar keine Rolle, aber ihm war wichtig, dass Derek Bescheid wusste. Also fügte er hinzu: „Ich warte vermutlich noch auf den Richtigen.“

Derek nickte, doch es war schwer abzuschätzen, was er dachte.

Über dem See explodierte eine leuchtend goldene Rakete mit weißen Funken. Gracie kratzte wimmernd an der Tür. Derek beugte sich zu ihr und sagte in beruhigendem Tonfall: „Alles in Ordnung. In einer Minute kommen wir rein und wir bringen Burger mit!“

Russ entschied, dass die Burger fertig waren. Er nahm einen Teller und schaufelte alle darauf. Dann schaltete er den Grill aus und verkündete: „Das Essen für die Hunde ist fertig, vielleicht geben sie uns ja etwas ab.“

5

WIE KONNTE ich ihn nur fragen, ob er Single ist, ging es Derek durch den Kopf. Er hätte kaum deutlicher werden können. Zugegebenermaßen war es eine ziemlich harmlose Frage. Eine, die wahrscheinlich früher oder später sowieso gestellt worden wäre. Es wäre jedoch besser gewesen, es Russ zum geeigneten Zeitpunkt selbst erzählen zu lassen. Jetzt sah es so aus, als ob er an ihm interessiert wäre.

Und das war in der Tat das Problem. Derek fand Russ attraktiv. Er sah gut aus, war gut gebaut, sympathisch und cool. Außerdem liebte er Hunde, was aus Dereks Sicht ein dicker Pluspunkt war. Wenn er noch Single gewesen wäre, hätte Derek vielleicht schon etwas unternommen. Nichts allzu Offensichtliches, wie z. B. Russ' Hintern zu begrapschen oder ihn aufzufordern, mit ihm ins Bett zu gehen. Nein, eine leichte Berührung hier und da, ein Blick – etwas, um ihm sein Interesse zu signalisieren. So wie es aussah, fühlte er sich in Russ' Nähe etwas zu wohl, lud praktisch seinen ganzen seelischen Ballast bei ihm ab. *Die Geschichte mit Larry – um Himmels willen!* Er musste sich wirklich zurückhalten.

Zum Glück war Russ nicht darauf eingegangen. Er hatte sich wie ein guter Gastgeber und Nachbar verhalten und mehr nicht. Entweder war er nicht interessiert – was zwar nicht sehr schmeichelhaft, aber gut war – oder er besaß genug Selbstbeherrschung und baggerte keinen Mann an, der vergeben war.

Du bist verlobt. Mit einem Mann, den du liebst.

Derek rief sich dies in Erinnerung, als sie zum Essen hineingingen. Beide Hunde saßen geduldig neben dem Tisch und beobachteten ihre Herrchen mit großen, flehenden Augen. Auch später rief er es sich wieder ins Gedächtnis, als sie auf der Couch saßen und *Independence Day* sahen. Den Film fanden sie zwar beide nicht sehr gut gemacht, trotzdem liebten sie ihn. Gracie und Max hatten es irgendwie geschafft, sich beide zwischen sie zu zwängen, sodass sie nicht weiter vom Schmusen oder anderen Dingen, die Derek in Schwierigkeiten gebracht hätten, entfernt sein konnten.

Es fühlte sich dennoch beunruhigend gemütlich an, so wie er sich stets sein Alltagsleben ausgemalt hatte. Tim erlaubte es nicht, dass Gracie auf Möbeln Platz nahm. Er beharrte darauf, dass Hundehaare ein Fluch wären.

Es war eine Enttäuschung und Erleichterung, als der Film vorbei war und Derek feststellte, dass es fast Mitternacht war. „Ich sollte besser gehen, meine Bettgehzeit ist längst überschritten."

Er stupste Gracies Kopf von seinem Schoß, stand auf und streckte sich.

Russ sah ebenfalls ziemlich müde aus. Ihm fielen definitiv bereits die Augen zu. Er sah ihn an und schien überrascht, ihn immer noch hier zu sehen. Dann schaltete er mit der Fernbedienung den Apparat aus. „Natürlich. Schön, dass du gekommen bist."

„Los, komm Gracie." Die Hündin stöhnte protestierend, stand jedoch langsam auf dem Sofa auf und streckte sich. „Tut mir leid", erklärte ihr Derek lachend, „aber die Möglichkeit, hier zu übernachten, bekommst du nicht."

Russ lächelte. „Sie ist jederzeit willkommen. Falls du jemals einen Hundesitter brauchst, sag' mir Bescheid. Sollte ich dann hier sein, passe ich gerne auf sie auf."

Gracie sprang schließlich auf den Boden und tapste zur Tür. Sie blickte zu Derek und wedelte mit dem Schwanz.

„Danke, vielleicht komme ich darauf zurück."

Russ war durch Max' schweren Kopf und dessen Vorderpfoten auf der Couch gefangen, daher ließ ihn Derek sitzen und salutierte nur scherzhaft. „Danke für die Burger und für das Ertragen meiner schlechten Laune."

„Kein Problem. Hoffentlich verläuft der Rest der Nacht besser für dich."

RUSS BEOBACHTETE, wie Derek hinausging, froh darüber, durch Max ans Sofa gefesselt zu sein. Kurze Zeit hatte er Angst gehabt, als kompletter Idiot dazustehen und Derek zum Abschied zu küssen. Oder ihn vielleicht zu umarmen. Der andere Mann war heute Nacht so verletzlich gewesen, es ging ihm wirklich an die Nieren. Stattdessen war er jedoch sitzen geblieben und hatte nur den kurzen Salut erwidert.

Nachdem Derek wohlbehalten draußen war, stupste Russ Max, bis das Tier endlich murrend die Pfoten und den Kopf von seinen Beinen nahm. Dereks Verletzlichkeit heute Abend lag an dem Streit mit Tim, dem Mann, den er liebte, rief sich Russ ins Gedächtnis. Es war an Tim, die Sache wieder in Ordnung zu bringen, nicht an Russ.

Scheißleben.

Er stand auf und ging auf die Terrasse, um den inzwischen abgekühlten Grill abzudecken.

Die Feuerwerksvorräte der meisten Anwohner schienen erschöpft zu sein, doch ein paar ganz Hartnäckige feuerten ihre immer noch ab. Ein sechszackiger rot-grüner Stern explodierte tief am Himmel. Er wartete, bis er verblasst war, drehte sich dann um und kehrte ins Haus zurück.

Wahrscheinlich sollte er sich freuen, weil er Gesellschaft gehabt hatte und es nicht nur Max und er gewesen waren, die gemeinsam Burger gegessen hatten, wie an den meisten Feiertagen. Nun ja, an Thanksgiving und Weihnachten kaufte Russ für gewöhnlich im Boston Market in Manchester Truthahn, Kartoffelpüree und Soße. Diese beiden Feiertage erforderten schwerere Geschütze.

Es war nicht so, dass Russ an Feiertagen nicht bei seiner Schwester eingeladen gewesen wäre. Die meisten seiner Kollegen hatten jedoch Familie und normalerweise meldete sich Russ freiwillig für die Arbeit an diesen Tagen, damit sie Zeit mit ihrer Familie verbringen konnten. Von daher war es seine eigene Schuld, dass er alleine war. Trotzdem, es nagte an ihm.

Immerhin war er nächstes Wochenende bei Shannon eingeladen. Das sollte helfen, sein Stimmungstief zu vertreiben.

Er öffnete die Fliegengittertür und rief: „Los Kumpel, lass uns vor dem Schlafen noch mal pinkeln gehen." Der Schäferhund war ein wenig träge, seine Schlafenszeit war auch schon angebrochen, aber er sprang auf den Hartholzboden und kam nach draußen. „Diese Erfahrung wird uns noch enger zusammenschweißen", versicherte ihm Russ, „schließlich bist du noch zu jung, um ein Bier mit mir zu trinken."

DEREK SCHLOSS Gracie und sich selbst die Tür zum dunklen, leeren Haus auf und sah den Anrufbeantworter in der Kochnische blinken. Er ging hinüber und sah neun neue Nachrichten. *Oh Mann.* Tief einatmend drückte er auf Start und hörte sie an. Sie waren natürlich alle von Tim. Wenn der den Entschluss fasste, mit jemandem reden zu wollen, entwickelte er eine wahre Besessenheit, bis er denjenigen erreicht hatte. Um die Sache noch schlimmer zu machen, hatte Derek vergessen, sein Handy mit zu Russ zu nehmen. Normalerweise griff er immer danach, wenn er das Haus verließ. Die kurze Strecke den Hügel hinunter zu seinem Nachbarn hatte sich jedoch nicht wie „verlassen" angefühlt, also hatte er keinen Gedanken an das Handy verschwendet.

Die ersten Nachrichten klangen ärgerlich. Als er aber die letzte abspielte, nahm Derek einen ängstlichen Unterton in Tims Stimme wahr, so als ob dieser befürchtete, Derek würde überlegen, ihn wegen des letzten Streits zu verlassen. Bei dem Gedanken daran verspürte Derek keine Genugtuung. Er hatte Tim nicht ignoriert, um ihn für sein Verhalten büßen zu lassen. Das Letzte, was er wollte, war noch mehr Spannung zwischen ihnen.

Er nahm das Telefon und wählte.

Als Tim abhob, klang seine Stimme schwach und ängstlich. „Hallo?"

„Hallo Schatz."

„Warum hast du meine Anrufe ignoriert?", wollte Tim wissen. Er klang, als ob er geweint hatte. Derek wünschte, ihn in die Arme nehmen und trösten zu können.

„Tut mir leid. Ich habe dich nicht ignoriert. Ich habe einfach nur vergessen, mein Handy mitzunehmen."

„Wo warst du?"

Derek atmete tief ein. Er wollte den Streit nicht aufs Neue entfachen, doch ihm fiel keine andere plausible Erklärung, außer der Wahrheit, ein. Schließlich konnte er nicht behaupten, bis Mitternacht einkaufen gewesen zu sein, selbst wenn er Pause gemacht hätte, um irgendwo etwas zu essen. „Gracie und ich waren unten am Hügel, bei Russ", antwortete er und machte sich auf die Explosion gefasst.

„Er hat Burger gegrillt und dann haben wir gemeinsam einen schlechten Film angesehen."

„Du warst bei Russ?" Derek konnte die Eifersucht in Tims Stimme hören.

„Es ist nichts passiert", antwortete er, zunehmend gereizter. „Wir haben gegessen. Wir haben uns einen Film angesehen. Das ist alles."

„Welchen Film?"

„Independence Day."

Tim schwieg eine ganze Weile. Als er wieder zu sprechen begann, war Derek überrascht, erneut den ängstlichen Unterton in seiner Stimme zu hören, so als ob er keine Kraft zum Streiten mehr hätte. „Kommst du heute Nacht zu mir? Ich will nicht alleine schlafen."

„Kommst du denn nicht hierhin zurück?"

„Mir wäre es lieber, wenn du in die Wohnung kommst. Bitte."

Derek seufzte. „In Ordnung. Ich schließe nur noch alles ab und dann komme ich nach Hause."

„Danke. Ich liebe dich."

„Ich liebe dich auch."

6

DEREK KEUCHTE in Tims Ohr, als er tief in ihn stieß und seinem Verlobten ein tiefes, animalisches Stöhnen entfuhr. Das war einer der Momente, in denen es zwischen ihnen bestens lief: wenn Leidenschaft und Ekstase sie mitrissen, wenn Tim den Mund über Dereks Schwanz stülpte und ihn tief in sich aufnahm.

Wenn sie nicht sprachen.

Leider konnte das nicht ewig so weitergehen. Derek spürte seinen Orgasmus nahen, wild wichste er Tim, damit sie zusammen kamen. Kurz nach ihrer Verlobung hatten sie auf Tims Drängen aufgehört, Kondome zu benutzen. Derek fühlte sich damit immer noch ein wenig unwohl. Die Intimität, die er empfand, als er kam, war jedoch überwältigend. Der Mann, den er liebte, akzeptierte ihn ganz in seinem Körper. Dadurch stiegen ihm stets die Tränen in die Augen.

Manchmal fragte er sich, wie es wohl wäre, derjenige zu sein, der seinen Partner in sich aufnahm, zu fühlen, wie sein Körper ausgefüllt wurde, so wie er Tims ausfüllte. Dann jedoch holten ihn all die quälenden Worte aus seiner Kindheit wieder ein: Schwulette, Schwuchtel, Homo, Tunte. „Ein Mann kann deinen Schwanz lutschen", hatte ihm einer seiner Freunde, Mason, erklärt, als sie vierzehn waren. „Du kannst den Kerl sogar ficken, dann bist du immer noch ein Mann. Wenn du dich jedoch in den Arsch ficken lässt, bist du eine Schwuchtel, daran gibt es nichts zu rütteln."

Derek war klar, dass das nicht stimmte. Natürlich war der Partner, der den anderen in sich aufnahm, kein Stück weniger männlich. Diese Vorstellung war lächerlich. Es war einfach nur dummer, schwulenfeindlicher Mist; die Angst, ein Mann würde sich in eine Frau verwandeln, falls er von einem anderen Mann gefickt würde. Und natürlich war das auch total frauenverachtend. Ihm war das alles klar, doch der Gedanke, von einem anderen Mann gefickt zu werden, verursachte ihm immer noch kalte Schweißausbrüche. Er hatte es auch nicht bei Tim tun wollen, als sie gerade zusammengekommen waren. Es schien so … erniedrigend zu sein. Doch Tim hatte ihn gedrängt und irgendwann hatte er sich überwunden. Er war jedoch dankbar, dass Tim ihn nie drängte, oben sein zu dürfen. Das konnte er nicht. Er konnte einfach nicht.

Als er jetzt im Bett lag, Tim in den Armen hielt und nach Luft rang, schob ihn Tim bereits von sich. „Du solltest jetzt duschen, falls du nicht zu spät zur Arbeit kommen willst."

Derek zögerte und sagte dann wiederstrebend „Jaaah" und stand auf.

Tim duschte nach ihm und sie aßen gemeinsam in frostigem Schweigen ihr Frühstück. In den letzten Tagen war es schlecht zwischen ihnen gelaufen. Dereks

Abend mit Russ wurde komplett ausgeblendet. Die Reise nach Florida war jedoch ein noch größerer wunder Punkt. Tim hatte zwar akzeptiert, dass Derek mitflog, war aber definitiv *nicht* erfreut darüber.

Der Trip würde wahrscheinlich todlangweilig werden, mit Diskussionen, wie die Supportabteilung der neuen Niederlassung in Tampa mit der in New Hampshire zusammengeschlossen werden könnte. Außerdem hasste Derek das Fliegen. Er kam nur Victor zuliebe mit. Das war natürlich das Problem. Es schien keine Rolle zu spielen, dass Victor hetero war. Er war länger mit Derek befreundet als Tim, er war Dereks Fitnesspartner und Tim wusste, er hatte keine Hemmungen, sich in Dereks Gegenwart zu duschen oder auszuziehen. Derek hatte dummerweise mal einen Scherz darüber gemacht, dass Victor ganz schön heiß sei – was stimmte, wenn man darüber hinwegsah, wie widerlich er sein konnte. Dadurch schien Tim überzeugt zu sein, sie würden ab jetzt heiße Nummern unter der Dusche schieben.

Derek würde an diesem Nachmittag direkt nach der Arbeit zum Flughafen fahren, sodass er Tim auf dem Weg hinaus einen Abschiedskuss geben wollte. Der andere Mann drehte sich jedoch zur Seite und Derek schaffte es lediglich, ihn auf die Wange zu küssen. „Bis Samstag.“

„Klar.“

IN MANCHEN Dingen war es mit einem Hund ähnlich wie mit einem Kind. Russ konnte den armen Kerl nicht einfach den ganzen Tag im Haus einsperren, wenn er arbeiten musste. Er war ungefähr zehn Stunden am Tag, von 14:00 Uhr mittags bis Mitternacht weg, wenn er die Anfahrtszeit mitrechnete. Max musste nicht in eine Box gesperrt werden, er konnte sich frei im Haus bewegen, jetzt, da er seine Bücher-Kau-Phase überwunden hatte. Zehn Stunden waren jedoch eine zu lange Zeitspanne, um sie ohne Gesellschaft und ohne zum Pinkeln hinausgelassen zu werden auszuhalten.

Er hatte sich Tagesstätten für Hunde angesehen. Das Problem war jedoch, dass sie von ihm erwarteten, Max nach der Hälfte seiner Schicht abzuholen. Also hatte er eines der Nachbarskinder angeheuert, einmal am Tag vorbeizukommen und Max für eine Pinkelpause und zum Luftschnappen hinauszulassen.

Das andere Problem mit seinem späten Feierabend bestand darin, dass es mehr oder weniger sein Sozialleben zerstörte. Das war jedoch in Ordnung. Russ war kein besonders geselliger Mensch. Er mochte das Geplauder mit seinen Kollegen, hatte jedoch bereits vor langer Zeit herausgefunden, dass es niemanden in der Dienststelle gab, mit dem er sich hätte verabreden können, das altbekannte Problem, wenn man schwul war. Es gab nur einen männlichen Officer, mit dem er mehr als eine lose Bekanntschaft pflegte. Toby war ein toller Kerl und sie hatten ein paar ihrer freien Tage gemeinsam verbracht, waren ins Kino gegangen, solche Dinge eben. Toby umarmte ihn manchmal sogar, was ein wenig merkwürdig war, schließlich war er mit einer Frau verheiratet und es gab keine anderen Anzeichen für ein mögliches *Interesse*. Er schien wirklich hetero zu sein. Russ nahm an, die Umarmungen sollten zeigen, dass Russ' Schwulsein für ihn in Ordnung war oder etwas in der Art. Ab und zu ging er mit seiner Partnerin, Romina Chavez, essen, doch sie war natürlich eine Frau.

So sah also Russ' gesellschaftliches Leben aus – Kollegen den Tag über, an einigen Tagen ein heterosexueller Mann, der ihn gerade genug berührte, um seinen Motor am Laufen zu halten und Zuhause dann Internetpornos, damit sein Schwanz nicht vergaß, wofür er da war.

An diesem Abend, als er in einem Gartenstuhl am Ende seines Stegs saß, Max zusammengerollt zu seinen Füßen, musste er an Derek denken. Seit dem vierten Juli hatte er ihn nicht mehr gesehen. Als Max und er am nächsten Nachmittag vorbeigelaufen waren, war das Haus verriegelt gewesen. Hoffentlich war Derek nicht zu sehr von Tim zusammengeschissen worden, weil er den Abend mit Russ verbracht hatte. Trotz allem war es völlig unschuldig gewesen, auch wenn Russ währenddessen ein paar nicht so unschuldige Gedanken wegen Derek gehabt hatte. Die Blicke, die er sich eingebildet hatte, von Derek bekommen zu haben, waren wahrscheinlich genau das gewesen – Einbildung.

Und wenn sie echt gewesen waren? Naja, es war nichts passiert. Und es *würde* auch nichts passieren. Er verführte keine Verlobten und er war auch nicht an Männern interessiert, die ihren Verlobten *betrogen*. Was ihm oder Derek also an jenem Abend vielleicht durch den Kopf gegangen war … es war vorbei.

Ein gedämpftes Geräusch, wie ein entfernter Schuss, kündigte einen Feuerschweif am Nachthimmel an. Für einen Moment verschwand er, dann explodierte der Feuerwerkskörper als Kuppel mit funkelnden goldenen und grünen Ranken wie eine brennende Qualle. Den Einwohnern von New Hampshire lag nichts ferner, als ungenutztes Feuerwerk zu verschwenden. Sie würden es noch mindestens eine Woche lang abfeuern. Max jaulte und drängte sich mit eng anliegenden Ohren näher an ihn.

„Alles in Ordnung Max", redete Russ beruhigend auf ihn ein und stand auf. „Lass uns reingehen."

Der Besuch bei seiner Schwester in ein paar Tagen würde eine echte Herausforderung werden. Ihr Mann hatte versprochen, zur Unterhaltung ein Feuerwerk zu veranstalten.

Armer Max.

7

DEREK HASST jede einzelne Minute der Reise. Im Flugzeug war es klaustrophobisch und unbequem gewesen, der Flughafen schien Tausende von Kilometern groß zu sein, es war tierisch laut und das Hotel hatte vergessen, ihr Zimmer zu reinigen. Sie mussten also weitere zwanzig Minuten unten im Restaurant warten und kippten ein Bier, während sie vom Gesang eines schlechten Amateursängers im Fernsehen gequält wurden.

Victor schnarchte nicht, was Derek freudig überraschte. Dies war jedoch nur ein schwacher Ausgleich dafür, dass der Kerl darauf bestand, die Toilette bei weit geöffneter Tür zu benutzen. Außerdem lief er nackt herum, bevor er schlafen ging. Dies war zwar nicht sonderlich überraschend, doch Derek hoffte, Tim würde es nie erfahren. Natürlich tat er nichts Verbotenes. Victor war alles andere als ein unangenehmer Anblick, doch Derek hatte bereits im Fitnessstudio alles von ihm gesehen. Er begaffte ihn nicht, hatte auch keine Lust auf Sex mit ihm und fasste ihn gewiss nicht an. Natürlich würde Tim aber genau das vermuten, jeden einzelnen Punkt davon.

AM NÄCHSTEN Tag stellte ihn Victor den Mitarbeitern in Tampa vor. Sie waren höflich, aber reserviert, so als ob sie davon ausgingen, jeden Moment gefeuert zu werden. Angesichts der Tatsache, dass die meisten der Vertriebsmitarbeiter nach der Übernahme entlassen worden waren, war das keine unbegründete Sorge. Jack wollte jedoch die Mitarbeiter in Tampa in das Team in Portsmouth integrieren. Die Techniker der Telefonhotline in New Hampshire waren auch ohne den Support für ein zusätzliches Produkt bereits überarbeitet. Victor sollte sicherstellen, dass dieser Zusammenschluss auch funktionierte.

In den folgenden Stunden verfolgte Derek verschiedene Telefongespräche der Supportabteilung. Dabei gewann er unglücklicherweise die Überzeugung, dass diese Leute wirklich befürchten mussten, ihre Jobs zu verlieren. Sie waren schlecht organisiert und schlecht geschult, ihr Umgangston am Telefon war grauenhaft. Ihm stellten sich die Nackenhaare auf, als er mitbekam, wie einige von ihnen mit den Kunden sprachen. Als ein Kunde erwähnte, er sei aus Dallas, erwiderte der Supportfachmann: „Oh, Dallas also? Mann, ich erinnere mich noch an meinen letzten Besuch in Dallas. Da gab es diesen Stripclub, an der Plano Road, wo die Mädchen …“ Und ab da wurde es noch schlimmer. Einem *Kunden* gegenüber!

Nachdem das Gespräch beendet war, merkte Derek vorsichtig die Tatsache an, was Stripperinnen in die verschiedenen Teile ihrer Anatomie einführten, wäre möglicherweise nicht das beste Gesprächsthema bei einem Anruf von Hilfe suchenden Kunden. Calvin, der Mitarbeiter der Supportabteilung, antwortete: „Ich weiß ja nicht, was für Kunden ihr habt, aber unsere mögen es gerne etwas ungezwungener. Du weißt schon … freundlich, entspannt."

„Ich weiß das zu schätzen", antwortete Derek, „aber man kann sowohl freundlich als auch professionell sein."

„Ich habe das Problem doch gelöst, oder etwa nicht?"

Das stimmte, wie Derek zugeben musste. Was er jedoch verschwieg; jeder der ein wenig Computererfahrung hatte, hätte dem Kunden sagen können, was das Problem war, nämlich einfach nur eine beschädigte Datei.

AM ZWEITEN Abend rief Derek Tim aus der Hotelbar an. Es war nur eine kurze Unterhaltung. Tim sagte kaum ein Wort, und als Derek ihm versicherte: „Ich liebe dich", antwortete er lediglich: „Okay."

Derek legte auf und schob das Handy mit einem Seufzer in seine Tasche.

„Ärger mit deinem Freund?", wollte Victor belustigt wissen.

„Verlobten." Es irritierte ihn, dass Victor sich weigerte, das Wort zu benutzen, fast als wäre er der Meinung, die Beziehung sei nicht ernsthaft genug dafür.

Victor ignorierte diese Verbesserung. „Die Reise ist so eine Zeitverschwendung. Diese Kerle müssen nicht ‚integriert' werden. Die haben keine Ahnung. Sie in unser Team zu integrieren, wird nur unser Niveau senken. Wir sollten sie lieber feuern und Leute einstellen, die ihren Job anständig machen!"

Derek war mehr oder weniger derselben Meinung, wie er sich eingestehen musste. Es würde eine Menge Arbeit erfordern, das Team in Tampa auf denselben Standard wie auf den vom Team in Portsmouth zu bringen. Als jemand, der jedoch immer noch an vorderster Arbeitsfront stand, empfand er seinen Kollegen von der Supportabteilung gegenüber eine gewisse Loyalität, wie unprofessionell auch immer sie sein mochten. „Wir könnten sie zum Training nach New Hampshire bringen", schlug er vor.

„Ja." Victor starrte finster vor sich hin, kippte den letzten Rest seines Scotch hinunter und stellte das Glas ein wenig härter als nötig auf der Bar ab. Der Barkeeper blickte ihn an und er nickte ihm zu, um noch einen zu bestellen. „Es kostet die Firma mehr, als es wert ist, aber Jack möchte sie integrieren, also integrieren wir sie, verdammt noch mal."

„Ich arbeite einen Plan aus", schlug Derek vor. „Wahrscheinlich können wir nächsten Monat anfangen."

„Tu das. In der Zwischenzeit werde ich trauern, weil meine Firma gerade den Bach runtergeht." Der Barkeeper tauschte Victors leeres Glas gegen ein neues und der nahm einen weiteren kräftigen Schluck.

Derek trank nicht so oft – oder so viel – wie Victor. Er hatte jedoch zwei Tage voller Langeweile und kaum verhohlener Feindseligkeit der Angestellten hinter sich. Die Mitarbeiter wollten die Art, auf die sie ihre Arbeit immer erledigt hatten, nicht ändern. Sie wussten jedoch, sie mussten es klaglos hinnehmen, wenn sie ihre Jobs behalten wollten. Klar, sie lächelten Victor und ihn an, aber die Spannung war spürbar. Er brauchte einen Drink oder zwei.

RUSS LACHTE, als sein fünf Jahre alter Neffe, Jacob, eine Wunderkerze in der kleinen Hand winkend an ihm vorbeirannte – bis er Shannon rufen hörte: „Russ! Bist du blind? Die darf er nicht haben!"

Ups.

Er stürzte hinter Jacob her und versuchte, ihm die Wunderkerze wegzunehmen, aber der kleine … Engel … rannte kichernd damit davon. Russ verfolgte ihn, doch sein Neffe war unglaublich agil. Im Zickzack lief er durch den Garten, immer knapp außerhalb von Russ' Reichweite, bis Shannon eingriff, ihn am Arm packte und ihm die Wunderkerze entriss.

„Daddy hat gesagt, ich darf sie haben!", protestierte Jacob.

Oh oh.

„Bill!", schrie Shannon quer durch den Garten. „Warum zum Teufel gibst du ihm einen brennenden Metallstab zum Spielen?"

Ihr Mann blickte vom Grill auf und zuckte mit den Schultern, offensichtlich unbesorgt. „Es ist nur eine Wunderkerze. Ich hatte als Kind immer Wunderkerzen."

Die hatte Russ auch gehabt, aber vielleicht nicht gerade in *dem* Alter.

„Wollten deine Eltern, dass du Verbrennungen dritten Grades bekommst?", fragte Shannon. Jacob war bereits davongelaufen, um Max nochmals durch den Garten zu jagen. Zum Glück hatte Max immer Lust, Fangen zu spielen und biss oder schnappte nie, nicht mal, wenn Jacob an seinem Fell zog.

Shannon ging zurück zur Veranda und Russ trottete hinterher, im Laufen an seinem Bier nippend. Der vierte Juli war schon über eine Woche her, doch Bill hatte immer noch eine ganze Menge übrig gebliebener Feuerwerkskörper, die er später mit Russ' Hilfe abschießen wollte. Nichts großes, nur einige Flaschenraketen und kleine Dinge, die man zu dieser Jahreszeit in jedem Minimarkt kaufen konnte.

„Auf der Packung steht, Kinder unter Fünf sollen sie nicht benutzen", sagte Bill und drehte einen Burger um. „Er ist fünf. Ich habe ihn gesagt, er muss sie von seinem Gesicht fernhalten."

„Es ist mir egal, was auf der verdammten Packung steht! Es ist gefährlich."

„Wenn er sie anfasst und sich verbrennt, weiß er, dass er es das nächste Mal besser nicht tun sollte."

Shannon stöhnte, wandte sich Russ zu und sah ihn bittend an. „Sag' es ihm! Wie viele Kinder verletzen sich jedes Jahr durch Feuerwerkskörper? Du bist Polizist, du musst es wissen."

„Ähm – jede Menge?"

„Du bist wirklich eine große Hilfe." Dann schien ihr die Wunderkerze in ihrer Hand wieder einzufallen und sie wedelte damit herum. „Juhu …"

Derek und Victor waren beide betrunken, als sie auf ihr Zimmer gingen. Wundersamerweise schafften sie es, die Lobby zu durchqueren, den Aufzug zu bedienen und das richtige Zimmer zu finden, ohne sich im Gang zu übergeben oder hinzufallen. Derek war etwas übel und seine Wahrnehmung war leicht gestört. Er glaubte jedoch, seinen Mageninhalt unten behalten zu können, sofern er schnell sein Bett fand. Victor fummelte mit dem Schlüssel herum, während er an der Wand lehnte und versuchte, die Augen offen zu halten.

Dann waren sie endlich im Zimmer und Derek ließ sich mit dem Gesicht zuerst aufs Bett fallen. Doch Victor stampfte mit dem Fuß auf, der immer noch im Schuh steckte. „Zieh dich aus, Idiot."

Derek stöhnte und zwang sich, sich aufzusetzen. Der Raum drehte sich, kam dann jedoch zum Stillstand. Er stieß beide Schuhe von sich und ließ sich dann rückwärts auf die Matratze fallen, um sich ein wenig auszuruhen. Er sah Victor beim Ausziehen zu, und machte angesichts seines momentanen Zustands, keinen Versuch, dies zu verbergen. Die Muskeln des anderen Mannes wogten wie die Dünung des Meeres hin und her, als er sich aus Shirt und Unterhemd schälte. Es war faszinierend.

Victor rülpste laut und sie mussten beide kichern.

„Elegant", bemerkte Derek.

„Vielleicht muss ich auch noch furzen. Gib mir nur eine Minute."

Derek lachte und verzog angeekelt das Gesicht. „Mach' das im Bad, du Schwein."

„Autsch. Jetzt hast du meine Gefühle verletzt." Victor öffnete seinen Gürtel und stieg aus seiner Hose. „Willst du so schlafen?"

„Ich bin zu betrunken, um mich auszuziehen."

Victor schnaubte verächtlich. „Verdammtes Weichei. Ich bin total voll, aber immerhin kann ich noch alleine stehen."

„Lass mich einfach sterben", sagte Derek und schloss die Augen. „Sag' meiner Mutter, ich liebe sie."

„Gleich, nachdem ich sie gebumst habe", scherzte Victor.

„Arschloch."

Er öffnete die Augen erst wieder, als er merkte, wie sich Victor an den Knöpfen seines Hemdes zu schaffen machte. Es war keine große Sache – sie waren schließlich Freunde – doch es fühlte sich merkwürdig an. Intim. „Was machst du da?"

„Ich ziehe dich aus, Idiot."

Victor zog Derek das Hemd aus und riss ihm das Unterhemd über den Kopf. Dann öffnete er Dereks Reißverschluss. Derek unternahm einen halbherzigen Versuch, ihn zu stoppen, doch Victor schlug seine Hände weg. Mehr oder weniger fand er sich damit ab, dass Victor ihm die Hose auszog. Dann steckte dieser die

Finger in den Bund seiner Unterhose und schob sie seine Beine hinab. Bevor Derek begriff, was passierte, war er abgesehen von seinen Socken splitternackt.

„Was zum Teufel …?“

Victor kicherte erneut wie ein betrunkener Spinner und schleuderte Hose und Unterhose quer durch den Raum.

„Hoho! Party! Derek ist nackt!“

„Gib‘ mir meine Klamotten zurück, Schwachkopf!“

Dann schockte ihn Victor, indem er nach Dereks Schwanz griff und ihn drückte. „Komm‘ wieder runter. Das habe ich alles schon mal gesehen.“

Vielleicht, aber er hatte es vorher noch nie *betatscht*. Derek war zu erschrocken für eine Reaktion, und bevor er seine Sprache wiedergefunden hatte, hatte ihn Victor bereits wieder losgelassen und schwankte in Richtung Badezimmer. Dabei murmelte er etwas wie, dass er dringend pissen müsse. Während er Victors Geräuschen beim Pinkeln lauschte, versuchte Derek, einen klaren Kopf zu bekommen. Machte sich Victor an ihn heran? Er hätte nie gedacht, sich über so etwas Gedanken machen zu müssen – nicht bei Mr. Macho. Dereks Hirn wies diesen Gedanken von sich. Er war lächerlich. Victor war betrunken, das war alles. Seine normale klugscheißerische Art wurde durch den Alkohol noch verstärkt.

Als Victor zurückkam, bemerkte Derek, dass er immer noch genauso wie zuvor dalag und sich nicht zugedeckt hatte. Er lag immer noch mit weit gespreizten Gliedmaßen da, wie ein nacktes Opfer auf einem Altar. Was allerdings noch verstörender war, Victor hatte seine Unterwäsche im Bad gelassen.

„Was tust du …“, fing Derek an, wurde jedoch durch Victor, der sich auf ihn stürzte, unterbrochen.

Victor schien die Situation immer noch komisch zu finden. Er lachte, als durch den Aufprall seines nackten Körpers die Luft aus Dereks gepresst wurde. „Wie sieht’s aus Kumpel? Willst du mein Erster werden?“

„Verdammt!“, keuchte Derek. „Geh‘ von mir runter! Bist du nicht hetero, verdammt noch mal?“

Victor lachte, als ob er etwas wahnsinnig Komisches gesagt hätte, und rollte von ihm herunter. „Beruhige dich. Ich mach‘ nur ein bisschen Spaß. Du wirst dir noch wünschen, das hier in deinem Arsch zu haben“, fügte er hinzu, griff nach seinem Schwanz und zeigte damit auf Derek. Sein Penis war nicht vollständig schlaff.

War Victor wirklich erregt? Dieser Gedanke jagte Derek einen eisigen Schauer den Rücken hinab. Er zwang sich jedoch, den Gedanken abzuschütteln. Victor zog ihn nur auf. Das war alles. „Verdammt! Tim bringt mich um, wenn er hört, was du hier machst.“ Er sprach seinen angeblichen Wunsch, Victors Schwanz in seinem Arsch zu haben, nicht direkt aus. Der Gedanke daran verursachte ihm Übelkeit. Außerdem hatte er nicht vor, Tim untreu zu werden, egal wessen Schwanz wo rein gesteckt wurde.

„Was in Tampa geschieht, bleibt auch in Tampa“, sagte Victor und brach dann erneut in betrunkenes Gekicher aus.

„Ich muss ins Bett, Victor.“

„Klar, Liebling“, antworte Victor kichernd, rollte sich wieder zu ihm und legte einen Arm um seine Taille.

„Ich meine es ernst.“ Das Zimmer drehte sich leicht und Derek wollte einfach nur die Augen schließen und schlafen. Das konnte er jedoch nicht, während Victor nackt halb auf ihm lag. Er spürte Victors halb erigierten Penis gegen seine Hüfte drücken.

Victor stemmte sich auf Hände und Knie, stieg jedoch zu Dereks Bestürzung nicht vom Bett herunter. Er drehte sich einfach zur Seite und kniete jetzt auf allen Vieren über Derek. In Dereks Gesicht hinabblickend, fragte er mit schiefem Grinsen: „Bist du sicher, dass du dem kleinen Timmy nicht einen *echten* Grund zur Eifersucht geben willst?“

„Ganz sicher.“

Zu seinem Schrecken beugte sich Victor hinunter und küsste ihn auf die Lippen. Derek zog den Kopf weg und Victor kicherte erneut. „Dein Pech, Kumpel“, sagte er mit einem letzten Griff nach Dereks Schwanz, der trotz Dereks Versuchen, ihn daran zu hindern, hart wurde. Dann verließ Victor halb krabbelnd, halb herausfallend das Bett und plumpste auf den Teppichboden.

Wir sind beide besoffen, sagte sich Derek. *Morgen früh werden wir es lustig finden.* Zumindest hoffte er das.

Victor schaffte es lange genug, die Füße voreinander zu setzen, um den Lichtschalter zu finden und das Zimmer ins Dunkel zu tauchen. Vielmehr ins Halbdunkel, die Jalousien waren immer noch halb offen und das Licht aus dem Innenhof des Hotels tauchte das Zimmer in ein gedämpftes Rot. Victor stolperte zu seinem Bett und ließ sich hineinfallen.

Derek musste pinkeln, traute sich jedoch nicht zu, bis ins Badezimmer zu gehen. Irgendwie schaffte er es, die Decken zu heben und sich darunter zu schlängeln. Dann schlief er entweder ein oder verlor das Bewusstsein.

DER ABEND brach an und Russ schaffte es, Bill zu helfen, eine Reihe von Flaschenraketen, Wunderkerzen und Goldregen anzuzünden, ohne dass ein Unglück geschah. Jacob war entzückt und selbst Shannon schien die Vorstellung widerwillig zu genießen. Nur der arme Max bestand darauf, ins Haus gelassen zu werden, damit er sich unter dem Couchtisch im Wohnzimmer verkriechen konnte.

Es war eine wunderschöne warme Nacht, und nachdem Shannon Jacob ins Bett gebracht hatte, kam sie zurück, um zusammen mit Russ und ihrem Mann noch ein wenig draußen zu sitzen. Sie tranken das übrig gebliebene Bier und betrachteten die Sterne. Inzwischen war auch Max herausgekommen und hatte sich zu Russ‘ Füßen eingerollt. Nach einem Tag mit hyperaktiven Kindern, lauten Explosionen und möglicherweise zu vielen übrig gebliebenen Cheeseburgern, war er erschöpft. Das einzige Licht auf der Veranda stammte von den Citronella Kerzen, die in regelmäßigen Abständen auf dem Geländer platziert waren und die Luft mit einem durchdringenden Duft erfüllten.

„Also … Rusty hat einen neuen Freund“, erzählte Bill seiner Frau, als sie auf ihrem Stuhl Platz nahm. Niemand außer Shannon – und jetzt infolgedessen auch Bill – nannte Russ ‚Rusty‘. Seine Schwester hatte ihn damit in ihrer Kindheit gepiesackt.

Shannons Neugier war sofort geweckt. „Erzähl‘.“

„Er ist nicht mein Freund“, stellte Russ klar und sah Bill verärgert an. „Ich habe nur gesagt, dass er das Haus gekauft hat. Außerdem ist er verlobt. Ich habe lediglich bemerkt, dass er attraktiv ist, das war alles.“

„Und nett“, fügte Bill hinzu.

„Zerstöre keine glückliche Partnerschaft, Rusty. Das geht nie gut.“

„Also bitte! Kannst du dir vorstellen, wie ich hinter dem Freund oder Mann eines Anderen her bin? Das wird nicht passieren.“

„Du musst einen netten Kerl für dich selbst finden“, stellte Shannon fest.

Russ gab den Versuch auf, so zu tun, als ob er Derek nicht im Visier hätte. „Ich habe meinen Urlaub im Oktober. Ein durch und durch schwules Bed and Breakfast in Vermont.“

„Ein durch und durch schwules Bed and Breakfast?“, fragte Shannon skeptisch. „So etwas gibt es?“

„So etwas gibt es. Auf einer Farm. Sie heißt Rabbit Hollow Farm. Man kann schwimmen, sich massieren lassen, es gibt einen Kraftraum“ – nicht, dass er jemals in seinem Leben Gewichte gestemmt hätte – „einen Whirlpool, eine Sauna … Und Hunde sind erlaubt. Max muss also nicht in die Hundepension.“

„Gut.“

„*Außerdem*“, fügte er als Krönung hinzu, „herrscht keine Bekleidungspflicht.“

Bill johlte, völlig außer acht lassend, dass sein Sohn drinnen schlief, und klopfte Russ auf die Schulter. „Dann mal los, Russ.“

Shannon blitzte ihren Mann an, um ihn zum Schweigen zu bringen und sagte dann mit gedämpfter Stimme: „Niemals. Du? Nackt herumlaufend?“

Russ musste zugeben, die Vorstellung machte ihn etwas nervös. Doch sie erregte ihn auch. Es würde ihm nicht schaden, einmal mutig zu sein. Möglicherweise traf er einen attraktiven Mann, sie verbrachten das Wochenende wie die Kaninchen rammelnd auf dem Feld – er versuchte, den Gedanken an Zecken auszublenden – und verliebte sich bis über beide Ohren. „Klar, warum nicht?“

„Nun, zum einen, weil dann Oktober ist.“

Das stimmte. „Vielleicht kann ich drinnen nackt herumlaufen“, sagte Russ zweifelnd. „Und dann sind da ja auch noch der Whirlpool und die Sauna.“

Sie hob skeptisch die Augenbraue, doch Bill sprang zu seiner Verteidigung bei. „Ich finde, es klingt *heiß*. Zumindest, du weißt schon, für Schwule.“

„Aha“, meinte Shannon. „Manchmal wundere ich mich über dich, Billy.“

Er wackelte einfach nur mit den Augenbrauen in ihre Richtung.

Sie verbrachten angenehme Stunden, während sie sich unterhielten. Trotz der Sticheleien betete Russ seine Schwester an und Bill war ein Schatz, auch wenn er sich manchmal wie ein Blödmann benahm. Shannon war stets hinter Russ her, er solle sie öfter besuchen und er stellte plötzlich fest, dass er gerade eine Einladung für Thanksgiving akzeptiert hatte. Doch natürlich dauerte es bis dahin noch Monate.

Bill gab zuerst auf, kurz nach Mitternacht. „Ich penne gleich ein.“ Er erhob sich von seinem Gartenstuhl und reckte sich. „Ich kann meine Augen nicht länger offen halten.“ Er beugte sich vor, küsste Shannon, kam dann zu Russ und umarmte ihn. „Ihr könnt ja noch wach bleiben und über mich reden.“

„Ich werde meinem Bruder alles über unser Sexleben erzählen“, drohte Shannon.

„Tu das. 20 Zentimeter, Russ. Lass dir von ihr nichts anderes erzählen.“

Shannon verdrehte die Augen. „Oh *bitte*.“ Aber sie lachte und sah ihrem Mann mit liebevoller Verzweiflung zu, als dieser sich grob in den Schritt fasste und Russ zuzwinkerte.

„Wie konnte ich nur so ein Schwein heiraten?“, wollte sie von Russ wissen, als Bill im Haus verschwunden war.

„Du liebst es“, bemerkte Russ. Er kippte die Bierflasche, um sie auszutrinken.

„Das tue ich. Er ist so liebenswert, selbst wenn er sich wie ein Arschloch verhält.“ Sie machte eine kurze Pause und holte sich ein Ginger Ale aus der Kühlbox. Dann setzte sie sich wieder hin. „Bei anderen Männern macht er das übrigens nicht.“

„Sie umarmen?“

„Ja.“

„Ich weiß. Viele heterosexuelle Männer machen das bei ihren schwulen Freunden.“

„Um zu zeigen, dass sie gut damit klarkommen?“

Russ zuckte mit den Schultern. „Entweder das oder sie mögen die Tatsache, dass es da einen Kerl gibt, dem sie etwas näher kommen können, ohne dass er sich gleich unwohl fühlt. Einer meiner Kollegen macht das manchmal. Marty Johnson hat das auch getan.“

Als der Name ihres ehemaligen Verlobten fiel, hob Shannon die Augenbrauen und hielt mitten in der Bewegung, die Limonade zu ihren Lippen zu führen, inne. „Marty! *Seinen* Namen habe ich schon eine ganze Weile nicht mehr gehört …“

Marty und Shannon hatten sich in ihrem letzten Highschooljahr verlobt. Dann war der arme Kerl eines nachts mit seinem Motorrad unterwegs gewesen und irgendein Arschloch hatte eine rote Ampel überfahren. Kurz vor den Abschlussprüfungen war die Beerdigung gewesen, an der Russ teilgenommen hatte. Shannon war völlig am Ende gewesen, nicht einmal in der Lage, am Gottesdienst teilzunehmen.

„Tut mir leid", sagte Russ. „Ich hätte seinen Namen nicht erwähnen sollen."

„Schon in Ordnung."

Russ fühlte sich wie ein unsensibler Arsch, nickte hilflos und sagte: „Er war ein guter Mann."

Shannon schnaubte, versuchte dann aber schnell, es zu verbergen und nahm noch einen Schluck Limonade.

„Was?"

„Nichts."

„Habe ich etwas verpasst?"

Shannon starte lange Zeit in eine der Citronella Kerzen, die in der leichten Brise zischte.

„Er war nicht der tolle Kerl, für den ihn alle gehalten haben. Ich weiß, alle waren davon überzeugt. Aber das war er nicht."

Das haute Russ völlig um. Niemand hatte je zuvor etwas Schlechtes über Marty gesagt. Er war attraktiv, charmant, höflich gegenüber seinen Eltern gewesen und war gut mit dem Schwulsein des jüngeren Bruders klargekommen. „Was meinst du?"

Shannon schaute immer noch auf die Kerze und fragte dann leise: „Bist du sicher, dass du es wissen willst, Russ?"

„Was? Ja." Sie verhielt sich etwas merkwürdig und machte ihn damit nervös. Was zum Teufel konnte Marty getan haben? „Los, Shannon. Wenn es etwas gibt, das ich wissen sollte …"

Sie beugte sich zu ihm und senkte die Stimme. „In Ordnung. Wahrscheinlich tut es gut, es endlich jemandem zu erzählen. Du musst mir aber versprechen, es *niemandem* zu verraten. Hast du verstanden? Nicht Bill, nicht Mom und Dad. *Niemandem*. Verstanden?"

Oh mein Gott. „Verstanden."

„Marty hat mich vergewaltigt."

Diese Enthüllung durchfuhr Russ wie ein Stromstoß. *Unmöglich*. Eine ganze Zeit lang konnte er nichts erwidern und starrte seine Schwester nur verständnislos an. Was sie soeben gesagt hatte, ließ sich in keinster Weise mit dem Bild, das er von Marty hatte, in Einklang bringen. „Was?"

„Beim ersten Mal war er betrunken, daher habe ich versucht, ihm zu verzeihen."

„Beim *ersten* Mal?"

Shannon blickte schnell zum Haus. „Leiser", zischte sie. „Ja, es ist zweimal passiert. Beim zweiten Mal war er nicht betrunken. Er war einfach nur ein verdammtes Schwein. Und tot oder nicht, das werde ich ihm nie verzeihen."

Russ konnte nicht glauben, was er da hörte. Nicht, dass er seiner Schwester nicht glauben würde. Doch was sie ihm erzählte, als sie zögernd die Einzelheiten berichtete, widersprach allem, was er über Marty zu wissen geglaubt hatte. Mein Gott! Er hatte als Teenager sogar ein wenig für ihn geschwärmt! Wie hatte der Kerl seine Schwester nur festhalten und sie zwingen können, auch dann noch, als sie zu weinen angefangen und ihn angefleht hatte, aufzuhören?

„Ich weiß nicht", sagte Shannon. „Er war beim Sex immer irgendwie aggressiv. Wir haben es öfter als diese zwei Mal gemacht – ich habe nie behauptet, eine zarte, jungfräuliche Blume zu sein. Wenn er geil wurde, habe ich meistens mitgemacht. Doch bei den beiden Malen, als ich nicht wollte, hat er mich dazu gezwungen und das hat mir Angst gemacht. Danach war mir klar, ich hatte nicht die Kraft, ihn abzuwehren und ich konnte nicht drauf vertrauen, dass er seine Kraft nicht gegen mich einsetzen würde."

„Himmel!", fauchte Russ im Flüsterton. „Warum hast du es mir nicht erzählt?"

„Denkst du, ich wollte, dass alle erfahren, dass ich vergewaltigt worden war?"

„Mein Gott!"

Shannon legte ihm die Hand auf den Arm. „Russ … ich bin damit klargekommen, okay? Ich habe mich von ihm getrennt."

„Wann?"

„Am Tag danach."

„Du hast uns nie erzählt, dass die Verlobung gelöst wurde." Er fürchtete, anklagend zu klingen. Das wollte er nicht. Er wollte nicht den Eindruck erwecken, als ob irgendetwas davon ihre Schuld gewesen wäre. *Mein Gott, Marty!*

„Er wurde überfahren, nur ein paar Tage danach", antwortete Shannon. „Danach schien es keine Rolle mehr zu spielen."

Russ fühlte Zorn in sich aufsteigen. Er musste aufstehen und zum Verandageländer gehen. Wenn doch nur irgendetwas da wäre, *irgendetwas*, auf das er einschlagen könnte!

„Russ … du hättest nichts tun können."

„Ich hätte ihm den Schädel einschlagen können! Seinen verdammten Schwanz abschneiden können!"

Sie beschwichtigte ihn erneut und stand auf, um ihm am Geländer Gesellschaft zu leisten. Im Garten unter ihnen kommunizierten die Springpfeifer, eine Froschart, miteinander und Glühwürmchen trieben gemächlich durch die Luft. Es war eine schöne, friedliche Nacht. „Das wollte ich nicht. Du hast zu ihm aufgeschaut, ihn bewundert! Für dich war es schon hart genug, ihn zu verlieren. Ich wollte nicht, dass du ihn *hasst*."

„Verdammt, Shannon, es tut mir so leid …"

„Es ist lange her", stellte sie klar. Sie zuckte mit den Schultern, als ob es nicht weiter wichtig wäre. Doch er erinnerte sich an den Anfang ihres Gesprächs. *Wahrscheinlich tut es gut, es endlich jemandem zu erzählen.* Wie mochte es gewesen sein, es die letzten fünfzehn Jahre für sich zu behalten?

„Ich wünschte, du hättest es mir gesagt."

„Reg‘ dich nicht so darüber auf“, bat sie und strich ihm beruhigend über den Rücken. „Ich habe es hinter mir gelassen. Größtenteils jedenfalls. Es fühlt sich gut an, es jemandem zu erzählen. Danke, dass du für mich da bist, Rusty.“

Er schnaubte und schüttelte den Kopf. Er war so enttäuscht, er hätte explodieren können. Aber sie hatte recht, Marty war tot. Es gab nichts, was er jetzt noch tun konnte, abgesehen davon, ihr zuzuhören, wenn sie reden wollte. Er beugte sich vor, legte ihr beschützend den Arm um die Schultern und zog sie an sich. Er gab ihr einen Kuss auf die Haare und sagte: „Wenn ich irgendwas für dich tun kann, sag‘ es einfach.“

„Sei einfach nur als mein Bruder für mich da“, antwortete sie. „Und erzähle es nie … *niemals* Bill.“

8

Es war immer noch dunkel, als Derek aufwachte. Er lag auf dem Bauch, ihm war immer noch schwindelig vom Alkohol und er musste wirklich dringend pinkeln. Doch da war noch etwas anderes – jemand stieß gegen das Bett. Davon war er wach geworden. Er nahm den Geruch von Schweiß, Leder und Alkohol war. Langsam dämmerte seinem umnebelten Hirn, dass Victor ebenfalls im Zimmer war. Bestürzt bemerkte er, dass der Mann unter die Laken kroch und auf ihn stieg. Heiße, schweißnasse Haut rieb gegen seine, das erschreckende Gefühl von Victors Erektion, die über die Rückseite seines Beins glitt. Und dann ließ sich Victor auf Dereks Rücken fallen. Durch den Aufprall wurde die Luft aus seinen Lungen gepresst.

„Uff! Wa…“ Um Wörter bilden zu können, fehlte ihm der Atem.

Er war immer noch zu betrunken, um seine Bewegungen kontrollieren zu können. Mit dem rechten Arm schlug er nach Victors Rücken, schaffte es aber lediglich, schwach seinen massigen Körper zu treffen. Victors Gewicht schien zugenommen zu haben, sogar im Vergleich zu ihrem … gestrigen Wrestling. Oder was auch immer Victor meinte, getan zu haben. Jetzt lag der Mann mit seinem ganzen Gewicht auf Derek, ohne sich auch nur im Geringsten abzustützen. Und Derek konnte ihn nicht wegschubsen. Er war ja kaum in der Lage, zu atmen. Victors Haut sonderte Hitze ab wie ein Hochofen, brannte auf seinem Rücken, an seinem nackten Hintern. Er fühlte Victors harten Schwanz; die Stoppeln seines rasierten Schambereichs drückten gegen seine Arschritze.

„Geh‘ … runter …“

„Niemand muss davon erfahren …“, raunte ihm Victor mit nach Wodka stinkendem Atem lallend ins Ohr. Er küsste unbeholfen Dereks Nacken.

Derek wollte nicht wahrhaben, was da passierte. Es konnte nicht wahr sein. *Unvorstellbar*. Erst als Victor seine Beine auseinanderstemmte, der dicke, harte Schwanz zwischen seine Beine glitt und dabei eine Spur aus Sperma hinterließ, packte ihn Entsetzen. *Er versucht, mich zu ficken!* „Victor! Stopp!“

Nicht da, nicht da, überall, aber nicht da!

Sollte ich jemals erfahren, dass du zugelassen hast, dass dich ein Kerl in den Arsch fickt, jage ich dir eine verdammte Kugel in den Kopf.

Derek versuchte, seine Arme unter den Körper zu ziehen, um sich so hochzudrücken oder herumzurollen. Mehr als sich unter den über neunzig Kilogramm nackten Fleisches, die ihn hinunterdrückten, hin- und herzubewegen, schaffte er jedoch nicht. Nicht einmal schreien konnte er, lediglich kurze, flache Atemzüge waren möglich. Seine Stimme war nur ein quietschendes Keuchen.

Stopp!

Victor murmelte beschwichtigend auf ihn ein, unzusammenhängende Fragmente. „Werde dir nicht wehtun … beruhige dich … werde nichts verraten … es wird dir gefallen.“ Währenddessen stupste er unentwegt auf der Suche nach Dereks Öffnung gegen ihn, Dereks gegen ihn tretende Beine ignorierte er einfach. Schließlich verlor er jedoch die Geduld, griff mit einer Hand nach unten und dirigierte seinen Schwanz an die richtige Stelle.

Nicht da! Mein Gott …

Victor war zu betrunken – oder aber es war ihm einfach egal – um einen Gedanken an Gleitgel zu verschwenden. Der Schmerz, der durch Dereks Eingeweide schoss, als Victor sich hineinzwängte, war entsetzlich. Feuerstöße schossen durch seinen Körper, verbrannten sein Innerstes, zerstörten, zerrissen es.

„Nein! Ich sterbe! Ich sterbe! Gott hilf‘ mir!“

Victor drückte Dereks Kopf in das Kissen, um den Schrei zu ersticken.

„Schsscht! Entspann dich einfach.“

Doch es war zu spät. *Zu spät.* Er war schon tot.

Derek bekam keine Luft mehr. Mit jedem weiteren harten Stoß riss Victors Schwanz sein Innerstes weiter auseinander, zerfetzte es wie ein Schrapnell. Er bekam kaum mit, wie sich seine Blase entleerte, Urin die Matratze durchtränkte und wie warmes Blut gegen seinen Bauch floss. Ihm war schlecht, sein Magen aufgewühlt und er hatte Angst, dass ihm alles hochkommen und er an dem Erbrochenen ersticken würde.

Es ging weiter und weiter, ein nicht enden wollender Schmerz in seinen Gedärmen. Er hatte Blitze und Sterne vor Augen, als er versuchte, trotz des Kissens nach Luft zu schnappen. Dann entfuhr Victor ein langes Stöhnen und zum ersten Mal in seinem Leben spürte Derek, wie sich ein Schwanz in ihm entlud, ihn beschmutzte, ihn schändete, ihn versengte.

Wie eine Kugel in meinem Kopf.

Victor lag nach Luft schnappend auf Dereks Rücken. Schweißbäche, die sich zwischen ihren Körpern gestaut hatten, tropften Dereks Seiten hinab. Als Victor seinen Griff lockerte, war Derek schließlich in der Lage, den Kopf zu heben und nach Luft zu schnappen – Luft, die nach Alkohol, schlechtem Atem, Schweiß und Pisse stank.

Victor krabbelte endlich von seinem Körper herunter, tätschelte ihm die Schulter und murmelte etwas, das nach „Danke, Kumpel“ klang. Dann torkelte er durch die kleine Lücke zwischen ihren Betten, fiel auf seine Matratze und schlief augenscheinlich sofort ein.

DEREK LAG so lange unbeweglich da, dass er jedes Zeitgefühl verloren hatte. Es hätten Stunden oder auch Tage sein können, die er in einer Lache aus seinem eigenen kalten Urin da lag, während Victors Sperma aus ihm floss. Doch der Zeit auf dem Hotelwecker nach, war es erst kurz nach halb vier.

Blute ich? Eigentlich müsste er das. Es fühlte sich dort so zerfetzt an, als ob sein Innerstes aufgerissen wäre und durch die leiseste Bewegung alles herausrutschen, sich sein Darm über die verdreckte Matratze ergießen würden. Er glaubte nicht an Gott, aber eine winzige Stimme ganz hinten in seinem Kopf sagte immer und immer wieder: *Gott hilf mir Gott hilf mir Gott hilf mir …*

Endlich brachte ihn der Ekel, in seinem eigenen Dreck zu liegen, dazu, sich zu bewegen und zu säubern. Er stützte sich auf seine zitternden Arme – *schwache Arme, hilflose Arme, wie die eines Kindes* – und schaffte es irgendwie, aus dem Bett zu kommen und ins Badezimmer zu gelangen. Er hatte Angst, das Licht anzumachen, Angst, sich im Spiegel zu sehen. Als er jedoch endlich den Mut gefasst hatte, war er schockiert, dass er noch genauso aussah wie zuvor. Bleich und schwach, aber … nicht wirklich anders. Kein Unterschied zum letzten Mal, als er in den Spiegel geschaut hatte. Nur, dass sich die Person im Spiegel nicht länger wie er anfühlte. Das *war* nicht er. Das konnte nicht sein.

Dreckige Schwuchtel.

Dann griff er nach unten, um die Stelle zu berühren, an der er überzeugt war, in zwei Teile zerrissen zu sein. Es brannte und er zog schnell wieder die Finger zurück. Als er auf seine Hand blickte, sah er Blut. Nicht so viel, wie er erwartet hatte. Nur ein kleiner Fleck. Jedoch genug, dass er sich ins Waschbecken übergab. Er war überrascht, dass die Hand nicht voller Blut war. Es musste nur sein Enddarm verletzt sein. Doch das konnte nicht stimmen. Er *wusste*, sein ganzes Inneres war zerfetzt. Das konnte er *fühlen.*

Wieder musste er sich übergeben. Erst, als er nur noch trocken würgen konnte, hörte er auf.

Er hatte die Tür nicht geschlossen, doch Victor rührte sich nicht, während Derek in das Waschbecken kotzte. Derek schloss sie jetzt und drehte den Wasserhahn auf, um das Becken zu reinigen. Auf dem Boden, zwischen seinen Füßen, waren mehrere kleine Flecken Blut vermischt mit Samen. Durch den Anblick wurde ihm schwarz vor Augen und er wurde fast ohnmächtig. Er hielt sich an der Kante des Waschbeckens fest und umklammerte das kalte, feuchte Porzellan, bis der Raum aufhörte, sich zu drehen. Als er sich wieder bewegen konnte, riss er Toilettenpapier von der Rolle und wischte wie wahnsinnig über den Boden. Das benutzte Papier warf er in die Toilette. Dann setzte er sich und zwang sich, den Darm zu entleeren. Es war unerträglich schmerzhaft und er musste sich auf die Zunge beißen, um nicht laut aufzuschreien. Den Gedanken, Victors Sperma auch nur eine Sekunde länger in seinem Körper ertragen zu müssen, hielt er jedoch nicht aus. Als er sich abwischte, war das Toilettenpapier blutig. Bei diesem Anblick wurde Derek erneut beinahe ohnmächtig. Einige Minuten lang blieb er, den Kopf zwischen den Knien, tief ein- und ausatmend, auf der Toilette sitzen.

Dann spülte er alles runter.

Er drehte die Dusche auf, wartete, bis das Wasser warm genug war, und stellte sich dann darunter. Das Wasser war so heiß, das er es gerade noch aushielt. Mit einem der gebleichten, weißen Hotelwaschlappen und jeder Menge Seife schrubbte er sich Pisse, Blut, Schweiß und den ekelhaften Gestank von Victors Aftershave vom Körper. Er schrubbte jeden Zentimeter, bis seine Haut rau und rot war und unter dem kochend heißen Wasser brannte. Er schrubbte, obwohl ihm klar war, dass es nie mehr verschwinden würde. Selbst wenn er alle Hautschichten entfernte, Derek wusste, tief in seinem Inneren würde er sich immer schmutzig fühlen.

Immer.

9

DEREK KONNTE nirgendwohin. Er war gefangen, gefangen bei diesem … *Ding* auf der anderen Seite der Badezimmertür. Er musste nach Hause, sehnte sich verzweifelt danach. Doch um nach Hause zu kommen, musste er fliegen. Und müsste genau neben … sitzen.

Konnte er den Flug stornieren? Nein. Nein. Er wäre hier gefangen. Es konnte Tage dauern, bis er einen anderen Flug bekommen würde. Victor würde … Wer weiß, was Victor tun würde, wenn Derek sich weigerte, mit ihm zu kommen. Und die Firma … Sie würden wissen wollen, warum. Sie würden möglicherweise keinen anderen Flug oder weitere Hotelübernachtungen bezahlen.

Nein, er musste nach Hause. Selbst wenn es bedeutete, mit Victor zusammen sein zu müssen. *Mein Gott! Warum passiert das alles?*

Er dachte darüber nach, das Zimmer zu verlassen und in einen der Aufenthaltsräume des Hotels oder das Restaurant zu gehen. Zumindest bis zu ihrem Abflug. Aber es würden Menschen da sein, Menschen, die sich fragen würden, was mit ihm nicht stimmte, da er einfach nur dasitzen und mit leerem Blick auf den Boden starren würde. Im Flughafen würde er das ertragen müssen, aber … nicht jetzt.

Zur Polizei gehen? Der Gedanke ängstigte ihn. Das Einzige, was noch schlimmer wäre als das, was Victor ihm gerade angetan hatte, wäre es *allen zu erzählen*. Nein, er musste es vergessen, es aus seinem Kopf bekommen. Er musste eine Flasche Bleiche in ein Ohr kippen und sie einige Stunden lang um sein Gehirn schwappen lassen.

Was er jedoch mit Sicherheit wusste: Er konnte nicht in dieses Bett zurück. Selbst wenn er eine Stelle finden würde, die nicht durchtränkt war von Pisse, könnte er sich nicht wieder hineinlegen, … er konnte einfach nicht. Daher blieb er im Badezimmer auf dem Klodeckel sitzen, bis Tageslicht durch die Ritze unter der Tür sickerte. Als er sich schließlich hinaustraute, schien schwaches graues Licht durch die Lamellen der Jalousien. Der Tag war noch nicht wirklich angebrochen, doch das kalte, blasse Licht kündigte bereits den Tagesbeginn an.

Victor lag immer noch schlafend in seinem Bett, leise atmend. *Ich könnte ihn jetzt umbringen*, schoss es Derek durch den Kopf. Doch nein. Das würde nicht geschehen. Er wusste nicht, was geschehen würde. Er konnte nicht an die Zukunft denken. Er konnte nicht an die Vergangenheit denken – *um Gottes willen, nicht die Vergangenheit!* Und in der Gegenwart war nur kalte Leere. Er konnte nicht klar denken, er konnte überhaupt nicht denken.

Beim Anblick des Mannes im Bett wurde ihm schlecht. Das Gefühl breitete sich in seinem ganzen Körper aus. Wahrscheinlich war es gut, dass er alles ausgekotzt hatte.

Derek suchte nach seinen Sachen und zog sich leise an. Dann setzte er sich in einen der Sessel am Fenster, Beine und Arme eng an den Körper gezogen, als ob ihm kalt wäre. Er hatte keine Ahnung, ob ihm kalt war oder nicht. Er saß da und lauschte der eisigen Stille vor Tagesanbruch, starrte auf Victor und wartete. Ihm war nicht klar, worauf er genau wartete. Irgendwann würde Victor aufwachen. Irgendwann würde er die Augen öffnen und den Mann sehen, der seit über zwanzig Jahren sein bester Freund war. Würde er den Schaden bemerken, den er angerichtet hatte? Würde er Derek als seine Hure bezeichnen? Er hatte ihn zu Boden geworfen, seinen Körper in Stücke gerissen. Würde er sein zerstörerisches Werk jetzt vollenden wollen? Würde er es jedem in der Firma erzählen, damit sie etwas zu lachen hatten, ihn verhöhnen und Lose ziehen, wer die Schwuchtel als Nächstes besteigen durfte?

Na also, ich habe an die Zukunft gedacht. Bravo. Der erste Schritt auf dem Weg zur Genesung.

Das graue Licht verfärbte sich rosa. Derek zuckte schmerzhaft zusammen, als der Wecker auf dem Tisch losging.

Es war 6:00 Uhr. Zeit, nach Hause zu fliegen.

Victor knurrte, rollte sich rum und schlug mit einem Arm nach dem Wecker, bis er den Knopf zum Ausschalten erwischte. Dann streckte er sich und furzte. Eine Minute lag er da und kratzte sich die Brust, bis er schließlich langsam die Augen öffnete. Er spähte hinüber zu Dereks leerem Bett und setzte sich dann wankend auf.

„Bist du im Bad?“, rief er. Die Tür war auf und das Licht ausgeschaltet, vielleicht dachte er jedoch, Derek würde im Dunkeln auf dem Klo sitzen.

Derek konnte nicht antworten. Still sah er zu, wie Victor aufstand, sich im Zimmer umsah und ihn schließlich entdeckte. Victor zuckte zusammen.

„Verdammt! Du hast mich zu Tode erschreckt!“ Als Derek immer noch stumm blieb, runzelte er die Stirn. „Warum verhältst du dich so merkwürdig?“

Oh Mann! Kann es sein, dass er sich nicht erinnert?

Derek sah ihn an, konnte sich aber nicht überwinden, zu sprechen.

„Ich muss kacken“, brummte Victor, drehte sich um und ging ins Badezimmer.

Derek hörte zu, wie er sein Geschäft bei offener Tür erledigte und dann duschte. Erst als er das Geräusch des rauschenden Wassers hörte, war Derek in der Lage, sich von dem Sessel, auf dem er die letzte Stunde verbracht hatte, zu erheben. Seine Beine waren taub, als er sie streckte und er musste erst das Kribbeln bekämpfen, bevor er laufen konnte. Dann ging er zu seinem Koffer und suchte nach einem sauberen Hemd. Das, was er anhatte, war schweißdurchtränkt.

Sie mussten bald zum Flughafen. Zuerst müsste er jedoch das Frühstück und eine Taxifahrt hinter sich bringen. Dann würde er im Flugzeug neben Victor sitzen müssen.

Er muss sich doch erinnern! Er labert Scheiße, wenn er das Gegenteil behauptet.

Das Problem war jedoch, Victor verlor kein Wort darüber. Als er splitterfasernackt aus dem Badezimmer kam und sich abtrocknete, verhielt er sich, als ob sich seit gestern überhaupt nichts geändert hätte – als ob sie immer noch beste Freunde, er immer noch der gleiche heterosexuelle, vulgäre Mistkerl wie immer wäre. Falls er Dereks roboterhafte Bewegungen bemerkte, als dieser seinen Koffer packte, verlor er nicht ein Wort darüber.

Er redete über den Flug, über die beschissene Zeit, die sie hier verbracht hatten, darüber, dass er einen leichten Kater hatte. Es reichte fast, um Derek zu überzeugen, dass Victor keine Erinnerung an letzte Nacht hatte – dass alles während einer Art betrunkenen Blackouts geschehen war.

Da war nur eine Sache, die störte.

Währenddessen lagen die ganze Zeit Dereks Laken und Decken auf dem Bett. Als er aufgestanden und ins Badezimmer gegangen war, hatte er sie am Fußende zu einem Haufen zusammengeschoben. Das untere Laken war klar zu sehen, mit Pisse durchtränkt, die noch nicht getrocknet war und einer schwach braunen Schmierspur, wahrscheinlich Blut, dort wo sein Hintern hindurchgeschleift war. Victor musste es bemerkt haben. Doch er zog ihn nicht damit auf, dass er ins Bett gepinkelt hatte, und fragte ihn nicht, was zum Teufel passiert war.

Er verlor kein Wort darüber.

RUSS HATTE Probleme mit der Vernehmung.

Liz Sutton schien seltsam ruhig, als sie Russ auf der Polizeiwache gegenübersaß. Sie nippte an ihrem Kaffee und erzählte von ihrem Garten, darüber, dass sie die Stechpalmen in der Nähe der vorderen Veranda stutzen müsste, bevor sie zu groß wurden und die Aussicht beeinträchtigten. Über das neue Antipilzspray, das sie dieses Jahr an den Rosen ausprobieren wollte. Nur gelegentlich ließ sie ein Detail über den Tag, an dem der jüngere Bruder ihres Mannes sie vergewaltigt hatte, fallen.

„Sie haben uns erzählt, dass er, Owen, betrunken war“, sagte Officer Chavez. Sie war die dritte Person am Tisch, seine Partnerin, und sie hatte sehr viel mehr Erfahrung im Umgang mit Vergewaltigungsopfern als er.

Mrs Sutton war ein Schatz. Doch seit Russ erfahren hatte, was … das Arschloch, an dessen Namen er nicht einmal mehr *denken* konnte, ohne einen Wutanfall zu bekommen … seiner Schwester angetan hatte, verspürte er den rasenden Wunsch, *etwas zu tun*. Irgendetwas! Er hatte jedoch keine Ahnung, wie er Shannon helfen konnte. Sie schien seine Hilfe nicht einmal zu wollen. Zu diesem Zeitpunkt brauchte sie sie wahrscheinlich nicht.

„Ja“, antwortete Mrs Sutton.

„War er betrunken, als er bei Ihnen ankam?“

„Oh nein." Sie schüttelte den Kopf. „Ich glaube, er war bereits seit drei oder vier Tagen bei uns."

„Können Sie sich nicht mehr genau erinnern?"

Die ältere Frau runzelte die Stirn, zwischen ihren Augenbrauen erschien eine Falte. Das war von Anfang an das Problem gewesen. Ihre Erinnerung war ungenau und getrübt, noch erschwert dadurch, dass die Vergewaltigung fünf Jahre zurücklag. Sie hatte sich erst nach Mr Suttons Tod getraut, sie anzuzeigen.

„Ich glaube", sagte Mrs Sutton nachdenklich, „es waren vier. Er kam abends am ersten Weihnachtstag und blieb bis Sonntag. In dem Jahr war Weihnachten an einem Donnerstag, oder?"

„2009?", fragte Chavez. Sie blickte in ihre Aufzeichnungen. „Nein, es war ein Freitag." „Oh, dann war er nur drei Tage da, glaube ich. Er ist definitiv nicht vor dem ersten Weihnachtstag gekommen und das war am Donnerstagabend und er ist Sonntagnachmittag gefahren."

Russ fand dieses Geschwafel wegen der Einzelheiten frustrierend, doch Officer Chavez schien eine grenzenlose Geduld zu haben. Ruhig machte sie einen Vermerk auf ihrem Block.

„Der Vorfall ist also am Tag nach Weihnachten passiert? Am Samstagnachmittag?"

Mrs Sutton überlegte einen Moment. „Ja, ich glaube, das stimmt."

„Ungefähr um zwei Uhr?"

Mrs Sutton erwiderte unsicher: „Ich … es muss um die Zeit rum gewesen sein. Nach dem Essen habe ich das Geschirr abgespült und wir haben kurz nach zwölf gegessen. Ich kann mich daran erinnern, dass mich George ins Schlafzimmer gerufen hat …"

Chavez blickte für einen Sekundenbruchteil zu Russ, doch ihr Gesicht blieb ausdruckslos. George war nicht der Name von Mrs Suttons Schwager. Es war der Name ihres verstorbenen Mannes. Bis zu diesem Zeitpunkt hatte Russ geglaubt, ihr Mann wäre während der Vergewaltigung irgendwo anders gewesen. „George hat sie ins Schlafzimmer gerufen?", hakte Chavez nach. „Ihr Mann?"

„Ja."

„Was wollte er?"

Mrs Sutton sah beschämt aus. „Nun … was will ein Mann von seiner Frau im Schlafzimmer?"

„Sie haben vorher gesagt, dass sich *Owen* im Schlafzimmer befand", erinnerte Chavez sie sanft.

„Ja. Das war er."

„Mit George?"

„Ja."

„Haben die beiden getrunken?"

„Sie haben *weiterhin* getrunken. Da stand eine Flasche Rum …"

„Wollte George Sex mit Ihnen? Vor seinem Bruder?"

Die Frau sah finster auf den Tisch vor sich. Sie öffnete den Mund, um zu antworten, hielt sich dann jedoch eine Hand vor die Lippen, so als ob sie sich daran hindern wollte, zu sprechen. Stattdessen nickte sie.

„Ist das so gewesen?“

„Ich habe nein gesagt. Ich habe ihm gesagt, es sei … widerlich …” Sie machte eine kurze Pause und trank einen weiteren Schluck Kaffee. Ihre Hand zitterte, als sie die Tasse an den Mund führte.

Russ war übel. Diese Frau erinnerte ihn an eine Lehrerin, die er früher einmal in der Grundschule gehabt hatte – steif und korrekt. Eine Frau, die es schaffte, eine Klasse unruhiger Achtjähriger zu bändigen, ohne auch nur einmal die Stimme zu erheben. Er versuchte das Bild der wortkargen Miss McConnell, die nackten Männer auf der Suche nach einem Dreier gegenüberstand, aus seinem Kopf zu verbannen. Chavez atmete lediglich tief ein und langsam wieder aus. „Mrs Sutton, Sie haben uns erzählt, Owen hätte sich Ihnen aufgezwungen.“

„Das ist richtig. Das hat er getan.”

„Hat sich Ihr Mann ihnen *ebenfalls* aufgezwungen?“

„Nun … ich denke schon”, räumte Mrs Sutton mit vor Überraschung hochgezogenen Augenbrauen ein. „Aber das ist doch keine *Vergewaltigung* gewesen. Er war mein Mann.“

ALS DIE Vernehmung beendet war, schlug Chavez ein spätes Mittagessen im Stadtzentrum vor.

„Warum glaube ich nur, dass der Staatsanwalt sich nicht damit befassen wird?“, fragte Russ, als sie zu Luigi’s ein paar Straßen weiter umgezogen waren. Ehrlich gesagt war er nicht sicher, ob sie genug hatten, um weiterzumachen. Nicht fünf Jahre nach dem Vorfall.

Chavez zuckte mit den Schultern. „Streng genommen ist es noch nicht verjährt.“ Ein Fall von sexuellem Missbrauch konnte in New Hampshire bis zu sechs Jahre nach dem Vorfall verfolgt werden, falls das Opfer über achtzehn war. Aber sie schüttelte den Kopf. Ihnen war beiden klar, dass das ohne Beweise nicht sehr wahrscheinlich war, insbesondere wenn der Ehemann darin verwickelt war.

Sie saßen im hinteren Teil des Lokals, in einiger Entfernung zu den anderen Gästen. Trotzdem mussten sie ihre Stimmen dämpfen, als der Collegestudent, der sie bediente, ihnen ihre Burger brachte. Der Kerl war süß und Chavez lächelte ihn flüchtig flirtend an. Sein Blick war jedoch auf Russ gerichtet. Als er weg war, brummte Chavez: „Ist denn jeder hier schwul?“

Russ versuchte, nicht zu grinsen, als er nach einer Pommes griff und daran zu knabbern begann. „Für meinen Geschmack ist er zu jung.“

„Er ist volljährig und voller Leben“, erwiderte Chavez. Sie war eine auf natürliche Weise attraktive Frau, doch sie trug nie Make-up. Nicht während der Arbeit und auch nicht in der Freizeit, soweit Russ wusste. Außerdem trug sie ihr Haar immer kurz. Eine Menge Männer auf der Wache war überzeugt, sie sei lesbisch.

„Ein Dreier“, sagte sie. Eine Sekunde befürchtete Russ, sie sprach von sich selbst, ihm und dem süßen Kellner. Dann wurde ihm klar, dass sie einfach nur wieder über den Fall redete. „Und trotz allem, was sie sagt, wird kaum jemand glauben, sie wäre dazu gezwungen worden.“

Russ fühlte plötzlich den großen Drang, die schüchterne Witwe, die jedes Mal rot geworden war, als sie gezwungen gewesen war, Worte wie „Penis“ in ihrer Aussage zu benutzen, zu beschützen. „Sie hat ihrem Mann gesagt, sie will es nicht.“

„Seit Beginn der Zeitrechnung sagen Ehefrauen nein zu ihren Männern. Es interessiert niemanden.“ Chavez lachte verbittert auf. „Oh, klar. Es ist Männern *inzwischen* verboten, ihre Frauen zum Sex zu zwingen, aber erst seit 1991. Weißt du eigentlich, wie oft eine Anzeige Erfolg hat? Und wie sie zugegeben hat, hat sie sich nicht gewehrt. Sie lag einfach nur da und hat die beiden Männer machen lassen, was sie wollten.“

„Sie waren betrunken und ihr Mann hat sie früher schon geschlagen. Sie hatte Angst.“

Chavez biss von ihrem Burger ab, kaute und schluckte. „Es kümmert keinen, Russ.“

„Mich kümmert es!”

Chavez zögerte, ihre Hand war gerade dabei nach einer weiteren Pommes zu greifen. „Ja“, stimmte sie zu. „Mich auch.“

10

DIE HEIMREISE war ein wahrer Albtraum gewesen. Während des gesamten Frühstücks, der Taxifahrt zum Flughafen und der endlosen Wartezeit am Gate, hatte Victor versucht, Small Talk zu betreiben und herumgeblödelt, als ob nichts passiert wäre. Derek war nicht in der Lage gewesen, mitzuspielen. Er hatte eisern auf seinen Teller, seine Hände, seine Reisetasche gestarrt, um den anderen Mann nicht anschauen zu müssen. Wenn es unausweichlich gewesen war, hatte er mit Grunzlauten oder einsilbig geantwortet. Im Flugzeug war er gezwungen gewesen, mit einer Schulter und dem Oberarm gegen Victor gepresst dazusitzen. Der Mann war so kräftig, Derek konnte sich nicht durch die leiseste Bewegung von diesem Körperkontakt befreien. Das Gefühl ihrer gemeinsam geteilten Körperwärme ließ Übelkeit in Derek aufsteigen. Das Aftershave, das er noch nie gemocht hatte, roch für ihn nun nach Verwesung.

Und dann waren da auch noch diese brennenden Schmerzen. Dereks Arschloch schien die ganze Zeit, die er gezwungen war, die Gesellschaft seines Vergewaltigers zu ertragen, in Flammen zu stehen. Bei jeder Bewegung stellte er sich vor, wie verletzt und zerfetzt er dort unten sein musste. Blutete er immer noch? Den ganzen Morgen hatte er sich Gedanken gemacht, ob ein verräterischer, dunkler, feuchter Fleck auf seiner Hose zu sehen war. Bisher war die Hose jedoch jedes Mal, wenn er in unbeobachteten Momenten nachgefühlt hatte, trocken gewesen. Er fragte sich, ob eine Kruste, oder schlimmer noch, Narben zurückbleiben würden. Hätte er jetzt beim Kacken jedes Mal Schmerzen?

Wie konnten Männer das nur gut finden?

Er wusste, dass es Tim gefiel. Doch der Gedanke daran war einfach deprimierend. Das war ein weiterer Punkt, den er bei seinem Verlobten nicht verstand.

Als das Flugzeug auf dem Manchester Airport landete, konnte Derek Victors Gesellschaft nicht eine Minute länger ertragen. Victor rief ein Taxi, doch Derek sagte: „Fahr ruhig. Tim holt mich ab.“

Er befürchtete schon, Victor würde mit ihm diskutieren, ihn überreden wollen, Tim anzurufen, dass das nicht nötig wäre. Doch der andere Mann zuckte nur die Achseln und murmelte: „Wie du willst.“

Er ging Richtung Ausgang und endlich war Derek ihn los. Er fühlte, wie sich die Beengtheit in seiner Brust löste, von der er gar nicht gewusst hatte, dass sie dagewesen war. Dann wählte er seine Festnetznummer. Tim war wenig begeistert, als er darum bat, abgeholt zu werden. „Verdammt, Derek. Ich schneide gerade Gemüse fürs Abendessen. Ich dachte, du nimmst ein Taxi.“

„Ja, klar“, erwiderte Derek schnell. „Kein Problem. Ich rufe mir ein Taxi. Ich liebe dich.“

Bevor Tim noch etwas sagen konnte, legte er schnell auf. Das Letzte, was er jetzt brauchen konnte, war ein Streit.

Durch die Fenster am Eingang des Flughafens konnte er sehen, dass Victor immer noch auf sein Taxi wartete. Derek wandte sich nach rechts und begab sich auf die Suche nach einer Toilette. Er musste nicht wirklich. Ungefähr eine halbe Stunde verbrachte er in einer Kabine sitzend. Dann gab er sich alle Mühe, sich möglichst geräuschvoll abzuwischen – er war erleichtert, dass das Toilettenpapier keine Blutflecken aufwies – abzuspülen und die Kabine zu verlassen, falls jemand bemerkt haben sollte, wie viel Zeit er dort verbracht hatte.

Victor war inzwischen verschwunden, also rief er das Taxiunternehmen an und ging nach draußen, um zu warten.

DAS ESSEN war wie immer köstlich. Tim war ein fantastischer Koch. An diesem Abend schien er sogar einigermaßen romantisch gestimmt zu sein. Er küsste Derek oft, während sie in die Küche gingen, und liebkoste ihn vor dem Kühlschrank, als Derek eine Flasche Weißwein herausnahm, die Tim zum Kühlen hineingelegt hatte. Derek versuchte so zu tun, als ob er es genießen würde, doch jede einzelne Berührung ließ seine Haut kribbeln. Es lag nicht an Tim, das wusste er. Doch er konnte nichts dagegen tun.

Als sie sich zum Schlafengehen auszogen, merkte Tim, dass irgendetwas nicht stimmte.

„Warum verhältst du dich so merkwürdig?“, wollte er wissen.

„Ich verhalte mich nicht merkwürdig.“

„Jedes Mal, wenn ich dich berühre, zuckst du zusammen.“

Derek konnte ihm nicht in die Augen schauen, als er antwortete: „Das mache ich nicht. Los, fass mich an.“ Er machte sich darauf gefasst, doch Tim unternahm keinen Versuch.

Er sah Derek böse an. „Meine Güte, vielen Dank auch. Ich fühle mich geehrt.“

„So habe ich das doch nicht gemeint. Ich bin einfach nur … es tut mir leid. Ich vermute, ich bin völlig fertig von der Reise.“

Tim warf ihm einen koketten Blick zu, ließ seine Cordhose und Boxershorts in einer Bewegung hinuntergleiten und stieg hinaus. Sein Körper, schlank und klar definiert, bot einen wunderbaren Anblick und Derek verspürte eine Regung in den Lenden. Doch er fühlte auch die Kälte in der Magengrube. Er sah weg und fühlte sich schlecht. „Nach einer komplett durchgeschlafenen Nacht geht es mir mit Sicherheit besser.“

Tim zog zuerst einen Schmollmund, lächelte ihn dann jedoch an und krabbelte ins Bett. „Na, dann komm ins Bett.“

Derek zog seine Jeans aus und schob die Daumen in den Bund seiner Boxershorts. Für einen Moment verspürte er den starken Wunsch, sie anzubehalten. Ihm war jedoch klar, Tim würde es äußerst merkwürdig vorkommen. Seit sie vor drei Jahren zusammengezogen waren, hatte Derek nie etwas im Bett getragen. Er schob die Unterhose hinunter und zog sie aus. Einen Augenblick hatte er Panik und fragte sich, ob es sichtbare Beweise für das, was Victor ihm angetan hatte, gab – eine Rötung oder Schwellung. Da *musste* etwas sein. Derek verspürte immer noch ein Brennen. Doch er konnte jetzt nicht nachschauen, ohne Tim misstrauisch zu machen. Ihm war übel. Dann schaltete er das Licht aus und stieg ins Bett.

In der Dunkelheit schlang Tim seine Arme um Dereks Oberkörper. Derek zwang sich, nicht zusammenzuzucken.

„Ich liebe dich", sagte Tim und liebkoste sein Ohr. Sein Schwanz war hart und presste sich an Dereks Hüfte.

Derek berührte ihn nicht. „Ich liebe dich", antwortete er und küsste Tim flüchtig auf den Mund. Dann drehte er sich weg und zog die Decke eng um seinen Körper.

DIE SCHWULENGRUPPE in Manchester trug den einfallslosen Namen Manchester Gay Men.

Russ mochte die Gruppe, war jedoch lange nicht dagewesen. Obwohl es die größte Stadt in New Hampshire war, hatte Manchester nur knapp über 111.000 Einwohner, und die Zahl der Schwulen war vergleichsweise klein. Man wurde schnell ein alter Hase, jemand, der jeden in der Gruppe kannte. Klar, ab und zu kamen neue Leute. Einige verschwanden ebenso schnell wieder, einige blieben und wurden zu bekannten Gesichtern. Doch der harte Kern veränderte sich nur langsam. Russ war seit fast einem Jahr nicht mehr bei einem Treffen gewesen, erkannte jedoch fast alle wieder und wurde begeistert wie ein alter Freund begrüßt.

Er war ein wenig enttäuscht. Sie waren tolle Männer und er freute sich, sie wiederzusehen. Ehrlich gesagt, hatte er jedoch darauf gehofft, jemanden Neues zu treffen. Die meisten ‚Stammgäste" waren bereits vergeben oder bedeutend älter als Russ. Natürlich war die Gruppe kein Abschleppclub, was ihm auch klar war. Er war gegründet worden, damit sich die Schwulen aus der Umgebung dort treffen konnten und sich etwas weniger ausgegrenzt vorkamen. Für eine Verabredung zum Sex könnte er eine Dating-Website oder eine der Sites ausprobieren, die berüchtigt dafür waren, schwulen Sex zu arrangieren.

Trotzdem …

Nach ungefähr der Hälfte des Treffens – ein älteres Paar erzählte gerade in allen Einzelheiten von ihrer wunderschönen, aufwendigen Hochzeit, die ihnen nach dreiundzwanzig Jahren des Zusammenlebens endlich erlaubt war, kam Ian herein. Er war jünger als Russ und echt süß: blonde Haare, blaue Augen, das Gesicht eines Engels. Russ erinnerte sich noch von vor ungefähr einem Jahr an ihn. Damals war er mit jemandem zusammen gewesen, doch heute Abend sah er auffällig single aus. Nicht, dass der Besuch einer Zusammenkunft alleine automatisch bedeutete, dass er Single sein *musste*. Russ erinnerte sich jedoch, dass er und sein Freund, Jay, fast wie siamesische Zwillinge gewesen waren.

Alle begrüßten den Neuankömmling herzlich, doch er ging eilig zum Tisch mit den Snacks und Tom und Rich beendeten den Bericht über ihre Hochzeit. Russ beobachtete Ian aus dem Augenwinkel und versuchte dabei, nicht zu offenkundig vorzugehen. Ian war nicht der maskuline Typ, den Russ heiß fand, doch er war definitiv anziehend. Er war begeistert, als sich der junge Mann mit einem Teller Erdbeer-Rhabarber-Torte in der Hand auf den leeren Stuhl neben ihm fallen ließ.

„Du bist der Polizist, oder?“

Russ grinste ihn an. „Ja. Ich heiße Russ.“

„Ian.“ Er balancierte den Teller mit der Torte auf einem Knie und streckte die Hand aus, um Russ‘ zu schütteln. „Tut mir leid, dass ich heute so spät bin. Eigentlich wollte ich nicht kommen, aber …“ Er lachte. „Ich vermute, mir war langweilig.“

Russ zuckte die Schultern. „Mach dir darüber keine Gedanken. Ich habe die Strafzettel im Streifenwagen gelassen.“ *Ganz langsam, Thomas. Was willst du als Zugabe anbieten? Ihn abzutasten?*

Die Vorstellung war verlockend.

Glücklicherweise lachte Ian, wie erwartet, über den Scherz. „Aha … du fährst also auch mit dem Streifenwagen, wenn du nicht im Dienst bist?“

„Ähm, nein. Das war einfach nur ein schlechter Witz. Tut mir leid.“

„Jetzt bin ich enttäuscht“, erwiderte Ian mit einem Grinsen. „Sag bitte nicht, der attraktive Polizist fährt ein winziges japanisches Auto.“

Attraktiv? „Eigentlich ist es ein … *großes* japanisches Auto. Ein Subaro Outback.“

„Cool.“

Während sie weiter miteinander scherzten, stellte Russ allmählich fest, dass Ian mit ihm flirtete. Es war nett. Besonders, da der Mann jetzt Single war. Während ihres Gespräches hatte er erzählt, wie Jay und er sich vor ein paar Wochen ziemlich hässlich getrennt hatten. „Es überrascht mich, dass du nicht davon gehört hast. Es war sehr dramatisch. Jay ist splitterfasernackt aus der Wohnung gerannt – er war wieder mal betrunken – und ich habe ihm gesagt, wenn er seinen idiotischen Arsch nicht in fünf Minuten wieder reinbefördert, würde ich die Polizei anrufen.“

„Hast du?“

„Ja. Ich habe ihm zehn Minuten gegeben. Aber dann habe ich angerufen.“

„Dann muss ich in der Nacht wohl freigehabt haben.“

„Du hättest deinen Spaß daran gehabt. Er ist Alkoholiker und hat Probleme mit der Aggressionsbewältigung. Ich kann allerdings nicht bestreiten, dass er echt heiß ist.“

Die Sache mit der Aggressionsbewältigung weckte Russ' Aufmerksamkeit. „Hat er dich jemals geschlagen?" Sobald er es ausgesprochen hatte, war ihm klar, es ging ihn überhaupt nichts an. Er war nicht im Dienst und Ian brachte auch nichts zur Anzeige. Er redete einfach nur zwanglos mit einem Kerl, den er in der Gruppe getroffen hatte.

Ian schien die Frage nicht zu stören. „Nein, aber er hat Sachen zerstört. Und wir haben ständig gestritten." Er seufzte und schüttelte den Kopf, wie um ihn freizubekommen. „Wie dem auch sei, ich bin nicht hier, um den ganzen Mist nochmals durchzukauen. Ich bin durch damit. Ich bin durch mit *ihm*."

Russ war klar, es war ein schlechtes Timing. Ian war gerade dabei, wieder auf die Füße zu kommen. Sich mit ihm zu verabreden, wäre wahrscheinlich für sie beide keine gute Idee. Doch als er aufsah und die anderen Männer dabei beobachtete, wie sie das übrig gebliebene Essen wegräumten und die Stühle wieder richtig hinstellten, verspürte er einen Moment lang Panik. Der interessanteste Mann, den er seit langer Zeit getroffen hatte, na ja, unter den Singles zumindest, war drauf und dran, vor ihm davonzulaufen.

„Hättest du Lust … dich irgendwann mit mir zu treffen?", wollte er wissen.

Ian lächelte und nickte. „Gerne. Ich habe gehofft, du würdest fragen." Dann blickte er sich zu Russ' Überraschung kurz um und legte ihm eine Hand aufs Knie. Er ließ sie langsam die Innenseite von Russ' Bein hinaufgleiten und fügte hinzu: „Ehrlich gesagt hatte ich gehofft, wir könnten uns *heute Abend* treffen."

11

MIT EINEM Ruck wachte Derek völlig verängstigt auf. Um ihn waren nur Dunkelheit und Stille. Er lag in einer Schweißlache, trotz der Decken war ihm eiskalt und er zitterte. An seinen Traum konnte er sich nicht erinnern. Sein Kopf war völlig leer, darin war nichts außer Angst und Schwärze.

Lange lag er einfach nur da, bis er langsam wieder ganz zu sich kam, sich erinnerte, wo er war und Tim an seiner Seite und Gracie neben dem Bett spürte. Doch der Schrecken blieb und zwang Derek schließlich, aus dem Bett zu schlüpfen und leise das Schlafzimmer zu verlassen. In der Sekunde, in der er die erste Bewegung machte, wachte Gracie auf und bestand darauf, ihm zu folgen. Da es lauter gewesen wäre, ihr zu befehlen, zu ihrem Bett zurückzugehen, erlaubte er ihr, mitzukommen.

Er ging in die Küche und schaltete das Licht an. Die Herduhr zeigte 4:15 Uhr an. *Meine Güte.* Er kochte sich einen heißen Kakao und erhitzte die Milch in einem Topf auf dem Herd, um das *Ding* der Mikrowelle zu vermeiden. Im Moment wollte er sich nicht mit Tim unterhalten. Er wollte sich einfach nur beruhigen. Milch auf dem Herd zu erwärmen und Gracie ein Leckerchen aus dem Schrank zu holen; das bekam er hin. Erklären zu müssen, warum er zu dieser frühen Stunde wach war; das bekam er nicht hin.

Er war nackt und sein Bademantel befand sich im Schlafzimmerschrank. Daher stellte er sofort nach der Zubereitung des Kakaos den Topf zum Einweichen in das Spülbecken, schaltete das Licht aus und ging in das Wohnzimmer. Dort rollte er sich auf der Couch zusammen und wickelte sich in den Überwurf ein. Gracie ließ sich auf dem Teppich neben der Couch nieder.

Er versuchte, sich zu erinnern, was er geträumt hatte, aber da war nichts. Vielleicht hatte er von … dem, was in Florida geschehen war, geträumt. Das würde doch Sinn machen, oder? Doch die Erinnerung an den Traum kam nicht und schließlich gab Derek den Versuch auf. Außerdem wollte er sich auch gar nicht erinnern. Wofür sollte das gut sein? Es war nun mal passiert. Er musste aufhören, sich wie ein Kleinkind zu verhalten und damit klarkommen. Ein richtiger Mann hätte Victor in dem Moment, als dieser auf ihn gestiegen war, zusammengeschlagen. Derek war immer überzeugt gewesen, sich selbst verteidigen zu können.

Aber das hatte er nicht. Warum? Wolltest *du es?* Vielleicht war das so. Ein Teil von ihm hatte Victor immer sexy gefunden, selbst wenn er sich wie ein Schwein benahm. War das der gleiche Teil gewesen, der ihn einfach nur *da liegen* lassen hatte, während Victor ihn gefickt hatte und in ihm gekommen war?

Wolltest du das, du verfickte Schlampe?

Obwohl Derek klar war, dass es unmöglich sein konnte, kam es ihm so vor, als ob es immer noch aus ihm herauslief, die Decke und die Couch verschmutzte. *Er ist immer noch in dir. Er wird immer in dir sein, in dir abspritzen. Du wirst ihn nie loswerden.*

Er stellte die Tasse mit dem Kakao vorsichtig auf einem Untersetzer auf den Beistelltisch und vergrub das Gesicht in den Händen. Er hatte nicht bemerkt, dass er angefangen hatte zu weinen, doch irgendwie rannen Tränen seine Wangen und die Unterseite eines Arms entlang. *Das ist keine große Sache, du verdammtes Baby! Du hattest einen Schwanz in deinem Arsch, ja und? Tim lässt dich das ständig tun. Er dreht nicht durch. Er genießt es! Warum kommst du nicht damit klar?*

Als er sich wieder unter Kontrolle hatte, war der Kakao längst kalt. Er überlegte, ihn sich nochmals auf dem Herd warm zu machen, konnte sich jedoch nicht dazu aufraffen, von der Couch aufzustehen. Ihm war klar, er sollte besser wieder ins Bett gehen. Beim Gedanken, in das dunkle Schlafzimmer zurückzukehren, verkrampfte sich sein Magen. Also saß er einfach nur da und starrte auf die ordentlich auf dem Couchtisch aufgestapelten Zeitschriften: *The Advocate*, *Martha Stewart Living*, *Taste of Home*, *Better Homes and Gardens*, Zeichen eines perfekten Lebens, von dem Tim wollte, dass sie es lebten. Jetzt war alles zerstört.

Weil du schwach warst.

Irgendwann schien kaltes, graues Licht durch die Fensterläden und die Angst, die ein schmerzhaftes Stechen auf seiner Kopfhaut verursachte, ließ nach. Derek war zu erschöpft für weitere Selbstvorwürfe. Er wollte sich einfach nur hinlegen. Also schaltete er das Licht im Wohnzimmer aus und ging zurück ins Schlafzimmer, gefolgt von Gracie. Inzwischen war es hell genug und er glaubte, wieder einschlafen zu können.

Als er die Decke zurückzog, bewegte sich Tim und fragte schläfrig: „Wo warst du?"

Kurz war Derek versucht, zu sagen, er sei nur kurz im Bad gewesen. Tim würde jedoch den Topf im Spülbecken und die Tasse mit dem Kakao entdecken, die er im Wohnzimmer vergessen hatte. Daher sagte er die Wahrheit: „Ich bin wach geworden und konnte nicht wieder einschlafen."

„Du wirst morgen bei der Arbeit eindösen."

Darauf erwiderte Derek nichts und kroch wieder ins Bett. Die Decke war ekelig; kalt und klamm vom Schweiß. Dagegen konnte er jedoch nichts unternehmen, ohne Tim nicht noch weiter zu stören, also nahm er es hin. Er zog die Decke hoch und versuchte, wieder warm zu werden.

Schließlich schlief er ein.

OFFICER RUSS Thomas war kein solcher Macho, dass er es nicht ertragen hätte, in den Arsch gefickt zu werden, wenn sein Partner das gerne wollte. Sein Sexpartner vielmehr. Es war zwar nicht seine erste Wahl, aber er konnte sich anpassen, falls es die Situation erforderte.

Scheinbar hatte Ian eine Vorliebe für Polizeispielchen. Er hatte Russ gebeten, seine Uniform anzuziehen, was diesem nichts ausmachte, sofern sie nicht mit Sperma oder Gleitgel beschmutzt wurde. Er war auch gewillt gewesen, Ian mit Handschellen ans Bett zu fesseln, hatte jedoch strikt abgelehnt, dass Ian *ihm* die Handschellen anlegte. Er war schließlich kein Dummkopf. Ian müsste sich erst sein Vertrauen verdient haben, bevor er das zulassen würde.

„Was ist mit dem Elektroschocker?“, hatte Ian wissen wollen.

„Bist du verrückt? Menschen können daran *sterben*.“ Russ hatte während seiner Ausbildung zu Übungszwecken einen Stromstoß mit dem Elektroschocker bekommen. Es war nicht lustig gewesen. Überhaupt nicht. Und mit Sicherheit nicht seine Vorstellung von Erotik. „Außerdem habe ich gar keinen. Und wir werden auch nicht mit meiner Waffe spielen.“

Das hatte dazu geführt, dass er Ian seinen Arsch als Ausgleich dafür anbot, ihn nicht dessen Wünschen entsprechend grob zu behandeln. Eine Fantasie, in der Rache am „bösen Bullen“ genommen wurde. Wie auch immer. Ian war heiß und Russ war geil, von daher war er froh, derjenige zu sein, der gefickt wurde. Das Spanking gab ihm nichts, machte ihm aber auch nichts aus. Ian drang ziemlich grob in ihn ein, stieß härter zu, als Russ lieb war. Doch er machte seine Sache gut und sie kamen beide zusammen zu einem gewaltigen Höhepunkt. Russ schaffte es gerade noch rechtzeitig, sein Sperma aufzufangen, bevor es auf sein Uniformhemd spritzte.

Es fühlte sich gut an. Vielleicht nicht ganz so gut wie ein Abend voller sanftem, sinnlichen Sex mit dem richtigen Mann – *nicht* Derek, rief er sich eindringlich ins Gedächtnis – aber trotzdem gut. Und eventuell war es eine Wiederholung wert.

„Du kannst hier schlafen, wenn du möchtest“, bot er an, als Ian fertig war, sich zu waschen und schnurstracks auf seine abgelegte Kleidung zuging.

„Danke“, antwortete Ian grinsend, während er seine Boxershorts über zarte, perfekt geformte Pobacken zog. „Aber ich muss morgen früh aufstehen und zur Arbeit. Die Gegend hier ist weit ab vom Schuss.“

Das war einleuchtend, doch Russ fühlte sich trotzdem zurückgewiesen. Er war ein zärtlicher Mann, der es liebte, zu kuscheln. Er wollte jemanden haben, an den er sich im Bett schmiegen konnte. Das Arschficken war großartig, um Dampf abzulassen, aber er hatte sich mehr erhofft.

„Hast du Lust, dich noch mal mit mir zu treffen?“, fragte er und bemühte sich, nicht zu kläglich zu klingen. Mit einer Nacht voller dreckigem Sex ohne Verpflichtungen konnte er umgehen, falls das alles gewesen sein sollte. Er musste nur wissen, wie die Dinge zwischen ihnen standen.

Ian zog seine Socken an, ging zum Bett und beugte sich vor, um Russ tief und leidenschaftlich zu küssen. Dann antwortete er: „Darauf kannst du wetten, du geiler Hengst. Es war großartig.“

Sie tauschten ihre Telefonnummern aus, bevor Ian ging. Als Russ sich wusch und seine Uniform auszog – Waschen war angebracht, nur für den Fall – tröstete er sich mit dem Gedanken, dass selbst wenn es keine wirkliche *Beziehung* war, er anscheinend einen Fickfreund gefunden hatte. Einen verdammt heißen Fickfreund übrigens. Das war doch auch schon was.

Doch, verdammt, er hoffte auf mehr.

12

AM MONTAG meldete sich Derek krank, genauer gesagt schickte er eine E-Mail. Bei einem Anruf würde wahrscheinlich Victor abnehmen und dessen Stimme wollte er nicht hören. Der Gedanke, ins Büro zu gehen und den Mann wiederzusehen, verursachte ihm Übelkeit. Doch welche Möglichkeit hatte er schon? Er konnte nicht einfach kündigen. Es könnte Monate dauern, bis er einen anderen Job in dieser Branche finden würde. Außerdem müsste er Tim den Grund erzählen.

Keinesfalls.

Er musste damit klarkommen, Victor bei der Arbeit zu begegnen. Irgendwie. Nur … nicht heute.

„Was ist los?", wollte Tim wissen. „Musstest du letzte Nacht kotzen? Hast du die Grippe oder so was?"

„Nein. Ich fühle mich einfach nur Scheiße. Diese ganze Fliegerei hat mich völlig fertiggemacht."

Natürlich führte das dazu, dass Tim ihn wie eine Glucke umsorgte, darauf bestand, Fieber zu messen und ihn für einige Stunden wieder ins Bett schickte. Aber das war in Ordnung. Als Derek im Bett lag, duschte Tim und holte leise einige Anziehsachen aus Kommode und Schlafzimmerschrank. Während Derek beobachtete, wie sein schlanker, nackter Verlobter hin- und herlief, wurde sein Schwanz hart. Obwohl er versucht war, Tim zu sich zu rufen, hatte er doch Angst, genau wie letzte Nacht auf Tims Berührungen zu reagieren. Also ließ er Tim sich anziehen und auf Zehenspitzen hinausschleichen.

Er griff mit der Hand an der Seite des Betts hinab in Gracies Halskrause. Früher, bevor Derek mit Tim zusammen war, hatte der Hund zusammen mit ihm im Bett geschlafen. Sie war in ein Hundebett an Dereks Seite des Betts verbannt worden, als sie in die Eigentumswohnung gezogen waren. Er streichelte ihr langes Fell und sie seufzte zufrieden im Schlaf. Derek wünschte, er könnte sie ins Bett rufen. Im Moment könnte er ein wenig Schmusen gut gebrauchen. Nur nicht von einem Mann.

DEREK TÄUSCHTE die nächsten Tage vor, krank zu sein. Ihm war jedoch klar, dass er der Firma nicht für immer fernbleiben konnte. Virginia Haas aus der Personalabteilung rief am Donnerstagmorgen an und teilte ihm mit ihrer honigsüßen Stimme mit: „Hi Derek. Ich will wirklich nicht stören, wenn es dir schlecht geht. Allerdings muss ich dich darüber informieren, dass du ein ärztliches Attest vorlegen musst, wenn du länger als drei Tage am Stück krank bist."

Obwohl ihn die Vorstellung, zur Arbeit zu gehen und Victor zu begegnen mit Schrecken erfüllte, zwang sich Derek zu antworten: „Mir geht es heute Morgen schon besser. Ich glaube, ich kann kommen."

„Bist du sicher? Uns wäre es lieber, du bleibst zu Hause, wenn du immer noch krank bist." Das war natürlich eine Lüge. Derek wusste, ohne die lästigen Arbeitsgesetze würden die Vizepräsidenten und Manager von Top Circle ihre Mitarbeiter zwingen zu kommen, selbst wenn diese Blut spuckten.

Doch er spielte mit. „Nein, ich denke, es war nur ein harmloser Grippebazillus. Ich muss von der Reise völlig ausgelaugt gewesen sein."

„Ich hasse die Grippe", erwiderte Virginia voll falschem Mitgefühl. „Ich bin echt froh, dass es dir besser geht. Bis später."

Derek trank eine Tasse Kaffee, schaffte es jedoch nicht, etwas zu frühstücken. Dann zog er sich an und küsste Tim zum Abschied, so als wäre alles völlig normal. Doch während der Fahrt war ihm schlecht und er fürchtete, sich auf den Empfangstresen übergeben zu müssen.

Mrs Snow, die großmütterliche Empfangsdame sah ihn mitfühlend an und fragte: „Fühlen Sie sich besser?"

„Nur eine kleine Grippe."

„Dann kommen Sie nicht näher", scherzte sie. „Die will ich nicht haben."

„Keine Sorge, die Ansteckungsgefahr müsste vorbei sein."

Sie lächelte ihn an und er stieg in den Aufzug. Im dritten Stock flüchtete er zuerst in die Männertoilette und saß eine Weile in einer der Kabinen, während ihn eine neue Übelkeitswelle erfasste. *Das ist einfach lächerlich. Ich habe keine Angst vor ihm! Ich kann diese aufgeblasene Muckibudenratte in einem ehrlichen Kampf besiegen.* Das war eine Lüge, wie er wusste. Früher hätte er es geglaubt, aber jetzt nicht mehr.

Er schaffte es, sich nicht zu übergeben, während er von der Toilette zu seinem Schreibtisch ging. Dort schien die Übelkeit etwas nachzulassen. Ohne Schwierigkeiten war er in der Lage, die meisten seiner E-Mails durchzugehen, doch seine Hand erstarrte auf der Tastatur, als er eine von Victor im Posteingang entdeckte.

Sein erster Gedanke war: *Ist das eine Entschuldigung? „Hey Kumpel! Tut mir leid, dass ich dich vergewaltigt habe. Sollen wir zum Mittagessen in die Mall gehen?"* Doch er stellte schnell fest, darum ging es gar nicht. Der Betreff lautete nur „Bericht". Trotz des Kribbelns auf der Kopfhaut und des eisigen Gefühls in der Magengrube öffnete Derek die E-Mail.

Dort stand: „Ich habe Jack am Montag einen Bericht über die Situation in Tampa geschickt, aber er will auch deine Einschätzung haben. Kannst du deine Meinung über das Team der Supportabteilung in das beigefügte Dokument schreiben und ihm rüberjagen? Kopie an mich. Danke. Ich hoffe, es geht dir besser."

Derek las die E-Mail mehrere Male und fühlte sich, als ob er aus der realen Welt gezerrt und auf einem Alien-Planeten ausgesetzt worden wäre. Dort *sah* zwar alles genauso aus wie in seiner Welt, ihm war jedoch klar, dass es nicht dieselbe war. Die völlige Normalität der E-Mail verstörte ihn. Als ob heute nur ein ganz normaler Tag wäre. Als ob Freitagnacht nichts Ungewöhnliches passiert wäre – als ob es nur eine ganz normale Geschäftsreise gewesen war, kein Unterschied zu allen anderen – und jetzt waren Derek und Victor wieder im Büro.

Derek merkte, dass sich sein ganzer Körper in Erwartung einer Konfrontation angespannt hatte. Was für eine Konfrontation, war ihm nicht klar. Ein höhnischer, triumphierender Ausdruck, bei einer Begegnung in der Eingangshalle? Eine anzügliche, erniedrigende Bemerkung, wenn niemand in der Nähe war? Oder der Versuch, anständig zu sein und sich hilflos zu entschuldigen? Doch es einfach zu … *ignorieren …*

Das fühlte sich noch schlimmer an. Als ob es … unwichtig gewesen wäre.

Vielleicht war es das. Vielleicht erwartete er, dass Derek es einfach so hinnahm. War es nicht das, was von Männern erwartet wurde? Schließlich war er früher schon verprügelt worden. Blutige Nase, Schläge in Bauch und Gesicht, ein gebrochener Arm. Einmal hatte er sogar eine Gehirnerschütterung gehabt, als Charlie Isaac ihm auf dem Schulparkplatz ein Bein gestellt hatte. Jungs wuchsen mit Prügeleien auf. Man stand wieder auf und lachte ihnen direkt ins Gesicht, um ihnen zu beweisen, dass man keine Angst hatte. So lief das. Diese Sache hatte höllisch wehgetan, aber war es wirklich das Schlimmste, was er je erlebt hatte?

Hör' auf, dich wie ein Baby zu benehmen!

Irgendwie schaffte er es, den Bericht zu schreiben, obwohl ihm auch in diesem neutralen Zusammenhang übel wurde, weil er von Victor berichten musste. Er verschickte die E-Mail und zu seinem Schrecken kam sofort eine persönliche E-Mail von Victor zurück. Er öffnete sie und las die harmlosen Worte „Danke, Kumpel".

Beim Gedanken daran, wie Victor seinen Schwanz aus ihm gezogen, ihm den Rücken getätschelt und genau dieselben Worte in sein Ohr gemurmelt hatte, wurde ihm schwindelig. Er schaffte es gerade noch rechtzeitig, seinen Kopf in der Männertoilette über ein Waschbecken zu halten, als auch schon ein Schwall Galle herausschoss.

Danke, Kumpel.

Den Rest des Tages ging er Victor aus dem Weg und glücklicherweise schien Victor es nicht nötig zu finden, zu seinem Schreibtisch zu kommen. Ab und zu sah ihn Derek kurz, wenn Victor sein Büro am anderen Ende des Raumes verließ oder Derek an den Arbeitsnischen des Großraumbüros vorbei zu den Druckern oder auf die Toilette gehen musste. Victor schien ihn jedoch ebenso zu meiden wie er Victor. Abgesehen von ein paar E-Mails, die dieser ihm schickte, gab es ansonsten keinerlei Kontakt zwischen ihnen, auch nicht telefonisch. Dadurch fiel es Derek leichter, den Tag durchzustehen, doch er wusste, es würde nicht so bleiben. Victor war sein direkter Vorgesetzter. Irgendwann würde Derek mit ihm reden müssen.

Aber wenn es sich vermeiden ließ, nicht heute.

Zur Mittagspause ging er ins Green Bean direkt gegenüber. Seine Pause hatte er extra so gelegt, dass sie nicht zur gleichen Zeit wie Victors war. Das war gut. Er unterhielt sich mit der Frau an der Theke, aß seine italienische Fleischklößchensuppe, ein halbes Sandwich mit geräuchertem Gouda und ging dann zurück in die Firma. Unterwegs hielt er an den Männertoiletten an, dieses Mal nicht aus Angst, sondern weil es nötig war.

Auf dem Weg in eine der Kabinen erhaschte er einen kurzen Blick auf einen Mann aus seiner Abteilung, der vor den Urinalen stand. Natürlich hielt er nicht an, um sich mit ihm zu unterhalten. Als er mit heruntergelassenen Hosen in einer der Kabinen saß, hörte er, wie sich die Tür öffnete und noch jemand den Raum betrat.

„Hi." Beim Klang von Victors tiefer, dröhnender Stimme lief Derek ein eiskalter Schauer den Rücken hinunter. Doch Victor sprach gar nicht mit ihm.

„Hi", erwiderte Pete. Da Victor sowieso bereits gegen das ungeschriebene Gesetz, nicht mit dem Mann am Nachbarurinal zu sprechen, verstoßen hatte, fragte er: „Wie war die Reise?"

„Echt Scheiße. Todlangweilig."

Pete lachte. „Was? Gab es da keine Striplokale?"

„Nee. Nur Sawyer, der im Hotelzimmer mit raushängendem Schwanz rumgelaufen ist."

Als er seinen Namen hörte, verschränkte Derek unbewusst die Arme vor dem Körper, um seine nackten Genitalien zu verbergen, obwohl ihn durch die Tür der Kabine hindurch niemand sehen konnte. Sein Atem beschleunigte sich und das Herz sprang ihm fast aus der Brust wie bei einem verängstigten Tier, das in einer Falle gefangen war. Verzweifelt versuchte er, seinen Atem unter Kontrolle zu bekommen, damit sie ihn nicht hörten.

Pete lachte erneut und Derek bekam mit, wie ein Reißverschluss geschlossen wurde, konnte jedoch nicht sagen, ob es Petes oder Victors war.

„Schade, dass ich die Vorstellung verpasst habe."

„Vielleicht beim nächsten Mal."

Einer der beiden wusch sich die Hände und verließ den Raum. Derek war jedoch nicht sicher, wer. Er hörte, wie die Tür leise geschlossen wurde und die schreckliche Vorstellung, alleine mit Victor zu sein – mit der Hose um die Knöchel-überwältigte ihn. Er hatte noch nicht einmal angefangen, sein Geschäft zu machen. Er könnte einfach seine Hose hochziehen, abziehen und die Kabine verlassen. Doch sie wären immer noch alleine.

Er hörte, wie jemand pinkelte, während sein Herz weiterhin wild schlug. Als er das tiefe, unmelodische Summen hörte, das typisch für Victor war, stockte ihm der Atem. Das Summen wurde für eine Minute unterbrochen und setzte dann wieder ein. Victor war fertig, schloss seinen Reißverschluss und entfernte sich von dem Urinal. Zu Dereks Entsetzen ging er jedoch nicht zu den Waschbecken, sondern zu der Kabine, in der Derek saß und stellte sich einfach vor die Tür. Er war so nahe, dass Derek den Gestank seines Aftershaves riechen konnte. Er kämpfte gegen den Brechreiz an.

„Hi Sawyer", sagte Victor.

Erst jetzt bemerkte Derek, dass sein Gürtel mit dem Mitarbeiterausweis so weit herunterhing, dass er unter der Kabine sichtbar war. Victor hatte die ganze Zeit über seine Anwesenheit Bescheid gewusst.

Sag irgendwas! Derek versuchte, mit einem „Hi" zu antworten. Oder mit „verpiss dich", was in Anbetracht von Victors Machogehabe vor einer Minute angebracht gewesen wäre. Einfach nur irgendetwas, was bewies, dass er nicht völlig verängstigt wie ein Fünfjähriger hinter der Tür kauerte. Doch er konnte nicht. Er öffnete den Mund, doch es kam nichts heraus.

Victor gab es schließlich auf, auf eine Antwort zu warten. Er schnaubte und entfernte sich. Derek hörte, wie er sich die Hände wusch und den Raum verließ.

„ICH HABE die Akte deines heißen Hengstes gelesen", teilte ihm Officer Chavez mit und steckte sich eine Pommes in den Mund.

Russ starrte sie an. „Ich habe dich nicht darum gebeten!"

„Nein. Und mir war klar, du selber würdest es nicht machen, also habe ich es getan."

„Das ist ja großartig", brummte er. Er klaute eine ihrer Pommes und tunkte sie in den Ketchup-See auf ihrem Teller. Sie verdiente eine Bestrafung, weil sie sich ihm gegenüber wie eine skrupellose Polizistin verhalten hatte. „Das ist doch nichts Festes, eigentlich noch nicht mal was Lockeres. Ich denke nicht, dass ich ihn ausspionieren sollte."

Chavez schnaubte. „Tust du nicht. Das mache ich. Außerdem sind die Vorstrafenregister, in denen auch die Haftstrafen vermerkt sind, öffentlich verfügbare Behördendaten. Ich verstehe nicht, was das Problem ist."

„Das Problem ist, ich durchsuche die Datenbank nicht nach Leuten, mit denen ich … schlafe. Das ist gruselig."

„Was, wenn rauskommt, dass er ein Serienkiller ist? Würdest du es nicht wissen wollen?"

„Wenn er eingesperrt worden wäre, weil er ein Serienkiller ist, würde er nicht frei herumlaufen." Zumindest hoffte Russ das. „Außerdem hat er mir von der Haftstrafe erzählt, genauer gesagt, der Haftstrafe seines *Exfreundes*. Ian war nicht derjenige, der verhaftet wurde. Falls er etwas zu verbergen hätte, hätte er die Sache nicht erwähnt."

„Nein", sagte Chavez nachdenklich und knabberte an einer weiteren Pommes. „In der neuesten Akte war nichts, dessen er sich schämen müsste. Der Freund hingegen …"

Russ starrte sie eine ganze Weile an, bevor er schließlich aufgab und fragte: „Die *neueste* Akte?"

„Er und sein Freund – gut, Exfreund – haben in den letzten zwei Jahren fünf Mal die Polizei gerufen, bzw. die Polizei wurde wegen ihnen gerufen“, erwiderte Chavez fröhlich. „Es war eine Art Spiel. Streit auf der Straße, Streit im Hausflur, Streit auf dem Parkplatz, such‘ dir was aus. Keine Gewalt. Nur viel Geschrei auf beiden Seiten. Oh, und mehr als eine Anzeige wegen Sittlichkeitsvergehen.“

Russ war sich nicht ganz sicher, was er davon halten sollte. Es war etwas verrückt, aber war es ein Grund, Ian zu meiden? Er hatte keine Ahnung. Vielleicht hatten Ian und Jay einfach nicht zusammengepasst.

Als er zurück in der Wache war, versuchte er immer noch, daraus schlau zu werden, als Ian ihn auf dem Handy anrief. Er nahm ab und Ian begrüßte ihn: „Hey, sexy Kerl.“

Es war zumindest nett anzuhören. „Hey.“

„Ich bin gerade richtig geil.“

Russ zuckte zusammen und wurde rot. Er schaute sich um, ob jemand in der Nähe war und hörte, was Ian sagte. „Ich bin auf der Arbeit“, antwortete er und betete, Ian würde keinen Versuch unternehmen, Telefonsex mit ihm zu haben.

Ian lachte boshaft. „Das weiß ich, Süßer. Aber ich wette, wenn ich es schaffe, mir in den nächsten Stunden keinen runterzuholen, bin ich heute Abend immer noch geil. Was sagst du dazu?“

„Hm … vielleicht.“ Russ fühlte, wie er hart wurde. *Oh Mann.* Er beugte sich vor, um es vor allen, die an seinem Schreibtisch vorbeilaufen könnten, zu verbergen. „Aber meine Schicht ist erst um Mitternacht vorbei.“

„Ich glaube, solange kann ich warten. Soll ich an deinem Haus auf dich warten?“

„Klar.“

„Ich reibe gerade durch die Jeans hindurch meinen harten Schwanz und denke an deinen Arsch.“

Oh verdammt, doch nicht jetzt. „Cool“, erwiderte Russ. *Verdammt.* Er war steinhart und hoffte verzweifelt, in den nächsten Minuten nicht stehen zu müssen. „Ich muss los. Aber wir sehen uns, wenn ich nach Hause komme.“ Es fühlte sich erstaunlich gut an, das zu sagen, auch wenn es nur um einen schnellen Fick ging.

„Ich kann es nicht erwarten, dich zu sehen. *Alles* von dir.“

Russ unterbrach die Verbindung und legte das Handy weg. *Mathe*, dachte er. *Denk‘ an Quadratwurzeln. Quadratische Gleichungen.* Falls das nicht half, würde er schwerere Geschütze auffahren und sich vorstellen, wie der Senat der Vereinigten Staaten die Sitzungen nackt abhielt.

Das sollte helfen.

13

„ICH GEHE nur ins Fitnessstudio", sagte Derek.

Obwohl er ihn durch das Telefon nicht sehen konnte, wusste er, dass Tim misstrauisch die Augen zusammenkniff. „Mit Victor?"

„Nein." Der wäre die letzte Person, die Derek im Moment sehen wollte. „Ich hatte einfach einen harten Tag und muss mich eine halbe Stunde oder so auspowern – ganz alleine. Während der Mittagspause war keine Zeit dafür."

„Gut. Hoffentlich ist das Essen nicht völlig verkocht, bis du hier bist."

Derek schaffte es, nicht frustriert in den Hörer zu seufzen. Ihm war klar, Tim würde die Wahrheit nicht verstehen, wenn er versuchte, sie ihm zu erzählen.

Er konnte nicht ins firmeneigene Fitnessstudio. Nicht jetzt. Nach Feierabend würde es jetzt wahrscheinlich völlig leer sein. Auch wenn er es hasste, es zugeben zu müssen, sogar sich selbst gegenüber, der Gedanke, alleine und abgeschottet dort unten zu sein, machte ihm eine furchtbare Angst. Doch er wollte auch keine Gesellschaft. Was er jetzt brauchte, war ein belebter Ort, ein Ort voller Fremder, die keinen Versuch unternehmen würden, mit ihm zu sprechen.

Er war immer noch Mitglied bei Planet Fitness, auch wenn er kaum dorthin ging. Es lag an der Lafayette Road, am anderen Ende von Portsmouth und war umständlich zu erreichen. Daher waren Victor und er nicht länger dorthin gegangen, nachdem die Firma ein kleines Fitnessstudio im Keller eingerichtet hatte. Doch heute Abend wäre es perfekt. Die Begegnung mit Victor in der Männertoilette hatte ihn wirklich aus dem Gleichgewicht gebracht.

Er zog sein Fitnessprogramm durch, das gleiche, das er und Victor seit einigen Jahren absolvierten: eine halbe Stunde auf dem Crosstrainer, dann fünfzehn Minuten auf dem Laufband. Es fühlte sich gut an, wie das Blut wieder durch seine Muskeln gepumpt wurde. Es erinnerte ihn daran, wie viel er stemmen konnte, er konnte wieder in den Spiegel schauen und sah dort einen großen muskulösen Mann.

Einen Mann.

Vielleicht könnte er den Vorfall aus seiner Erinnerung verbannen. Vielleicht würden eine oder zwei Wochen Gewichtheben zeigen, dem sich verkriechenden, ängstlichen Teil seiner Psyche beweisen, dass er immer noch stark und hart im Nehmen war. Stark genug, im Büro herumzulaufen und sich nicht jedes Mal bei Victors Anblick in seiner Box des Großraumbüros zu verstecken. Stark genug, kacken zu gehen, ohne verdammt noch mal zu zerbrechen.

Als er in den Umkleideraum zurückkehrte, waren seine Shorts und das T-Shirt schweißdurchnässt, daher beschloss er, unter die Dusche zu springen. Es befanden sich jedoch bereits einige Männer dort. Er konnte von den Schränken aus sehen, wie sie zwanglos herumalberten und ihre nackten Körper einseiften. Da war wieder dieses Gefühl von schmelzendem Eis in seinen Eingeweiden, das all das Selbstvertrauen, das er gerade erst vom Training gewonnen hatte, wieder zerstörte. Es war absurd, das war ihm klar. Sie würden ihn nicht zu Boden drücken und versuchen, ihn zu ficken. Es waren einfach nur Männer, die den Schweiß nach einem Training abwuschen, was er auch tun sollte. Doch er konnte sich nicht überwinden, dort hineinzugehen.

Stattdessen zog er sich schnell aus, stopfte seine verschwitzten Trainingsklamotten in die Sporttasche und zog die Sachen, die er auf der Arbeit getragen hatte, wieder an. Es fühlte sich ekelhaft an. Er stank, sein Haar war feucht vom Schweiß und die Kleider klebten an ihm. Doch zumindest würde es Tim beweisen, dass er tatsächlich beim Training gewesen war.

Das konnte er streichen. Tim würde wahrscheinlich glauben, Victor und er hätten akrobatischen Sex gehabt.

Mit aufgewühltem Magen schloss Derek den leeren Schrank und fuhr nach Hause.

TIM WAR wie erwartet sauer, als Derek nach Hause kam. Noch ärgerlicher wurde er allerdings, als Derek vor dem Essen noch duschte. Das Essen war jedoch trotz der Verspätung perfekt. Tim hätte auch gar nichts anderes zugelassen. Geschmortes Hühnchen mit Orangen und Frühlingszwiebeln, gewürfelter Butternutkürbis mit Butter und braunem Zucker, dazu ein erlesener weißer Chardonnay.

Nach dem Essen sahen sie einen der kitschigen, romantischen Filme, die Tim liebte. Derek hasste sie nicht direkt, er hätte einfach nur einen Film, der mehr in Richtung Comedy ging oder einen seiner unzähligen Martial Arts Filme ausgesucht. Jackie Chan zum Beispiel. Flüchtig fragte er sich, ob Russ Jackie Chan Filme mochte. Doch dann schob er diesen Gedanken beiseite. Er war zwar völlig harmlos gewesen, aber er hatte im Moment genug, womit er klarkommen musste, da brauchte er das nicht noch hinzuzufügen.

Tim kuschelte sich während des Films an ihn, hatte Derek den Abstecher ins Fitnessstudio also wahrscheinlich verziehen. Leider war Derek nicht in romantischer Stimmung. Er legte seinen Arm um Tim, weil es von ihm erwartet wurde. Unglücklicherweise begann Tim, die Innenseite von Dereks Oberschenkel durch die Jogginghose, die dieser nach dem Duschen angezogen hatte, zu streicheln. Bald liebkoste er Dereks Hals und bedeckte ihn mit leichten Küssen. Derek sah die Beule in Tims Hose, doch sein eigener Schwanz blieb hartnäckig schlaff und uninteressiert.

Oh Mann, nicht jetzt ...

Tim drückte den Pauseknopf der Fernbedienung, drehte sich zu ihm und schmiegte seinen Oberkörper an Dereks. Im Versuch, dies zu erwidern, presste dieser seine Lippen auf Tims und streichelte dessen Arme und Rücken. Er ignorierte das widerliche Kribbeln seiner Kopfhaut, ließ seine Hände hinten in Tims Hose gleiten und knetete dessen festen Arsch. Tim stöhnte auf und Derek versuchte, ihn zärtlich zu streicheln. Doch die ganze Zeit fühlte sich sein Körper kalt und tot an und sein Schwanz weigerte sich, steif zu werden.

Als Tim ihm die Hand in den Schritt legte, bemerkte er schließlich die fehlende Erregung. „Ist er ein bisschen müde?", fragte er scherzhaft.

Derek wusste nicht, was er darauf erwidern sollte, aber Tim wartete die Antwort gar nicht ab. Er glitt an Dereks Oberkörper hinab, hob dessen T-Shirt und verwöhnte seine Brustwarzen mit der Zunge, folgte dann der feinen Spur aus Haaren vom Bauchnabel bis zur Jogginghose. Mit beiden Händen griff er nach dem Bund, Derek hob die Hüften, damit Tim die Hose nach unten ziehen konnte. Eine Minute später war sein Schwanz in Tims Mund. Tim war gut, er wusste genau, wie er Dereks Penis reizen und verwöhnen musste, er spielte darauf wie ein Virtuose auf seiner Flöte. Normalerweise würde er jetzt strammstehen. Tim hatte mal mit ihm gewettet, dass er ihn in weniger als einer Minute zum Abspritzen bringen könnte. Es war nur als Scherz gemeint gewesen, doch Derek hatte die Zeit gestoppt und Tim die Wette mit Leichtigkeit gewonnen.

Aber nicht heute Abend. Egal, wie sehr Derek auch versuchte, sich auf die Empfindungen, die Tim an seinem Schwanz auslöste, zu konzentrieren, das verdammte Ding weigerte sich einfach, hart zu werden. Frustriert gab sein Verlobter schließlich auf.

„Tut mir leid", entschuldigte sich Derek.

„Was ist los mit dir?"

„Es ist nicht deine Schuld. Mein Körper fühlt sich einfach … nicht fit an."

Tim runzelte die Stirn. „Was meinst du? Bist du immer noch krank?"

„Keine Ahnung, vielleicht."

„Na", sagte Tim kühl und setzte sich auf, „vielleicht solltest du zum Arzt gehen." Eine Hand von Derek war immer noch hinten in seiner Hose, doch Tim schob sie weg, als er aufstand, nach der Fernbedienung griff und den Fernseher ausschaltete.

„Vielleicht sollte ich das wirklich", antwortete Derek niedergeschlagen. Er wollte mit Dr. Cassidy nicht über das, was passiert war, sprechen. Wie zur Hölle sollte er davon erzählen? Und was konnte der Arzt schon tun? Es war nun mal geschehen. Doch zumindest gab es eins, was Cassidy machen konnte, damit er wieder etwas ruhiger wurde.

DER SEX war gut, zumindest unter akrobatischen Gesichtspunkten. Russ würde auf jeden Fall neun von zehn Punkten vergeben. Es hätte eine Zehn werden können, doch es hatte einen Fehler im Abgang gegeben. Ian hatte den Inhalt des Kondoms über Russ' Bettdecke vergossen. Dazu kamen die hastige Suche nach den Anziehsachen und der überstürzte Abschied. Es war großartig gewesen, das Gefühl hatte einige Stunden gehalten und Russ hatte einen durch und durch erschöpften und befriedigten Körper.

Er fühlte sich jedoch einsamer als in der Zeit, bevor er mit Ian geschlafen hatte. Nachdem Ian gegangen war, lag er noch mehrere Minuten auf dem Bett. Er hasste die Traurigkeit, die in ihm aufstieg, sein Herz umklammerte, seine Lungen zu überschwemmen drohte und ihn in die Tiefe zu reißen versuchte. Die Traurigkeit war nicht durch Ian verursacht worden. Zumindest nicht ganz. Russ hatte sich damit abgefunden, dass es nur Spaß war. Und es *hatte* Spaß gemacht.

Doch er war nicht auf der Suche nach Spaß gewesen, als er die schwule Männergruppe besucht hatte. Er hatte auf mehr gehofft. War ein bisschen Kuscheln denn zu viel verlangt?

Max kam ins Zimmer getrottet, jetzt da die Tür offen war, und sprang aufs Bett.

„Pass auf den feuchten Fleck auf", murmelte Russ. Doch er drehte dem Hund sein Gesicht zu und ließ sich einen schlabberigen Kuss geben. „Oh klar", sagte er lachend. „Jetzt sagst du mir, dass du mich liebst. Aber ich habe dich durchschaut. Du willst einfach nur ein Leckerchen."

14

„WIR KÖNNTEN ausspannen“, beharrte Derek.

Tim schnaubte. „Wir könnten *putzen*. Jede Menge. Ich habe gerade mal die Küchenecke und das Schlafzimmer fertig.“

„Das Haus ist nicht so dreckig.“

„Für deine Verhältnisse vielleicht nicht.“

Derek seufzte. „Du musst nicht putzen, wenn du nicht willst. Das kann ich auch machen. Oder wir können es einfach … ein anderes Mal machen. Ich muss dieses Wochenende einfach mal raus.“

„Warum?“, fragte Tim misstrauisch. „Du warst *letztes* Wochenende weg.“

„Eine Geschäftsreise ist nicht gerade meine Vorstellung von Entspannung.“

Es war sinnlos. Je mehr Derek versuchte, ihn zu überzeugen, desto sturer wurde sein Verlobter. Schließlich entschied Derek, einfach ohne ihn zu fahren. Er musste weg hier, flüchten – sich verstecken, um ehrlich zu sein. Er musste in das Haus am See. Tim konnte alleine Zuhause bleiben, wenn er solche Probleme machte. Dann fuhren eben nur Derek und Gracie.

Natürlich konnte sich Tim eine letzte spitze Bemerkung nicht verkneifen, als Derek den Reißverschluss seiner Reisetasche zuzog. „Grüß auf jeden Fall den attraktiven Nachbarn von mir, wenn du dich morgen früh im Bett umdrehst.“

„Ist das dein Ernst?“, fauchte Derek. „Ich habe dich gefragt, ob du mitkommst, erinnerst du dich?“

Tim drehte sich einfach um und ging aus dem Schlafzimmer, als ob er nichts gesagt hätte.

Mein Gott.

Derek hatte es nicht zugeben wollen, aber vielleicht brauchte er zu allem anderen auch noch eine Auszeit von Tim. Er hatte nicht vor, Russ zu besuchen. Es ging nicht darum, eine Affaire anzufangen. Er musste alleine sein. Nur er und sein Hund. Der Rest der Welt konnte ihm gestohlen bleiben.

VOR EINER Woche hatte er neue Polster für das Sofa und die Wohnzimmerstühle bestellt und sie waren jetzt ins Möbelgeschäft geliefert worden. Daher hielt er dort und lud sie in den Kofferraum. Dann stoppte er am 7-Eleven und nahm eine Packung Nelkenzigarillos mit. Zurzeit rauchte er kaum, da ihm klar war, dass es dem Körper, an dem er so hart arbeitete, überhaupt nicht guttat. Außerdem *hasste* Tim Zigaretten. Aber scheiß drauf. Dieses Wochenende würde er alleine verbringen, da könnte er ein paar Regeln brechen.

Als er in die staubige Zufahrt fuhr, die zu seinem und Russ‘ Haus gehörte, bemerkte er dessen Outback vor der Tür. Doch er war immer noch entschlossen, den Tag alleine zu verbringen. Russ wäre nur ein weiterer Mensch, den er zurzeit schwer ertragen konnte. Er brauchte Zeit, um wieder einen klaren Kopf zu bekommen, sein Gleichgewicht wiederzufinden.

Gracie war überglücklich, wieder beim Haus zu sein. Hier konnte sie frei herumlaufen und musste nicht vor Autos, Fahrrädern oder Fußgängern auf der Hut sein. Portsmouth war keine große Stadt, aber trotzdem zu groß. Hätte Tim nicht bereits eine Eigentumswohnung dort besessen, wäre Derek niemals dorthin gezogen. Während er jetzt das erste Polster aus dem Kofferraum hievte, benahm sich Gracie wie ein nur halb so alter Hund und flitzte wild herum. Sie schnüffelte an Russ‘ Outback, den Büschen und anderen Stellen, die zweifellos von Max markiert worden waren. An einigen Stellen hockte sie sich hin, damit Max wusste, dass sie hier gewesen war.

Derek öffnete die Tür und schleppte das Sofapolster hinein. Dann drehte er um und holte die anderen. In kürzester Zeit lagen sie auf den dafür vorgesehenen Holzrahmen. Weniger als eine Minute und es war geschafft: Er hatte eine total bequeme Wohnzimmergarnitur. Abgesehen von ein wenig Staubwischen vielleicht, sah er keine Notwendigkeit für eine größere Reinigungsaktion. Gracie schnüffelte an der Couch und er war kurz davor, sie hinaufspringen zu lassen. Doch natürlich würde Tim sie beim nächsten Mal herunterjagen und das würde den armen Hund völlig verwirren.

Immerhin würde Tim heute Nacht nicht da sein und meckern, falls Derek um drei Uhr morgens aufstand. Immer noch wachte er verängstigt im Dunkeln auf, und wenn er sich dann ins Wohnzimmer oder in die Küche setzte, wurde Tim entweder gleich wach, oder wenn er ins Bett zurückkam. Er wollte ständig wissen, was nicht stimmte, doch Derek hatte ihm nichts zu sagen. Letzte Nacht hatte er ein Schlafmittel genommen und das hatte geholfen. Zwar war er immer noch in den frühen Morgenstunden aufgewacht, war jedoch total erschöpft gewesen und wieder eingeschlafen.

Ein Fortschritt. Sozusagen.

Er ging mit Gracie auf die hintere Veranda und dann auf die Terrasse. Die Zigarillos hatte er mitgenommen und zündete sich eine an, während er dem Hund folgte, der die Stufen zum Steg hinuntertapste. Es war ein kurzer Steg, vielleicht neun Meter ins Wasser hineinragend und nur einen Meter fünfzig breit. Aber es war *sein* Steg. Er sollte sich bald ein Kanu anschaffen. Er sah sich schon im ruhigen Wasser des Sees paddeln, vielleicht mit Gracie in einer orangenen Hundeschwimmweste. Für einen Hund war sie keine große Schwimmerin. Normalerweise planschte sie nur im seichten Wasser herum, wenn sie an den Strand fuhren. Wenn er es sich genau überlegte, würde es ihr nicht gefallen, im Kanu zu sitzen. Vielleicht wartete sie besser hier am Steg auf ihn.

Tim würde selbstverständlich im Haus auf ihn warten, falls er sich überhaupt die Mühe machte, mitzukommen.

Oh Tim. Ich liebe dich. Aber du kannst so eine Zicke sein.

Gracies Niesen holte ihn wieder in die Gegenwart zurück. Er lachte und stieß eine Rauchwolke aus. „Tut mir leid, Mädchen. Ich versuche, mich in den Wind zu stellen.“

IAN KAM zum Abendessen vorbei, was eine Besonderheit darstellte. Russ hatte frei, laut Dienstplan musste er vier Tage hintereinander arbeiten, hatte dann zwei Tage frei, vier Tage arbeiten, usw. Es war also einer der seltenen Abende, die sie zusammen verbringen konnten. Russ zerbrach sich den Kopf, was er zu Essen machen sollte. Da er jedoch ums Verrecken nicht kochen konnte, ganz gleich, wie viel Mühe er sich auch gab, beschloss er, einfach Nudeln zu kochen.

Schütte eine Packung Spaghetti in kochendes Wasser, lasse es sieben Minuten kochen, gieße das Wasser ab. Oh klar. Kippe eine Flasche Soße in eine Schüssel und erhitze sie in der Mikrowelle.

Fast hätte er vergessen, die Plastikhaube auf die Schüssel zu legen, was eine riesige Schweinerei verursacht hätte. Ansonsten gab es jedoch keine größeren Katastrophen. Ian war ein angenehmer Gast und schien kein Problem mit Max zu haben, was ein weiterer Pluspunkt war. Na gut, er *liebte* Hunde nicht gerade, hatte aber auch keine Angst wie die meisten Leute, die großen Hunden begegneten. Und es machte ihm nichts aus, dass Max an ihm schnüffelte. Gelegentlich streichelte er ihm sogar über den Kopf.

Das Essen verlief gut. Es schadete auch nicht, dass Ian ihm lüsterne Blicke zuwarf und so aufreizend seine Gabel ableckte, als ob er ihm einen blasen würde. Russ hatte Schwierigkeiten, die Unterhaltung fortzuführen, da er sich danach sehnte, Ian die Kleider vom Leib zu reißen und ihn zu ficken, oder vielmehr, gefickt zu *werden.* Ian machte immer noch keine Anstalten, sich diesbezüglich zu revanchieren.

Der Sex war wie immer intensiv und leidenschaftlich. Danach, als Ian aus dem Bett steigen wollte, zweifellos, um wie immer einen schnellen Abgang zu machen, hielt ihn Russ am Arm fest. „Warte. Ich muss dich was fragen.“

Ian sah nicht glücklich aus, setzte sich jedoch wieder auf die Matratze. „Das wird jetzt kein Gespräch über Liebe und Verpflichtungen, oder?“, fragte er mit einem widerwilligen Ausdruck in seinem hübschen Gesicht.

„Nein. Es ist okay für mich, dass wir nur Fickfreunde sind.“ Das war nur die halbe Wahrheit, doch es genügte. Er zerrte an seiner Uniformjacke und kam sich lächerlich vor: Die untere Hälfte seines Körpers war völlig nackt und sein Arschloch brannte immer noch von Ians presslufthammermäßigen Stößen. „Aber … würdest du auch mit mir ficken, wenn ich kein Polizist wäre?“

Ian lachte, beugte sich vor und gab ihm einen flüchtigen Kuss auf die Stirn. „Schatzi … du bist wunderschön. Das habe ich sofort bemerkt, als ich dich letztes Jahr in der Gruppe gesehen habe. Also ja, ich würde dich auch ficken, wenn du keiner wärst. Diese Polizistensache ist eine heiße Zugabe."

„Dann können wir es nächstes Mal ohne Uniform machen?"

„Klar, wenn dich das glücklich macht."

„Danke." Dann, als Ian versuchte, sich wieder zu entfernen, sagte er: „Vielleicht sollte ich es dir nicht erzählen, aber … ich glaube, du hast ein Recht, es zu erfahren."

„Was?"

„Eine meiner Kolleginnen hat in die Akte geschaut, die damals wegen deines Anrufs, als dein Exfreund ausgeflippt ist, angelegt wurde."

„Schon gut", erwiderte Ian. „Ich habe damit gerechnet, dass du es tun würdest, als ich dir davon erzählt habe."

Russ streichelte Ians Arm. „Das habe ich nicht. Aber sie hat es. Und leider hat sie einige Vorstrafen von dir und Jay gefunden."

„Irgendwas über das ich mir Sorgen machen muss?" Er schien eher amüsiert als verärgert zu sein, wofür Russ dankbar war.

„Nein, nicht wirklich. Bitte glaub' mir, ich hätte das niemals getan. Du hast ein Recht auf deine Privatsphäre. Aber … jetzt weiß ich Sachen über dich, von denen dir vielleicht lieber wäre, ich hätte sie nie erfahren …"

Ian schien endlich einzusehen, dass dies ein richtiges Gespräch wurde, und legte sich wieder hin. Er stützte seinen Kopf auf eine Hand und streichelte Russ mit der anderen über den Bauch. „Ich habe nichts zu verbergen. Ja, Jay und ich haben *viel* gestritten. Wir haben uns nie geschlagen, das will ich klarstellen, aber … manchmal sind wir rausgerannt und waren so damit beschäftigt, uns anzuschreien, dass wir nicht gemerkt haben, wie wir angezogen sind." Er kicherte und neigte hinreißend seinen Kopf zur Seite. „Aber er war verdammt großartig im Bett. Manchmal ist es schwer, sich von jemandem zu trennen, der nicht gut für dich ist, weil andere Aspekte der Beziehung zu gut sind. Macht das Sinn?"

„Ja", erwiderte Russ. Er blickte in Ians schönes, engelsgleiches Gesicht und dachte, dass es auf jeden Fall Sinn machte.

15

DEREK ERWACHTE im Dunklen, sein Herz raste und in seiner Kehle hatte sich ein Schrei des Entsetzens verfangen. Er schlug mit Armen und Beinen um sich, doch er war alleine im Bett. Das Zimmer kam ihm fremd vor. Er wusste nicht, wo er war. Oder wo Tim war. Laken und Decke waren kalt und schweißdurchtränkt. Er schluckte ein Schluchzen hinunter.

Da erschien Gracie am Rand des Bettes, beschnüffelte ihn besorgt und jaulte. Instinktiv klammerte er sich in ihrem Fell fest. Ihre Gegenwart beruhigte ihn und er kam wieder zu sich. Als die Hündin seinen Arm leckte, streichelte Derek ihren Hals und die Erinnerung kehrte zurück. Er war im Haus am See. Tim war nicht mitgekommen. Nur Gracie und er waren hier.

Ich bin in Sicherheit.

Doch er konnte sich nicht überwinden, in der Dunkelheit in dem feuchten Bett liegen zu bleiben. Er setzte sich auf und schaltete die Leuchte neben dem Bett an. Da es Mitte Juli war und das Haus noch keine Klimaanlage hatte, war es sehr warm im Zimmer. Sein Körper war es, der sich kalt anfühlte. Auf Laken zu sitzen, die vor Nässe fast trieften, war da nicht sehr hilfreich.

Er blieb sitzen, bis sich sein Atem beruhigt hatte, und streichelte Gracie. Dann stand er schließlich auf und sagte: „Komm‘ Mädchen, lass uns eine rauchen gehen.“

Es entwickelte sich für sie langsam zu einer Routine: diese späten Ausflüge aus dem Schlafzimmer hinaus auf der Suche nach Licht und Geborgenheit. Gracie schien es nicht weiter zu stören. Sie kam mit ihm und passte auf ihn auf wie eine Mutter, die über ihre Welpen wacht. Vielleicht war Derek das ja in ihren Augen. Er hatte sich immer für denjenigen gehalten, der sich um sie kümmerte, aber vielleicht war es aus ihrer Sicht genau andersherum. Diesen Gedanken fand er beruhigend.

Ohne den nörgelnden Tim schaltete Derek alle Lampen, an denen er vorbeikam, an. Ein Feuer anzuzünden wäre schön, aber dafür war es viel zu heiß. Stattdessen griff er nach der Packung Zigarillos, die er auf der Theke hatte liegen lassen, und ging hinaus auf die hintere Terrasse. Er war nackt, aber das einzige Haus in der Nähe war das von Russ und es war ziemlich unwahrscheinlich, dass er um … Derek schaute auf seine Uhr, vier Uhr nachts wach war.

Oh Mann.

Draußen legte er sich in einen der Liegestühle. Zu dieser Jahreszeit war es mit den Mücken zum Glück nicht so schlimm. Gracie fand eine bequeme Stelle neben ihm und er zündete sich einen Zigarillo an und inhalierte den starken, nach Nelken schmeckenden Rauch. Er wusste, es war Gift für seine Lungen, aber verdammt, es half ihm, sich zu beruhigen. Beim Ausatmen beobachtete er, wie der Rauch in den klaren Nachthimmel hinaufstieg. Dann zwang er sich, darüber nachzudenken, was er am nächsten Morgen machen wollte. Ihm war klar, vor Sonnenaufgang würde er nicht wieder einschlafen können. Die Angst wäre sofort wieder da, sobald er das Licht ausschaltete.

Oder vielleicht würde er damit klarkommen, wenn er das Licht anließ. In der Wohnung war das nie möglich gewesen, aber hier, wo er ganz alleine war, funktionierte es vielleicht. Natürlich müsste er zuerst die verdammten Laken wechseln.

RUSS WAR sich nicht sicher, was ihn geweckt hatte. Max lag immer noch im Tiefschlaf auf seiner Seite des Bettes und schnarchte. War da ein Geräusch gewesen? Konzentriert lauschte er einige Minuten lang, hörte jedoch nichts. Trotzdem stand er auf und schlich durch das Haus, bis er sich vergewissert hatte, dass niemand eingebrochen hatte. Danach ging er hinaus auf die hintere Veranda und die Terrasse. Nichts.

Da bemerkte er das Licht oben auf dem Hügel, in Dereks und Tims Haus. Genau genommen sah es so aus, als ob *alle* Lampen an wären, auch die auf der hinteren Terrasse. Das Haus war hell erleuchtet wie ein Weihnachtsbaum. Eine Rauchwolke von der oberen Terrasse verriet, dass sich jemand dort aufhielt. Russ trat schnell wieder in den Schatten, als ihm einfiel, dass er nichts anhatte. Doch die Chancen standen gut, dass ihn niemand hier im Mondschein hatte stehen sehen, nicht mit all dem Licht dort.

Inzwischen hellwach, war er misstrauisch geworden. Was taten sie da um diese Zeit? Ihm war klar, es ging ihn nichts an, trotzdem …

Er schlüpfte wieder ins Haus und griff nach der Jogginghose, die er achtlos über die Sofalehne geworfen hatte. Jetzt war auch Max wach und kam schläfrig aus dem Schlafzimmer. „Los, Kumpel. Lass uns einen Spaziergang machen."

Sie stoppten zum Pinkeln am Fuß des Pfades und gingen dann hinauf. Er hatte sich überlegt, dass ein Spaziergang mit Max um vier Uhr morgens sein Auftauchen wahrscheinlich nicht zu unverschämt erscheinen lassen würde. Wahrscheinlich würde sich jedoch nicht verbergen lassen, dass er herumschnüffelte. Doch wenn Derek nicht gerade einen Körper auf der hinteren Terrasse zerhackte, wäre er wahrscheinlich nicht allzu verärgert über Russ' Auftauchen.

Falls er nicht gerade einen Joint raucht.

Es gab natürlich keinen Grund, davon auszugehen. Der Gedanke war ihm nur durch den Kopf geschossen, weil das etwas war, was man normalerweise ohne Zuschauer tat. In New Hampshire war der Besitz von Marihuana immer noch illegal, obwohl das viele Menschen gerne vergaßen. Russ durfte nicht in der Nähe des Zeugs gesehen werden und er musste vielen Partys fernbleiben, wenn er annahm, es würde dort geraucht. Er war weder großartig für noch gegen die

Legalisierung, doch er konnte nicht einfach wegschauen, wenn es jemand direkt vor seinen Augen rauchte. Es wäre absolut nervig, falls sich Derek als Konsument herausstellte – für sie beide.

Glücklicherweise war der einzige Geruch, den er wahrnahm, als er das Haus erreichte, der nach Nelke. Er mochte den Geruch von Nelkenzigaretten, besser gesagt Nelkenzigarillos, nachdem die Zigaretten verboten worden waren. Er selber rauchte nicht, aber falls er in der Nähe eines Rauchers war, bevorzugte er den Geruch von Pfeifentabak oder Nelken.

Es war gut, dass er nicht vorgehabt hatte, sich anzuschleichen, denn Max rannte vor, als er Gracie neben dem Liegestuhl liegen sah. Russ ging um die Hausecke und sah gerade noch, wie Dereks Arm auf der Armlehne des Liegestuhls zurückzuckte. Der Mann sah mit einem schuldbewussten Ausdruck zu ihm hoch. So wie er die Arme über seinen Genitalien verschränkte und der Haut nach, die an den Seiten des Stuhls zu sehen war, war er nackt.

Verdammt. Noch etwas, was man normalerweise lieber ohne Zuschauer tat – masturbieren.

„Tut mir leid“, entschuldigte sich Russ eilig. „Ich habe das Licht gesehen, deshalb … Ich hätte dich nicht stören sollen.“

Derek sah nicht gut aus. Er war bleich und sein Haar hing ihm verschwitzt in die Stirn. Natürlich versuchte er gerade, seine Erektion zu verbergen. Wahrscheinlich war er vor einer Minute richtig ins Schwitzen gekommen.

„Komm‘ Max. Lassen wir ihm seine Privatsphäre.“

„Mann!“, sagte Derek scharf. „Ich habe nicht … das getan, was du dachtest.“

„Oh.“ Russ zögerte. Wollte Derek, dass er ging oder nicht?

„Ich habe nur versucht, mich bei einer Zigarette zu entspannen. Du hast mich einfach … nur erschreckt.“ Er schien zu versuchen, sich wieder zu entspannen, doch seine linke Hand blieb vor seinem Genitalbereich. „Möchtest du ein Bier oder etwas anderes trinken?“

Russ schluckte schwerfällig und zwang sich, nicht auf die faszinierende Stelle zu schauen, an der die Schambehaarung hinter Dereks Hand zu sehen war. „Gerne, falls du noch ein bisschen hier draußen bleibst.“

Wird er so bleiben?, fragte er sich.

Traurigerweise lautete die Antwort „Nein“. Russ wandte den Blick ab, als Derek aufstand und ins Haus ging. Kurz danach kam er mit einigen offenen Bierflaschen … und in einer grauen Jogginghose wieder, die die unanständigen Stellen bedeckte.

Russ nahm eine der eiskalten Flaschen entgegen und zog sich einen Liegestuhl heran. Max war fertig damit, Gracie zu beschnüffeln, und legte sich neben sie. Als Derek sich wieder hinsetzte, bemerkte Russ, dass er immer noch erschreckt aussah, so als ob er Angst gehabt hätte.

„Alles in Ordnung?“

Derek ließ sich Zeit mit der Antwort und trank erst einen Schluck Bier. „Mir geht's gut."

„Du hast so ziemlich jede Lampe im Haus angemacht. Hast du ein Geräusch gehört? Oder einen Albtraum gehabt?"

Wieder antwortete Derek nicht sofort. „Ich möchte nicht darüber reden."

„In Ordnung", erwiderte Russ und hob kapitulierend eine Hand. „Kein Problem." Das starke Bedürfnis, Derek zu beruhigen, überraschte ihn. Es gab jedoch nicht viel, was er tun konnte, wenn der Kerl nicht beruhigt werden wollte. Er war kein Kind. Doch das führte zur nächsten Frage. Wo war der Mann, der sich um ihn kümmern sollte? „Ich nehme an, Tim ist nicht hier?"

„Genau. Wir hatten wieder Streit und er ist in Portsmouth geblieben." Derek trank noch einen Schluck Bier und blickte Russ an. „Ich weiß genau, was du denkst."

„Wirklich? Was denn?"

„Du fragst dich, warum Tim und ich immer noch zusammen sind, wenn wir uns doch so oft streiten."

Ja.

Russ zuckte mit den Schultern. „Jeder hat eine andere Vorstellung von einer Beziehung." Er dachte daran, was Ian ihm über sich und Jay erzählt hatte. „Es ist nicht meine Aufgabe, deine zu bewerten. Ich muss mich um meinen eigenen Kram kümmern."

„Glaubst du, dass ich den Mistkerl liebe?"

Das verursachte einen unerwünschten Anflug von Enttäuschung, den Russ sofort niederkämpfte. *Er ist nicht frei. Das ist das Einzige, was zählt.* „Natürlich."

„Ich weiß echt nicht, was im Moment mit uns los ist", fuhr Derek fort. „Seine Eifersucht ist völlig außer Kontrolle geraten. Weißt du eigentlich, wie es ist, wenn dein Freund dich die ganze Zeit mit Adleraugen beobachtet und nur darauf *wartet*, dass du einen Fehler machst? Manchmal will ich ihm echt … einen Grund dafür geben. Einfach, damit es nicht mehr über mir schwebt." Er seufzte und machte ein verbittertes Gesicht. „Aber so ein Typ bin ich nicht. Ich gehe nicht fremd."

Darauf wusste Russ keine Antwort und so nickte er lediglich.

„Tut mir leid, ich lade schon wieder meine ganzen Probleme bei dir ab."

„Ich habe schließlich gefragt, ob alles in Ordnung ist."

„Schon … trotzdem …" Er veränderte seine Haltung und versuchte ein halbherziges Lächeln. „Also, wie ist es dir in den letzten Wochen ergangen?"

Russ grinste ihn an. „Aha, ein raffinierter Themenwechsel."

„Hat es geklappt?"

„Sehr professionell." Er lehnte sich in seinem Stuhl zurück und antwortete: „Tja, ich habe einen Mann kennengelernt …"

„Oh, schön."

„Ja. Er ist … echt heiß."

„Cool.“ Derek schien vom Hals seiner Bierflasche fasziniert zu sein, so als ob er überlegte, sie als Flöte zu benutzen.

„Ich bin mir allerdings nicht sicher, ob es lange halten wird.“

„Tatsächlich? Warum nicht?“

Russ zuckte die Achseln. „Ich weiß nicht. Ich glaube, es fühlt sich an … als ob er mich nur für den Sex benutzt. Verstehst du?“

Derek lachte, aber es klang wenig überzeugend. „Viele Männer würden das gut finden.“

„Ich nicht. Versteh‘ mich nicht falsch, Sex ist großartig, aber es sollte nicht alles sein.“ Aus irgendeinem Grund schien dieses Gesprächsthema Derek wieder runterzuziehen. Er zupfte am Etikett seiner Bierflasche, konzentrierte sich angestrengt auf diese Tätigkeit und sah furchtbar aus. Daher versuchte Russ, die Stimmung ein wenig aufzuheitern. „Außerdem ist er einer dieser Kerle, die nicht gefickt werden wollen, deshalb bin ich immer derjenige, der unten liegt. Er leiert noch mein Arschloch aus.“ Er lachte über seinen eigenen Witz, stellte dann aber erschrocken fest, dass Derek ihn bestürzt ansah. „Ähm … tut mir leid. Das war wahrscheinlich mehr, als du wissen wolltest.“

„Du lässt dich in den Arsch ficken?“

„Ja. Natürlich.“

Derek riss erstaunt die Augen auf. „Naja … nicht‚natürlich‘. Schließlich würden viele Männer das niemals zulassen.“

„Oh“, sagte Russ und fragte sich, ob Derek gerade die gute Meinung, die er von ihm gehabt hatte, revidierte. Aber mein Gott! Es war schließlich keine absolut furchtbare Sache, ab und zu mal gefickt zu werden. Warum sollte es eine Rolle spielen? „Du hast es also nicht zugelassen.“

Wieder war da dieses komische Zögern. Derek zuckte mit den Schultern. „Gefällt es dir?“, wollte er wissen.

„Ja, sicher. Natürlich ist es dreckig und unbequem, deshalb lasse ich es nicht so oft zu.“

„Du magst es also nicht.“

„Hängt von der Stimmung ab, in der ich gerade bin.“ Er schielte zu Derek hinüber. „Ist das wirklich so eine große Sache für dich?“

Derek rutschte unbehaglich auf seinem Stuhl hin und her. „Ich weiß, einigen Männern gefällt es. Tim auch. Aber er ist nicht gerade …“

Er verstummte allmählich, aber Russ wollte das Thema nicht auf sich beruhen lassen. Er musste wissen, wo das Problem lag, besonders wenn es Dereks Eindruck von ihm beeinträchtigte. „Er ist nicht gerade was?“

„Du weißt schon. Ein *männlicher* Mann.“

„Also ist es bei ihm in Ordnung, weil er nicht männlich ist?“

„Ich denke schon.“

„Aber du findest, ich sollte es nicht machen?“

Derek sah nicht gut aus. Es war eine heiße Nacht, aber nicht heiß genug, um sein starkes Schwitzen zu erklären. Seine Gesichtsfarbe hatte von bleich zu praktisch weiß gewechselt, seine Beine hatte er so dicht an den Körper gezogen, als ob er sie in sich hineinziehen wollte. „Tut mir leid. Ich wollte dich nicht verurteilen."

„Schon okay."

„Es ist nur wieder meine beschissene Kindheit …"

„Deine Kindheit?"

„Das Arschloch von Stiefvater hat es mir mehr oder weniger eingehämmert: Ein Mann lässt … das niemanden bei sich tun."

„Man sollte denken, ein Mann könnte selbst über seinen Körper entscheiden. Gehört das nicht zum Mann sein dazu? Verantwortung?"

„Ich schätze schon."

Russ zuckte erneut die Achseln. „Sieh' mal, es fühlt sich gut an, wenn du in der Stimmung dazu bist. Aber nicht jeder mag es – nicht jeder *Mann* mag es. Ich mag es nicht immer. Willst du mir ernsthaft sagen, dass du mich nicht für einen ‚echten Mann' hältst, weil ich mich von Ian ficken lasse?"

„Nein." Derek sah jetzt außerordentlich gequält aus. Er biss die Zähne zusammen, als ob er Schmerzen hätte. „Es tut mir leid."

Russ seufzte und schüttelte den Kopf. Er übertrieb gerade. Derek hatte ihn schließlich nicht irgendeiner Sache beschuldigt oder ihn beleidigt. „Schon in Ordnung. Vergiss es."

„Du bist einer der tollsten Männer, die ich je getroffen habe und ich beleidige dich total. Ich bin so ein verdammter Versager."

Das war eine merkwürdige Aussage. Sicherlich reagierte er gerade über. „Kumpel …" Russ betrachtete Derek etwas genauer und stellte fest, dass etwas *nicht* stimmte. Derek schwankte leicht in seinem Stuhl und begann zu keuchen. „Derek?"

Er beugte sich vor, um Dereks Arm zu berühren, doch der Mann schreckte heftig zurück.

„Mann … du siehst aus, als ob du eine Panikattacke hast."

„Ich glaube, ich muss kotzen."

Russ war schon früher in solchen Situationen gewesen. Ohne darüber nachzudenken, verwandelte er sich vom Nachbarn in einen Polizisten. „Es ist alles okay, Derek. *Du bist* okay. Hier bist du sicher." Es war ein Fehler gewesen, Derek in diesem Zustand zu berühren, aber ihm war nicht klar gewesen, was passierte. „Ich bin dein Freund. Du hast mich nicht verärgert. Es ist alles in Ordnung."

Derek hob seine Bierflasche, schien einen Schluck trinken zu wollen, verzog dann aber angewidert das Gesicht und verzichtete.

„Soll ich dir das abnehmen?"

„Ich werde gleich kotzen."

„Darum kümmern wir uns, wenn es so weit ist. Ich werde nicht weggehen. Versuche einfach, langsam zu atmen." Russ griff vorsichtig nach der Bierflasche, ohne Dereks Hand zu berühren und Derek ließ zu, dass er sie ihm abnahm. Russ stellte sie zwischen ihnen auf den Boden. „Jetzt möchte ich, dass du mit mir zählst. Wir werden von hundert rückwärts zählen. Okay? Einhundert … sprich mir nach."

„Einhundert."

„Neunundneunzig …" Er machte weiter und verpasste Derek jedes Mal, wenn er aufhörte, einen verbalen Rippenstoß.

Als sie die Eins erreicht hatten, atmete Derek langsam und tief ein. Nachdem er eine lange Zeit still dagesessen hatte, sagte er: „Ich denke, mir geht's wieder gut."

„Lass dir noch eine Minute Zeit. Es besteht kein Grund zur Eile." Russ war verwirrt, wie eine Diskussion über Analsex eine so starke Reaktion hatte auslösen können. Dieser Stiefvater musste ein echter Mistkerl gewesen sein. Kurz fragte er sich, ob Derek in der Lage war, aktiv zu sein, da er erwähnt hatte, dass Tim es mochte, auf der Empfängerseite zu sein. Der Anflug von Eifersucht, der ihn bei diesem Gedanken überkam, gefiel ihm jedoch gar nicht. Es ging ihn ja verdammt noch mal auch gar nichts an.

„Ich denke, mir geht's wieder gut", sagte Derek, lehnte sich in seinem Stuhl zurück und schloss die Augen. „Oh Mann, ich bin so ein Psycho."

„Viele Menschen haben Panikattacken", versicherte ihm Russ. „Das ist keine große Sache."

Derek lachte bitter. „Wie Analsex?"

„Vielleicht sollten wir lieber über etwas anderes reden."

„Jaaah. Vielleicht." Derek versuchte, zu lächeln. „Alles, was ich gesagt habe … falls es sich so angehört hat, als ob ich auf dich herabsehen würde … das wollte ich nicht. Wirklich."

„Schon in Ordnung. Zwischen uns *ist* alles in Ordnung."

„Ich denke, ich kann jetzt wieder einschlafen. Es wird hell."

Russ blickte über den See und stellte bestürzt fest, dass der Himmel über den Kiefern am Ostende des Sees bereits heller wurde. *Oh Mann.* Es war bereits morgens. „Bist du sicher, dass es dir gut geht?"

„Ja."

Trotz dieser Beteuerung stand Derek ziemlich wackelig von seinem Stuhl auf. Russ sprang auf und stützte ihn mit einer Hand unter dem Ellbogen. Derek zog seinen Ellenbogen aus dem Griff.

„Mir geht's gut", beharrte er. „Ich komme jetzt alleine klar." Er schwankte einen Moment, atmete dann jedoch tief ein und schien sich unter Kontrolle zu haben. „Danke, dass du dich um mich gekümmert hast."

Er beugte sich vor, als ob er Russ küssen wollte. Dann jedoch trat er hastig zurück, die Augen weit aufgerissen. „Tut mir leid", sagte er eilig. „Ich stehe wahrscheinlich noch neben mir."

„Kein Problem." Russ war sich der Wärme von Dereks Atem auf seinen Lippen in dieser einen Sekunde und der Regung, die es in seiner Leistengegend ausgelöst hatte, allzu bewusst. Er war sich nicht sicher, ob die Jogginghose das plötzliche Anschwellen seines Schwanzes verbarg, vor allem, da er sich mit dem Anziehen von Unterwäsche gar nicht erst abgegeben hatte. Falls er hinschaute, würde er nur die Aufmerksamkeit dorthin lenken. Er versuchte, zu lächeln. „Schätzungsweise hast du mich für einen Moment mit Tim verwechselt."

Derek sah ihn kurz aufmerksam an. Sein gemurmeltes Nein war so leise, dass Russ nicht sicher war, ob er es überhaupt gesagt hatte. Er drehte sich abrupt um, ging zur Tür und rief über die Schulter: „Komm rein, Gracie."

Die Fliegengittertür wurde geschlossen und Russ war allein – abgesehen von Max – auf der Terrasse. Er seufzte und sagte: „Lass uns nach Hause gehen."

Dann ging er zum Pfad. Zum Glück hatte er morgen frei. Er war total erschöpft. Es tat ihm nicht leid, Derek geholfen zu haben, der arme Kerl war ein Nervenbündel gewesen, warum auch immer. Doch nach diesem Beinahe-Kuss war es nicht schön, sich alleine wieder ins Bett legen zu müssen.

16

DEREK SCHLIEF bis Mittag. Gracie war darüber nicht sehr erfreut, normalerweise stand er um sieben Uhr auf und ließ sie zum Pinkeln nach draußen. Sie hatte sich erleichtern können, als sie um 4:00 Uhr aufgestanden waren, doch trotzdem war sie wegen der Veränderung ihrer Morgenroutine stinkig. Derek konnte es ihr nicht verübeln.

Er hatte einige frische Lebensmittel mit ins Haus am See gebracht, da sie nichts dort gelassen hatten, was hätte schlecht werden können. So hatte er jetzt Brot, Eier, Speck, Donuts, Orangensaft – genug für ein ordentliches Frühstück. Dass bereits Mittag war, spielte keine Rolle. Während er in den Schränken nach der Bratpfanne kramte, kam ihm in den Sinn, auch Russ zu verköstigen. Nach dieser Höllennacht … und dem Beinahe-*Kuss* … Das musste den Mann völlig verstört haben.

Verdammt, es hat auch mich völlig verstört. Was um Himmels willen habe ich mir dabei gedacht? Er hatte *gar nicht* gedacht. Genau das war das Problem. Für kurze Zeit hatte es sich so angefühlt, als ob er und Russ schon seit Ewigkeiten zusammen wären. In dem Moment war es keine sexuelle Empfindung gewesen. Es hatte sich so normal angefühlt, bei ihm Geborgenheit zu suchen, als ob er das schon immer getan hätte. Wenn man bedachte, wie weit er und Tim sich seit seiner Rückkehr aus Tampa auseinandergelebt hatten, fühlte es sich fast an, als ob er ihn betrogen hätte. Doch das hatte er nicht. Es war nichts passiert. Nicht wirklich.

Naja … vielleicht gerade genug, um sich jetzt unwohl zu fühlen.

Wäre es noch eigenartiger, ihn zum Frühstück oder Mittagessen hierher einzuladen? Derek war sich nicht sicher, hielt aber eine Entschuldigung für angebracht. Er musste klarstellen, dass er Russ nicht anmachte oder etwas in der Art. Es war einfach nur eine freundliche Geste, um wiedergutzumachen, dass er den armen Kerl die ganze Nacht wachgehalten und seinen seelischen Müll bei ihm abgeladen hatte. *Schon wieder.* Ganz zu schweigen von … was? Russ hatte es eine Panikattacke genannt. Was auch immer es gewesen sein mochte, es war nichts, mit dem man einen Bekannten in den frühen Morgenstunden konfrontieren sollte.

Ich rufe ihn an. Nichts Verdächtiges, nur eine Einladung zum Frühstück als Entschuldigung.

Der Haken war, er hatte Russ‘ Nummer nicht. Er müsste den Hügel hinuntergehen und hoffen, dass es Russ nichts ausmachte, ihn nach dem Melodrama der letzten Nacht vor seiner Tür stehen zu sehen. Einige Minuten wägte er das Für und Wider ab. Russ schlief eventuell noch, dann würde ihn die Störung wahrscheinlich verärgern. Aber er kam vielleicht nicht den Hügel hinauf, wenn er heute irgendwohin fahren musste. Was, wenn er wach war, in seinem Wohnzimmer saß und sich fragte, was zur Hölle sich Derek dabei gedacht hatte, ihn fast zu küssen? Verdiente er nicht eine Erklärung – angenommen Derek hätte eine – oder zumindest eine Entschuldigung?

Letztendlich beschloss er, einfach hinunterzulaufen und es hinter sich zu bringen.

Er war bereits vor Russ' Seiteneingang angelangt, als er an seinem Entschluss zu zweifeln begann. Eine volle Minute oder länger stand er da, die Hand halb zum Klopfen erhoben und fragte sich, was jämmerlicher war: Russ hinterherzulaufen oder ihn zu meiden. Da unterbrach Russ' Stimme seine Gedanken.

„Was um Himmels willen tust du da?"

Erschrocken drehte Derek sich um und bemerkte Russ, der am Ende der Terrasse stand und ihn mit gerunzelter Stirn beobachtete. Wie letzte Nacht trug der Polizist lediglich eine Jogginghose, sonst nichts. Im Licht der hochstehenden Mittagssonne war sein schlanker Oberkörper mit den wellenförmigen Bauchmuskeln, die durch dunkle Schatten betont wurden, deutlich zu sehen. Letzte Nacht war er nicht in der Verfassung gewesen, es wahrzunehmen, doch jetzt fand er zwar Gefallen an Russ' Körper, der Anblick machte ihn allerdings auch nervös.

Max spähte hinter Russ' Beinen hervor und beim Anblick von Derek und Gracie kam er angerannt, um sie zu begrüßen.

„Äh … ich wollte dich zum Frühstück einladen … falls du nicht schon gegessen hast …"

Russ grinste ihn an. „Wirklich? Für mich sah es nämlich mehr so aus, als ob du in den letzten fünf Minuten meine Tür angestarrt hast."

So lange war das überhaupt nicht gewesen. „Tut mir leid."

„Was gibt's denn zum Frühstück?"

Derek zuckte mit den Schultern. „Eine ganze Menge. Auf jeden Fall wollte ich Eier und Speck braten."

„Hört sich gut an!"

DA DEREK die Lebensmittel nicht mit den Hügel hinuntergeschleppt hatte, marschierten sie zu seinem Haus, um das Frühstück zuzubereiten. Es stellte sich heraus, dass Russ gerade erst aufgewacht war und kurz vor Dereks Auftauchen lediglich Zeit für eine Tasse Kaffee gehabt hatte. Während der Speck in der gusseisernen Pfanne vor sich hin brutzelte, beschloss Derek herauszufinden, ob er mit einigen Eiern Käseomeletts hinbekam. Er schlug drei in eine Schüssel und begann, sie zu verquirlen. Schließlich fasste er Mut und sagte: „Ich schulde dir eine Entschuldigung für letzte Nacht."

Russ saß auf einem der Barhocker und beugte sich über die Bar, um Derek beim Kochen zuzusehen. Er lachte. „Kumpel, das war keine große Sache."

„Ich habe dich bis zum Sonnenaufgang wachgehalten."

„Ja, das hat uns beide etwas ausgelaugt“, gab Russ zu, „aber das war kaum deine Schuld.“

Derek schnaubte. „Wovon redest du? Natürlich war es meine Schuld. Ich bin mitten in der Nacht aufgewacht und musste wie ein kleines Kind getröstet werden. Es war ziemlich erbärmlich.“

„Jeder hat ab und zu mal eine schlechte Nacht.“

„Tatsächlich? Nun, bei mir ist jede Nacht eine schlechte.“

Als er sah, wie sich Russ‘ Gesichtsausdruck in Besorgnis verwandelte, war ihm klar, dass er zuviel gesagt hatte. „Was ist los?“

„Nichts.“ Derek versuchte, zurückzurudern. „Ich schlafe einfach nicht gut.“

„Wann hat das angefangen?“

„Keine Ahnung. Vor einer Woche oder so.“

„Ist irgendwas passiert?“

Derek war mittlerweile ins Schwitzen geraten. Warum zum Teufel hatte er dieses Thema angesprochen? Er wollte Russ doch nur wissen lassen, dass er nicht vorgehabt hatte, ihn die ganze Nacht wachzuhalten, verdammt noch mal! Er stellte die Schüssel etwas heftiger als beabsichtigt auf der Theke ab und schnappte sich den Pfannenwender, um den Speck umzudrehen. Er lächelte und sagte fröhlich: „Nichts ist passiert. Ich habe nur … Tut mir leid, dass ich dich vom Schlafen abgehalten habe.“

„Das ist okay“, sagte Russ ernst. „Wirklich.“

Derek blickte ihn an und entdeckte einen Ausdruck in seinen Augen, der ihm zeigte, dass Russ den ganzen Mist durchschaute, den er erzählte. Es war beunruhigend und Derek wandte sich wieder dem Herd zu und überlegte, wie er das Thema wechseln könnte. Schließlich fiel ihm nichts Besseres ein als: „Erzähl‘ doch mal von diesem Ian, mit dem du dich triffst“, auch wenn er es eigentlich gar nicht hören wollte.

„Er ist in Ordnung“, antwortete Russ. „Toller Körper, wunderschönes Gesicht, ziemlich gut im Bett.“ Es hörte sich nicht allzu schwärmerisch an.

Ein Bild von Russ, der von einem Mann in den Arsch gefickt wurde, blitzte vor Dereks innerem Auge auf. Er fühlte sich erneut ziemlich unbehaglich, hörte sich aber fragen: „Tut es nicht … tut es nicht weh?“

Russ fragte nicht, was er meinte. „Willst du wirklich darüber sprechen?“

Er war sich nicht sicher. Doch jetzt, nachdem ihm die Frage herausgerutscht war, wollte er es wissen. Als Victor ihn innerlich zerfetzt hatte, war es furchtbar qualvoll gewesen. Wie konnten Männer – oder auch Frauen – es *genießen*? „Tut mir leid. Ich habe die Grenze überschritten, oder? Du musst nicht antworten.“

„Es macht mir nichts aus, darüber zu reden“, erwiderte Russ, „aber ich brauche noch einen Kaffee, wenn wir ein vertrauliches Gespräch über meinen Arsch führen wollen. Hast du eine Tasse für mich?“

Derek nahm eine aus dem Schrank und verabscheute das Zittern seiner Hand, als er die Tasse auf die Bar stellte. Russ beobachtete ihn und runzelte die

Stirn, sagte jedoch nichts. Er nahm die Tasse und bediente sich von dem frischen Kaffee aus dem Kaffeevollautomaten neben sich.

„Es tut weh“, gab er zu. „Klar. Aber wenn du reichlich Gleitgel benutzt und er langsam macht, ist der Schmerz nach ein paar Stößen vorbei. Dann fängt es an, sich gut anzufühlen. Du fühlst dieses Kribbeln und … ich weiß nicht … du wirst *ausgefüllt* in …, tja, in Ermangelung eines besseren Wortes, deinen Gedärmen …“

„Das klingt ekelig.“

Russ lachte, trank einen Schluck Kaffee und nickte, als er die Tasse absetzte. „Ja, ja, das stimmt. Deshalb bin ich auch Polizist und kein Dichter. Aber es ist … es ist, als ob du hungrig bist und dann wird dein Hunger gesättigt … und ges*tillt* … mit diesem Schwanz. Und du willst mehr und mehr davon, um deinen Hunger zu stillen.“ Seufzend schüttelte er erneut den Kopf. „Wahrscheinlich hört sich das auch ziemlich ekelhaft an.“

So hat es sich nicht angefühlt, dachte Derek. *Verdammt noch mal, es hat sich kein bisschen so angefühlt!* Es hat schrecklich wehgetan und es war ekelhaft gewesen, dieses angeschwollene, fleischige … *Ding* … im Körper zu haben. Er hatte es nur loswerden wollen. Doch das verwirrte ihn ebenfalls, schließlich hatte er mehr als einmal zu Vorstellungen, wie er Victors kräftigen Schwanz lutschte, abgespritzt. Inzwischen ergab gar nichts mehr einen Sinn.

„Geht‘s dir gut?“

Der Speck war dabei, zu verbrennen. Derek schaufelte ihn von der Bratpfanne auf den mit Küchenkrepp ausgelegten Teller, den er danebengestellt hatte. Ihm fiel auf, dass er wieder angefangen hatte, zu schwitzen und er wischte sich mit dem Handrücken über die Stirn. „Mir geht‘s gut.“

„Hast du wieder eine Panikattacke?“

„Nein“, fauchte er. Dann bemerkte er Russ‘ besorgten Gesichtsausdruck und zwang sich, sich zu beruhigen. „Mir geht‘s gut.“

„Du hast dir den Mist, den dir dein Stiefvater über Analsex eingetrichtert hat, wirklich zu Herzen genommen, was?“

Derek goss die Eier in die Pfanne und wollte den Teller mit dem Speck auf die Bar stellen. Als er den Teller absetzte, legte Russ seine Hand auf Dereks. Ruckartig zog dieser die Hand zurück.

„Tut mir leid“, sagte er schnell. „Ich bin heute Morgen etwas … zappelig.“

Russ sah ihn mit hochgezogenen Augenbrauen an. „Oh, entschuldige.“

„Schon in Ordnung.“ Dann fügte Derek hinzu: „Wahrscheinlich war ich als Teenager ziemlich leicht beeinflussbar. Es war nicht nur die Bemerkung mit der „Kugel in den Kopf jagen“, obwohl das echt hängen geblieben ist. Einmal hat mir Larry auf einem Betonboden ein Bein gestellt, weil meine Hände lose an meinen Seiten baumelten und nicht zu Fäusten geballt waren. Er hat mich geschlagen, wenn ich geweint habe, oder er mich dabei erwischt hat, wie ich zu lange einen anderen Jungen angeschaut habe. Würde ich es nicht besser wissen, hätte ich schwören können, dass mein Name in der Zeit, in der er mit meiner Mutter und mir zusammenlebte, Schwuchtel war."

„Oh Mann!", sagte Russ, das Gesicht verärgert verzogen.

„Tja … jetzt ist er ja tot."

DER DRANG, Derek an sich zu ziehen und festzuhalten, war stark, doch Russ wusste, Derek würde es nicht wollen. Es wäre nicht nur unangebracht, wenn man bedachte, dass er verlobt war. Derek war auch der Überzeugung, Trost käme für Männer nicht infrage. Es war frustrierend. Irgendetwas belastete ihn. Er brauchte Hilfe. Doch Russ konnte nichts tun, außer ihm zuzuhören, wenn er darüber reden wollte.

Und er *redete* … ein bisschen. Er schien zu versuchen, etwas mitzuteilen, hatte aber Probleme, es geradeheraus zu sagen.

Leider wurde ein weiteres Gespräch durch das Öffnen der Haustür unterbrochen. Tim stand plötzlich auf der Schwelle und stellte sarkastisch fest: „Oh! Wie ich sehe, seid ihr gerade erst aufgestanden." Er trug weiße Hosen, die so eng waren, dass Russ seine Hoden sehen konnte, ein T-Shirt mit der bunten Aufschrift „Fabulous" und eine schwarze Weste. Beide Hände hatte er in die Hüften gestemmt, den Mund verzogen wie eine zickige Diva. Der Freund, der ungerecht behandelt worden war, war nach Hause gekommen und hatte seinen Partner mit einem anderen Mann erwischt.

Nur, dass er ihn nicht erwischt hatte. Derek und Russ hatten nichts Falsches getan. Sie frühstückten lediglich zusammen und unterhielten sich.

„Verdammt, Tim", brummte Derek. „Wir sind aus *unterschiedlichen* Betten aufgestanden. Ich habe ihn nur zum Frühstück eingeladen."

„Ihr habt es geschafft, beide gleichzeitig um zwölf Uhr dreißig aufzustehen?"

Derek seufzte. „Ich bin wieder mal mitten in der Nacht aufgewacht und er hat das Licht bemerkt, also ist er hergekommen. Wir haben bis zum Sonnenaufgang geredet. Dann ist er zu sich nach Hause schlafen gegangen und ich bin hier schlafen gegangen. Okay?"

Tim sah nicht überzeugt aus, kam jedoch ins Haus und ging mit großen Schritten zur Küchenecke. „Das muss grauenhaft gewesen sein." Er sah Russ direkt ins Gesicht und fügte hinzu: „Wenn man bedenkt, wie heiß und feucht es letzte Nacht war – das Wetter, meine ich."

„Du benimmst dich kindisch", presste Derek hinter zusammengebissenen Zähnen hervor.

„Ich benehme mich kindisch?"

Das war Russ' Stichwort. „Ich muss los", sagte er und schnappte sich ein Stück Speck, während er vom Barhocker rutschte. Er fing einen entschuldigenden

Blick von Derek auf, winkte ihnen beiden jedoch nur zu und sagte: „Bis dann. Komm Max!“

Er öffnete Max die Tür und war sich der eisigen Stille in der Küchenecke hinter ihm nur allzu bewusst. Das würde richtig schlimm werden.

17

NACH FAST zwei Monaten war es nicht mehr ganz so angsteinflößend, zur Arbeit zu gehen. An Victors Büro vorbeizumüssen, war immer noch hart, aber Derek wappnete sich und ging stur daran vorbei, die Augen fest auf das Fenster am anderen Ende des Raumes gerichtet. Sie hatten mehrmals E-Mail ausgetauscht, alle rein beruflich und unpersönlich. Irgendwie hatte er es geschafft, nicht von Angesicht zu Angesicht mit Victor reden zu müssen. Und auch Victor hatte diesbezüglich keine Versuche unternommen.

Derek war jedoch klar, früher oder später würden sie persönlich miteinander reden müssen. Zu seinem Entsetzen war es an diesem Donnerstag soweit.

„Hi Kumpel."

Derek erstarrte, seine Hände, die gerade dabei gewesen waren, eine E-Mail an einen der Mitarbeiter in der Qualitätssicherung zu schreiben, verharrten über der Tastatur. Er war so in das Schreiben vertieft gewesen, dass er Victor nicht hatte hinter sich auftauchen hören. Sich umzudrehen und ihn anzuschauen, schaffte er nicht; er konnte sich überhaupt nicht bewegen. Alles, was er hinbekam, während sein Herz wie wild hämmerte, war ein schwaches „Hallo".

„Ich habe dich schon länger nicht mehr im Fitnessstudio gesehen", stellte Victor fest. Aus dem Augenwinkel sah Derek, wie er sich mit einem Ellenbogen auf der Abtrennung der Arbeitsnische abstützte. Der Gestank seines Aftershaves umhüllte Derek wie klebriger Nebel. „Hast du Lust nach der Mittagspause hinzugehen?"

Derek war klar, er sprach von dem firmeneigenen Fitnessstudio im Untergeschoss. Im letzten Jahr waren sie kaum im Planet Fitness gewesen. Beim Gedanken, mit Victor alleine im Umkleideraum zu sein, sich auszuziehen und zu duschen, verkrampfte sich Dereks Magen. „Heute kann ich nicht", brachte er heraus, obwohl sich sein Hals anfühlte, als ob er verstopft wäre. „Ich habe einen Arzttermin."

Hatte er nicht. Er fand ständig neue Ausflüchte, um Dr. Cassidy nicht besuchen zu müssen, da er Angst hatte, was dieser feststellen würde. Doch Derek musste wissen, ob Victor ihm eine nette kleine Erinnerung verpasst hatte – einen netten Herpes um der alten Zeiten willen … Syphilis … Gott behüte, kein HIV … Dazu kam noch, dass Derek immer noch nicht ohne Schmerzen den Darm entleeren konnte. Da konnte er sich genauso gut einen Termin geben lassen und es hinter sich bringen.

Zu seiner Überraschung fragte Victor: „Geht's dir nicht gut?"

Du meinst abgesehen davon, dass du mich in eine Millionen blutende Teile zerfetzt hast, du verdammtes Arschloch?

„Nur Routineuntersuchungen."

„Gut. Dann bis morgen?"

Derek schrie stumm auf, hörte sich aber antworten: „Klar."

„ICH KANN hier eine kleine Abschürfung erkennen", stellte Dr. Cassidy fest und untersuchte Dereks After vorsichtig mit einem behandschuhten Finger. „Aber es gibt keine Anzeichen einer bleibenden Verletzung. Pressen Sie bitte ein wenig."

Derek tat wie befohlen und spürte das inzwischen vertraute Kribbeln im Nacken und auf der Kopfhaut, als der Arzt einen Finger in ihn gleiten ließ. Er schloss die Augen, hielt seine Hände fest umklammert, bemüht den Griff nicht zu lösen, während Dr. Cassidy die Innenwand seines Enddarms untersuchte und mit dem Finger über Dereks Prostata fuhr. Derek stand über die Untersuchungsliege gebeugt, sodass der Arzt die Schweißtropfen auf seiner Stirn nicht sehen konnte.

Dr. Cassidy zog den Finger heraus und streifte den Gummihandschuh ab. „Es sieht alles gut aus. Es ist inzwischen soviel Zeit verstrichen, ich bin sicher, kleinere Abschürfungen sind inzwischen verheilt."

„Warum tut es dann immer noch weh?"

Dr. Cassidy schüttelte den Kopf und zuckte die Achseln. „Mit Ihrem Schließmuskel und dem Inneren Ihres Rektums scheint alles in Ordnung zu sein. Wenn Sie möchten, kann ich Sie an einen Spezialisten überweisen. Vielleicht habe ich etwas übersehen." Er zog einige Papiertücher aus einem Spender an der Wand und reichte sie Derek. „Sie können sich abwischen und die Hose wieder anziehen."

Derek war sich nicht sicher, ob er sich von noch jemandem anderen dort unten untersuchen lassen konnte. Nicht sofort. Vielleicht würde der Schmerz mit der Zeit nachlassen. Da der Arzt mit dem Rücken zu ihm stand, wischte er sich schnell die Stirn ab, bevor er die Tücher für den vorgesehenen Zweck benutzte. Er zog die Hose wieder hoch und schloss sie.

„Ich kann nicht sagen, dass ich Analsex befürworte, weder für Schwule noch für Heterosexuelle", Dr. Cassidy fuhr fort, „aber er verursacht normalerweise keinen großen Schaden, wenn er vorsichtig ausgeführt wird. Benutzen Sie einfach ausreichend Gleitmittel. Ungeschützter Sex dagegen ist natürlich nie gut. Besonders dann nicht, wenn Tim und Sie andere Männer ins Bett einladen."

Derek hatte ihm eine Geschichte über einen Dreier, der ein wenig grober als erwartet ausgefallen war, aufgetischt. Dr. Cassidy wusste, dass Derek schwul war, und kannte Tims Namen, doch zum Glück war Tim bei einem anderen Arzt. Was Derek Dr. Cassidy erzählte, würde Tim nicht erfahren.

„Ich glaube, das war eine einmalige Sache", erklärte Derek und warf die zusammengeknüllten Papiertücher in den Mülleimer.

Dr. Cassidy bedeutete ihm, sich auf die Untersuchungsliege zu setzen.

„Das ist natürlich Ihre eigene Entscheidung, aber falls sie beide es doch noch einmal tun sollten, benutzen sie bitte Kondome. Sie wissen ja, wie es geht."

„Ja."

„Was die Tests auf Geschlechtskrankheiten betrifft, klar, die können wir machen. Da es keine äußerlichen Symptome, wie z. B. wunde Stellen oder Ausschlag gibt, sind wir darauf angewiesen, dass Ihr Körper Antikörper gegen den Virus bildet. Nur dann sind die Tests zuverlässig. Wir können auf einige Geschlechtskrankheiten, wie z. B. Syphilis testen. Es dauert nur einige Wochen, bis wir ein Ergebnis haben. Der HIV-Test ist jedoch erst nach drei Monaten aussagekräftig. Haben Sie Grund zu der Annahme, dass Ihr Freund eine Geschlechtskrankheit hat?"

Derek dachte einen Moment darüber nach. Er hatte Victor oft genug nackt gesehen, und um ehrlich zu sein, er hatte *genau* hingeschaut. Es waren keine wunden Stellen oder Ausschlag zu sehen gewesen. Doch Victor schien nicht der Typ für Safer Sex zu sein. Er war einer von diesen Arschlöchern, die erwarteten, dass sich die Frau um die Verhütung kümmerte. HIV war vermutlich unwahrscheinlich – heterosexuelle Männer waren nicht so bedroht wie Schwule oder heterosexuelle Frauen und Derek glaubte immer noch, dass Victor hetero war. Hatte er nicht gescherzt, Derek wäre sein erster Mann? Das bedeutete jedoch nicht, dass es unmöglich war. Und andere Geschlechtskrankheiten? Das Schwein hatte wahrscheinlich ein halbes Dutzend und wusste es nicht einmal.

„Er scheint mir nicht der Typ für Safer Sex zu sein", antwortete Derek.

„Dann würde ich Ihnen und Tim empfehlen, vorläufig wieder Kondome zu benutzen. Beobachten Sie ihren Körper und melden Sie sich, wenn Sie irgendwelche wunden Stellen oder Ausschläge bemerken. In ein paar Wochen führen wir dann noch mehr Blutuntersuchungen durch."

RUSS HÄTTE den Einsatz niemals angenommen, wenn er die Adresse wiedererkannt hätte. Zumindest hätte er der Zentrale mitgeteilt, dass es eine schlechte Idee war, ihn zu schicken. Doch so fuhr er zu den Loofts in Mill Nummer Eins und war aus dem Auto gesprungen, bevor er die beiden Männer erkannte, die in Unterwäsche auf der Straße standen. Ian … und sein angeblicher „Exfreund" Jay.

Ians Augen weiteten sich, als er Russ erkannte. Er ließ Jay einfach stehen und kam zum Streifenwagen. Jay hatte die Arme vor der nackten Brust verschränkt und das Gesicht mürrisch verzogen.

Officer Chavez kam in ihrem Streifenwagen angefahren und hielt an. Russ ging zu ihr, als sie ausstieg. „Verdammt", flüsterte Russ. „Kümmerst du dich um den anderen, während ich mit Ian rede?"

Chavez verdrehte die Augen. „Das hier ist Einsatz Nummer sieben für die beiden, aber wer zählt da schon mit? Und hast du nicht gesagt, sie hätten sich getrennt?“

Russ zuckte mit den Schultern und ging zu Ian, der an der Vordertreppe auf ihn wartete. „Lass mich raten, ihr seid wieder zusammen. Oder wart ihr nie wirklich auseinander?“

„Wir haben uns für eine Weile getrennt“, erwiderte Ian. „Werd‘ bloß nicht eifersüchtig. Wir haben schließlich nie vereinbart, ausschließlich miteinander ins Bett zu gehen.“

Russ war nicht sicher, ob er eifersüchtig war. So wichtig war ihm Ian nicht geworden. Der Kerl war gut im Bett, aber das war es auch schon. Vielleicht hatte sich ein Teil von ihm gewünscht, es würde sich mehr daraus entwickeln, aber kein sehr großer Teil. Und nach ein paar Wochen hatte er sich mehr oder weniger damit abgefunden, dass sie nur Freunde mit gewissen Vorzügen waren. Trotzdem hätte ihm Ian zumindest seine ungeteilte Aufmerksamkeit schenken können. „Wie lange seid ihr schon wieder zusammen?“

Ian zuckte die Schultern. „Einen Monat oder so.“

Einen *Monat*? „Also fickst du seit Wochen mit uns beiden?“

„Jaaah“, antwortete Ian nicht im Mindesten zerknirscht. „Deshalb ist es für mich schwieriger geworden, Abende mit dir zu verbringen. Er ist oft bei mir, in meiner Wohnung.“

Schön. Zum Glück hatte Russ darauf bestanden, Kondome zu benutzen.

„Hattest du vor, irgendwann mit mir Schluss zu machen? Oder wolltest du mich einfach weiter hinhalten?“

„Ich weiß es nicht. Ich habe einfach improvisiert. Musst du nicht meine Aussage aufnehmen oder so was?“

Aufgebracht öffnete Russ seinen Notizblock. „Ja. Macht es dir etwas aus, mir zu erzählen, wie es dazu gekommen ist, dass du und Jay euch auf dem Parkplatz in Unterwäsche angeschrien habt?“

„Wir sind früher am Abend in Ogunquit ausgegangen und ich habe angefangen, mit diesem attraktiven Mann mit nacktem Oberkörper zu tanzen. Plötzlich hat mich Jay weggezerrt und gesagt, wir müssten jetzt gehen.“ Ian verdrehte die Augen. „Auf der Fahrt nach Hause hat er kaum mit mir gesprochen. Dann, als wir gerade ins Bett gehen wollten, hat er in einem fort geschimpft, was ich für eine Schlampe wäre.“ Er deutete mit der Hand in Richtung Parkplatz. „Ich bin rausgerannt, er kam hinterher und dann hat irgendwer die Polizei gerufen.“

„Habt ihr geschrien?“

„Wahrscheinlich.“

Russ unterdrückte einen Seufzer. *Verhalte dich total professionell*, ermahnte er sich. „Ian, es ist nach dreiundzwanzig Uhr.“ Russ war auf dem Rückweg zur Wache gewesen, als die Zentrale sich gemeldet hatte.

„Tja, das könnte eine Erklärung sein“, sagte Ian mit einem irritierenden Grinsen. Dann beugte er sich vor und fragte: „Bedeutet das, du willst nicht mehr, dass ich zu dir komme?“

„Genau“, antwortete Russ kühl. „Ich hasse dich nicht. Ich werde weiterhin mit dir reden, wenn wir uns in der Gruppe sehen. Und ich muss zugeben, es hat Spaß gemacht. Aber mit Telefonsex ist jetzt Schluss.

18

WAS ZUM Teufel mache ich hier? Das ist verrückt!

Derek konnte nicht hinsehen, als Victor nur wenige Meter entfernt aus seiner Arbeitskleidung stieg. Normalerweise hätte er ihm dabei zugeschaut, oder zumindest ab und zu mal hingeblickt. Victor schien die Blicke genossen zu haben, auch wenn er Derek als Spanner bezeichnet hatte. Doch jetzt nicht mehr. Selbst Victor schien die Spannung zu spüren und richtete den Blick auf den Schrank vor sich. Seit sie die Umkleidekabine betreten hatten, hatten sie kaum ein Wort gewechselt.

Er hatte Victor mit der faulen Ausrede, Tim in der Mittagspause zu treffen, etwas was seit Jahren nicht passiert war, wie Victor wusste, abgewimmelt. Doch dann hatte er sich breit schlagen lassen, am Montag gemeinsam ins Fitnessstudio zu gehen. Eigentlich war es lächerlich. Victor konnte ihn schließlich nicht zu einem gemeinsamen Training zwingen. Er konnte ihn nicht zwingen, auch nur eine Minute außerhalb des Büros mit ihm zu verbringen. Er hatte verdammtes Glück, dass Derek ihn nicht angezeigt hatte! Warum waren sie also jetzt gemeinsam in der Umkleidekabine und zogen sich aus?

Weil ich ein verdammter Idiot bin, dachte Derek angewidert. *Weil ich jetzt sein* Eigentum *bin.*

Der Gedanke jagte ihm einen Schauer über den Rücken. Glaubte er das wirklich? Dass Victor ihn so zerstört hatte, dass der jetzt die Kontrolle über ihn hatte? Am Morgen hatte er den Albtraum gedanklich nochmals durchlebt und sich vorgestellt, wie Victor ihn auf die Fliesen warf und wieder und wieder innerlich zerfetzte. Sein Verstand sagte ihm zwar, Victor würde so etwas niemals tun, wenn die Gefahr bestand, jede Minute von einem Kollegen überrascht zu werden. Doch auch das konnte die prickelnden Nadelstiche und die Übelkeit, die ihn in Wellen überfiel, nicht verhindern.

Den ganzen Morgen hatte er nach einer Ausrede gesucht. Fast hatte er gehofft, sich übergeben zu müssen, um so ein erneutes Auftreten der Grippe als Entschuldigung zu haben. Doch als Victor an seinem Arbeitsplatz aufgetaucht war, hatte er keinen klaren Gedanken fassen können. Ihm war kein zusammenhängender Gedanke oder Satz eingefallen, nicht ein einziges Wort, geschweige denn eine Ausrede. Er hatte sich so gefangen gefühlt, wie damals unter Victors Gewicht. Falls er ablehnte, würden es alle im Büro mitbekommen. Sie würden wissen wollen, warum Victor und er nicht mehr zusammen rumhingen. Die Leute hatten bereits angefangen, darüber zu reden, nur beiläufige Bemerkungen, weil sie nicht mehr zusammen trainierten oder zusammen zu Mittag aßen, seit sie aus Tampa zurückgekommen waren. Derek hatte sie mit der Erklärung abgewimmelt, zu viel zu tun zu haben. Wenn er das jedoch weiterhin machte, würden sich seine Kollegen fragen, ob in Tampa vielleicht etwas vorgefallen war. Und er würde lieber sterben, als dass sie die Wahrheit erfuhren.

Daher stand Dereks Körper auf und folgte Victor nach unten, als dieser ihn abholen kam. Er benahm sich wie ein ferngesteuerter Roboter. Doch Derek war nicht derjenige mit der Fernbedienung in der Hand.

Lieber Gott, bitte hilf mir ...

Er hatte Angst, was geschehen würde, wenn sie alleine wären. Würde Victor irgendetwas sagen? Würde er endlich zugeben, was er getan hatte? Doch er war nur in die Umkleidekabine vorausgegangen und hatte einen der Schränke geöffnet. Dann hatte er sich ausgezogen, während Derek einfach dagestanden hatte, starr vor Schreck.

Victor zog sein Suspensorium an, darüber die Shorts. Derek war immer noch vor Angst wie gelähmt. Nachdem Victor sich sein T-Shirt über den Kopf gezogen hatte, drehte er sich um und forderte ihn auf: „Du solltest dich anziehen, wir haben nur eine halbe Stunde.“ Dann ging er in den Kraftraum.

Derek wurde klar, wie seltsam es ausgesehen haben musste, als er einfach nur dagestanden hatte, während sich Victor anzog. Victor hatte sein Verhalten jedoch überhaupt nicht kommentiert, was ein weiterer Beweis dafür war, dass er ganz genau wusste, wie verfahren die Situation war. Er versuchte so zu tun, als ob alles normal sei, wusste jedoch, dass es das nicht war.

Er weiß, was er mir angetan hat.

Nun, da Victor nicht mehr da war, zog Derek seine Sportsachen an. Er dachte darüber nach, einfach den Raum zu verlassen und an seinen Schreibtisch zurückzukehren. Das könnte jedoch zu einer Konfrontation führen, die er nicht durchstehen wollte. Also ging er in den Kraftraum.

Weil ich seine Schlampe bin.

Während sie ihre Runden auf den Crosstrainern drehten, schwiegen sie. Normalerweise redete Victor unentwegt über die Arbeit oder seine neuesten Eroberungen, doch jetzt blieb er still. Auch versuchte er nicht, Derek auf die Schulter zu klopfen oder ihn spielerisch in den Hintern zu kneifen wie sonst immer.

Derek hasste es, hasste es, in seiner Nähe zu sein, hasste seinen Anblick. Doch er behielt sorgsam einen ruhigen, neutralen Gesichtsausdruck bei. Ihm wurde klar, dass Victor möglicherweise versuchte, ihre Freundschaft zu retten. Derek hegte keinen Wunsch, die Dinge zwischen ihnen wieder in Ordnung zu bringen. Alle Gefühle, die er jemals für Victor gehabt haben mochte, waren so tief vergraben, dass er sich nicht mehr an sie erinnern konnte. Was Victor getan hatte, war unverzeihlich. Er hatte sich noch nicht einmal entschuldigt. Nicht einmal ein lahmes: „Tut mir leid, Kumpel, ich war *so* betrunken.“

Das Duschen nach dem Training war hart. Wieder konnte sich Derek nicht überwinden, sich in Victors Nähe auszuziehen. Er wartete, während sich der andere entkleidete und unter eine der Duschen trat. Dann tat er es ihm nach und selbst dann noch zitterte er. Ein Teil von ihm rechnete damit, dass der Vorhang zur Seite gerissen, Victor ihn gegen die Wand schleudern und nehmen würde. Er blieb unter dem Wasserstrahl stehen, bis er hörte, wie Victor das Wasser ausdrehte und aus der Dusche trat. Nach ungefähr einer Minute fiel Victors Schatten auf Dereks Duschvorhang. Derek erstarrte vor Angst. Doch der Vorhang wurde nicht geöffnet.

„Wir sehen uns oben“, sagte Victor.

Einen Moment lang konnte Derek nicht sprechen. Es war wie an dem Nachmittag in der Toilettenkabine. Doch dann fand er seine Stimme wieder. „Okay.“

Stocksteif blieb er stehen, bis sich der Schatten entfernte und sich schließlich die Tür der Umkleidekabine erst öffnete und dann schloss.

RUSS STELLTE die Auflaufform auf den Tisch und ließ die Ansammlung von Gebäck, Kuchen und Baked Beans mit winzigen Hotdogs, die die anderen Männer mitgebracht hatten, auf sich wirken. *Bin ich deshalb gekommen? Zum Buffet in der schwulen Männergruppe, zu dem jeder etwas mitbringt?* Natürlich gab es bei Weitem Schlimmeres, aber … verdammt. Er wollte einer der heißen jungen Kerle sein, die gelegentlich vorbeigeschlendert kamen, mit ihrem Hintern oder Bizeps wedelten, damit sie angehimmelt wurden und dann mit einem der *anderen* heißen Kerle wieder davonschlenderten. Er wollte nicht einer der älteren Singlemänner sein, die präzise wie ein Uhrwerk jeden Monat kamen und mit ihrem neuesten Rezept für Käsemakkaroni angaben.

Obwohl ich großartige Käsemakkaroni hinbekomme.

Dann, wie um den Abend perfekt zu machen, betrat Ian den Raum – mit Jay an seiner Seite. Ian schaute sich um, bemerkte Russ‘ Blick und sah schnell weg. Den Rest des Abends vermied er gezielt den Augenkontakt und kam nicht in Russ‘ Nähe. Russ tat sein Bestes, ihn zu ignorieren, unterhielt sich mit den anderen Männern und probierte alles vom Buffet. Es dauerte jedoch nicht lange, bis er genug von dem Spiel hatte und sich Ausreden überlegte, um früher gehen zu können. Max war schon zu lange eingesperrt. Er musste zur Arbeit. Plötzliche Blinddarmentzündung.

„Hi“, sagte Ian hinter ihm.

Russ wirbelte herum und sah ihn lüstern grinsend dort stehen. Jay war nicht zu sehen.

„Äh … hi.“

„Tut mir leid, dass ich dir den ganzen Abend aus dem Weg gegangen bin. Du weißt ja, wie Jay ist.“

„Jaah.“ Wusste Jay überhaupt, dass Ian mit Russ geschlafen hatte? Oder war Ian einfach nur vorsichtig? „Wo ist er gerade?“

„Auf der Toilette. Ich kann nicht lange reden. Ich wollte dir nur danken, dass du uns letzte Woche nicht in Gewahrsam genommen hast.“

„Das war kein Gefallen. Wir bevorzugen es, Verwarnungen auszusprechen, soweit das möglich ist.“ Er sagte die Wahrheit … so ziemlich. Er hatte Ian und Jay nach Möglichkeit nicht mit zur Wache nehmen wollen. Wäre seine Beziehung zu Ian herausgekommen, hätte die Sache sehr unschön werden können.

Ian grinste, als ob er diese Halbwahrheit durchschaut hätte, blickte dann zur Tür und sagte: „Ich habe mit ihm gesprochen, darüber … noch jemanden dazuzuholen.“ Als Russ ihn verständnislos anstarrte, fügte er hinzu: „Du weißt schon, ein Dreier.“

„Oh.“

„Er ist dafür, wenn alles offen und ehrlich abläuft.“

Daran hatte Russ seine Zweifel. Ian mochte gut darin sein, seinen Freund zu manipulieren, aber der war eindeutig der eifersüchtige Typ. Es klang nicht so, als ob es gut enden könnte.

„Hast du Interesse?“

Russ musste blinzeln. „Ich?“

„Natürlich du“, sagte Ian lachend. „Warum sollte ich es dir sonst erzählen? Du wirst es lieben. Er ist eine Maschine im Bett.“

Oh Mann. Für eine Zehntelsekunde war ihm der Gedanke sogar verlockend erschienen. Es waren beides heiße Kerle und wer wollte nicht zwischen zwei sexy, nackten Männern liegen? Dann jedoch fiel ihm ein, dass Jay seinen Freund regelmäßig nach eifersüchtigen Wutanfällen nackt hinaus auf die Straße jagte. Nicht, dass er keinen Grund zur Eifersucht gehabt hätte – Ian war ein Miststück. Bei Russ schrillten bereits die Alarmglocken, und zwar nicht die für kleine Rauchmelder, sondern die für einen massiven Luftangriff.

„Danke“, antwortete er, „aber ich glaube, das würde nicht gut gehen.“

Ian zuckt die Achseln. „Dein Pech.“ Er entfernte sich so schnell, dass Russ dachte, er wäre sauer, dann sah er jedoch Jay in den Raum zurückkehren. Wahrscheinlich sollte er nicht mitbekommen, wie Ian mit Russ redete.

Wie auch immer.

Warum kann ich nicht einfach einen netten Kerl finden, der Hunde und Kuscheln mag?

Er konnte den Gedanken an Derek, der mit nacktem Oberkörper morgens Speck für sie gebraten hatte, das kurze blonde Haar in alle Richtungen abstehend, nicht verhindern. *Einen, der Single ist*, berichtigte er sich.

19

Es war bereits Mitte Oktober und Derek hatte schon seit drei Monaten keinen Sex mehr mit Tim. Nach einer Weile hatten sich die Ausreden wiederholt: „Mir geht's nicht gut", „ich hatte einen anstrengenden Tag" oder „ich bin heute Abend echt müde". Inzwischen waren jedoch keine Ausreden mehr nötig, denn Tim hatte es mehr oder weniger aufgegeben. Die Spannung zwischen ihnen nahm täglich zu. Das Abendessen nahmen sie schweigend zu sich, und wenn sie sich Filme anschauten, saßen sie in einiger Entfernung zueinander auf dem Sofa, anstatt wie früher zu kuscheln. Tim war zweifellos überzeugt davon, dass Derek eine Affäre hatte. Deshalb konnte er ihm kaum Vorwürfe machen. Welche andere Entschuldigung konnte es schon geben? Derek hatte ihm bereits erzählt, dass Dr. Cassidy ihn für völlig gesund hielt.

Er könnte versuchen, Tim von Tampa zu erzählen, doch was würde das helfen? Es war drei Monate her. Man musste solche Vorfälle bei der Polizei anzeigen, ins Krankenhaus gehen, Wattestäbchen in den Hintern gesteckt bekommen, um Beweismittel zu sichern. Derek dagegen hatte es nicht einmal der Personalabteilung gemeldet. Wer würde ihm jetzt noch glauben?

Mit Sicherheit nicht Tim, der fast sicher war, Derek würde jeden attraktiven Mann im Umkreis von 150 Kilometern ficken wollen.

Derek blieb nichts anderes übrig, als sich nicht unterkriegen zu lassen. Seine Abscheu, berührt zu werden, würde irgendwann verschwinden und dann könnte er die Sache mit Tim wieder hinbiegen.

Noch bestürzender als sein vor die Wand gefahrenes Liebesleben war allerdings, dass er wieder in eine Art Routine mit Victor verfallen war. Jeden Tag aßen sie zusammen zu Mittag im Green Bean, gingen danach zurück zur Firma, zogen sich in der Umkleidekabine aus, trainierten und duschten dann gemeinsam. Natürlich teilten sie sich nicht eine Duschkabine. Derek konnte es immer noch nicht ertragen, vor Victor nackt zu sein, weder vor noch nach dem Training. Es war extrem unangenehm und er hasste jede Minute. Sein Körper zitterte beim Ausziehen oft vor Angst, selbst wenn Victor bereits in den Kraftraum gegangen war. Trotzdem ging er mit.

Victor wurde jetzt mutiger, alberte herum, als ob sich zwischen ihnen nichts geändert hätte. Es gab nicht einmal eine Entschuldigung. Und Derek war klar, wahrscheinlich würde auch nie eine kommen. Selbst wenn Victor zugeben sollte, dass das, was er getan hatte, falsch gewesen war, hatte Derek noch nie gehört, wie er sich für irgendetwas entschuldigte. Alles auf der Welt war leicht und spaßig und wenn irgendetwas, was er getan hatte, dich verärgerte, tja, dann war das dein

Problem, nicht seins. So war es immer schon gewesen und so würde es auch immer bleiben.

Victor wusste, warum die Situation zwischen ihnen so angespannt war. Daran hatte Derek keinen Zweifel. Jedes lange, unangenehme Schweigen kam einem Schuldeingeständnis gleich.

EINES ABENDS spitzte sich die Lage dann zu, als Derek nach der Arbeit zu seinem Auto ging. Er war länger als geplant geblieben und hatte Arbeit nachgeholt. Wie alles andere in seinem Leben war auch das außer Kontrolle geraten. Er war immer gut darin gewesen, auf dem Laufenden zu bleiben, hatte sogar den anderen in seiner Gruppe behilflich sein können, wenn diese überlastet waren. So war er Supervisor geworden. Doch inzwischen lag alles in Trümmern. Niemand hatte etwas gesagt – noch nicht. Doch es würde nicht mehr lange dauern. Victor hatte schon während des Trainings Bemerkungen fallen lassen, dass es dem Vizepräsidenten bereits auffiel.

Derek hatte zu Hause angerufen, um Tim Bescheid zu sagen, dass er später kommen würde. Als er jedoch zum Ausgang ging, war es noch später als geplant. Der Parkplatz war fast leer und die Sonne war bereits hinter den hohen Kiefern am anderen Ende untergegangen. Natürlich stand sein Auto ungefähr zweieinhalb Kilometer vom Bürogebäude entfernt geparkt.

Er hatte die leere Asphaltfläche bereits zur Hälfte überquert, als ihm ein Ruf einen kalten Schauer über den Rücken laufen ließ.

„Hey Kumpel", rief Victor.

Es klang, als ob er gerade aus dem Gebäude hinter Derek kam. Obwohl er sich daran gewöhnt hatte, mit Victor zusammen im Umkleideraum zu sein, fühlte sich dies ganz anders an. Die Wahrscheinlichkeit, von irgendjemandem gesehen zu werden, sollte Victor ihn angreifen, war gleich null. Die Angst ergriff Besitz von Dereks Körper und er lief schneller, während er die Schlüssel aus der Tasche zog.

„Hey Arschgesicht! Bleib stehen!"

Derek erreichte sein Auto, konnte jedoch Victor hinter sich aufholen hören. Wie ein Idiot in einem Horrorfilm fummelte Derek mit seinem Schlüssel herum, versuchte, ihn ins Schloss zu stecken und ließ das verdammte Ding auf den Boden fallen. Er hüpfte unter das Auto.

„Was zum Teufel tust du da?", wollte Victor wissen. Seine Stimme war direkt an Dereks Ohr und mit seiner Hand griff er nach Dereks Unterarm.

„Geh weg!", schrie Derek und riss seinen Arm so energisch los, dass er herumgewirbelt wurde und mit der Hüfte gegen den Seitenspiegel stieß. Der Schmerz durchfuhr seinen Körper wie ein Messerstich.

Victor trat einen Schritt zurück, sah ihn schockiert an und hob kapitulierend die Arme. „Langsam! Was soll das?"

„Was willst du?" Derek keuchte inzwischen, versuchte aber sich zu beruhigen, als sein Körper zu zittern begann und ihm der Schweiß ausbrach.

„Ich wollte dich nur zu Redhook einladen. Ich zahle."

Redhook war eine Brauerei ganz in der Nähe, mit Bar und Restaurant. Bevor ... alles zerstört worden war, hatten Derek und Victor nach der Arbeit ab und zu dort angehalten. Doch das war vor tausend Jahren gewesen.

„Verdammt, Victor, was zum Teufel stimmt nicht mit dir?"

Victor starrte ihn mit offenem Mund an. „Was?"

„Wir sind keine Freunde. Nicht mehr."

„Was soll *das* heißen?"

Derek drehte sich der Magen um und er war nicht sicher, ob er dieses Gespräch durchstehen konnte, ohne sich zu übergeben. Doch es war zu spät. Er hatte damit angefangen und jetzt musste er es zu Ende bringen. „Wie kannst du ... kannst du glauben ... nach dem, was du mir *angetan* hast!"

„Was habe ich dir angetan? Was verdammt noch mal habe ich dir angetan?"

Derek hielt sich mit zittriger Hand am Autodach fest.

Victor schaute sich um, als ob er Angst hätte, belauscht zu werden. Dann beugte er sich vor. „Sieh' mal, Kumpel. Wir haben getrunken, wir waren völlig besoffen. Dann haben wir rumgemacht. Es bedeutet nichts."

„Wir? Haben rumgemacht?"

„Nicht so laut!"

„Wir haben nicht rumgemacht, du Arschloch! Du hast mich *vergewaltigt*!"

„Sei still!" Selbst in seinem panischen Zustand hatte Derek den Schlag nicht kommen sehen. Victor schlug nicht direkt zu, stieß ihn jedoch so fest vor die Brust, dass Derek rücklings auf die Motorhaube fiel. Zum ersten Mal, seit sie sich getroffen hatten, sah Derek Zorn in Victors Augen aufblitzen ... und noch etwas, Angst. „Du wolltest es! Das weißt du auch! Du hast zwanzig Jahre lang nach meinem Schwanz gelechzt. Mich hat es nicht gestört, es war ziemlich schmeichelhaft. Aber behaupte jetzt nicht, du wolltest nicht von mir gefickt werden. Du hast dich verzweifelt danach gesehnt, es von einem echten Mann besorgt zu bekommen. Kein Wunder bei der kleinen zimperlichen Schwuchtel, die dich an der kurzen Leine hält. Deshalb hast du mich abgefüllt und geil gemacht, bis ich es getan habe."

„Ich habe dich ...? Ich ...? Ich wollte das nicht, du verdammter Psychopath!"

„Halt verdammt noch mal die Schnauze!", fauchte Victor und schubste ihn erneut.

Hilfe! Er wird es wieder tun!

Doch Victor versuchte nicht, ihm die Kleidung vom Leib zu reißen. Er schäumte nur vor Wut. „Wir sind Freunde! Ich habe dir geholfen! Hör' auf, Scheiße zu labern! Hör' auf zu lügen, du Arschloch!"

Derek knirschte mit den Zähen und fauchte zurück: „Der Lügner bist du!"

„Ich habe nichts getan, was du nicht auch gewollt hättest!"

Dann war es vorbei. Victor stürmte davon und ließ Derek vor Furcht zitternd auf der Motorhaube liegend zurück. Als er es geschafft hatte, vom Auto zu rutschen, versagten ihm seine Beine fast den Dienst und er wäre beinahe auf dem Boden zusammengebrochen. Victors Truck kam mit quietschenden Reifen von seinem reservierten Parkplatz geschossen. Auf dem Asphalt blieben Abdrücke zurück. Derek hatte Angst, der Truck würde auf ihn zugerast kommen, doch stattdessen verließ er mit hoher Geschwindigkeit den Parkplatz.

Schwach taumelte er an seinem Auto entlang und bückte sich dann, um den Schlüssel aufzuheben. Eine Minute später saß er über das Lenkrad gebeugt im Auto. Er war nicht in der Lage, zu fahren. Sein Körper wurde von heftigen, schmerzhaften Schluchzern geschüttelt und Tränen liefen sein Gesicht hinab.

Nicht einmal eine Entschuldigung.

Nachdem er lange so dagesessen hatte, nahm er auf einmal ein leises Summen wahr. Er hob den Kopf und bemerkte, dass die Sonne längst untergegangen war und der Wald hinter dem Parkplatz im Dunkeln lag. Das Summen kam von einer Halogenlampe in ungefähr drei Metern Entfernung, eine der vielen Lampen, die den Parkplatz beleuchteten.

Er wischte sich die Tränen vom Gesicht und ließ das Auto an. Die Uhr auf dem Armaturenbrett zeigte fast neun Uhr an. Tim würde wütend auf ihn sein. Doch das war ihm egal. Im Moment war ihm alles egal. Die Tränen hatten alle Gefühle und fast alle Gedanken weggespült. Er musste nach Hause. Das war alles, was er im Moment schaffen konnte. Also legte er den Rückwärtsgang ein und fuhr vom Parkplatz.

SELBST ABENDS sah die Rabbit Hollow Farm so bezaubernd wie auf der Website aus. Zwanzig Hektar Hügellandschaft mit Teichen, Eichen- und Apfelbäumen, die jetzt in leuchtendes Gelb und Orange getaucht waren. In der Mitte stand ein großes rotes Haus mit weißen Zierleisten. Während sie die gewundene unbefestigte Zufahrt entlangfuhren, steckte Max seine Nase aus dem Fenster und schnüffelte so fieberhaft, dass sich Russ fragte, ob Hunde eigentlich hyperventilieren konnten. Der Deutsche Schäferhund jaulte vor Ungeduld, als sie in die breite, kreisförmige Auffahrt einbogen und schließlich neben mehreren anderen Autos parkten.

Die Tür des Hauses öffnete sich und ein attraktiver – und sehr nackter – älterer Herr trat auf die hellerleuchtete Veranda. Er winkte und kam dann die Stufen herunter, um ihn zu begrüßen.

„Sieht so aus, als ob wir uns gleich am Anfang mit diesem „keine Bekleidungspflicht“ auseinandersetzen müssen“, murmelte Russ vor sich hin, während er seinen Gurt löste und aus dem Auto stieg. Dann öffnete er die hintere Tür und ließ Max herausspringen.

„Entweder du bist Russ Thomas, oder du fragst dich, warum ich so hier rumlaufe!“, sagte der Mann fröhlich beim Näherkommen. Max hüpfte bereits aufgeregt vor ihm herum. Wenigstens sprang er ihn nicht an und traf dabei mit seiner Pfote den Penis des Mannes.

„Ich *frage* mich, warum dir nicht kalt ist“, sagte Russ und bemühte sich, den Blick auf Schulterhöhe zu lassen.

Der Mann machte eine wegwerfende Handbewegung. „Irgendwann gelangst du an dem Punkt an, an dem es echt eisig sein muss, damit du reingehst und dir etwas anziehst. Immerhin trage ich Hausschuhe“, betonte er und hob einen Fuß, um die flauschigen, braunen Kaninchenpuschen zu zeigen.

Russ streckte ihm seine Hand entgegen. „Russ.“

„Nett, dich kennenzulernen, Russ. Ich bin Ted, einer der Besitzer dieser fabelhaften Unterkunft.“ Er schüttelte Russ die Hand und streichelte Max hinter den Ohren. „Die meisten Männer sind im Wohnzimmer. Ich glaube, Lester und Jeff sind im Whirlpool im hinteren Garten. Bringen wir doch deine Sachen in dein Zimmer und ich stelle dich allen vor.“

Russ hatte nicht viel, was ins Haus gebracht werden musste. Er reiste gerne mit leichtem Gepäck, daher hatte er nur einen kleinen Koffer mit. Er bestand darauf, ihn selbst zu tragen. Ted führte ihn hinein in eine rustikal eingerichtete Diele mit Holzbalken unter der hohen Decke. Ein weiterer nackter Mann mit schütter werdendem Haar, der etwas kleiner als Ted und ungefähr im gleichen Alter wie dieser war, kam aus einem der Zimmer, um ihn zu begrüßen.

Seine Stimme war weich und besaß diese undefinierbare Stimmfärbung, die die Leute oft als „schwul“ bezeichneten.

„Ist das Russel?“, wollte er mit breitem Lächeln wissen.

„Er will Russ genannt werden“, korrigierte ihn Ted.

„Russ! Und das muss Max sein!“, rief er. Dann beugte er sich vor, um Max über den Kopf zu streicheln und erhielt einen feuchten Hundekuss auf die Nase.

„Ganz genau.“

Der Mann richtete sich wieder auf. „Ich bin Bobby, Teds Mann. Es ist mir eine Freude, dich kennenzulernen.“

Russ schüttelte ihm die Hand und lächelte. „Gleichfalls.“

„Die meisten von uns sind hier“, sagte Bobby und deutete auf die Tür, durch die er gekommen war. „Wir sitzen dort, unterhalten uns und trinken nach dem Abendessen was. Wenn du ausgepackt hast, bist du herzlich eingeladen, dich dazuzusetzen. Ich muss dich warnen, Tank, unser Hund ist mit dabei. Er ist ein Pit Bull. Aber keine Angst. Er entspricht eher einem Blumenkind oder so was in der Art. Er liebt jeden.“

Russ hoffte, dass das stimmte. Es wäre ätzend, wenn er das ganze Wochenende damit verbringen müsste, Max und Tank daran zu hindern, sich gegenseitig umzubringen.

Das Zimmer, in das Ted ihn führte, war geräumig mit goldgelber Kieferntäfelung und massiven Holzbalken unter der hohen Decke. Das Bett war riesig und am Fußende stand eine schwere hölzerne Truhe. Die Steppdecke auf dem Bett hatte ein schönes Muster in Türkis-, Weiß- und Beigetönen und sah herrlich weich aus.

Ted öffnete die Truhe und sagte: „Du kannst deine Sachen hier rein tun oder in den Kleiderschrank. Das Einzige, worum wir dich bitten möchten, ist, dass du Max nicht alleine im Zimmer lässt. Wir hatten einmal einen Mann mit seinem Rottweiler zu Besuch, ein wunderschöner sanfter Hund. Aber als er zu lange eingesperrt war, hat er das Bett zerfetzt."

„In Ordnung. Ich nehme Max mit."

„Gut. Warum lässt du nicht einfach deine Sachen hier und ich führe dich herum. Soll ich dich einen Moment alleine lassen, damit du dich umziehen kannst?"

„Umziehen?"

Ted grinste und zeigte mit den Händen auf seine Kleidung – oder vielmehr das Fehlen dieser.

Russ merkte, wie er errötete. „Oh. Ist es in Ordnung, wenn ich … nicht … sofort?"

„Du kannst tragen oder auch nichts tragen, ganz wie du magst. Uns stört es nicht."

„Danke."

Es WAR ein merkwürdiges Gefühl, als einzig Bekleideter in einen Raum voller nackter Männer zu kommen. Niemand kommentierte es oder ließ es ihn spüren, doch er fühlte sich, als ob er herausstechen würde, und kam sich dumm vor. Er war immer etwas unsicher, wenn er sich nackt vor anderen Menschen zeigte, sogar in Umkleidekabinen, doch er glaubte nicht, sich schämen zu müssen. Er war ziemlich fit. Er beschloss, die Sachen auszuziehen, wenn er das nächste Mal auf sein Zimmer ging.

Der Pit Bull, vor dem Russ gewarnt worden war, wurde munter, als Max hereinkam, und kam angerannt, um ihn zu beschnüffeln. Es gab kurz ein angespanntes Posieren, bei dem der eine Hund so tat, als ob er losspringen und der andere, als ob er zurückweichen würde, Ohren und Schwanz in Alarmstellung. Nach kurzer Zeit hatten sie sich jedoch aneinander gewöhnt und begannen in einer Ecke des Raumes zu balgen. Russ behielt sie im Auge, doch das Spiel schien friedlich zu sein.

Abgesehen von den zwei Gastgebern befanden sich fünf Männer im Raum. Einige waren toll in Form, jedoch nicht alle. Die beiden attraktivsten Männer, Ryan und Stephen, waren Mitte zwanzig und sahen aus wie Unterwäsche-Models – ohne Unterwäsche. Doch sie waren offensichtlich ein Paar. Sie schienen praktisch aneinandergeschweißt zu sein. Das andere Paar waren zwei Männer in Ted und Bobbys Alter, was nach Russ' Schätzung Mitte fünfzig war. Noah und Wyatt. Sie waren beide übergewichtig, besonders Wyatt, und für Russ' Geschmack ein wenig zu behaart. Er vermutete, einige würden sie als „Bären" bezeichnen, obwohl er natürlich nicht wusste, ob sie tatsächlich in der Bärenszene, der Gemeinschaft der Schwulen mit starker Körperbehaarung, aktiv waren.

„Und das ist Brian", verkündete Ted und legte dem letzten Mann beide Hände auf die Schultern. Er war älter als Ryan und Steve, doch Russ glaubte nicht, dass er älter als dreißig war.

Er war nicht durchtrainiert, doch das kleine bisschen zusätzliches Gewicht stand ihm gut, er war nicht fett, keineswegs, aber … kuschelig. Der Mann hatte ein freundliches Gesicht und schöne, smaragdgrüne Augen schauten Russ unter widerspenstigen schwarzen Haaren an. „Er ist unser anderer Singlegast."

Der gutmütige Ausdruck in Teds Gesicht verriet, dass er der Meinung war, seine beiden Singlegäste würden dieses Wochenende sehr vertraut miteinander werden. Russ war sich nicht sicher, wie er das finden sollte. Nicht, dass er Brian nicht anziehend fand …

Zum Glück durchschaute Brian diesen nicht sehr subtilen Verkuppelungsversuch. Er verdrehte die Augen und schmunzelte, als er Russ die Hand reichte. „Hi. Keine Angst. Wir brauchen keinen Sex zu haben, um diese alten Perversen zu erfreuen."

„Wenn nennst du alt?", fragte Bobby mit gespieltem Entsetzen.

„Der Teil mit den ‚Perversen' hat dich anscheinend nicht gestört."

„Nun … nicht sehr …"

Ted schlug Brian leicht auf die Schulter. „Hier muss niemand etwas tun, außer mir einen Drink machen."

„Und welcher ‚niemand' soll dich bedienen?", fragte Bobby neckisch.

„Das ist mir egal, aber ich möchte einen Screwdriver."

„Ich möchte ein neues Auto, aber zicke ich deshalb herum?"

„Was, wenn ich dir einen Blowjob für den Screwdriver anbiete?", fragte Ted diplomatisch.

„Ich denke darüber nach."

Bobby machte seinem Mann den Screwdriver, forderte die Bezahlung aber zum Glück nicht gleich hier auf der Bar ein. Nacktheit war eine Sache, doch bei dem Gedanken, Menschen beim Ficken zuzusehen, fühlte sich Russ unwohl. In dieser Hinsicht war er etwas konservativ. Vielleicht war ‚konservativ' nicht ganz das richtige Wort; in den Siebzigern und Achtzigern war öffentlicher Sex ein großer Bestandteil der schwulen Untergrundszene gewesen. Er gehörte jedoch zur jüngeren Generation, die sich Liebe, Romantik und Heirat wünschte. Für schwule Männer war *das* also merkwürdigerweise eine fortschrittliche Einstellung.

TROTZDEM CHECKTE er die Männer im Raum ab. Brian hatte zwar nicht so einen Waschbrettbauch wie Ryan und Stephen, doch die Tatsache, dass er Single war, verlieh ihm einen besonderen Reiz. Sein Penis faszinierte Russ, nicht groß, aber gleichmäßig und perfekt geformt. Außerdem war er nicht beschnitten. Russ hatte sich nie als besessen von Körperteilen gesehen. Er war kein „Hintern-Mann" oder ein „Schwanz-Mann". Normalerweise genoss er den Gesamtanblick, den ein Mann bot, und machte sich keine Gedanken über einzelne Teile, doch … das war ein wunderschöner Schwanz.

Beschämt ertappte er sich dabei, gebannt auf Brians Genitalbereich zu schauen und bemerkte dann, dass sich dieser direkt auf ihn zubewegte. Er schaute auf und sah Brian mit einem Glas in jeder Hand und einem wissenden Lächeln auf sich zukommen.

„Du scheinst einen Drink vertragen zu können“, sagte Brian und reichte ihm ein Glas.

Russ nahm das Glas, roch daran und überlegte, wie hoch die Wahrscheinlichkeit war, dass es K.O.-Tropfen enthielt. Es roch wie ein Sombrero.

Brian setzte sich lachend neben ihn. „Es sind keine K.O.-Tropfen drin. Du schienst dich unwohl zu fühlen und ich dachte, es würde dir helfen, ein wenig lockerer zu werden. Du trinkst doch Alkohol, oder?“

„Ja“, antwortete Russ und beschloss, es zu riskieren. Er nahm einen Schluck. „Danke.“

„Gerne. Was machst du so? Beruflich meine ich.“

Russ zögerte und war sich nicht sicher, ob er die Wahrheit sagen sollte. Die Leute neigten dazu, sich in seiner Nähe von ihrer besten Seite zu zeigen, sobald sie herausfanden, dass er Polizist war. Er wollte dieses Wochenende einfach nur *entspannen.*

Doch bevor er sich entschieden hatte, stellte ihn Ted bloß. „Er ist Polizist. Also denk besser gar nicht erst daran, ihm Drogen anzubieten.“

Russ blickte seinen Gastgeber finster an, doch Brian schien es lustig zu finden. „Wirklich? Das ist echt cool.“

Russ hoffte ernsthaft, der Kerl hatte keinen Polizistenfetisch. Das wäre das Letzte, was er brauchen könnte. „Was ist mit dir?“

„Ich bin langweilig“, antwortete Brian und verdrehte erneut die Augen. „Ich bin Manager bei Pizza Hut.“

„Das ist cool.“

„Nett, dass du das sagst.“ Brian drehte sich, damit er ihn ansehen konnte, dazu hob er ein Bein auf die Couch und stellte so seinen Genitalbereich zur Schau. Russ war nicht sicher, ob es absichtlich geschah oder nicht. „Ich komme einmal im Jahr hierhin, um der Schufterei zu entkommen. Dein Job ist wahrscheinlich ziemlich stressig.“

„Manchmal. Aber es gehört eine Menge Streifendienst dazu, der einen echt langweilen kann. Ich arbeite in Manchester in New Hampshire, nicht in New York“.

Brian lachte erneut. Während sie an ihren Drinks nippten, unterhielten sie sich. Ihr Gespräch war nicht fesselnd, aber angenehm. Sie entdeckten ein gemeinsames Interesse am *Herr der Ringe*, sowohl an den Büchern als auch an den Filmen. Einige Zeit diskutierten sie die Abweichungen bei beiden, während die anderen in verschiedene Richtungen verschwanden und Max sich irgendwann auf dem Boden neben der Couch zusammenrollte. Mit der Zeit stellte Russ eine weitere

Sache bezüglich der Nacktheit vor anderen fest: Es war für einen Mann schwierig, das wachsende Interesse an der Person, mit der er sich unterhielt, zu verbergen. Brian bekam während des Gesprächs nicht direkt eine Erektion, aber sein Schwanz wurde definitiv praller. Russ fand es faszinierend, obwohl er versuchte, den Blick auf Schulterhöhe zu lassen.

Falls es Brian peinlich war, ließ er es sich nicht im Geringsten anmerken. Als er beschloss, ihnen neue Drinks zu holen, aufstand und zur Bar ging, stand sein Schwanz ganz klar ein Stück ab. „Ted hat dich nicht herumgeführt, oder?“

Russ räusperte sich. „Äh … nein. Irgendwie sind wir hier hängengeblieben.“

Brian kam mit einem eindeutig aufgerichteten Penis auf ihn zu. Er gab Russ einen frischen Sombrero. „Dann komm. Der Whirlpool ist in einer Nacht wie heute himmlisch.“

20

Der Anruf der Personalabteilung kam am nächsten Morgen, als Derek und Tim gerade frühstückten. Sie hatten den ganzen Morgen kaum ein Wort gewechselt. Tim war sauer auf ihn, weil er so spät nach Hause gekommen war. Er war der festen Überzeugung, Derek hätte in der Umkleidekabine oder auf dem Autorücksitz mit Victor gefickt. Derek hatte nur: „Leck mich", gesagt, was die Lautstärke von Tims Verärgerungsgrad nur weiter hatte steigen lassen. Inzwischen war es Derek jedoch egal. Die ganze Nacht hatte er sich hin- und hergewälzt und nicht eine Minute schlafen können. Er hatte keine Panikattacke oder wie man es auch nennen wollte bekommen. Er fühlte sich wie betäubt, als ob die Tränen alle Gefühle aus seinem Körper geschwemmt hätten. An diesem Morgen fühlte er sich immer noch so.

Der Anruf von Virginia Haas war beunruhigend. Er hatte sie nie gemocht. Sie war einer dieser Menschen, die einen süß anlächelten und sich mitfühlend gaben, während sie dich darüber informierten, dass die Betriebskrankenkasse die Kosten für die Narkose während der Operation am offenen Herzen wahrscheinlich nicht übernehmen würde.

„Hi Derek. Kannst du heute Morgen bitte als Erstes in der Personalabteilung vorbeikommen?"

„Warum?"

„Wir müssen etwas klären."

„Was?"

„Ich denke, darüber sollten wir uns besser persönlich unterhalten", sagte sie ein wenig zu fröhlich. „Wir sehen uns dann."

Victor. Das musste es sein. Doch was konnte er ihnen erzählt haben? Sicherlich nicht die Wahrheit.

„Worum ging es?", fragte Tim gleichgültig, nachdem Derek aufgelegt hatte.

„Keine Ahnung. Ich soll in die Personalabteilung kommen."

Tim sah ihn misstrauisch an. „Was hast du getan?"

„Nichts", knurrte Derek. Tim könnte wenigstens einmal auf seiner Seite sein. „Ich habe keine Ahnung, worum es geht."

Auf jeden Fall hatte der Anruf etwas bewirkt: Derek fühlte sich nicht länger wie betäubt. Jetzt hatte er furchtbare Angst.

Als Russ aufwachte, lag Brian immer noch in seinem Bett. Das war eine angenehme Überraschung nach der Erfahrung mit Ian, der nach dem Sex immer schnell verschwunden war. Er stützte den Kopf auf einen Arm und betrachtete

Brians Gesicht. Der Mann war süß, wie er zugeben musste. Und der Sex hatte Spaß gemacht. Es war nicht atemberaubend gewesen, aber definitiv eine Wiederholung wert.

Ich bin eine echte Schlampe. Russ hatte sich nie für die Art Mensch gehalten, die nach ein paar Stunden bereits mit einem Kerl ins Bett stieg. Das war jedoch bereits das zweite Mal in wenigen Monaten. Er war sich sicher gewesen, aber trotzdem … war er so verzweifelt? Das war jedoch Ian oder Brian gegenüber nicht fair. Sie waren beide extrem gut aussehende Männer. Russ musste nicht „verzweifelt" sein, um mit einem von ihnen zu schlafen. Ians Anziehungskraft war allerdings verblasst.

Ich bin einsam. Das war die Wahrheit. Und er war es leid, einsam zu sein. Er sehnte sich nach jemandem, zu dem er jeden Abend nach Hause kommen konnte. Jemanden, mit dem er sich *verbunden* fühlte. Körperliche Anziehungskraft war großartig, stellte jedoch nur die Spitze des Eisbergs dar. Mit Ian hatte er sich kein bisschen verbunden gefühlt und er war sich nicht sicher, ob da viel zwischen ihm und Brian war. Leider war der einzige Mann, zu dem er kürzlich eine starke Verbindung gespürt *hatte*, vergeben.

Leise schlüpfte er aus dem Bett, um Brian nicht zu wecken. Max sprang jedoch in dem Moment, in dem er sah, dass sich sein Herrchen bewegte, auf und begann, aufgeregt zwischen Bett und Tür hin- und herzulaufen. Es war sein dezenter Hinweis, dass ein Ausflug nach draußen eine tolle Idee wäre. Das hektische *Klick-Klick-Klick* seiner Pfoten auf dem Holzboden weckte Brian.

Er sah zu Russ hoch und lächelte. „Morgen."

„Guten Morgen. Tut mir leid, ich wollte dich nicht wecken, aber Max und ich müssen pinkeln."

„Kein Problem. Geh' ruhig ins Bad. Ich gehe dann, wenn du fertig bist."

Die Schlafzimmer in der ersten Etage teilten sich ein Badezimmer am Ende des Flurs. Beim Gedanken, nackt das Zimmer zu verlassen, fühlte sich Russ ein wenig unsicher. Bisher war Brian der Einzige, der ihn ohne Kleidung gesehen hatte. Letzte Nacht hatte er sich am Whirlpool ausgezogen und nach einer kurzen Einweichzeit, begleitet von ausgiebigem Flirten, hatten sie rumgeknutscht. Dann hatten sie sich ins Haus geschlichen, Russ hatte seine Sachen vor seine Genitalien gehalten, als sie hochgegangen waren, um miteinander zu schlafen.

Doch was du heute kannst besorgen, das verschiebe nicht auf morgen. Er holte tief Luft, öffnete die Zimmertür und trat auf den Flur hinaus. Max überrannte ihn fast, als er hinausstürzte. Das passierte natürlich genau in dem Moment, als sich die Badezimmertür öffnete und ein fremder Mann herauskam. Gott sei Dank war er ebenfalls nackt. Wäre es nicht so gewesen, wäre Russ voller Panik wieder zurück ins Schlafzimmer gesprungen.

„Guten Morgen", grüßte der Mann fröhlich. Er hatte eine dunkle Hautfarbe, ein breites Gesicht und einen untersetzten, aber muskulösen Körper, möglicherweise war er Philippiner. Er schien ungefähr in Russ' Alter zu sein. „Ich bin Lester." Er nahm Zahnbürste und –pasta in die linke Hand, und streckte seine rechte aus. „Ich habe schon gehört, dass ein neuer Gast angekommen ist."

„Hi." Russ schüttelte seine Hand. „Schön, dich kennenzulernen." *Ist dir aufgefallen, dass wir beide nackt sind?* Russ war sich nicht sicher, ob er sich daran gewöhnen konnte.

Zum Glück schien Lester nicht nach Reden zumute zu sein. Russ' Blase machte sich immer mehr bemerkbar. Er schlüpfte ins Badezimmer, erleichterte sich schnell und rannte dann nach unten, um Max zu suchen. Hoffentlich hatte der Hund nicht das Bein an einem der Möbelstücke gehoben. Normalerweise gingen der Hund und er zusammen nach draußen, aber die Vorstellung, in den Garten zu urinieren, war ihm nicht sehr nett vorgekommen, zumindest nicht, bis er nicht die Anderen dabei beobachtet hatte. Max lief ängstlich vor der Tür auf und ab. Als Russ ihn hinausließ, raste der Hund aus dem Haus und flitzte zum Gras am Rand der Einfahrt.

„Entschuldige, Kumpel", sagte Russ, als der Hund wieder hereinkam. Als Max seine Nase in die Luft hob und schnüffelte, bemerkte auch Russ den himmlischen Duft, der aus dem hinteren Teil des Hauses wehte. Speck! Und Ahornsirup.

Die Badezimmertür in der oberen Etage wurde geöffnet. Brian trat auf den Treppenabsatz und grinste zu ihm hinunter. „Hey, Schöner. Willst du nicht noch ein bisschen ins Bett kommen?" Anzüglich hielt er seinen Schwanz in der Hand, er holte sich zwar nicht direkt einen runter, streichelte ihn jedoch eindeutig.

Russ war verwirrt, hin- und hergerissen zwischen den Regungen unterhalb der Gürtellinie und dem Knurren seines Magens. „Aber …", sagte er in mitleiderregendem Tonfall, „es gibt Speck …"

21

„ICH WEIß nicht recht, wie ich es sagen soll, aber … wir haben eine Beschwerde bekommen.“

„Eine Beschwerde über mich …“, sagte Derek ausdruckslos.

Virginia machte eine Geste, die wohl ausdrücken sollte „wahrscheinlich ist es gar nichts“, doch er war nicht beruhigt. „Wir müssen solchen Dingen nachgehen.“

„Was soll ich getan haben?“

„Solche Berichte sind meistens vertraulich“, sagte sie. „Doch in einem Fall wie diesem ist es unmöglich, Ihnen die Identität der anderen Person zu verschweigen – es waren nur sie beide dort. Von daher können Sie genauso gut seine Beschreibung der Ereignisse lesen. Es ist … etwas vulgär …“ Sie schob ihm ein Stück Papier über den Schreibtisch zu.

Während sich Angst und Entrüstung in seinem Körper ausbreiteten und über seinen Hals zur Kopfhaut hinaufstiegen, las Derek Victors Darstellung der Nacht in Florida. Vieles davon war wahr, das Trinken, das Herumalbern im Hotelzimmer, sogar die Tatsache, dass sie beide nackt geschlafen hatten. Dann wurde die Wahrheit plötzlich verdreht und Victor wachte nachts auf, immer noch betrunken und umnebelt und fand seinen Schwanz in Dereks Mund wieder, der ihn gierig lutschte. Er war gekommen, bevor ihm klar wurde, was geschah. Da sie alte Freunde waren, hatte er nichts gesagt, als sie wieder in Portsmouth waren. Das hieß, bis letzte Nacht, als Derek ihn auf dem Parkplatz belästigt und versucht hatte, Victor zu einem weiteren Blowjob zu erpressen.

„Das ist nicht das … was passiert ist …“

„Warum erzählen Sie mir nicht einfach, was aus Ihrer Sicht passiert ist.“

Es war aussichtslos. Er hatte Virginia nie leiden können, und war sich sicher, dass das auf Gegenseitigkeit beruhte. Hier stand Wort gegen Wort und Victor hatte bei weitem mehr Einfluss. Wenn Victor wollte, konnte er echt lustig und unterhaltsam sein. Nur wenige Leute kannten ihn so gut wie Derek und wussten, was für ein Schwein hinter der Fassade steckte, die er während der Arbeit aufrechterhielt.

Doch Derek atmete tief ein und versuchte, sich zu verteidigen. „Ich war derjenige, der aufgewacht ist … mit ihm auf mir“, sagte er.

Virginia hob skeptisch die Augenbrauen. „Victor.“

„Ja.“

„Sie sind aufgewacht und haben festgestellt, dass Victor … Oralsex bei Ihnen ausführt.“

„Nein.“ Derek schluckte die Galle, die drohte seine Speiseröhre hinaufzusteigen, hinunter. Er wollte nicht darüber reden und mit Sicherheit nicht mit ihr. Alles, was er sagte, würde in ihren verdammten Personalakten vermerkt werden und wer wusste schon, wer die las. Doch er konnte sich auch nicht als jemand abstempeln lassen, der Mitarbeiter sexuell belästigte. In seinem Kopf begann sich alles zu drehen und schließlich spuckte er die Worte aus: „Er … ist … in mich eingedrungen."

„Victor?", hakte sie nach, das Gesicht völlig ausdruckslos. „Ihr *heterosexueller* Vorgesetzter?"

„Ich weiß nicht, ob er hetero-, bisexuell oder was auch immer ist, aber er hat es getan."

„Haben Sie es bei der Polizei angezeigt?"

„Nein."

„Haben Sie sich nach dem Missbrauch von einem Arzt untersuchen lassen?"

„Hat Victor das getan?", fauchte Derek.

Virginia machte wieder diese Geste. „Oralsex hinterlässt nicht viele Spuren. Und das ist es, was Sie ihm angetan haben sollen. Aber wessen Sie ihn beschuldigen … Nun, dafür sollte es doch Beweise geben. Krankenhäuser haben spezielle Vergewaltigungs-Kits zur Befundsicherung …"

„Ich war beim Arzt, aber erst Wochen später."

„Warum haben Sie solange gewartet?"

„Ich weiß es nicht."

„Hat der Arzt etwas festgestellt?"

„Nein."

Virginia presste die Lippen aufeinander. „Ich verstehe." Sie streckte die Hand aus, bis er ihr den Zettel zurückgegeben hatte. Dann legte sie ihn oben auf den Stapel auf ihrem Schreibtisch. „Wir sollten das am besten von den Anwälten klären lassen. Falls Sie es nicht schon getan haben, würde ich Ihnen empfehlen, sich einen zu suchen. Solche Anschuldigungen können Ihrer Karriere großen Schaden zufügen. Jedenfalls haben sich Jack und Ronald mit der Beschwerde gegen Sie auseinandergesetzt." Jack war der zuständige Vizepräsident und Ronald der Geschäftsführer. „Ich werde ihnen natürlich Ihre Darstellung des Vorfalls mitteilen, aber vorerst wurde entschieden, Ihr Beschäftigungsverhältnis nicht fortzuführen."

„Vorerst?", fragte Derek, in seinem Kopf drehte sich alles.

Sie lächelte ihn kühl an, es war das Lächeln eines Hais. „Falls die Sache vor Gericht geht und Sie von allen Anschuldigungen freigesprochen werden, werden wir Sie natürlich wieder einstellen."

ER WURDE gebeten, seinen Schreibtisch auszuräumen. Um das Ganze noch schlimmer zu machen, durfte er nicht alleine in die Supportabteilung gehen. Virginia rief den Sicherheitsdienst an und ein junger Mann in der blaugrauen Uniform des privaten Security-Unternehmens, das die Firma beschäftigte, erschien in ihrem Büro. Derek riss sich zusammen, um nicht voller Panik zu flüchten. Ihm kam es vor, als ob er ins Gefängnis eskortiert würde.

Kurz bevor er die Personalabteilung verließ, übergab ihm Virginia in einem bereits vorbereiteten Umschlag seinen letzten Scheck. „Sie werden nur bis gestern bezahlt, er ist also nicht so hoch wie Ihr normaler zweiwöchentlicher Gehaltsscheck“, erklärte sie. „Aber wir haben den noch nicht genommenen Urlaub für dieses Jahr verrechnet. Natürlich wurden die Steuern abgezogen. Bitte überprüfen Sie es und sagen Sie mir dann, ob es korrekt ist.“

Derek nahm den Scheck aus dem Umschlag. Es waren etwas weniger als zweitausend Dollar, etwas weniger als auf seinem normalen Gehaltsscheck. Auf dem Kontrollabschnitt war jedoch alles genau aufgeführt und er sah keinen Grund für Einwände. „Er ist korrekt.“

„Gut.“

Dann holte sie ‚hilfsbereit`einen leeren Karton aus dem Druckerraum.

Der Securitymann begleitete ihn in den Aufzug und schweigend fuhren sie hinunter in den dritten Stock. Der Wachmann öffnete mit seiner Karte die Tür zur Supportabteilung. Niemand hatte Dereks Karte zurückverlangt, doch ihm war klar, die IT-Abteilung hatte sie sofort nach Bekanntgabe seiner Entlassung deaktiviert.

Der Gang zu seinem Schreibtisch war der schwierigste Teil dieses beschissenen Szenarios. Die Augen starr geradeaus gerichtet, ging er an all seinen Kollegen vorbei, Menschen, die ihn immer als Teil der Gruppe behandelt hatten, als jemanden, dessen Wissen und Erfahrung sie respektierten. Jetzt spürte er ihre schockierten Blicke. Wussten bereits alle Bescheid? Hatten sie Victors Anschuldigung gehört? Die Personalabteilung und das Management veranstalteten jedes Mal einen Riesenzirkus, die Gründe für die Entlassung von Mitarbeitern geheim zu halten, doch stets sprach es sich herum. Gary war einmal zu oft betrunken zur Arbeit gekommen, Steve hatte einem Kunden gegenüber die Beherrschung verloren, Rob hatte das Wechselgeld von den Schreibtischen geklaut …

Sahen jetzt alle ihren alten Kumpel Derek an und dachten: „Oh Mann, ich wusste ja, dass er eine Schwuchtel ist, aber ich hätte geglaubt, er wäre schlau genug, die Distanz zu wahren. Zum Glück war ich nie mit ihm auf einer Geschäftsreise!“

Fragten sie sich, ob er in der Männertoilette heimliche Blicke auf ihre Schwänze geworfen hatte?

Der Security-Mitarbeiter bewachte ihn, als er so schnell wie möglich den Inhalt seines Schreibtischs durchsah. Derek wusste, es gehörte zur Firmenpolitik, verärgerte, frühere Mitarbeiter daran zu hindern, Firmeneigentum zu zerstören oder mit Computerzubehör zu verschwinden. Ihm kam es jedoch so vor, als ob alle Angst hätten, er könnte die Arbeitsnischen entlangrennen, die Männer küssen und ihnen in den Schritt fassen.

Es gab nicht viel, was er mitnehmen wollte. Ein paar Bücher, die ihm gehörten, eine externe Festplatte, eine Tasse, die Tim ihm geschenkt hatte, einige Zettel mit privaten Informationen über seine Arztbesuche und Kontoauszüge.

Er hatte befürchtet, jemand würde anzweifeln, dass es seine Festplatte war oder zumindest sehen wollen, ob sie Daten enthielt, die der Firma gehörten, wie z. B. Softwareprogramme, an denen er gearbeitet hatte, oder die in der Supportabteilung eingesetzt wurden. Doch niemand hinderte ihn daran, die Festplatte in den Karton zu legen.

Die Auszeichnungen, die er für seine Zeit in der Supportabteilung und die zwei Briefbeschwerer, die er als Mitarbeiter des Quartals erhalten hatte, ließ er liegen. Sein Namensschild nahm er jedoch mit.

Der Sicherheitsmitarbeiter begleitete ihn nach unten. Als er aus dem Gebäude trat, bot der Himmel einen unheilvollen Anblick: vom Meer kamen große, dunkle Sturmwolken. Er spürte, wie die Feuchtigkeit in der Luft zunahm.

Derek sah nach oben und musste blinzeln, als ein Regenspritzer sein Gesicht traf. Er war zu wackelig, um fahren zu können, konnte aber nicht hier stehen bleiben. Daher holte er sein Auto und fuhr ein kurzes Stück die Straße hinunter. Dort gab es ein seit einigen Jahren leer stehendes Gebäude. Das Technologieunternehmen, das hier seinen Sitz gehabt hatte, hatte Insolvenz angemeldet. Der Boden des Parkplatzes war rissig und verblichen, aus den Spalten wuchsen Gras und sogar kleine Bäume. Derek parkte und saß über das Lenkrad gekrümmt da. Diesmal weinte er nicht, aber das Taubheitsgefühl war zurückgekehrt. Er begann sich zu fragen, ob er sich je wieder normal fühlen würde.

Er hatte es vermasselt. Das war ihm völlig klar. Wäre er so schlau gewesen und hätte sofort nach seiner Rückkehr aus Tampa Anzeige erstattet – und sich untersuchen lassen – dann hätte er etwas in der Hand und könnte sich gegen Victors Anschuldigungen zur Wehr setzten. Doch dafür war es jetzt zu spät. Er war so hilflos wie damals im Hotelbett.

Seine Karriere war vorbei. Seine Beziehung mit Tim zerbröckelte langsam. Der Kredit für das Haus am See musste bezahlt werden und er hatte kein Einkommen mehr. Er konnte nicht mehr schlafen. Er ertrug den Gedanken an Sex nicht mehr. Sein Leben entglitt ihm. Victor hatte gewonnen.

Er hatte Derek so vollständig vernichtet, als hätte er ihm eine Waffe an den Kopf gehalten und abgedrückt.

TIM WAR geschockt, als er die Neuigkeiten hörte, was wenig verwunderlich war.

„*Gefeuert*? Was hast du getan?“ Sein Ton war anklagend. Derek war irritiert, dass Tim nicht einmal in Betracht zu ziehen schien, er könnte unschuldig sein.

„Victor … behauptet, ich hätte ihn während der Reise nach Tampa sexuell belästigt.“

„Ach nee.“ Tim verschränkte die Arme vor der Brust und presste die Lippen aufeinander. In dem Moment hasst ihn Derek, hasste es, gewusst zu haben, dass Tim nicht hinter ihm stehen würde, hasste es, recht behalten zu haben.

„Er hat ihnen erzählt, er wäre nachts davon aufgewacht, dass ich ihm einen geblasen habe.“ Derek erzählte weiter. Scheiß drauf. Ihm war mittlerweile egal, was Tim oder alle anderen von ihm dachten.

Tim schüttelte den Kopf und hob die Hände in die Luft. Er versuchte, sich an Derek vorbeizudrängen, doch der fasste ihn am Arm.

„Ich habe es nicht getan!“, knurrte Derek.

„Mir egal.“

„*Er* ist auf *mich* gestiegen!“

„Ich will das nicht hören!“

„Verdammt noch mal!“ Inzwischen schrie Derek ihn an. „Er hat mich *vergewaltigt*!“

Tim sah ihn mit einem eiskalten Blick an. „*Ernsthaft*? Du kannst das Zweifache meines Körpergewichts stemmen und erwartest, dass ich glaube, du hättest ihn nicht wegstoßen können? Leck‘ mich, Derek! Du bist ihm nachgerannt, bevor wir zusammen waren. Willst du wissen, was ich glaube? Ich glaube, du hast ihn abgefüllt, ihr habt rumgefickt und jetzt bist du zu feige, es zuzugeben!“

„Warum sollte er meine Entlassung wollen, wenn wir nur „rumgefickt“ haben?“

„Offensichtlich hat er es später bedauert.“

„Drei Monate später?“, knurrte Derek. „Er hat etwas Falsches behauptet, weil er Panik bekommen hat! Er dachte, ich würde ihn anzeigen!“

Tim erwiderte verächtlich: „Bullshit!“

Derek riss sich zusammen, um ihm nicht ins Gesicht zu schlagen. Seine rechte Faust war jedoch so krampfhaft geballt, dass seine Unterarmsehnen kurz vor dem Zerreißen waren. Er musste all seine Kraft aufbieten, um seine linke Hand daran zu hindern, Tims Arm zu zerquetschen. „Hör‘ mir zu, du Idiot! Als ich aufgewacht bin, hatte er mich aufs Bett gedrückt …“

„*Idiot*?“ Tims Nasenflügel weiteten sich. „Scheiße, Derek! Wenn er dich *vergewaltigt* hätte, würde er es doch mit Sicherheit nicht der Personalabteilung melden!“

Er gab Derek keine Chance, zu antworten. Er riss seinen Arm los und rannte praktisch aus der Wohnung, lediglich kurz anhaltend, um sich seine Sneaker zu schnappen. Er zog sie nicht an, griff nur danach und warf dann knallend die Wohnungstür zu. Derek hörte, wie er die Treppen zur Eingangstür hinunterraste.

Die arme Gracie kauerte im Wohnzimmer in ihrem Hundebett. Sie hatte sie noch nie so streiten sehen. Als Derek merkte, wie verängstigt sie war, ließ sein Zorn etwas nach, etwas, aber nicht vollständig. „Es ist alles in Ordnung. Keiner ist wütend auf dich.“ Er ging zu ihr und strich ihr beruhigend übers Fell. Dann stand er seufzend auf. „Komm‘. Lass uns bloß von hier verschwinden.“

22

DEREK NAHM Kleidung für eine Woche, seine Zahnbürste, den Laptop und seinen Kindle mit zum Haus am See. Lebensmittel könnte er unterwegs kaufen. Er nahm an, dass Gracie und er eine ganze Weile dort bleiben würden.

Ihm war nicht klar, wie es mit Tim und ihm weitergehen würde. Vielleicht war das hier das Ende. Falls es so wäre, würde er den heutigen Tag vielleicht als einen, den er am meisten in seinem Leben bedauerte, sehen. Vielleicht würde er ständig darüber nachdenken, was er hätte anders machen können. Im Moment war er sich jedoch nicht sicher, ob es ihm überhaupt etwas ausmachte. Er wollte einfach nur raus aus der Wohnung, bevor Tim zurückkam.

Da Gracie im Auto war, konnte er nicht sofort am Supermarkt halten. Daher fuhr er zum Haus und brachte seine Sachen hinein. Sie hatten vor zwei Wochen alles bis auf Bier, Wein und Himbeermarmelade aus dem Kühlschrank geräumt. In den Schränken waren nur noch Cornflakes, Kaffee, Mehl und Zucker. Er fand noch Salzcracker, die er mit Marmelade bestreichen und zu einer Tasse schwarzem Kaffee essen könnte. Das würde jedoch nicht reichen. Er gab Gracie ihr Spielzeug und fuhr dann zum Einkaufen in die Stadt.

Russ‘ Truck hatte bei seiner Ankunft nicht in der Einfahrt gestanden und er war enttäuscht, dass er auch bei seiner Rückkehr anderthalb Stunden später nicht da war. Freundliche Gesellschaft hätte ihm jetzt gutgetan. Doch wer wusste, zu welchen Zeiten Russ arbeiten musste. Vielleicht würde er heute Abend nach Hause kommen. Aber jetzt musste Derek erst einmal die Eiscreme aus dem Wagen holen, bevor sie schmolz.

RUSS WAR immer noch nicht wieder zu Hause, als Derek mit Gracie einen kurzen Spaziergang machte, während die Sonne unterging. Er tauchte auch den Rest des Abends nicht auf. Derek wusste, es war dumm, darauf zu warten. Sie waren Freunde geworden, aber sie lernten sich gerade erst richtig kennen. In der Nacht, als Russ ihm bei der Panikattacke geholfen hatte, hatte er eine Verbindung zwischen ihnen gespürt. Aber war da wirklich eine? Wahrscheinlich nicht. Definitiv keine, die so stark war, dass Derek zu ihm ging und sich ausheulte, wenn er wieder mal mit Tim gestritten hatte.

Es deprimierte ihn total, als er feststellen musste, dass er außer Victor und Tim niemanden hatte, zu dem er gehen konnte, *abgesehen* von Russ. Er hatte keine Freunde. Kollegen, ja. Leute, mit denen er ab und zu einen trinken gehen konnte, denen er aber nie etwas wirklich Persönliches erzählte. Aber jetzt hatte er sie nicht mehr. Wenn jemand gefeuert wurde, dann war er weg. Hin und wieder würde eventuell jemand sagen: „Ich habe gestern zufällig Derek bei Home Depot getroffen." Und dann würden alle wissen wollen, ob er einen neuen Job gefunden hatte. Falls nicht, würden sie Mitleid mit ihm armen Trottel haben. Wenn doch, würden sie sich für ihn freuen oder wären vielleicht sogar ein wenig neidisch, weil er eine tolle Stelle hatte. Aber das war auch alles.

Was ist verdammt noch mal passiert?, wunderte sich Derek. *Ich* hatte doch *Freunde ... oder etwa nicht?*

In der Highschool hatte er Freunde gehabt. Doch die meisten hatten ihn als Freak abgeschrieben, als er sich geoutet hatte – eine *Schwuchtel.* So wie seine Mutter und sein Stiefvater. Nach dem College hatte er einmal versucht, zu Hause anzurufen. Das war, als seine Mutter ihm von Larrys Tod erzählt hatte. Er hatte Gewissensbisse, weil er nicht auf der Beerdigung gewesen war ... bis sie ihn gebeten hatte, nicht mehr anzurufen.

Auf dem College hatte er auch Freunde gehabt, Freunde, die wussten, dass er schwul war und für die es okay war. Sie hatten sich ewige Freundschaft geschworen. Doch jetzt stand er knapp zehn Jahre später hier und wusste nicht von einem von ihnen, wo er jetzt war. Kevin und Mary hatten geheiratet, sich scheiden lassen und waren dann getrennte Wege gegangen. Ted war unerwartet an Bauchspeicheldrüsenkrebs gestorben – Derek war auf der Beerdigung gewesen. Sue und Corrine und Prakesh ... keine Ahnung.

Jetzt stand er ganz alleine da. Zum Teil, weil Tim es so gewollt hatte. Der Mann hatte es nie gemocht, wenn neue Menschen in ihr Leben traten. Es hatte ihm keinen Spaß gemacht, auf Partys zu gehen oder jemanden einzuladen. Immer hatte er unschöne Dinge über alle gesagt, die versucht hatten, sich mit ihnen anzufreunden, selbst über Frauen. Und Gott bewahre, wenn ein Mann Derek angelächelt hatte! Tim wollte, dass nur sie beide zusammen waren. Weil er keine Lust auf Streit gehabt hatte, hatte Derek es hingenommen.

Jetzt hatte Tim sein Ziel erreicht. Sie waren völlig isoliert, hatten nur sich. Derek blieb also nur, zu ihm zu kriechen und um Verzeihung zu bitten, weil er Victor „erlaubt" hatte, ihn zu vergewaltigen – oder er würde völlig alleine dastehen.

RUSS WAR nie in Stripclubs gewesen und das eine Mal, als er sich in einen Pornoladen gewagt hatte, um die Videokabinen auszuprobieren, war er sofort wieder gegangen. In den Kabinen hatten Männer ... etwas ... getan. Russ hatte nicht genauer hingesehen, da er sonst möglicherweise jemanden hätte verhaften müssen.

Doch auf der Farm geriet er an seine Grenzen. Am zweiten Abend war er alleine mit Brian im Whirlpool gewesen. Als er sich für eine Minute auf die Kante des Pools gesetzt hatte – in dem heißen Wasser konnte man schnell überhitzen – war Brian zwischen seine Beine geglitten und hatte Russ' Schwanz in den Mund genommen. Es war niemand in der Nähe gewesen, aber jeden Augenblick hätte jemand nach draußen kommen können. Die Vorstellung hatte ihn schrecklich nervös gemacht, doch Brian schien es heißzumachen, daher ließ er ihn weitermachen, bis er kam. Zum Glück schluckte es Brian hinunter, sodass sie nicht gegen das Verbot „Ejakulieren im Whirlpool", wie es auf dem Schild stand, verstießen.

Noch mehr verstörte ihn allerdings der Vorfall am Samstagabend. Nach dem Abendessen waren alle ins Wohnzimmer gegangen, in dem sie schon bei Russ' Ankunft gesessen hatten. Noah und Wyatt hatten ihren üblichen Platz vor dem Schachbrett eingenommen und Ryan und Stephen hatten ein Sofa besetzt, um miteinander rumzumachen. Sie machten ständig miteinander rum, wie Russ festgestellt hatte, oder kuschelten zumindest. Da sie sexy und hinreißend waren, beschwerte sich niemand.

Russ hing mit Brian und Bobby, der wieder zufrieden Drinks mixte, an der Bar herum. Offenbar war er Barkeeper in Provincetown gewesen, bevor er zu Ted gezogen war. „Dort haben Teddy und ich uns kennengelernt", erzählte er, während er den Rand eines Margaritaglases für Russ in Salz drückte. „Im Atlantic House, wo ich gearbeitet habe. Er kam jeden Abend, um sich abfüllen zu lassen und einen jungen Kerl aufzureißen. Irgendwann hat er dann *mich* aufgerissen." Er schüttete etwas Eis in das Glas, vollführte einen kleinen Tanz mit dem Shaker und schüttete dann die Margarita darüber. „Zum Glück war mein Märchenprinz ein Säufer."

„Ich war kein Säufer, vielen Dank auch", verbesserte ihn Ted von seinem Hocker am anderen Ende der Bar aus. „Ich weiß lediglich einen guten Cocktail zu schätzen."

„Oder drei."

Ted lächelte ihn an und hob sein Glas. Russ vermutete, es war eine alte Diskussion zwischen den beiden, eine, die eher der Tradition Willens geführt wurde, als mit echter Feindseligkeit.

„Seit ihr etwa kurz davor, auf meinem aus Italien importierten Sofa zu *ficken*?", keuchte Bobby und griff sich an die Brust, als ob er gleich einen Herzinfarkt bekommen würde.

Damit war niemand an der Bar gemeint. Ryan und Stephens Rummachen war etwas ausgeartet. Als sich alle Blicke auf sie richteten, erstarrten sie mit verlegenem Gesichtsausdruck. Sie hatten beide einen Ständer und Stephens Finger steckte im Hintern seines Freundes.

„Oh", sagte Ryan mit rotem Gesicht. „Wir dachten … es macht euch nichts aus."

„Wenn ihr hier eine Show abzieht? Nur zu. Aber ich muss darauf bestehen, dass ihr *zumindest* ein Handtuch unter deinen hübschen kleinen Arsch legt."

Zu Russ' Überraschung taten sie genau das. Ted holte ein Handtuch aus einem Wandschrank im Flur und Ryan hob seinen Hintern etwas an, damit Ted es unter ihn schieben konnte. Dann, während alle im Raum zusahen, legten sie erst richtig los. Sie schienen es zu genießen, Zuschauer zu haben. Russ war gleichermaßen entsetzt und erregt. Ihm war unangenehm bewusst, dass jeder der Männer im Zimmer einen Ständer hatte. Einschließlich ihm selbst. Und sein Schwanz war ebenso gut sichtbar. Er befürchtete, es könnte sich zu einer Orgie entwickeln und damit würde er wahrscheinlich nicht umgehen können. Doch er konnte sich auch nicht überwinden, zu gehen. Es war, als ob jemand ein Seil an seinem Schwanz befestigt hatte, das ihn an dieser Stelle festhielt.

Endlich weiß ich, was „mit dem Schwanz denken" bedeutet.

Auf einmal beugte sich Bobby über die Bar und flüsterte: „Das ist doch nicht illegal?"

Russ' Mund war so trocken, dass er erst einen Schluck von seiner Margarita trinken musste. Dann antwortete er: „Äh … nein, ich glaube nicht." War dies hier ein öffentlicher Ort? Oder zählte es als Privathaus? Sex in der Öffentlichkeit war verboten, doch es gab kein Gesetz, das einer Gruppe Männer verbot, zwei Menschen beim Sex zuzusehen, solange sie nicht dafür bezahlten. Zählte es, dass sie ein Zimmer gebucht hatten? Er beschloss, nicht weiter darüber nachzudenken.

Er trank sein Glas aus und Bobby machte ihm automatisch eine neue Margarita.

Als Stephen stöhnend den Höhepunkt erreichte und Ryan ihm sich fieberhaft streichelnd folgen wollte, umschloss Brian mit der Hand Russ' steifen Schwanz. Russ zuckte zusammen. „Nein!", stieß er keuchend hervor.

„Nicht hier", beruhigte ihn Brian. „Ich will dich nur mit nach oben nehmen."

Sanft führte er Russ am Penis aus dem Raum und die Treppe hinauf in Russ' Zimmer. Dort ließen sie sich aufs Bett fallen und holten sich fieberhaft gegenseitig einen runter, während sie in den Mund des anderen stöhnten. Es dauerte nicht lange, bis sie eine riesige Schweinerei auf ihren Händen und Bäuchen veranstaltet hatten.

„Oh Mann, das war echt heiß!", stöhnte Brian.

„Ja", stimmte Russ zu, als er wieder Luft bekam, „aber jetzt habe ich Angst, wieder nach unten zu gehen."

Brian lachte. „Da hast du wahrscheinlich recht. Mir ist auch nicht danach, unsere Gastgeber wild rammelnd zu sehen."

„Nee. Oder Noah und Wyatt." Dann kam er sich lieblos vor und fügte hinzu: „Nicht, dass sie so schlimm sind …"

„Für Männer in dem Alter."

„Ja."

Brian kicherte und küsste ihn. Dann sagte er: „Normalerweise kann ich nach ein paar Minuten noch mal, wenn ich so schnell gekommen bin."

Russ schätzte, das auch hinzubekommen. Doch das von ihren Bäuchen tropfende Sperma fing an, kalt zu werden. „Wie wäre es, wenn wir zuerst duschen?"

23

DEREK VERBRACHTE das Wochenende alleine. Russ war nicht nach Hause gekommen – wer wusste schon, wo er war – und Tim hatte sich nicht gemeldet. Er war sich seiner Gefühle wegen Letzterem nicht sicher. Zwar war er immer noch verärgert über Tims Weigerung, ihm zuzuhören, aber er war auch nicht bereit, die Verlobung zu lösen. Tim war so lange ein so wichtiger Bestandteil seines Lebens gewesen, dass es hart war, sich ein Leben ohne ihn vorzustellen. Vielleicht halfen ihnen beiden einige Tage Trennung, sich zu beruhigen, und sich danach in Ruhe auszusprechen.

Im Haus war es unvorstellbar ruhig. Selbst wenn Derek nach draußen auf die Terrasse ging, hörte er nur den Wind in den Bäumen, das sanfte Schlagen der Wellen gegen den Steg und die entfernten Schreie der Möwen über dem See. Er hatte Fernsehen nie sonderlich gemocht, konnte aber verstehen, warum es für alleinlebende Menschen wichtig war. Mit einem Fernseher wäre er sich weniger isoliert vorgekommen. Natürlich hatte er seinen Laptop und schaute sich darauf einige Filme an und hörte Musik. Auf Facebook chattete er mit „Freunden", die er nie gesehen hatte.

Im Schlafzimmer schlief er beim eingeschalteten Licht der Lampe auf Tims Bettseite und forderte Gracie auf, sich neben ihn zu legen. Möglicherweise würde es sie später verwirren, wenn Tim zurückkam und sie wieder auf dem Boden schlafen müsste, doch jetzt brauchte er sie dicht neben sich. Immer noch wurde er gegen drei, vier Uhr morgens wach, doch das Licht und Gracies Gegenwart verringerten seine Angst. Er konnte nicht wieder einschlafen, bevor der Himmel nicht hell wurde und dann schlief er fast bis mittags. Es war inzwischen zur Routine geworden und er wusste nicht, wie er sie durchbrechen sollte.

Am Samstagabend war seine Einsamkeit so schlimm geworden, dass er nach dem Telefon griff. Er war immer noch sauer auf Tim, doch irgendwer musste schließlich den ersten Schritt tun. Anscheinend war Tim zu stur dazu. Also gut, dann war es also an ihm. Er wählte Tims Handynummer und war enttäuscht, als die Mailbox ansprang. Der Mistkerl ignorierte ihn offenbar. Derek beschloss jedoch, trotzdem eine Nachricht zu hinterlassen.

„HEY. ICH denke, wir sollten darüber reden. Ich konnte es dir nicht sagen, weil es … so erniedrigend war. Mann, du hast ja keine Ahnung! Aber das ist auch der Grund für meine Schlaflosigkeit und … alles andere. Das Arschloch hat die Personalabteilung angelogen, weil er Angst hatte, ich könnte erzählen, was wirklich geschehen ist.

Aber ich hoffe … du stehst mir bei. Ich brauche wirklich …“ Als er merkte, dass die Verbindung unterbrochen war, hörte er auf zu reden. Es schien nicht viel Sinn zu haben, nochmals anzurufen. Tim würde die Nachricht irgendwann abhören und dann zurückrufen.

Doch er rief nicht zurück. Derek hatte das Telefon den ganzen Abend bei sich, bis Tims übliche Schlafenszeit lange vorbei war. Es schwieg eisern.

Am späten Sonntagmorgen, nach einer weiteren furchtbaren Nacht, erwachte Derek mit einer Erektion. Es war lange her, dass er auch nur an Sex gedacht hatte. Doch jetzt ließ er seine Hand hinuntergleiten und streichelte zögerlich seinen Schwanz. Das Streicheln wurde heftiger, Gracie seufzte irritiert und wechselte ans Fußende des Betts. Selbst dieser einfache Versuch, sich selbst zu befriedigen, löste Angstgefühle in ihm aus und schließlich erschlaffte sein Schwanz trotz der Berührungen. Frustriert gab er auf und fragte sich, ob er den Sex jemals wieder genießen könnte.

„Musst du pinkeln?“, fragte er Gracie und stand dann auf, um mit ihr nach draußen zu gehen. Der Himmel war dunkelgrau und für September war es kalt. Trotz der Kälte stand er in Boxershorts am Ende des Rasens und erleichterte sich. Dann ging er mit Gracie wieder hinein und bereitete das Frühstück zu.

Als sein Handy klingelte, rannte er zur Theke hinüber, wo er es zum Aufladen hingelegt hatte und nahm es in die Hand. Der Name auf dem Display ließ ihn frösteln und fast hätte er das Telefon fallen lassen. Es war nicht Tim. Es war Victor.

Entsetzt starrte er das Handy an, das nicht aufhörte zu klingeln. Er konnte nicht drangehen, war aber auch nicht in der Lage, es wieder hinzulegen. Endlich war es still und seine Lähmung ließ langsam nach. Er legte es hin und versuchte, mit dem Zubereiten seines Frühstücks weiterzumachen: eine Schüssel mit Haferflocken füllen, einige Packungen aufreißen, den Inhalt in verschiedene Schüsseln schütten, die Packungen wegwerfen, den Teekessel vom Propangasbrenner nehmen …

Vom Handy ertönte das Signal für eine neue Mailboxnachricht. Derek stellte den Kessel ab.

Mist, Mist, Mist ... Was will er mir verdammt noch mal sagen? Will er seine Schadenfreude zeigen?

Er saß auf der Couch und starrte blicklos vor sich hin, während es in seinen Eingeweiden tobte. Die Haut in Gesicht und Nacken fühlte sich feucht an und er hatte Schwierigkeiten, zu atmen. Dann fiel ihm die Nacht ein, als Russ mit ihm von hundert rückwärts gezählt hatte, um ihn zu beruhigen. Also begann er laut zu zählen. Irgendwann sprang Gracie neben ihn und legte ihren Kopf in seinen Schoß. Abwesend streichelte er ihr Fell.

Nach einiger Zeit konnte er wieder normal atmen. Sein Körper war mit feuchtem, kaltem Schweiß bedeckt, aber er hatte immerhin wieder die Kontrolle über ihn. Zumindest einigermaßen.

Langsam, damit Gracies Kopf nicht auf die Couch knallte, schob er sich hoch, stand auf und ging zurück in die Küchenecke. Seine Haferflocken benötigten immer noch heißes Wasser, daher stellte er den Brenner wieder an.

Er schaute zum Handy, das auf der Theke lag, ignorierte es jedoch erst einmal. Die Kraft, sich Victors Nachricht anzuhören, hatte er nicht. Ihm war jedoch klar, wenn er sie löschen würde, würde es ihn verrückt machen. Er musste wissen, was Victor gesagt hatte, auch wenn er es hinterher wahrscheinlich bedauerte.

Aber nicht jetzt.

Er verbrachte einen langen, furchtbaren Tag mit Rumsitzen, der Durchsicht seiner Finanzen und dem Versinken in Selbstmitleid. Unterbrochen wurde dies nur von Anrufen an Tims Handy. Nach dem dritten Mal hörte er damit auf, Nachrichten zu hinterlassen. Er versuchte es weitere zwei Mal, in der Hoffnung, der Mistkerl würde sich letztendlich dazu herablassen, abzunehmen. Der letzte Anruf ging sofort auf die Mailbox, es lag also nahe, dass Tim den Anruf abgewiesen hatte.

Arschloch.

Er war sich überhaupt nicht mehr sicher, was er für Tim empfand. Es lief schon so lange schlecht. Aber er wollte nicht, dass es zu Ende war, ohne dass sie noch einmal miteinander geredet hatten.

DER SEX war gut gewesen, das konnte Russ nicht abstreiten. Er war nicht bis über beide Ohren in Brian verliebt, aber sie hatten sich schließlich auch gerade erst kennengelernt. Er mochte den Kerl und fand ihn attraktiv. Daher konnte er sich vorstellen, mit ihm auszugehen, zumindest eine Zeit lang. Vielleicht würde sich daraus etwas entwickeln. Es war einen Versuch wert.

Diese Gedanken schossen ihm durch den Kopf, als er sein Auto belud. Zum ersten Mal seit seiner Ankunft war er wieder angezogen und die Sachen scheuerten. Vor diesem Wochenende hatte er nicht groß über Kleidung nachgedacht, doch jetzt konnte er spüren, wie seine Unterhose unbequeme Falten um seine Hoden warf und in seine Pospalte rutschte. Sein Penis wurde in sein linkes Hosenbein gequetscht. Sogar sein Hemd fühlte sich unangenehm an.

Oh Mann! Was haben diese Barbaren mit mir gemacht?

Es war zu kalt, um nackt beim Auto herumzustehen, trotz Teds Beharren, dass *ihn* die Kälte kein bisschen stören würde. Außerdem war es fast Zeit, zu fahren. Er konnte wohl kaum im Adamskostüm nach Hause fahren. Die Auswirkungen auf seine Karriere konnte er sich gut ausmalen, sollte er so angehalten werden.

„Komm, Max!“ Er knallte die Heckklappe zu. „Lass uns Auf Wiedersehen sagen.“

Der Abschied war schwer. Abgesehen von der Sache mit der Nacktheit, ähnelten Ted und Bobby einigen der älteren Männer in der Gruppe in Manchester: etwas außerhalb seiner Altersklasse, sexuell gesehen, aber echt süß und unterhaltsam. Außerdem konnte Bobby einen anständigen Mai Tai mixen. Er würde sie vermissen. Mit den anderen Männern hatte er sich gut verstanden und einige waren nett anzuschauen gewesen, doch mit keinem hatte er sich verbunden genug gefühlt, um in Kontakt zu bleiben.

Die Nacht, in der Ryan und Stephen vor allen auf dem Sofa gefickt hatten, würde er jedoch niemals vergessen. Das war etwas, was er wahrscheinlich nie wieder erleben würde. Nicht, dass er es gewollt hätte, doch es war ein Ich-kann-nicht-glauben-was-ich-gerade-miterlebt-habe-Erlebnis, das auf vulgäre Art und Weise Spaß gemacht hatte.

Brian wollte er auch nicht vergessen. Er war nicht der Mann seiner Träume, aber er war süß und charmant. Sie hatten eine schöne Zeit miteinander verbracht – viele leidenschaftliche und einige zärtliche Momente. Es wäre schön, in der Zukunft mehr davon zu erleben.

Er ging durch das Farmhaus, verabschiedete sich von den Leuten, denen er begegnete und umarmte Ted und Bobby. Schließlich fand er Brian oben in dessen eigenem Zimmer, wo er dabei war, seinen Koffer zu packen.

„Du fährst auch nach Hause?“, fragte Russ.

Brian lächelte ihn liebevoll an, die smaragdgrünen Augen funkelten verschmitzt. „Ja, zurück ins magische Zauberreich, auch unter dem Namen Pizza Hut bekannt, wahrlich ein Land voller Wunder!“

„Vielleicht sollte ich kündigen und mit dir durchbrennen.“

„Vielleicht solltest du das.“

Russ legte seine Arme von hinten um Brians Taille. Brian kuschelte sich einen Moment an ihn, löste sich dann jedoch.

„Schade, dass das Wochenende vorbei ist“, sagte er leise.

„Ja, finde ich auch. Deshalb hätte ich gerne deine Nummer, damit wir in Kontakt bleiben können.“

„Ich möchte es nicht ruinieren.“

Beinahe konnte Russ in seinem Kopf das Quietschen der Bremsen vernehmen. „Ruinieren?“

„Wir haben eine wunderschöne Zeit hier verbracht. Uns ist aber doch beiden klar, dass unsere Leben völlig unterschiedlich sind. Außerdem“, fügte Brian hinzu, „wohne ich in Burlington und du in Manchester, in New Hampshire.“

„Rockford“, korrigierte ihn Russ.

„Du weißt, was ich meine. Es ist eine Fahrt von drei Stunden.“

Das schien Russ nicht allzu weit, vor allem, wenn es darum ging, sich nur ein paar Mal im Jahr für einen gemeinsamen Urlaub oder an Feiertagen zu treffen. Doch er wusste, wann er abgewiesen wurde. Er löste den Griff um Brians Taille und trat einen Schritt zurück.

Brian drehte sich um und sah Russ mit dem gleichen Blick an, den dieser bei Max benutzte, wenn er ihm sagte, dass es keinen Hundekauknochen mehr geben würde, weil ihm davon schlecht werden würde. „Lass uns in Erinnerung behalten, was wir dieses Wochenende hatten. Vielleicht sehen wir uns nächsten Sommer ja wieder. Du kommst doch wieder hierhin, oder?“

Danach konnte Russ gar nicht schnell genug flüchten. Sobald er im Auto war, Max sicher auf dem Rücksitz angeschnallt, fuhr er aus der kreisförmigen Auffahrt und fragte seinen Hund: „Ich verstehe es nicht, Max. Liegt es an mir? Bin ich zu notgeil? Habe ich Mundgeruch? Du sagst mir, wenn es so ist, in Ordnung?”

Max schenkte ihm keine große Aufmerksamkeit. Sie fuhren gerade an einem Eichhörnchen vorbei.

IM LAUFE des Tages war aus dem leichten Nieselregen ein gewaltiger Regenschauer geworden. Derek überlegte, ob er ein Feuer im Kamin machen sollte, hatte aber keine rechte Lust dazu. Zu dieser Jahreszeit schien es ein verrückter Einfall zu sein. Andererseits war es verdammt kalt.

Nicht lange, nachdem es dunkel geworden war, hörte er ein Auto kommen. Er konnte nicht sagen, ob es Russ war, der nach Hause kam – *endlich!* – oder Tim, um über alles zu reden. Das wäre vielleicht ganz gut, doch er war sich nicht sicher. Auf jeden Fall mussten sie es hinter sich bringen. Da er nur in Unterhose war, ging er ins Schlafzimmer, um sich anzuziehen. Als er jedoch kurz darauf das Zimmer verließ und seine Sneaker anziehen wollte, hörte er zu seiner Überraschung das Auto wieder davonfahren.

Scheiße!

Derek trat auf die Treppe hinaus und sah mit Entsetzen, wie der Regen über den schmalen Dachvorsprung strömte. Auf dem kleinen Parkplatz am Ende des Wegs konnte er sein Auto sehen. Etwas, das er nicht klar erkennen konnte, lag daneben auf dem Boden. War es ein Mensch? Das Herz schlug ihm bis zum Hals und er rannte den kleinen Hang hinauf. Als seine Füße in dem Schlamm zu Stillstand kamen, blickte er auf einen Haufen Abfall. Zuerst war er nicht sicher, was es war. Die Straßenlaterne leuchtete nicht sehr hell, daher war es schwer, etwas zu erkennen. Dann begriff er … es waren *seine Sachen.* Alles, was er besaß: seine Anziehsachen, sein iPad, seine Hanteln, Gracies Spielsachen und Näpfe, sein Blu-Ray Player und die Blu-Rays, seine Bücher … sein gesamtes Leben der letzten Jahre. Die Zeit, die er mit Tim zusammen gewesen war, reduziert auf einen Haufen Müll im Regen.

Lange starrte er die Sachen einfach nur benommen an, während Haar und Kleidung vom Regen durchweicht wurden. Es war unfassbar. Die Bücher waren wahrscheinlich schon unbrauchbar, ebenso wie die Elektrogeräte und die teureren Kleidungsstücke. Der kleine rachsüchtige … Scheißkerl … war den weiten Weg hierher gefahren, nur um Dereks Sachen wie einen Haufen Müll auf dem Boden abzuladen. Während eines starken Regenschauers!

Derek ballte die Hände zu Fäusten. *Es ist vorbei.* Das hier bekamen sie nicht mehr hin. Tim würde nicht aufhören, ihm die Schuld für das, was Victor

Derek angetan hatte, zu geben. Er würde ihn nicht heulend anrufen und beknien, zurückzukommen. Selbst wenn er das tun würde, Derek konnte nicht mehr zu ihm zurück. Nicht nach dieser Aktion.

Ich liebe ihn nicht mehr.

Der Gedanke ließ ihn erschaudern, so als ob es etwas wäre, was er nicht in Worte fassen durfte, nicht einmal in seinem Kopf. Seit Wochen hatte er vermieden, es zu denken, hatte Angst gehabt, es könnte dadurch wahr werden. Immer wieder hatte er sich gesagt, dass er Tim liebte und sie nur eine schwierige Phase durchmachten. Doch jetzt, wo er es sich selbst eingestanden hatte, war es keine Überraschung für ihn. Es hatte nur einige Zeit gedauert. Sogar Victor, so begriffsstutzig er auch war, hatte gewusst, dass sie darauf zusteuerten. Wahrscheinlich hatte Russ es auch gemerkt. Doch Derek hatte nicht gewollt, dass es vorbei war. Er wollte nicht wieder alleine sein. Er hatte das Alleinsein immer gehasst. Deshalb hatte er so lange an einer Beziehung festgehalten, die zum Scheitern verurteilt war. Wahrscheinlich würde er ohne Tim unglücklich sein, doch das spielte keine Rolle mehr. Es war nicht mehr zu reparieren. Es gab kein Zurück.

RUSS‘ RÜCKFAHRT von der Rabbit Hollow Farm dauerte lange. Als zwei Autos an der Grenze in Vermont auf einer engen Brücke zusammengestoßen waren, war er in einen Stau geraten. Irgendein Trottel hatte versucht, die Autos so umzuleiten, dass der Rettungswagen durchkam, und hatte es versaut. Russ war aus seinem Auto gestiegen, hatte seine Marke gezeigt und die Sache übernommen. Es hatte fast zwei Stunden gedauert, bis sich der Verkehr wieder in Bewegung setzen konnte. Währenddessen wurde er vom Regen durchnässt. Danach brauchte er noch anderthalb Stunden bis nach Hause. Er wollte einfach nur ins Haus und relaxen. Vielleicht auch noch duschen. Ganz bestimmt ein Feuer anzünden. Es war ein scheußlicher, kalter Tag. Sich mit einer Tasse Kaffee ans Feuer zu setzen, klang himmlisch.

Doch als er auf den Parkplatz fuhr, wusste er, dass das nicht sofort möglich war. Derek stand im strömenden Regen neben seinem Auto und durchwühlte etwas, das aussah wie ein Haufen Müll. Doch aus irgendeinem Grund stopfte er es in einen offenen Koffer.

Er sah auf, als Russ parkte, sein Gesichtsausdruck war mordlustig. „Wo warst du?“, schrie er praktisch, als Russ ausstieg.

Russ ließ Max vom Rücksitz und schloss die Tür, bevor er antwortete: „Urlaub. Ich erzähle dir davon, aber es sieht nicht so aus, als ob das im Moment ein guter Ort für eine Unterhaltung wäre.“

„Nein“, stimmte Derek zu, und warf einen triefend nassen Anzug in seinen Koffer. „Tim hat all mein Zeug hier abgeladen. Ich versuche, es aus der Nässe zu holen – nicht, dass das noch helfen würde. Es ist alles hinüber!“

„Warum bringst du es nicht rein?“

Derek sah schrecklich aus, seine Kleidung war durchnässt, Hände und Füße schlammbedeckt und er schien ein wenig desorientiert zu sein. Sein Körper zitterte. Mit der Hand deutete er hilflos auf den Stapel Müll. „Ich weiß nicht. Es sah so aus … als ob ich zu oft hin- und herlaufen müsste.“

„In deinem Koffer wird es nicht trocknen“, erklärte Russ. Als ob das nicht offensichtlich wäre. „Weißt du was, ich helfe dir beim Reintragen. So viel ist es gar nicht.“ Er hatte immer noch keine Ahnung, worum es hier ging. War es das Ergebnis eines Streits? Zwischen den Anziehsachen schienen auch noch andere Sachen zu sein, einschließlich einiger Elektronikgeräte, die wahrscheinlich bereits unbrauchbar waren, und ein Haufen Bücher.

Oh Mann! Was für ein Arschloch tut jemandem so etwas an? Er rief sich ins Gedächtnis, dass er noch keine Einzelheiten wusste, doch es gab kaum einen Grund, die Sachen von jemandem einfach so wegzuwerfen.

Er griff sich ein iPad und mehrere CDs und versuchte das iPad unter seiner Achsel vor dem Regen zu schützen. Schlamm rann sein T-Shirt hinunter und bespritzte die Vorderseite seiner Jeans, doch dagegen konnte er nicht viel machen. Derek starrte ihn einen Moment stumpfsinnig an, folgte dann jedoch seinem Beispiel. Er folgte Russ den Weg hinunter zu Dereks Haus, der völlig durchnässte Max lief fröhlich neben ihnen her.

Da die Tür unverschlossen war, ging Russ hinein. Max rannte an ihm vorbei, schüttelte sich, verteilte dabei das Wasser überall im Raum und ging dann Gracie begrüßen.

Es gab keine wirklich geeignete Stelle, um die Sachen abzuladen. Im Badezimmer gab es jedoch eine große Wanne, in die sie die Anziehsachen vorerst legten. Die elektronischen Geräte stellten sie lieber auf den Badezimmerboden, anstatt sie in feuchtes Material gewickelt zu lassen. Der Boden war gefliest, durch das Wasser würde also nichts beschädigt werden.

Sie ließen beide Hunde im Haus zurück, als sie sich erneut auf den Weg zum Auto machten. Sie mussten mehrmals laufen und es war eine echte Tortur, es war kalt, nass und dreckig. Irgendwann hatten sie jedoch alles ins Trockene gebracht. Es war eine Schweinerei, die Sachen lagen überall im Haus verteilt. Bücher waren zusammen mit einem Stapel CDs und Blu-Rays auf der Bar gelandet, Wasser bedeckte die Marmorplatte. Es begann bereits, auf den Boden zu tropfen und Derek nahm ein paar saubere Tücher, um es aufzuwischen.

„Hast du Reis?“, wollte Russ wissen.

Derek sah ihn verwirrt an, er war jedoch zu erschöpft, um sich Gedanken zu machen. „Vielleicht. Warum?“

„Ich habe mal gehört, dass man Sachen, wie z. B. Handys in Reis trocknen kann. Vielleicht funktioniert es ja bei deinem iPad.“

„Oh klar.“ Derek öffnete eine Schranktür.

„Während du das machst, könnte ich ein Feuer anzünden.“ Russ sehnte sich nach einem Feuer. Ihm war eiskalt. Wäre er alleine in seinem Haus, hätte er sich die nassen Sachen ausgezogen. Er war sich jedoch nicht sicher, was Derek davon halten würde. Vielleicht könnten sie sich ja bis auf die Unterwäsche ausziehen. Doch eins nach dem anderen. „Funktioniert dein Kaminofen?“

Derek blinzelte ihn an, als ob er versuchte, zu verstehen, was Russ gesagt hatte. „Was meinst du mit ‚funktionieren‘? Es ist ein Kaminofen. Ein gemauerter Kasten mit Schornstein. Wie kann das *nicht* funktionieren?“

„Ich meine, hast du ihn prüfen lassen, als du das Haus gekauft hast? Ist er in einem guten Zustand? Ich will nicht das ganze Haus abfackeln.“

Zum ersten Mal seit dieser ganzen verdammten Aktion erschien ein schwaches Lächeln auf Dereks Gesicht. „Tut mir leid. Ja, er wurde überprüft. Es ist alles in Ordnung.“

„Gut.“

In einem Papierkorb entdeckte Russ trockenes Papier und Pappe, die er als Zunder benutzte. In einem Metallregal war etwas Holz gestapelt. Wahrscheinlich hatte es schon dort gelegen, bevor Derek das Haus gekaufte hatte, was bedeutete, dass es perfekt war, da es völlig durchgetrocknet wäre. Russ häufte einige kleinere Stücke auf die Pappe und zündete es mit einem Kaminzündholz vom Kaminsims an. Nach einigen Minuten hatte er ein schönes, kleines Feuer. Er legte einige größere Holzscheite darauf und erhob sich.

Überrascht stellte er fest, dass Derek nur einige Meter entfernt stand. Er hatte seine nasse Kleidung aus- und eine Jogginghose angezogen, Oberkörper und Füße waren jedoch nackt. Außerdem schien er seine blonden Haare mit dem Handtuch abgetrocknet zu haben. Die Haare waren zu kurz, um sich zu verheddern, standen jetzt jedoch in alle Richtungen ab. Er hielt eine Jogginghose hoch. „Sie ist sauber, falls du deine Sachen lieber ausziehen möchtest“, sagte er und deutete mit dem Kinn auf Russ‘ Brust, meinte allerdings mit Sicherheit Russ‘ komplett versaute Kleidung.

Russ überlegte kurz. Das Meiste war erledigt, nur das Zeug im Badezimmer und auf der Theke musste durchgesehen werden. Er könnte nach Hause gehen. Dort könnte er sich ausziehen, seinen eigenen Kaminofen anmachen und sich entspannen, ohne reden zu müssen. Doch nach seinem Scheitern, mit jemandem aus dem Bed & Breakfast eine nähere Beziehung einzugehen – was eine zu große Hoffnung gewesen war – wäre es nett, mit jemandem Zeit zu verbringen, zu dem er eine nähere Beziehung *hatte*. Und vielleicht würde er auch herausfinden, was verdammt noch mal zwischen Derek und Tim vorgefallen war.

Er nahm die angebotene Jogginghose. „Danke.“

„Das Badezimmer ist ganz klar ein Katastrophengebiet“, sagte Derek, „du kannst dich hier umziehen. Ich gucke auch nicht.“

Russ lachte, als er die Jogginghose über einen Stuhl legte und sein feuchtes T-Shirt auszog. „Kumpel, wir sind erwachsene Männer. Mich stört es nicht, wenn du meinen Schwanz siehst.“

Derek lachte ebenfalls, drehte sich aber dennoch um, als Russ seine Jeans öffnete. *Scheiße*, dachte Russ. *Er* will *nicht hinschauen*. Ganz eindeutig war Derek nicht an ihm interessiert.

„Möchtest du einen Kaffee?“, fragte Derek über die Schulter und ging in die Küchenecke.

„Das wäre toll!“

Russ zog sich schnell um und legte die Anziehsachen dann auf den Boden neben den Kamin, während Derek den Kaffeevollautomaten einstellte. Es hätte mehr gebracht, die Sachen über die Sessel zu hängen, aber er wollte nicht, dass die Polster nass wurden.

„Moment“, sagte Derek, nachdem er den Brühvorgang gestartet hatte. „Tim hat mal einen Wäscheständer mitgebracht, weil wir hier draußen keine Waschmaschine und keinen Trockner haben.“

Er ging ins Schlafzimmer und kam kurz danach mit einem hölzernen Gestell zurück, das aus Stangen in einem x-förmigen Rahmen bestand. In der Nähe des Feuers klappte er es aus und Russ konnte seine Kleidung darüber hängen.

Einige Minuten später hatten sie es sich auf der Couch gemütlich gemacht und wärmten sich die Hände an den heißen Kaffeetassen. Die Hunde lagen zusammengerollt neben dem Kamin auf dem Boden. Draußen wurde der Himmel dunkler und der Wind peitschte den Regen gegen die Fensterscheiben. Russ war jedoch endlich warm und er fühlte sich angenehm entspannt.

„Einer von uns sollte sich wirklich einen Whirlpool kaufen“, grübelte Derek laut vor sich hin.

Russ lachte. „Tu dir keinen Zwang an!“

„Eigentlich dachte ich dabei mehr an dich.“

Der Polizist schüttelte grinsend den Kopf. „Ein Mann, mit dem ich zusammengearbeitet habe, hat sich letztes Jahr einen gekauft und es hat ihn über fünftausend Dollar gekostet. Das ist bei *meinem* Gehalt nicht drin.“

„Bei meinem auch nicht. Ich bin letzte Woche gefeuert worden.“

Russ‘ Augenbrauen schienen seinen Haaransatz berühren zu wollen. „Was ist passiert?“

„Das ist … kompliziert.“

Gut. Das war Dereks Sache. Aber Russ wollte immer noch wissen, warum er sich hatte durchnässen lassen, auch wenn Derek zugegebenermaßen nicht um Hilfe gebeten hatte. „Hat Tim deshalb dein ganzes Zeug in den Matsch abgeladen?“

Derek seufzte: „Jaah.“

„Das ist ganz schön brutal.“

„Um fair zu bleiben, das hat er nicht getan, weil ich entlassen wurde. Es war … na ja, er dachte, ich hätte ihn betrogen.“

„Und … hast du?“, sobald er die Frage ausgesprochen hatte, wünschte Russ, es nicht getan zu haben. Erstens ging es ihn überhaupt nichts an. Zweitens, er mochte Derek und hielt nicht viel von Kerlen, die ihre Freunde betrogen. Er hatte bei der Arbeit zu viel von diesem Mist gesehen, ganz zu schweigen von seinem kleinen Abenteuer mit Ian. Falls Derek seinem Verlobten fremdgegangen war, war er nicht sicher, ob er es hören wollte.

Warum habe ich ihm das erzählt?, fragte sich Derek. Er hatte nicht vorgehabt, Russ irgendetwas über diesen ganzen Mist zu erzählen. Abgesehen von der Trennung von Tim jedenfalls. Doch Russ hatte bei mehr als einer Gelegenheit ein offenes Ohr für ihn gehabt und Derek wurde klar, dass er es jemandem erzählen musste. Jemandem, der ihm verdammt noch mal *glauben* würde. Er hatte niemand anderen. Keine Familie – seine Mutter zählte nicht. Seit seines Coming-outs hatten sie kaum miteinander gesprochen. Und er hatte keine Freunde.

Er will den Scheiß nicht hören. Das ist zu viel, um es bei jemandem abzuladen, den du kaum kennst.

Russ sah ihn erwartungsvoll an, er wartete immer noch auf eine Antwort. Es war eine sehr persönliche Frage, doch Derek hatte sie herausgefordert, konnte es Russ also nicht vorwerfen, sie gestellt zu haben. Natürlich könnte er es einfach bestreiten. Das war die Wahrheit. „Ich … ich war vor drei Monaten auf einer Geschäftsreise …“

Und plötzlich sprudelte es nur so aus ihm heraus, so als ob er eine Flasche Bier umgestoßen hätte und das ganze Bier und der Schaum jetzt unaufhaltsam auf den Boden flossen. Er hatte kein Recht, das alles bei Russ abzuladen und sein Timing war unmöglich. Russ hatte nur ein Ja oder Nein erwartet. Er hatte nicht darum gebeten, Dereks Therapeut zu werden. Doch es spielte keine Rolle. Als die Worte erst einmal angefangen hatten, herauszubrechen, konnte er nicht mehr aufhören. Er erzählte alles.

Russ unterbrach ihn nicht. Je mehr Derek erzählte, desto schockierter sah er aus, doch er sagte kein Wort, nippte nur an seinem Kaffee und wartete.

Als Derek am Ende angelangt war, die schlaflosen Nächte aufzählte, von seiner Überängstlichkeit und Victor, der ihn der Personalabteilung gemeldet hatte, berichtete, entspannte er sich wieder. Er weinte nicht und war auch nicht wütend oder etwas in der Art, wirklich nicht. Er war lediglich erschöpft. Er starrte in seinen kalten Kaffee und wollte nicht hochsehen und die Abscheu in Russ‘ Gesicht entdecken, von der er sicher war, dass sie dort war.

Russ fand vielleicht nicht, dass es eine Schande war, in den Arsch gefickt zu werden, aber er war Polizist. Mit Sicherheit würde er niemals zulassen, dass ihn jemand runterdrückte und missbrauchte. Und er würde auch keine quiekende Stimme haben, wenn er den Kerl in der Toilette traf oder mit ihm reden müsste.

Es dauerte etwas, bevor Derek bemerkte, dass Russ sprach. „Derek … Derek! Sieh mich an.“ Widerwillig hob Derek den Blick. Russ sah nicht angeekelt aus. Er sah grimmig aus, sein Mund war zu einer harten Linie verzogen. Doch seine sanften blauen Augen sahen Derek zärtlich an. „Ich weiß nicht, wie du es geschafft hast, es so lange für dich zu behalten."

„Ich weiß, ich hätte es sofort anzeigen müssen …"

„Ach, Scheiß drauf!", fauchte Russ. Derek wich zurück, dachte, Russ würde ihn zusammenstauchen. Er kannte die genaue Vorgehensweise und klar war, Derek hatte seine Situation durch seine eigene Dummheit noch verschlechtert. Stattdessen sagte Russ jedoch: „Du hast nichts falsch gemacht, Derek. Scheiß Personalabteilungs … *Frau*. Scheiß Tim. Sie haben sich wie komplette Arschlöcher verhalten. Und Victor ist ein verdammtes Monster. Du hast nichts falsch gemacht – überhaupt *nichts*! *Sie* haben alles falsch gemacht!"

Derek wusste zu schätzen, was er sagte, doch Russ' Wut nahm eindeutig zu, und ihm wurde unbehaglich zumute. Er trank einen Schluck Kaffee, obwohl der nur noch lauwarm war und ekelhaft schmeckte.

Russ schien zu bemerken, dass Ausflippen nichts brachte, denn er senkte die Stimme. „Tut mir leid, ich wollte nicht schreien."

„Schon gut."

Russ sah immer noch stocksauer aus. Er schien Derek genau zu beobachten, obwohl der keine Ahnung hatte, warum. Derek schaute weg und blickte ins Feuer. Das war angenehmer, als Russ' Blick zu erwidern.

„Wie geht es dir?", wollte Russ mit überraschend sanfter Stimme wissen.

„Ich bin okay."

„Ich möchte, dass du weißt … ich glaube alles, was du mir erzählt hast. Alles. Du bist damit so gut umgegangen, wie ein Mann nur damit umgehen konnte."

Auf einmal kamen ohne Vorankündigung die Tränen. Zuerst war sich Derek dessen nicht einmal bewusst, erst als seine Stimme brach. „Ich hätte mich wehren sollen. Ein Mann liegt nicht einfach nur da, und lässt zu …" Dann konnte er nicht weitersprechen, denn die Tränen stiegen ihm in die Augen und flossen seine Wangen hinab. *Nein, nicht jetzt! Doch nicht vor ihm!*

RUSS BRODELTE innerlich, er hielt seine Wut kaum im Zaum. Er konnte sich nicht daran erinnern, jemals zuvor so zornig gewesen zu sein. Es war noch schlimmer als damals, als ihm Shannon von Marty erzählt hatte. Marty war inzwischen tot und die Vergewaltigung hatte vor über zehn Jahren stattgefunden. Aber das! Derek war „gefickt" worden, es war Russ nicht entgangen, dass er das Wort „Vergewaltigung" vermieden hatte, und das vor drei *Monaten.* Der Scheißkerl, der das getan hatte, besaß immer noch seinen Job und ging sorglos durch die Straßen. Derek hingegen hatte alles verloren. Er riss sich mühsam zusammen und gab *sich* die Schuld an der Sache.

Als Derek anfing zu weinen, erfordert es Russ' ganze Kraft, ihn nicht in den Arm zu nehmen. Doch in der Ausbildung hatte er gelernt, dass das keine gute Idee war. Zumindest nicht, bevor Derek es nicht wollte. Das letzte, was

Vergewaltigungsopfer brauchten, war von irgendeinem Trottel umarmt zu werden, während sie versuchten, mit den Folgen des sexuellen Missbrauchs klarzukommen. Er wusste, Derek kam es so vor, als ob er keine Kontrolle über seinen eigenen Körper hätte.

Doch es brach ihm das Herz, ihn am anderen Ende der Couch sitzen und weinen zu sehen, isoliert und einsam. „Soll ich dich in den Arm nehmen?“, fragte er und fühlte sich schwach und machtlos.

Derek lachte bitter auf. „Oh Mann, ich bin echt armselig.“

„Ich finde dich großartig“, widersprach Russ sanft. „Und ich weiß, du kommst alleine klar. Aber du kannst dich an mich anlehnen, wenn du magst. Es ist nur ein Angebot.“

Derek ließ es sich eine ganze Zeit lang durch den Kopf gehen. Dann, langsam, wie ein scheues wildes Tier, zog er seine Beine unter den Hintern und glitt mit dem Körper die Couch entlang, bis er an Russ‘ Seite lag. Russ hatte Angst sich zu bewegen und Derek zu erschrecken, sodass der vor Schreck von der Couch sprang. Erst als Derek sein Gesicht an Russ‘ Seite schmiegte, traute er sich, seine Hand zu senken. Er legte sie vorsichtig auf Dereks Hüfte, berührte ihn nur leicht, um klarzumachen, dass er ihn nicht runterdrückte.

„Ist das okay so?“, fragte er leise.

Derek gab keine Antwort, nickte jedoch. Er weinte immer noch. Nicht laut und sein Körper wurde auch nicht von Schluchzern geschüttelt, doch Russ konnte die Tränen auf seiner nackten Haut spüren. Bewegungslos saß er da, während sich Derek ausweinte. Dann fuhr er mit den Fingern leicht über Dereks nackte Seite und streichelte ihn beruhigend, bis dieser einschlief. Vielleicht würde er später wieder aufwachen, so wie in der Nacht, als Russ ihn auf der Veranda getroffen hatte. Inzwischen ergab es einen Sinn, warum er das tat, mitten in der Nacht aufzuwachen, wie damals, als Victor auf ihn gestiegen war. Doch falls er aufwachte, wäre Russ für ihn da.

24

Als Derek die Augen öffnete, war er überrascht, Sonnenlicht durch die Fenster scheinen zu sehen. Er war zwischen der Couchrückseite und einem nackten Männeroberkörper eingekeilt. Ein Arm lag auf seiner Schulter und die Achseln rochen … nun ja, nicht penetrant, aber ziemlich stark. Ängstlich und verwirrt wich er zurück. Doch als er das Gesicht des Mannes erkannte, legte sich die Angst. Sie hatten gemeinsam auf dem Sofa geschlafen. Mehr nicht, sie hatten beide einen nackten Oberkörper, trugen aber Jogginghosen. Jetzt erinnerte er sich auch wieder. Russ hatte ihn festgehalten, während er wie ein Baby geweint hatte.

Herrje.

Anscheinend waren sie irgendwann beide eingeschlafen. Das Überraschende war, dass Derek keine Angst gehabt hatte, sich an ihn zu schmiegen. Er hätte nicht gedacht, sich so dicht bei einem Mann so geborgen fühlen zu können – nicht mehr. Sogar eine Morgenlatte hatte er wieder. Doch im Tageslicht kam die Angst zurück. Nicht so, wie bei seinem nächtlichen Aufwachen, wenn er bereits voller Panik vor etwas war, für das er keine Worte fand. Doch er wollte nicht neben Russ liegen, wenn dieser aufwachte.

Russ schlief immer noch tief und fest, seine hübschen Gesichtszüge waren einfach hinreißend. Derek schlüpfte unter seinem Arm hindurch und schaffte es, von der Couch zu steigen, ohne ihn aufzuwecken. Sowohl Gracie als auch Max sprangen in dem Moment, in dem er begann, sich zu bewegen, auf und rannten unruhig vor der Tür hin und her. Er ließ sie hinaus und blieb zitternd auf der Türschwelle stehen, bis beide Hunde ihr Geschäft erledigt hatten und wieder hereinkamen. Dann ging er in die Küchenecke, das deprimierende Chaos aus feuchten Büchern und anderen Trümmern seines Lebens auf der Bar ignorierend und fing an, Kaffee zu kochen.

Vom Geräusch der Kaffeemaschine wurde Russ wach. Er hob seinen Kopf mit den schlafzerzausten Haaren über die Rückseite der Couch und bat: „Kaffee …“

„Ist in einer Minute fertig.“

Russ stand auf, streckte sich und schlurfte dann ins Badezimmer. Derek hörte ihn fluchen, bevor er pinkelte und die Spülung benutzte. Er kam in die Küchenecke und murmelte: „Auf dem Boden ist überall kaltes Wasser.“

„Super.“

„Eine große Pfütze scheint aus dem Blu-Ray-Player zu stammen.“

Der Player war wahrscheinlich hinüber, doch Derek hatte im Moment keine Lust, sich näher damit zu befassen. Er goss Kaffee in eine Tasse und reichte sie Russ. „Danke fürs Babysitten letzte Nacht.“

Russ kicherte und trank einen Schluck Kaffee, bevor er antwortete: „Wie wäre es, wenn wir es einfach „für dich da sein“ nennen? Und es war mir ein Vergnügen.“

Derek konnte nicht anders, als zu grinsen. Eine Weile waren sie stumm und tranken, jeder in seine eigenen Gedanken versunken, ihren Kaffee. Dann fragte er schließlich: „Hilft es mir irgendwie, wenn ich den Vorfall anzeige?“

Russ zuckte mit den Schultern. „Ich denke, das solltest du. Aber ich weiß nicht, ob es jemals vor Gericht kommt. Ein Arzt hat dich untersucht, sagtest du?“

„Ja“, antwortete Derek verlegen, „aber er hat nichts gefunden. Nur einige leichte Abschürfungen. Sie sind mit Sicherheit bereits verheilt. Außerdem habe ich ihm erzählt, sie würden von einem Dreier mit Tim und einem Freund stammen.“

„War das weniger peinlich als die Wahrheit?“

„Ich fand schon.“ Er zog eine Grimasse. „Ich meine, jeder weiß doch, dass Schwule auf flotte Dreier stehen.“

„Bei einem der Männer, mit denen ich mich verabredet habe, war das tatsächlich der Fall.“

„War das der Kerl, von dem du mir erzählt hast?“, wollte Derek wissen.

„Ich habe dir von ihm erzählt?“

„Du hast gesagt, er …“, Derek verstummte. Er wollte den Satz nicht vollenden.

In Russ‘ Augen blitzte die Erkenntnis auf und er grinste. „Oh ja. Ich erinnere mich an das Gespräch. *Arsch-Sex.*“ Er rieb sich nachdenklich mit der linken Hand über das Kinn und sagte dann: „Deshalb hattest du die Panikattacke, oder? Weil du durch das nächtliche Gespräch an das, was dir Victor angetan hat, erinnert wurdest.“

Derek verspürte einen verstörenden Mix aus sowohl Unbehagen als auch Erregung angesichts der Vorstellung, wie jemand Russ in den Arsch fickte. Daher täuschte er vor, die ganze Sache mit einem Achselzucken abzutun und lenkte das Gespräch wieder auf das ursprüngliche Thema. „Wenn es keinen medizinischen Beweis gibt, ist es dann nicht sinnlos, Anzeige zu erstatten?“

„Nein. Mach die Anzeige. Selbst falls es nie vor Gericht geht, kann es dir in der Zukunft nützen, wenn es dokumentiert ist, besonders wenn du eine einstweilige Verfügung für notwendig hältst. Und falls Victor jemand anderen belästigt, kann der frühere dokumentierte Fall für *diese* Person hilfreich sein.“

Eine einstweilige Verfügung? Derek war der Überzeugung gewesen, durch seine Entlassung wäre es vorbei und Victor würde sich von ihm fernhalten. Doch was, wenn nicht? Was, wenn Victor versuchte, ihm seinen verdammten „Freundschaftsstempel“ aufzudrücken?

Andererseits, der Gedanke auf der Polizeiwache mit einem Fremden, höchstwahrscheinlich einem Mann, sprechen zu müssen, verursachte Derek Übelkeit.

„Kannst du nicht die Anzeige aufnehmen?, fragte er. „Ich gebe dir die Erlaubnis, alles, was ich dir letzte Nacht erzählt habe, zu verwenden.“

Russ runzelte die Stirn, stützte sich auf die Ellenbogen und hielt seine Kaffeetasse mit beiden Händen fest. „Derek, eines muss dir klar sein … wenn du das durchziehst, musst du den Vorfall mehr als einer Person erzählen. Und du wirst gebeten werden, Teile davon zu wiederholen, um Einzelheiten zu verdeutlichen. Dafür musst du stark genug sein."

Derek presste die Lippen aufeinander und atmete durch die Nase. „Du hast recht. Ich verhalte mich …"

„Du verhältst dich", unterbrach ihn Russ, bevor er sich noch stärkere Selbstvorwürfe machte, „wie jeder Mensch, der vergewaltigt wurde und es nicht noch einmal durchmachen möchte. Okay? Sich unwohl zu fühlen und nervös zu sein, macht dich nicht zu einem Feigling oder weniger männlichen Mann. Es macht dich zu einem ganz normalen Menschen. Klar?"

Das zu glauben, fiel Derek schwer. Er fühlte sich bereits seit Monaten nicht mehr „normal". Aber er zwang sich zu einem Nicken.

„Ich werde schauen, ob ich dabei sein kann, wenn du Anzeige erstattest", fuhr Russ fort, „aber ich werde Officer Chavez bitten, mit dir zu reden. Sie behandelt meistens solche Fälle."

„Solche Fälle?"

„Sexueller Missbrauch."

„Hat sie schon mit … Männern zu tun gehabt, die missbraucht wurden?"

Russ presste die Lippen zusammen und schüttelte den Kopf. „Ich weiß es nicht. Die meisten Männer schämen sich zu sehr, um es anzuzeigen."

Derek schnaubte unbeabsichtigt. „Was du nicht sagst."

RUSS WUSSTE nicht, was er sagen sollte, um ihn zu beruhigen. Er konnte während der Vernehmung nicht seine Hand halten – nicht einmal im übertragenen Sinn. Vielleicht könnte er dabei sein, aber er würde sich professionell verhalten müssen, um ihrer beider willen. Keine Berührung an der Schulter oder eine andere hätschelnde Geste. Es würde für Derek schon schwer genug sein, auch ohne, dass er vor anderen Polizisten behandelt wurde, als ob er hilflos wäre.

Er beschloss, vorerst das Thema zu wechseln. „Ich habe heute frei und wollte den Tag zu Hause verbringen. Soll ich dir helfen, dein Zeug zu trocknen und zu schauen, was noch brauchbar ist?"

Derek machte ein saures Gesicht. „Klar, das wäre fantastisch." Er trank einen Schluck Kaffee, leckte sich über die Lippen und fragte dann: „Also … wo genau *warst* du im Urlaub?"

„Ähm … in einem schwulen Bed & Breakfast ohne Bekleidungspflicht." Dann hielt er sich die Hand vor die Augen und fügte schnell hinzu: „Verurteile mich nicht dafür."

Derek lachte, was schön anzuhören war. „Oh, wirklich?"

„Es war echt nett."

„Ich bin sicher, das war es."

„Hör' auf, über mich zu lachen."

Derek machte eine Show daraus, sich pantomimisch das Lächeln aus dem Gesicht zu wischen, doch das brachte nur *Russ* zum Lachen.

„Ich wollte einfach mal etwas Neues ausprobieren. Meine Erfolgsbilanz der letzten Jahre, was Verabredungen angeht, ist echt mies. Habe ich dir erzählt, dass Ian wieder mit seinem Ex zusammen ist?"

„Du hast erzählt, er hätte einen flotten Dreier vorgeschlagen."

„Ja." Russ zuckte mit den Achseln. „Ich werde nicht lügen. Die Vorstellung hat mich schon irgendwie angemacht. Doch danach wäre er wieder zurück zu seinem Freund ins Bett gekrochen, während ich mich angezogen und alleine nach Hause gefahren wäre. Wie deprimierend ist das denn?"

Derek lächelte, sah Russ dann jedoch direkt in die Augen und fragte: „Und was wäre, wenn du derjenige wärst, der danach zurück ins Bett zu seinem Freund gekrochen wäre und jemand anderes nach Hause hätte fahren müssen? Würdest du *das* wollen?"

Russ war klar, was er wissen wollte. *Wenn wir zusammen wären, würdest du dann flotte Dreier haben wollen?* Die Antwort war leicht. „Nein. Es wäre vielleicht echt heiß, aber es würde mich wahnsinnig machen. Ich will nicht dabei zusehen, wie der Mann, den ich liebe, mit einem anderem schläft."

„Ich auch nicht."

Sie sahen sich tief in die Augen. Dereks Blick schien in seinem zu versinken und etwas anzudeuten, an das sich Russ, seit dem Tag ihrer ersten Begegnung auf dem Steg, jeden Gedanken verboten hatte. Doch Derek hatte gerade erst die Trennung von Tim hinter sich und musste jetzt diesen ganzen Mist durchstehen, sich neu zurechtfinden, nach dem, was Victor ihm angetan hatte. Es war zu früh, an etwas anderes zu denken, als daran, ihn zu unterstützen.

25

Da sie beide mithalfen, dauerte es nicht allzu lange, das Chaos, das einmal Dereks Eigentum gewesen war, durchzusehen. Die Anziehsachen mussten chemisch gereinigt werden, bevor er das Ausmaß des Schadens feststellen konnte. Das iPad konnte wahrscheinlich nicht mehr gerettet werden, doch Russ schlug vor, es ein paar Tage in trockenem Reis zu vergraben.

„Beim iPhone meiner Schwester hat es funktioniert“, versicherte er.

Derek durchsuchte die Schränke und fand eine Packung Naturreis, den Tim dort gebunkert hatte. Er schüttete ihn in eine Kuchenform und legte das iPad zwischen die Körner. Er bezweifelte, dass es funktionieren würde. Die Alternative wäre jedoch, ein teures Teil wegzuwerfen, für das er sich keinen Ersatz mehr leisten konnte.

Die Blu-Rays und deren Hüllen spülten sie ab. Das Einlegepapier würde sich durch das Trocknen wellen, doch die Discs müssten eigentlich noch funktionieren. Der Player war wahrscheinlich kaputt, Derek würde noch ein paar Tage warten und sehen, ob durch das Trocknen irgendetwas zu retten war. Er würde jedoch wahrscheinlich günstig einen Neuen bekommen, falls er müsste. Außerdem konnten die Blu-Rays auf seinem Laptop abgespielt werden. Gott sei Dank hatte er es zusammen mit seinem Handy mitgenommen, als er hierhergefahren war.

Gracies Spielsachen wuschen sie einfach ab und schleuderten sie auf den Boden. Ihr schien es nichts auszumachen, dass sie feucht waren.

Russ lud Derek und Gracie zum Mittagessen nach unten in sein Haus ein und von dem Punkt an schien der Tag nur so zu verfliegen. Zum ersten Mal seit Monaten fühlte sich Derek entspannt und fast wie sein früheres Selbst. Sie sprachen über alles, was ihnen in den Sinn kam: alberne Sachen, die Max und Gracie getan hatten, über Russ‘ Schwester und ihre Familie, Filme, die sie mochten, Filme, die sie hassten, Russ‘ Sex-Eskapaden auf der Farm …

„Ich habe während des ganzen Wochenendes nur mit einem Mann geschlafen“, beharrte er.

Derek grinste ihn an. „Aber mehrere Male?“

„Nun, ja. Er war cool und sah ziemlich gut aus.“

Das nagende Gefühl in ihm war keine Eifersucht. Zumindest nicht nur. Er *war* eifersüchtig, doch ihm war klar, dass er keinen Anspruch auf Russ hatte. Seit er am Morgen in Russ‘ Armen aufgewacht war, hatte er darüber nachgedacht: über die Möglichkeit, dass sie beide zusammenkommen könnten, nun, da sie beide Single waren. Wie er zugeben musste, hatte ihn der Gedanke mit einer angenehmen Wärme erfüllt. Doch er hatte kein Recht, zu hoffen, dass sie jemals mehr sein würden als

Freunde. Russ hatte sich mit Männern getroffen und wilden Sex gehabt, seit Derek ihn kennengelernt hatte. Klar, er hatte noch keinen Mann gefunden, der wirklich zu ihm passte. Er suchte jedoch ganz eindeutig jemanden, der ihn im Bett befriedigen konnte, unter anderem. Derek war sich nicht sicher, ob er dazu jemals wieder in der Lage sein würde.

Doch er brauchte sich deswegen nicht wie ein Trottel benehmen. Er zwang sich zu einem Lächeln. „Hast du seine Telefonnummer?“

„Nein“, antwortete Russ kleinlaut. „Ich habe es versucht, aber … ich glaube, er wollte nur ein Wochenende voller Spaß und nichts Dauerhaftes.“

„Schade.“

Russ veränderte seine Position auf der Couch und trank einen Schluck von seinem Bier. „Es ist fast Zeit fürs Abendessen.“

Derek schaute auf die Digitalanzeige des DVD-Players. „Oh. Ich sollte dich besser alleine lassen, damit du dich noch etwas ausruhen kannst …“

„Magst du Pizza?“, wollte Russ wissen. „Ich habe noch eine eingefrorene, die ich schnell in den Ofen schmeißen kann.“

„Klar.“

So blieben sie auch den Rest des Abends zusammen, quatschten, jagten die Hunde durch den Garten, spielten mehrere Brettspiele, die Russ in seinem Wohnzimmerschrank hatte – Monopoly, Trivial Pursuit, Cluedo … Derek wollte nicht gehen und Russ schien das ebenfalls nicht zu wollen. Jedes Mal, wenn er erwähnte, wie spät es bereits war, fand Russ eine neue Beschäftigung für sie.

Als sie irgendwann beide gähnen mussten und feststellten, dass Mitternacht bereits vorbei war, sagte Derek: „So, das war’s. Zeit fürs Bett.“ Russ musterte ihn genau, mit einem undeutbaren Gesichtsausdruck, sodass Derek „Was?“ fragte. Das zerbrechliche Gefühl von Sicherheit, das er in Russ‘ Gesellschaft verspürte hatte, verschwand. Angst und Unbehagen hatten ihn wieder im Griff.

„Entschuldige. Nichts.“

In Dereks Kopf begannen, Alarmglocken zu schrillen. *Wie wär’s, Kumpel? Willst du mein Erster werden?* „Ich muss los.“ Er erhob sich so schnell, dass der Stuhl auf den Küchenboden fiel. „Tut mir leid!“

„Schon okay.“

Russ stand auf und griff nach ihm. Verängstigt sprang Derek zurück und merkte zu spät, dass Russ nicht nach ihm, sondern nach dem Stuhl griff. Er kam sich wie ein Idiot vor. Die Panik war jedoch immer noch da und nahm sogar noch zu. Russ erstarrte und sah ihn sonderbar an, so als ob sich ein fremdes wildes Tier in seine Küche verirrt hätte.

Ich muss raus hier!

„Ich muss los“, wiederholte Derek.

„Es ist alles in Ordnung. Ich werde nicht …“

„Gracie!“

Die Hündin erhob sich widerwillig von ihrem Platz neben dem Kamin, wo sie zusammengerollt neben Max gelegen hatte und kam zu ihm. Max hob neugierig den Kopf, bemühte sich aber nicht, aufzustehen.

„Derek, es ist alles in Ordnung."

„Danke für die Einladung", sagte Derek hastig. Er wollte Russ keine Möglichkeit geben, ihm den Aufbruch auszureden. Er musste raus hier, zurück in sein eigenes Haus, wo er sich sicher fühlen konnte. „Bis bald."

„In Ordnung", erwiderte Russ leise.

VERDAMMT!, DACHTE Russ. *Was zum Teufel habe ich mir nur gedacht?*

Er hatte nicht nachgedacht. Nicht wirklich. Er hatte Dereks Gegenwart genossen und versucht, ihr Beisammensein in die Länge zu ziehen. Als es für Derek Zeit wurde, zu gehen, als es bereits zu spät war, um noch mehr Ausreden zu finden, um ihn hierzubehalten, hatte Russ Gefallen an der Idee gefunden, ihn zu bitten, die Nacht hier zu verbringen. Nicht um Sex zu haben. Ihm war klar, nachdem, was Derek durchgemacht hatte, war er noch nicht bereit dafür. Doch ihn im Arm zu halten, hatte sich letzte Nacht so richtig angefühlt. Vielleicht hätten sie sich einfach ein Bett teilen können. Kein fauler Zauber. Für Russ wäre das völlig in Ordnung gewesen. Ihn einfach nur neben sich liegen zu haben, das Bett kuschelig warm, hätte ihm gereicht.

Doch noch, bevor er den Mund geöffnet hatte, bemerkte er die Angst in Dereks Augen und sah auf einmal klar. Er verstand, wie es aus Dereks Sicht ausgesehen haben musste: alleine in Russ' Haus, mitten in der Nacht, keine Hilfe in der Nähe, kein Zufluchtsort in Reichweite und Russ kam auf die Idee, ihn über Nacht hierzubehalten.

Ich werde dir nicht wehtun, Derek.

Ich würde dir niemals wehtun.

Wir können einfach nur ein bisschen kuscheln ...

Russ fühlte sich schlecht. Es war nicht seine Absicht gewesen, ihm Angst zu machen und doch hatte er es getan. Und jetzt war Derek völlig entsetzt und verängstigt. Da sie ihre Nummern nicht ausgetauscht hatten, konnte er ihn nicht einmal anrufen. Und was konnte er schon sagen? Nichts würde für Derek ehrlich klingen. Alles würde ihm wie eine Lüge vorkommen, ein Versuch, durch einen Trick an ihn heranzukommen.

Wenn jemand, den er seit mehr als zwanzig Jahren kannte, jemand von dessen Heterosexualität er überzeugt gewesen war und der überhaupt kein sexuelles Interesse an ihm hatte, auf ihn losgehen konnte, während sie alleine waren, wie sollte er dann jemals Russ vertrauen? Wie konnte er jemals wieder *irgendeinem* Mann vertrauen?

26

Derek hatte eine harte Nacht hinter sich. Nach dem friedlichen Abend, den er vor gerade einmal vierundzwanzig Stunden mit Russ verbracht hatte, folgte eine der schlimmsten Nächte seit Wochen. Die ganze Nacht hindurch warf er sich unruhig hin und her und das trotz der angeschalteten Nachttischlampe, die die Dunkelheit vertreiben sollte. Als er es doch schaffte, kurz einzuschlafen, hatte er schreckliche, unsinnige Träume – Träume, an die er sich beim Aufwachen kaum noch erinnern konnte. Russ war darin vorgekommen, jedoch nicht der vertraute, trostspendende Russ, den er kannte. Dieser Russ war kräftig und muskelbepackt und sein Atem stank nach Alkohol. Er warf ihm anzügliche Blicke zu und teilte ihm mit, dass Dereks Vater von der Polizei tot in einem Hotelzimmer aufgefunden worden war, zusammengeschrumpft und gezeichnet von AIDS. Doch er war nicht an AIDS gestorben. Jemand hatte ihm eine Kugel in den Kopf gejagt.

Um vier Uhr morgens gab Derek den Versuch, zu schlafen, auf und ging hinüber ins Wohnzimmer. Nach dem Regen war es wärmer geworden, doch ihm war immer noch eiskalt. Er machte sich einen Kakao und trank ihn auf der Couch sitzend, eingehüllt in den Bettüberwurf.

Er wünschte, Russ wäre da. Der vertraute Mann, den er begann, zu mögen, der lächelte und sich über Randy Quaids überzogene Darstellung in *Independence Day* lustig machte. Der Mann, der ehrlich die Einzelheiten seines Ausflugs in die Nacktheit vor Publikum erzählte, obwohl er dabei vor Verlegenheit rot anlief. Nicht das entsetzliche Trugbild dieses Mannes aus seinem Traum. Russ war keine Gefahr. Das war Derek klar. Zumindest dem rationalen Teil von ihm. Es war in Ordnung gewesen, sogar mehr als in Ordnung, als er an Russ geschmiegt eingeschlafen war. Dabei hatte er nicht an Sex gedacht und Russ hatte ihm lediglich eine Schulter – oder Brust – zum Ausweinen angeboten. Doch heute Abend war es anders gewesen. Dieser Ausdruck in seinen Augen. Heute Abend hatte er gewollt, dass Derek zu ihm ins Bett kam. Nicht, dass daran etwas Falsches wäre, aber … *Oh Gott*. Nein. Nicht jetzt.

Wann? Werde ich jemals wieder mit einem Mann schlafen können?

Die einzige Antwort war die Stille und Einsamkeit, die ihn umgab.

Als der Himmel langsam hell wurde, war Derek völlig erschöpft. Er ging mit Gracie zum Pinkeln nach draußen und kroch danach wieder ins Bett. Dann schlief er bis fast vierzehn Uhr.

Gracies verzweifeltes Hin- und Herrennen zwischen Bett und Tür weckte ihn schließlich. „Tut mir leid. Warte kurz."

Beim Öffnen der Tür entdeckte er einen Zettel, der an das Glas geklebt war. Er nahm ihn ab und faltete ihn nervös auf. Doch es war keine wütende Schuldzuweisung oder Drohung. Es war einfach nur eine Nachricht von Russ, der versuchte, taktvoll zu sein, dabei jedoch ein wenig ungeschickt war.

Derek,

es tut mir leid, dass ich Dir Angst gemacht habe. Ich habe nicht versucht, Dir näherzukommen. Ich weiß, dass Du das nicht willst. Ich glaube, ich dachte, da wir ja schon auf der Couch geschlafen haben, wäre es bequemer, wenn wir uns ein Bett teilen, ohne Sex. Sogar angezogen. Einfach nur, um einander Gesellschaft zu leisten. Das hört sich ziemlich merkwürdig an, jetzt, wo ich darüber nachdenke. Ich werde Dich nicht mehr darum bitten. Ich werde nicht einmal mehr daran denken.

Ich hoffe, wir können immer noch zusammen rumhängen.

Russ

Ganz unten stand eine Telefonnummer.

Die Nachricht war verrückt und irgendwie beunruhigend, klang jedoch ehrlich. Derek konnte Russ vor sich sehen, wie er sich damit abmühte, sich fragte, ob jedes Wort die Situation vielleicht noch verschlimmerte. Das ließ es irgendwie süß erscheinen. Als Gracie ihr Geschäft erledigt hatte, nahm er den Zettel mit hinein und legte ihn auf die Bar. Während er sich einen Kaffee kochte, las er ihn noch ein paar Mal. Als er zur Stärkung eine Tasse starken Kaffee vor sich stehen hatte, wählte er die angegebene Nummer.

RUSS WAR an dem Nachmittag zum Streifendienst eingeteilt und hatte sein Handy den ganzen Tag neben sich auf dem Beifahrersitz liegen. Als es schließlich summte, zuckte er vor Überraschung zusammen. Die Nummer war ihm unbekannt, doch er nahm ab und eine Welle der Erleichterung überkam ihn, als er Dereks Stimme „Hey" sagen hörte.

„Hey", antwortete er. „Bleib kurz dran." Er fuhr den Streifenwagen an den Straßenrand. „Okay, jetzt kann ich reden."

„Oh! Bist du bei der Arbeit?"

„Ja, aber es ist schon in Ordnung. Ich habe eine Minute Zeit. Wie geht's dir?"

„Ich bin okay." Nach einer kleinen Pause fügte Derek hinzu: „Tut mir leid, dass ich letzte Nacht ausgeflippt bin."

„Das ist okay. Es war meine Schuld. Ich hätte wissen müssen …" Er verstummte, da er nicht wusste, wie er es beschreiben sollte, ohne herablassend zu klingen. Derek war ein erwachsener Mann. Er brauchte nicht wie ein Säugling behandelt werden. Doch andererseits hatte er ein traumatisches Erlebnis gehabt und von dem bisschen, was Russ von Psychologie verstand, schien er als Folge dessen eine posttraumatische Belastungsstörung davongetragen zu haben. Manche Dinge lösten ein Gefühl der Verwundbarkeit aus oder ließen ihn sogar im Geist alles nochmals durchleben.

Derek schien zu verstehen, was er dachte. „Deine Absicht war mit Sicherheit gut. Ich brauche einfach nur eine Weile, bis ich wieder vertrauen kann … glaube ich zumindest."

„Das ist in Ordnung." Es herrschte eine unbehagliche Stille, bis Russ fragte: „Magst du chinesisches Essen? Ich könnte nachher was mitbringen. Zu dir oder mir, ganz egal."

„Um Mitternacht?"

„Oh, stimmt. Das ist vielleicht etwas spät für dich."

„Nein!", erwiderte Derek schnell. „Das wäre toll. Ich gebe dir das Geld für mein Essen, wenn du kommst."

Russ hatte das Essen bezahlen wollen, damit Derek nicht seine geringen Reserven angreifen musste. Doch ihm war klar, Derek würde das erniedrigend finden. „Super! Ähm … ich muss es schon um zweiundzwanzig Uhr abholen, weil sie dann schließen. Wir müssten es also aufwärmen." Er seufzte. Er war an kaltes chinesisches Essen gewöhnt, aber nun, da er die Einzelheiten genau besprach, hörte es sich überhaupt nicht mehr praktisch an. Warum sollte Derek ein aufgewärmtes Abendessen wollen? „Das klingt gerade wie eine völlig bescheuerte Idee, oder?"

Derek lachte. „Das klingt nach Spaß. Bis heute Abend."

DEREK VERLIEß tagsüber das Haus, teilweise, um notwendige Lebensmittel zu kaufen, teilweise, um das unangenehme Bild, das er im Laufe der Nacht von Russ gehabt hatte, abzuschütteln. Es war nicht real, sondern lediglich ein nächtliches Trugbild seines panischen, erschöpften Hirns. Das war ihm durchaus klar, doch es vergiftete immer noch seine Gefühle für Russ. Daher brauchte er frische Luft, um sie zu vertreiben.

Ein Zwischenstopp bei der Bank bestätigte seine Vermutungen: Tim hatte ihr gemeinsames Konto für die Kreditzahlungen des Hauses aufgelöst und die paar tausend Dollar darauf abgehoben. *Scheißkerl.* Doch Derek hatte nichts anderes erwartet. Und selbst wenn sie das Geld durch zwei geteilt hätten, hätte seine Hälfte nicht lange gereicht. Ihre Ersparnisse waren dahingeschmolzen, als sie das Haus gekauft hatten.

Auf seinem eigenen Konto waren ungefähr tausend Dollar und nach der Einlösung seines letzten Gehaltschecks war sein Guthaben auf fast dreitausend angewachsen. Das würde reichen, um nächsten Monat die Kreditrate, die Stromrechnung und die Lebensmitteleinkäufe zu zahlen, wenn er sparsam wäre. Zum Glück war sein Auto bereits abbezahlt. Was allerdings übernächsten Monat wäre, da hatte er keine Idee. Er hatte natürlich Bewerbungen verschickt, doch es war unwahrscheinlich, dass ihn jemand einstellen würde. Dass er Arbeitslosengeld erhalten würde, war unter den gegebenen Umständen genauso unwahrscheinlich. Dank Tim besaß er nicht einmal mehr einen Anzug, den er zu Vorstellungsgesprächen hätte tragen können. Er konnte froh sein, wenn er einen Teilzeitjob als Burgerbräter im Einkaufszentrum bekam.

Derek verbannte diese elenden Gedanken vorläufig aus seinem Kopf, als er am Supermarkt anhielt. Dort kaufte er günstige Sachen, die lange haltbar waren: Käsemakkaroni, japanische Ramen-Nudeln, Instant-Haferbrei, Cracker, Pop-Tarts … Zum Glück bevorzugte Gracie bereits Trockenfutter und nicht das teurere Dosenfutter. Dann nahm er noch chinesischen Tee mit, den er zum Abendessen trinken wollte, weil er ihm gut schmeckte. Vielleicht mochte Russ ihn ja auch. Außerdem griff er noch nach einem Sixpack Bier, da Russ und er gestern eins vernichtet hatten. Er war versucht, beim Spirituosengeschäft zu halten und etwas interessanteres als Sake – der immerhin asiatisch, wenn auch nicht chinesisch, war – zu kaufen. Doch Alkohol würde ihn ängstlich machen. Niemals wieder würde er sich zu betrinken mit „Spaß haben“ gleichsetzen.

DAS ABENDESSEN schien gut zu verlaufen. Nach einigen peinlichen Entschuldigungen, bei denen keiner von ihnen wirklich verstand, wofür sie sich entschuldigten – Russ möglicherweise dafür, das Falsche gedacht zu haben, obwohl er es nicht ausgesprochen hatte, Derek dafür, Angst und Furcht überhandnehmen zu lassen, obwohl das verständlich war – fanden sie wieder zu einem gewissen Maß an Vertrautheit zurück. Derek steckte eine seiner gereinigten CDs in sein Laptop und Celine Dions *French Album* begleitete ihr Essen musikalisch.

Russ kam diese Wahl merkwürdig vor. Es war ein sinnliches Album, veröffentlicht, als die Sängerin noch ziemlich unbekannt war und wie der Titel vermuten ließ, komplett auf Französisch. Es gefiel ihm. Aber es kam ihm sonderbar romantisch vor für ein mitgebrachtes chinesisches Essen mit einem Mann, bei dem er nicht wusste, wie er ihn anfassen sollte, oder ob er ihn überhaupt anfassen *konnte*. Er hatte erst vor drei Tagen von der Vergewaltigung erfahren, doch da sie in der Zwischenzeit soviel Zeit zusammen verbracht hatten, kam es ihm viel länger vor.

Was er bei seinen Recherchen und von Officer Chavez gelernt hatte, hatte ihn nicht darauf vorbereitet, einem Freund dabei zu helfen, eine Tortur wie diese durchzustehen. Und es hatte ihn nicht darauf vorbereitet, einem *Mann* dabei zu helfen. Er wusste, dass es vorkam und Männer es seltener als Frauen anzeigten. Die Demütigung, einem anderen Mann „gestattet“ zu haben, einen zu überwältigen, war zu groß. Obwohl Russ Dereks Darstellung ohne Frage glaubte, war es doch schwer für ihn, sich vorzustellen, wie ein so großer und muskulöser Mann wie Derek niedergedrückt werden konnte. Russ *glaubte* es, konnte es aber nicht *sehen*.

Kein Wunder, dass es Derek nicht möglich war, mit Menschen, denen er nicht traute, darüber zu reden. Sie würden ihm nicht glauben und er wusste es.

Russ blieb nur, sich nach Derek zu richten, Derek entscheiden zu lassen, ob sie sich berührten. Andernfalls: Hände weg. Derek hatte den Eindruck gewonnen, Russ wäre ein Casanova und das hasste dieser. Doch der einzige Weg, ihm zu beweisen, dass er keiner war, bestand darin, Geduld zu haben. Er mochte Derek und war sich ziemlich sicher, dass dieser ihn ebenfalls mochte. Das war es wert, es langsam angehen zu lassen.

Schließlich sprachen sie darüber, als das Essen aufgegessen, die Reste an die Hunde verfüttert waren und sie wieder einmal vor einem Feuer saßen. Im Hintergrund lief eine CD mit Madonnas langsamen Balladen – *ist das dein Ernst Derek?* – und sie saßen quälend dicht nebeneinander, ohne sich wirklich zu berühren.

„Ich bin mir nicht sicher, ob ich bereit bin, mit dir zu schlafen“, verkündete Derek plötzlich aus heiterem Himmel, mitten in einer Diskussion, ob Lady Gaga so gut wie Madonna wäre. „Ich meine, ohne Sex.“

Russ war nicht überrascht, aber es schmerzte doch etwas. „Das ist in Ordnung.“

„Ich weiß nicht, ob ich mich … sicher fühlen würde.“

Darauf hatte Russ keine Antwort. Er wusste, es würde nichts bringen, Derek zu versichern, dass er ihn ohne dessen Einwilligung nie berühren würde. Derek war auch der festen Überzeugung gewesen, Victor würde das niemals tun. Verdammt, wahrscheinlich hatte er sogar gedacht, *er* selber müsse aufpassen, damit sich *Victor* nicht unwohl fühlte, wenn sie sich gemeinsam auszogen und duschten.

„Ich meine, du hast nichts getan, was … bedrohlich war oder etwas in der Art …“

„Ich verstehe.“

Derek seufzte. „Ich hasse das. Ich hasse es, mich so verdammt *zerbrechlich* zu fühlen.“

„Schon okay“, erwiderte Russ. Dann merkte er, dass das nicht stimmte. Er war nicht „okay“ für Derek, sich so zu fühlen. „Damit will ich sagen, ich verstehe, warum du Zeit brauchst, nach dem, was du erlebt hast.“

Derek hob seine nackten Füße auf die Couch und umfasste mit den Unterarmen seine Knie. Er trug wieder eine Jogginghose und Russ hatte einen quälenden Ausblick auf die Ausbuchtung zwischen seinen Beinen. „Nichts für ungut, aber für einen Polizisten bist du verdammt zuvorkommend.“

Russ war sich nicht sicher, was er davon halten sollte. „Wie sollte ich denn sein? Ein Arschloch?“

„Kein Arschloch“, erwiderte Derek und grinste ihn an. „Einfach … ich weiß nicht. Herrischer.“

„Leck mich. Ich bin verdammt herrisch, wenn ich muss.“

Derek lachte und trat ihm leicht gegen die Hüfte.

Russ schlug den Fuß weg und sagte: „Ich will dich nicht herumkommandieren. Ich will dir helfen.“

„Warum?“

„Weil wir Freunde sind, oder etwa nicht?“

„Ist das alles, was du willst? Dass wir Freunde sind?“

Etwas in seinem Tonfall versetzte Russ in Alarmbereitschaft. Es war nicht direkt Furcht, aber Derek beobachtete ihn genau und wägte den Wahrheitsgehalt seiner Antwort ab. Daher log Russ ihn nicht an. „Ich wünsche mir eines Tages mehr.“

„Eines Tages?“

„Ich weiß, du hast dich gerade erst von Tim getrennt. Und ich habe wirklich nicht auf eine Chance gewartet, um mich in der Minute, in der du zum Single wirst, auf dich zu stürzen. Ich habe nicht erwartet, dass das *jemals* geschehen würde. Ich dachte, du würdest ihn heiraten, ein paar Jahre mein Nachbar sein, dann wahrscheinlich das Haus verkaufen und ich würde dich nie wiedersehen.“

„Du hast dich also nicht zu mir hingezogen gefühlt?“

Russ schnaubte. „Ich habe mich total zu dir hingezogen gefühlt, verdammt noch mal. Aber ich bin nicht hinter verheirateten Männern her.“

Derek hatte immer noch ein Knie hochgezogen und die Hand darauf bewegte sich unruhig, der Zeigefinger rieb gegen den Daumen. Er wurde wieder nervös. „Und jetzt bin ich Single.“

„Derek … wenn du nicht willst, dass wir jemals mehr als Freunde sind, dann kannst du das jetzt sagen oder irgendwann in der Zukunft. Ich kann ein ‚Nein‘ verkraften.“

„Das will ich schon“, antwortete Derek vorsichtig. „Aber du solltest deine Zeit nicht damit verschwenden, darauf zu warten, dass ich die Kurve kriege. Ich … weiß nicht, ob das jemals passieren wird.“

„Derek, ich mag dich wirklich. Und das hier?“ Er deutete mit der Hand auf sie beide. „Hier zu sitzen, fettiges chinesisches Essen zu essen, ein oder zwei Bier zu trinken … Das ist soviel besser als alles, was ich mit Ian oder Brian getan habe, ob nun im Bett oder außerhalb. Ich muss mich vor dir nicht verstellen, das gefällt mir. Ich muss dich nicht unterhalten …“

„Du musst mich nur mit Samthandschuhen anfassen, damit ich nicht ausflippe“, unterbrach ihn Derek mit finsterem Gesichtsausdruck.

„Kumpel. Wir haben gerade eine offene, ehrliche Diskussion darüber, wo deine Grenzen sind, darüber, was ich möchte und was du möchtest. Daran kann ich nichts Falsches sehen.“

Derek seufzte und rieb sich mit der Hand übers Gesicht. „Du warst immer nur nett zu mir. Aber wegen etwas, das ein Anderer mir angetan hat, schaffe ich es nicht, dir zu vertrauen. Das ist wohl kaum fair.“

„Was er dir angetan hat, war nicht fair“, erwiderte Russ, bemüht, nicht laut zu werden. Wie konnte Derek nur glauben, Russ‘ Bedürfnis, rumzumachen oder Sex zu haben, wäre auch nur im entferntesten so wichtig wie sein Bedürfnis, sich wieder sicher zu fühlen? „Ich möchte nicht, dass du dir Sorgen darüber machst, was mir gegenüber fair ist, in Ordnung?“

„Ich mag dich, Russ. Sehr. Du bist ein toller Mann und du verdienst jemanden, der dich halten und mit dir schlafen kann …“

Russ hob die Hand, um ihn zu stoppen. „Entschuldige. Ich glaube, ein Hundehaar oder so was verstopft gerade mein Ohr. Vom ganzen letzten Satz habe ich nur ‚bla, bla, bla‘ verstanden. Nach ‚ich mag dich Russ. Sehr‘, konnte ich gar nichts mehr hören.“

Derek starrte ihn eine ganze Weile an. Dann erschien langsam ein schüchternes Lächeln auf seinem Gesicht. „Schon in Ordnung. Danach habe ich nichts Wichtiges mehr gesagt.“

RUSS BLIEB bis kurz nach zwei. Derek fand es schade, als er sich verabschiedete. Ein Teil von ihm wünschte sich verzweifelt, Russ würde bleiben. Er stellte sich vor, wie immer um vier Uhr morgens voller Angst aufzuwachen, und wie es wäre, wenn Russ hier wäre und ihn beruhigen würde. Doch wäre es wirklich beruhigend? Um diese Zeit der Nacht fühlte er sich stets desorientiert und verwundbar. Tim war ein so vertrauter Teil seines Lebens gewesen, dessen Gegenwart hatte seine Angst nicht verstärkt, selbst dann nicht, wenn sie sich gestritten hatten. Doch Russ neben sich zu haben, könnte sich anfühlen, wie neben einem Fremden aufzuwachen.

Daher brachte er Russ zur Tür, wünschte ihm eine Gute Nacht und beobachtete, wie er sich entfernte. Er hasste sich selbst dafür, dass er nicht zugriff und nahm, was ihm Russ praktisch auf einem Silbertablett anbot. Er hatte sich von Russ „total angezogen“ gefühlt, vom ersten Moment an, als sie sich begegnet waren. Und jetzt, da er ehrlich gegenüber sich selbst war; Tim zu verlieren war … traurig, aber nicht niederschmetternd. Es war schon lange zu erwarten gewesen. Wenn nicht alles so beschissen wäre, hätte er die Gelegenheit ergriffen, mit Russ auszugehen.

Aber es *war* alles beschissen.

Derek schloss die Tür und dachte: *Früher war ich stark.* Wenn in der Highschool jemand mit ihm Streit angefangen hatte, hatte er immer zurückgeschlagen. Er verstand nicht, warum das jetzt anders war, doch das war es. Victor hatte nicht nur seinen *Körper*, sondern auch seine Stärke zerstört. Wenn er in den frühen Morgenstunden zusammengerollt dalag, kam es ihm vor, als ob vor der Tür die ganze Welt darauf wartete, seinen Körper in Stücke zu reißen, sollte er es wagen, sich zu rühren und sein Versteck zu verraten.

Doch er musste etwas tun, sein altes Selbst wieder aufbauen. Vielleicht würde er nie wieder so selbstbewusst wie früher sein, doch alles wäre besser als dieses ständige Kopfeinziehen. Um damit anzufangen und sich so endlich gegen Victor zur Wehr zu setzen, müsste er nur eine Sache tun, auch wenn es höchstwahrscheinlich nichts bringen würde.

Er würde Anzeige erstatten.

27

„ICH MÖCHTE Anzeige erstatten.“

Die Miene des Polizisten am Empfang blieb ausdruckslos. Er schien weder begeistert noch verärgert zu sein über Dereks Absicht, Anzeige zu erstatten. Er tat einfach nur seine Arbeit. Trotzdem wurde Derek das Gefühl nicht los, der Mann würde ihn verachtend ansehen, so als ob er genau wüsste, warum Derek hier war und ihn der Grund anekelte.

Das ist lächerlich. Das bildest du dir nur ein. Beruhige dich.

Trotz seiner Entschlossenheit Dienstagnacht, hatte es eine weitere Woche gedauert, bis er den Mut aufgebracht hatte. Ein Teil von ihm wünschte sich verzweifelt, Russ wäre hier, doch er wusste, dass dieser recht hatte. Wenn er sich während dieser Sache an Russ oder jemand anderen klammerte, würde er sich noch miserabler fühlen. Irgendwie musste er da alleine durch. Wenn er jetzt kniff, könnte er sich nie wieder im Spiegel ansehen.

Allerdings wusste er nicht, wie er es schaffen sollte, sich während der Befragung nicht zu übergeben.

Der Polizist nahm einige grundlegende Angaben auf, was abgesehen von Dereks Namen und dem Grund der Anzeige nicht viel war. Als Grund gab Derek lediglich sexuellen Missbrauch an. Dann bat der Mann ihn Platz zu nehmen, während er einen Polizisten rief, der Zeit hatte, die Anzeige aufzunehmen.

Es dauerte nur einige Minuten, bis eine Polizistin den Wartebereich betrat. „Derek Sawyer? Ich bin Officer Chavez.“ Sie reichte ihm die Hand. „Wenn Sie mir bitte folgen würden. Wir gehen in einen Raum, in dem wir uns ungestört unterhalten können.“

Der Polizist am Empfang betätigte den Drücker, um sie hineinzulassen und Officer Chavez führte Derek durch eine Tür einen langen Gang hinunter. Unterwegs kamen sie an anderen Polizisten, hauptsächlich Männern, vorbei. Obwohl sie Derek und seiner Begleiterin keine große Aufmerksamkeit schenkten, fühlte er sich wie auf dem Präsentierteller, so als ob sie sich jeden Moment umdrehen und ihn direkt anschauen würden. Und sie würden es *wissen.*

Wie wilde Hunde würden sie es an ihm riechen: die Angst, das Blut und das Sperma, das er immer noch aus sich herauslaufen fühlte. Sie würden ihn wegen seiner Schwäche verachten.

Officer Chavez führte ihn in einen kleinen Raum mit Teppichboden, in dem ein Sofa und ein paar Sessel um einen Couchtisch standen. An einer Wand hing ein großer Spiegel. Derek wusste, dass es ein Einwegspiegel sein musste. Zumindest war das in den Polizeisendungen im Fernsehen immer der Fall.

Die Polizistin schloss die Tür hinter sich und sagte: „Bitte nehmen Sie Platz.“ Dann fügte sie hinzu: „Sie sollten wissen, dass Officer Thomas mein Partner ist.“

„Wer?“, fragte Derek und kam sich dumm vor.

„Russ Thomas?“

„Oh! Russ!“ Hatte er jemals seinen Nachnamen erwähnt?

„Genau der. Normalerweise ist er bei diesen Gesprächen dabei. Doch als uns der Kollege am Empfang gerufen hat, hat Russ Ihren Namen erkannt. Er meint, sie wären Freunde.“

„Ja.“

„In dem Fall fühlen Sie sich vielleicht besser, wenn er nicht dabei ist. Er wird nichts von dem, was Sie mir erzählen, erfahren.“

„Nein“, warf Derek schnell ein. „Er kann dazukommen. Das ist in Ordnung. Ich habe ihm bereits alles erzählt.“

Officer Chavez lächelte ihn an. „Wenn Sie sicher sind.“

„Ja. Ich möchte, dass er dabei ist.“ Es würde einfacher sein, es nochmals zu erzählen, wenn Russ dabei war.

„In Ordnung. Ich bin gleich wieder da.“

Als sie mit Russ im Schlepptau zurückkehrte, begrüßte ihn der mit „Hey Derek“ und schüttelte seine Hand. Es fühlte sich sonderbar an. *Kumpel, vor drei Tagen habe ich praktisch an deiner Achselhöhle geschnüffelt und jetzt schütteln wir uns die Hand?* Doch natürlich hatte Russ *das* Officer Chavez mit Sicherheit nicht erzählt. Derek sah ihn zum ersten Mal in Uniform, was ebenfalls sonderbar war, aber auf eine gute Art. Officer Russ Thomas war ziemlich heiß.

Das sollte ich ihm vielleicht besser nicht sagen – nicht nachdem, was er mir über Ian erzählt hat.

Sie setzten sich, Derek auf die Couch, Officer Chavez in einen der Sessel. Er war überrascht, als Russ sich erst auf den anderen Sessel setzen wollte, dann jedoch seine Meinung änderte und am anderen Ende der Couch Platz nahm. Zwischen ihm und Derek war reichlich Platz, doch Derek fühlte ihn trotzdem nahe bei sich. Officer Chavez blickte zu ihm hinüber, wahrscheinlich war sie nicht ganz einverstanden damit. Derek war jedoch froh, ihn in seiner Nähe zu haben.

Die Polizistin lächelte Derek an und stellte ein kleines Diktiergerät auf den Couchtisch. „Macht es Ihnen etwas auf, wenn ich das Gespräch aufzeichne?“

„Nein.“

Sie schaltete es ein. „Ich bin Officer Chavez vom Manchester Police Department und nehme die Aussage von Derek Sawyer auf. Es ist Dienstag, der 24. September 2013. Officer Russel Thomas ist ebenfalls anwesend.“ Sie beugte sich vor und sprach Derek direkt an. „Ich möchte, dass Sie sich entspannen. Falls es Ihnen zuviel wird und Sie eine Pause brauchen, können Sie das jederzeit sagen.“

„Okay.“

„Möchten Sie einen Kaffee oder ein Glas Wasser, bevor wir anfangen?“

Russ hatte gestern irgendwann erzählt, dass der Kaffee auf der Wache die Konsistenz von Schmieröl besitzen würde. „Nein, vielen Dank.“

„Wenn Sie soweit sind, fangen Sie einfach mit Ihrem vollständigen Namen und Geburtsdatum an.“

Derek atmete tief ein und begann mit seinem Bericht, angefangen bei dem Punkt, als Victor in die Umkleidekabine kam und ihm von der Geschäftsreise berichtete, bis zu der Nacht des Missbrauchs. Es in dieser sterilen, unbekannten Umgebung einer völlig Fremden zu erzählen, lies es irgendwie weniger real erscheinen, fast so, als wäre es die Zusammenfassung eines Kinofilms, den er sich angeschaut hatte. In seinem Kopf konnte er alles ganz genau und lebhaft vor sich sehen. Er erinnerte sich daran, wie es sich angefühlt hatte, als Victor auf ihm lag, an den Gestank seines Atems, das Gefühl, als seine Blase nachgegeben hatte … Doch andere Gefühle, von denen er geglaubt hatte, sie niemals vergessen zu können, schienen weit weg zu sein. Er konnte sich nicht mehr genau erinnern, wie sich Victors Schwanz in seinem Körper angefühlt hatte. Natürlich wollte er sich nicht wirklich daran erinnern, aber es kam ihm merkwürdig vor, dass ausgerechnet diese Erinnerung unscharf war, wo es doch die Sache gewesen war, die ihm eigentlich am deutlichsten im Gedächtnis geblieben sein müsste.

Er wusste nicht, wie lange er redete. Es schien endlos zu dauern. Anders als damals, als er es Russ erzählt hatte und es fast unkontrollierbar aus ihm herausgebrochen war, war es jetzt einfach nur ermüdend und unangenehm. Teilweise lag das an dem sanften Drängen von Officer Chavez, die genauere Einzelheiten wissen wollte. Russ sagte nicht ein Wort, er hörte einfach nur zu. Officer Chavez behandelte ihn respektvoll, doch nachdem Derek den ganzen Albtraum durchgegangen war, bat sie ihn, alles noch einmal zu erzählen. Dieses Mal wollte sie ganz bestimmte Details wissen: ob Derek an irgendeinem Punkt auf die Uhrzeit geachtet hatte, in welcher Position sich sein Körper befunden hatte, wo seine Arme und Beine gewesen waren, wie sich Victor genau positioniert hatte und so weiter und so weiter. Während der Befragung fragte sie mehrmals, ob er eine Pause brauchte. Schließlich wollte er doch etwas Wasser trinken, sodass sie eine kurze Pause machten und Russ ihm ein Glas holte.

Danach drängte ihn Officer Chavez sanft, fortzufahren. Er ertappte sich dabei, wie er vom Morgen danach berichtete, vom Rückflug, davon wie er und Victor in den folgenden Wochen miteinander umgegangen waren und schließlich von dem Streit auf dem Parkplatz, der zu Victors Beschwerde bei der Personalabteilung geführt hatte.

Als er fertig war, war Derek völlig erschöpft. Er saß da und starrte stumpfsinnig auf den Rest Wasser, der noch in seinem Glas war. Er war zu müde, es an den Mund zu führen und auszutrinken. Es fühlte sich an, als hätte Officer Chavez sein Gehirn ausgewrungen, um jedes noch so winzige Detail zu erfahren. Jetzt schien es wie ein feuchtes Handtuch zusammengewunden zu sein. Ab und zu quoll ein einzelner Tropfen heraus und tropfte in die Pfütze zu seinen Füßen. Er bekam kaum mit, wie sie das Diktiergerät ausschaltete.

„Wie fühlen Sie sich, Derek?“, wollte sie wissen.

Widerwillig antwortete er: „Okay.“

„Haben Sie das Bedürfnis, mit jemandem zu reden? Nicht mit einem Polizisten, sondern mit jemandem, der Ihnen dabei helfen kann, mit Ihren Gefühlen klarzukommen?“

Ein Psychologe? Derek war sich nicht sicher. Es schien so … *verzweifelt* zu sein. Er wollte einfach nur vergessen, was Victor ihm angetan hatte und nicht der ganzen Welt davon berichten. Ja, er verstand, warum es wichtig war, es bei der Polizei anzuzeigen, aber das war doch jetzt erledigt, oder etwa nicht?

„Nein“, antwortete er. Er hob den Blick und sah sie an. „Was geschieht jetzt?“

„Da es in Florida passiert ist, liegt es eigentlich außerhalb unseres Zuständigkeitsbereichs. Wir müssen die Polizei in Tampa informieren. Wir übermitteln ihnen Ihre Anzeige, sie leiten parallel Ermittlungen ein. Wahrscheinlich werden sie mit Ihnen reden wollen.“

Scheiße. „Muss ich hinfliegen?“

„Ich weiß es nicht. Vielleicht können Sie telefonisch mit ihnen sprechen, aber möglicherweise werden Sie auch gebeten, auf die Wache in Tampa zu kommen.“

„Toll.“

„Da gibt es noch etwas, was ich Sie fragen muss. Fühlen Sie sich in Ihrer gegenwärtigen Umgebung sicher?“

Derek sah verdutzt Russ an, dann blickte er wieder zu Officer Chavez. „Im Haus am See? Warum sollte das nicht der Fall sein?“

„Ich möchte einfach nur wissen, ob Sie vielleicht einen Antrag auf einstweilige Verfügung gegen Victor stellen wollen“, antwortete Chavez.

„Glauben Sie, er ist hinter mir her?“, wollte Derek wissen. Panik stieg in ihm auf. Daran hatte er nicht gedacht. Doch Victor wusste, wo das Haus war und als Derek ihn das letzte Mal gesehen hatte, war er stinksauer gewesen, so sauer, dass er um sich geschlagen und die Beschwerde bei der Personalabteilung gemacht hatte.

Dann war da noch die Nachricht auf seiner Mailbox. Derek hatte schließlich doch den Mut aufgebracht, sie anzuhören und sie hatte ihm einen sehr schlechten Nachmittag beschert. Erst als Russ nach der Arbeit nach Hause gekommen war, war er in der Lage gewesen, sich zusammenzureißen. Der Instinkt, das Telefon auszuschalten, hatte ihn daran gehindert, die Nachricht zu löschen. Um das tun zu können, würde er die Nachricht ein zweites Mal anhören müssen.

„An dem Wochenende, nachdem ich gefeuert wurde, hat Victor diese Nachricht auf meiner Mailbox hinterlassen“, sagte er und holte sein Handy aus der Tasche. Während sich Officer Chavez und Russ einen Blick zuwarfen, wählte Derek die Nummer seiner Mailbox und schaltete dann den Lautsprechermodus an. Als Victors ärgerliche Stimme erklang, musste er sich alle Mühe geben, nicht zusammenzuzucken.

„Kumpel! Es tut mir echt leid, dass du gefeuert wurdest. Ich hätte nicht gedacht, dass sie soweit gehen würden. Aber verdammt noch mal, du wolltest es doch! Keine Ahnung, warum du dich jetzt wie ein Arsch verhältst, aber ich konnte verdammt noch mal nicht warten, bis du diesen Scheiß der Personalabteilung erzählst! Ich werde mit Marc sprechen, dich wieder einzustellen, wenn du versprichst, dich nicht mehr wie ein verdammtes Mädchen zu verhalten. Also *ruf mich an. Sofort!"*

Als die Nachricht zu Ende war, fragte die elektronische Stimme im Telefon, ob er die Nachricht löschen oder speichern wollte. Derek hob die Hand, in der Absicht, sie zu löschen, zögerte dann aber. Vielleicht würde Officer Chavez die Nachricht aus irgendeinem Grund behalten wollen.

Offensichtlich wollte sie. Sie schnappte sich das Telefon und presste die Taste, um die Nachricht zu speichern.

„Warum hast du mir nichts davon erzählt?", fragte Russ und sah ihn scharf an. Er klang, als ob er seine Wut nur schwer im Zaum halten könnte.

Derek zuckte leicht die Achseln. „Ich habe sie erst gestern abgespielt. Sie ist jetzt über eine Woche alt."

„Eine Woche ist nicht sehr lange her."

„Es beweist nichts. Er gibt nichts zu, nur dass er sauer auf mich ist und dass er mit jemandem – der Personalabteilung – darüber gesprochen hat."

„Das ist etwas", warf Chavez ein. „Macht es Ihnen etwas aus, wenn wir die Nachricht und Informationen aus dem Handy auslesen? Das können wir machen, bevor Sie gehen. Es dauert nur eine Minute."

„Das geht in Ordnung."

Sie schaltete das Telefon aus und legte es vor sich auf den Tisch. „Hat er danach noch einmal angerufen?"

„Mehrmals", gab Derek zu, „aber er hat keine Nachricht mehr hinterlassen."

„Haben Sie mit ihm gesprochen?"

„Nein."

„Also noch einmal", sagte Officer Chavez ruhig, „möchten Sie eine einstweilige Verfügung gegen ihn beantragen?"

„Wofür ist das gut?"

„Victor wird darüber informiert, dass er Sie nicht anrufen, nicht zu Ihrem Haus am See kommen oder sich Ihnen an anderen Orten nähern darf. Er muss einen Abstand von mindestens 90 Metern einhalten, wenn die Verfügung in Kraft tritt. Falls er gegen diese Auflagen verstößt, können Sie uns benachrichtigen und wir verhaften ihn."

Derek war sich nicht sicher, ob das helfen würde. Bis zum Eintreffen der Polizei könnte ihn Victor krankenhausreif geschlagen und sich aus dem Staub gemacht haben. Andererseits könnte er nicht zurück zur Arbeit gehen, wenn ein

Haftbefehl gegen ihn vorlag. Wenn Victor so schlau wäre, darüber nachzudenken, würde es ihn vielleicht davon abhalten.

„Wie lange gilt die Verfügung?"

„Die, die wir hier ausstellen, gilt vierundzwanzig Stunden", erwiderte sie. Sie müssen morgen zum Richter und dort können wir dann eine Verfügung beantragen, die länger gültig ist.

Mr Salko hat die Möglichkeit, schriftlich Einspruch zu erheben, doch danach kann der Richter eine Verfügung, die bis zu einem Jahr gültig ist, erlassen."

Die Erwähnung eines Einspruchs erschreckte Derek. „Muss ich dann gerichtlich gegen ihn vorgehen?"

„Nein. Falls er Einspruch einlegt, geschieht es schriftlich. Sie werden ihm nicht gegenüberstehen müssen."

DAS BERUHIGTE Derek nicht. Ein Jahr war nicht sehr lang. Was würde danach sein? Würde Victor ihm auflauern?

Officer Chavez schien seine Gedanken zu erraten, denn sie fügte hinzu: „Ich werde ihm mitteilen, dass ihn die Polizei im Auge behält. Doch Sie sollten auch wissen, dass einstweilige Verfügungen nicht immer eingehalten werden. Es wird oft gegen sie verstoßen und manchmal verschlimmern sie die Situation auch. Es ist also ganz alleine Ihre Entscheidung."

Der Gedanke, Victor zu verärgern, machte ihn nervös. Was, wenn der Bastard beschloss, zum Haus am See zu kommen? *Ich war so mutig, ihm auf dem Parkplatz gegenüberzutreten. Bin ich seitdem ein noch größerer Feigling geworden?*

Scheiß drauf.

„Gut", sagte Derek und wünschte, er würde sich so entschlossen fühlen, wie er vorgab zu sein. „Ich mache es."

„DER KERL verdient hunderttausend Dollar im Jahr und lebt auf dieser Müllhalde?", murmelte Officer Chavez.

Es war später am Nachmittag und das Gericht hatte soeben die Verfügung erlassen. Sie trat jedoch erst mit der Übergabe in Kraft. Russ hatte seinen Streifenwagen neben ihrem in der Mitte der staubigen Einfahrt zu Victor Salkos Haus geparkt. Eher gesagt zu dessen Wohnwagen. Seiner Ansicht nach war es gar nicht so schlimm. Der Wohnwagen war gepflegt, hatte eine kleine Veranda und war von einem angemessen großen Garten umgeben. Keine kaputten, auf Betonziegeln aufgebockten Autos, keine Müllberge. Doch es verkündete nicht gerade von Reichtum. „Vielleicht bevorzugt er das einfache Leben."

„Na, das hat er sich gerade versaut", stellte seine Kollegin fest, als sie ihre Tür öffnete und ausstieg.

Russ lächelte grimmig. Sie war nicht sehr begeistert über seine Begleitung. Seine Beziehung zu Derek ließ ihn im Umgang mit Victor zu einer unbekannten Größe werden. Aber *jemand* musste sie begleiten. Laut Vorschrift durfte ein Polizist nicht alleine zu einem Verdächtigen gehen. Außerdem war es genau die Art langweilige Routinearbeit, für die man nur schwer einen Freiwilligen fand. Im Übrigen war die Wache unterbesetzt. Dereks Beschreibung nach war Victor ein großer, sehr starker Mann. Daher war Officer Chavez nicht sauer über Russ' Begleitung, solange er sich zurückhielt. Sie hatte ihm einen Vortrag gehalten, bevor sie die Wache verlassen hatten. Anschuldigungen oder Drohungen waren verboten, ebenso drohende Blicke oder andere Einschüchterungsversuche. Sie waren hier, um Victor die einstweilige Verfügung zu überreichen und sicherzustellen, dass er sie verstand und dann wieder zu fahren.

Officer Chavez stieg die Holzstufen zur Veranda, einem kleinen Holzbau mit Fliegengitterfenstern und einigen Klappstühlen, hinauf und klopfte an die Tür des Wohnwagens. Es kam keine Antwort. Da jedoch ein riesiger schwarzer Truck in der Einfahrt stand, war er wahrscheinlich zu Hause. Die Polizistin bemerkte die Klingel und drückte darauf.

Einen Augenblick später wurde die Tür geöffnet. Ein Mann in einem Tanktop und Shorts stand auf der Schwelle und schaute sie verwirrt an. „Kann ich Ihnen helfen?"

„Sind Sie Victor Salko?", fragte Officer Chavez.

„Ja."

Derek hatte in Bezug auf Victors Größe nicht übertrieben. Wenn überhaupt, hatte er eher untertrieben. Victor war riesig. Russ war einen Meter zweiundachtzig groß, Victor musste also noch einige Zentimeter größer sein. Seine breiten Schultern füllten den Türrahmen aus, Bizeps und Oberschenkel hatten den Umfang einer Wassermelone und die Nylonshorts verdeckten gerade eben seine Ausstattung. *Derek hatte gesagt, er wäre riesig.*

Victor sah nicht schlecht aus. Er hatte ein ausgeprägtes Kinn und eine Adlernase. Sein kurzes, aschblondes Haar verlieh ihm ein militärisches Aussehen. Russ wollte den Mann jedoch nicht attraktiv finden. Er wollte ihn hassen. Und das war nicht schwer – nicht, wenn er sich vorstellte, wie hilflos sich Derek gefühlt haben musste; niedergedrückt von diesem Bastard.

„Mr Salko, wir sind hier, um Ihnen eine einstweilige Verfügung zu überreichen", fuhr Officer Chavez fort und hielt den Umschlag hoch. Sie übergab ihn diesen nicht, sondern wartete, bis er ihn nahm. „Sie wurde von Mr Derek Sawyer beantragt. Die Verfügung untersagt Ihnen jeden Kontakt mit ihm. Sie schreibt auch vor, dass Sie sich von seinem Wohnort und seinem Auto fernzuhalten haben. Außerdem müssen Sie einen Abstand von mindestens 90 Metern einhalten, sollten Sie ihm an einem anderen Ort begegnen."

„Was zur Hölle? Ich habe überhaupt *nichts* getan!" Zu Russ' Überraschung schien Victor ernsthaft verwirrt über die ganze Sache zu sein. Wäre er nicht überzeugt gewesen, dass Derek die Wahrheit gesagt hatte, hätte er sich vielleicht gefragt, ob es zwischen den beiden Männern ein Missverständnis gegeben hatte. Ein Annäherungsversuch, der nicht gut angekommen war möglicherweise. Doch Russ glaubte Derek und hatte die Schilderung der Vergewaltigung nun schon zum zweiten Mal gehört, mit detaillierten Einzelheiten.

„Wir beschuldigen Sie nicht, Mr Salko", stellte Officer Chavez mit monotoner Stimme klar, als Victor die Verfügung aus dem Umschlag nahm und durchlas. „Wir sind nur hier, um Ihnen die Papiere zu überreichen. Sie sollten jedoch wissen, falls Sie gegen die Bedingungen in der Verfügung verstoßen, sind wir gezwungen, Sie in Gewahrsam zu nehmen. Haben Sie Fragen?"

Victor blickte von dem Dokument auf und sah sie mit bösem Blick an. Seine Wange zuckte, als er mit zusammengebissenen Zähnen fragte: „Was behauptet er, habe ich getan?"

„Tut mir leid, aber ich bin nicht befugt, Auskunft über Dinge, die nicht die Verfügung selbst betreffen, zu geben. Wie in den Dokumenten angegeben, haben Sie fünf Tage Zeit, schriftlich Einspruch bei Gericht einzulegen. Vielleicht möchten Sie einen Anwalt hinzuziehen."

„Das ist einfach lächerlich!"

Officer Chavez hielt ihm ihr Clipboard und einen Stift entgegen. „Bitte bestätigen Sie hier den Erhalt der Verfügung."

Einen Moment sah Victor so erbost aus, dass Russ schon befürchtete, sie hätten ein Problem. Nach kurzem Zögern unterschrieb er jedoch. Dabei stieg Russ ein Hauch von altem Schweiß in die Nase. Es dauerte etwas, bis ihm klar wurde, dass es sich dabei um ein billiges Aftershave handelte.

Chavez nickte Victor zu. „Danke, Mr Salko. Einen schönen Tag noch."

Sie drehte sich um und ging in der Annahme, dass Russ ihr folgen würde, an diesem vorbei. Als Victor jedoch die Tür schließen wollte, sprach ihn Russ an: „Mr Salko?"

Sowohl Victor als auch Officer Chavez stoppten und drehten sich zu ihm um.

„Mein Haus liegt direkt neben dem von Mr Sawyer. Ich kann es aus meinem Fenster sehen."

Victors Augen schienen zu glühen. „Schön für Sie."

„Ich dachte, Sie sollten das wissen."

Victor schlug die Tür zu und Russ folgte seiner Kollegin zu den Streifenwagen. Sie wartete, bis sie neben den Autos angelangt waren, bevor sie flüsternd zischte: „Was verdammt noch mal war das denn? Ich habe gesagt, du sollst ihm nicht drohen!"

Russ nahm in aller Seelenruhe seine Schlüssel aus der Tasche und schloss die Fahrertür auf. „Das war keine Drohung."

28

DEREK LIEß die Griffe der Schulterpresse wieder einrasten und löste seinen Griff. Seine Deltamuskeln kamen ihm energiegeladen und größer vor, ein Gefühl, das er genoss. Nachdem er der Reihe nach alle Fitnessgeräte benutzt hatte, spürte er es in seinem gesamten Körper. Dieses kraftvolle Gefühl, verursacht durch die anstrengenden Bewegungen jedes einzelnen Muskels in seinem Körper, hatte er vermisst – das Gefühl von *Stärke.* Und jetzt war noch etwas Neues dazugekommen. Früher war es nie wichtig für ihn gewesen, jetzt jedoch musste er es unbedingt spüren: Das Gefühl, die *Kontrolle* über jeden einzelnen Teil seines Körpers zu haben. Er konnte damit tun, was er wollte. Niemand anderer.

Seit ein paar Tagen ging er zu Planet Fitness in einem Einkaufszentrum in der Nähe seines Hauses. Die Umkleidekabine stellte immer noch eine Herausforderung dar. Wenn sich ein anderer Mann darin befand, wurde er nervös, besonders, wenn der Mann größer als er selbst war. Duschen war eine aussichtslose Sache. Er hatte es beim ersten Mal versucht, war sich jedoch völlig ungeschützt vorgekommen. Als ein Mann hereingekommen war, stolperte er fast über seine eigenen Füße, als er versuchte, so schnell wie möglich zu duschen und den Raum zu verlassen.

Aber er brauchte auch nicht zu duschen. Zumindest nicht im Fitnessstudio. Er konnte einfach seine Kleidung wechseln, nach Hause fahren und dort duschen. Er könnte auch die Umkleidekabine ganz meiden und auf der Fahrt in die Stadt schon Sporthosen und ein T-Shirt tragen. Er versuchte jedoch, nicht zu sehr zu verweichlichen. Er war verdammt noch mal ein erwachsener Mann. Sich schnell in der Umkleidekabine umzuziehen, ohne zusammenzubrechen, bekam er hin.

Das Training hatte noch einen weiteren positiven Effekt. Seine Lust auf Sex kehrte zurück. Nicht so, dass er bereit war, mit jedem ins Bett zu springen, doch der Rausch körperlicher Stärke nach dem Training zeigte sich manchmal als Geilheit. Das war früher oft so gewesen, doch damals hatte er kaum etwas dagegen unternommen, da er nach dem Training für gewöhnlich zurück zur Arbeit musste. Jetzt konnte er nach Hause fahren und sich vor dem Duschen eine Weile aufs Bett legen, das Gefühl des Schweißes auf seiner Haut, dessen maskulinen Geruch genießen, seine Brust und Bauchmuskeln liebkosen und allmählich seine Hände weiter nach unten gleiten lassen …

Es funktionierte nicht immer. Doch mehrmals hatte er es geschafft, lange genug hart zu bleiben und einen Orgasmus zu bekommen. Es fühlte sich gut an. Und es fühlte sich wie ein Fortschritt an.

Doch alle erotischen Gefühle, die das Training ausgelöst hatte, verschwanden, als Derek zu Hause ankam und die eingeschlagenen Fensterscheiben in seiner Tür entdeckte. Es sah aus, als ob jemand fünf davon entfernt hätte, doch als er zur Tür eilte und hineinschaute, sah er Steine und zersplittertes Glas auf dem Boden liegen.

„Gracie!"

Sein Hund war nirgendwo zu sehen. Was, wenn derjenige, der das getan hatte, die Tür geöffnet und sie verletzt hatte? Oder sie mitgenommen hatte? Panisch griff Derek nach der Türklinke und stellte fest, dass die Tür immer noch verschlossen war. Mit einer Hand griff er vorsichtig, um sich nicht an den Glassplittern, die noch im Rahmen steckten, zu verletzen, hindurch und öffnete sie. Dann ging er hinein.

„Gracie!"

Als er sie wimmern hörte, schlug ihm das Herz bis zum Hals. Das Geräusch kam aus dem Schlafzimmer. Er rannte hinein, voller Angst, sie dort zusammengeschlagen und blutend vorzufinden. Sobald er jedoch den Raum betrat, sauste sie auf ihn zu. Sie war offensichtlich verängstigt, ließ Kopf und Ohren hängen und hatte den Schwanz zwischen die Beine gezogen. Während er mit den Händen prüfend über ihr Fell glitt, konnte er jedoch keine Verletzungen feststellen. Sie leckte ihm wild durchs Gesicht, wie um sich zu vergewissern, dass ihr Herrchen zu Hause und sie jetzt in Sicherheit war.

„Alles in Ordnung, Mädchen. Dir geht's gut. Ich werde nicht zulassen, dass dir etwas passiert."

Er untersuchte ihre Pfoten ganz genau, um zu sehen, ob sie nicht in einen Glassplitter getreten war. Da jedoch keine blutigen Pfotenabdrücke zwischen der Tür und dem Schlafzimmer zu sehen waren, war er ziemlich sicher, dass das nicht der Fall war.

Es war der einunddreißigste – Halloween. Vandalismus war in der Halloween-Nacht nicht unüblich. Doch tagsüber? Derek hätte es gerne als dummen Scherz abgehakt, doch das konnte er nicht. Es fühlte sich zu … persönlich an.

Es fühlte sich an, wie etwas, das Victor tun würde. Oder vielleicht Tim. Obwohl Tim immer noch einen Schlüssel besaß, jetzt wo er darüber nachdachte. Hätte er vorgehabt, das Haus zu verwüsten, wäre er wahrscheinlich hineingegangen, um alles zu demolieren. Wahrscheinlicher war, dass Victor versuchte, ihm Angst einzujagen. Russ hatte Derek von der Übergabe der einstweiligen Verfügung berichtet. Victor war außer sich gewesen.

Derek nahm sein Handy und rief Russ an. Als sich Russ meldete, sagte Derek sofort: „Jemand ist in mein Haus eingebrochen."

„Was? Was ist passiert?"

„Als ich vom Fitnessstudio zurückgekommen bin, habe ich einen Haufen zersplitterter Fensterscheiben vor meiner Seitentür bemerkt. Ich weiß nicht, ob sie reingekommen sind, aber der Boden ist voller Glas."

„Was ist mit Gracie?"

„Ihr geht's gut. Sie ist nur verängstigt."

„Haben sie etwas mitgenommen?"

„Bleib dran.“ Derek sah sich kurz im Schlafzimmer um und ging dann in den Hauptbereich des Hauses. „Es scheint nichts zu fehlen. Mein Laptop steht immer noch auf dem Couchtisch. Die Terrassentür ist nicht beschädigt.“

„Warte eine Sekunde.“ Russ‘ Telefon wurde stummgeschaltet.

Derek hielt sein Handy in der rechten Hand und bemerkte erst jetzt, wie seine linke Hand zitterte. *Ich brauche unbedingt einen Kaffee.* Er schaltete den Lautsprecher des Telefons ein und legte es auf die Theke, um die Kaffeemaschine bedienen zu können. Gracie kauerte so dicht an seinen Füßen, dass er fast über sie gefallen wäre. Das war jedoch immer noch besser, als wenn sie durch die Glassplitter an der Tür lief. Er streichelte das lange Fell auf ihrem Kopf und füllte dann Wasser in den Behälter.

„Bist du noch dran?“, fragte Russ.

Derek schaltete die Kaffeemaschine ein und griff nach dem Telefon. „Ja.“

„In Ordnung. Chavez und ich kommen rüber. Ich möchte, dass du mit Gracie in mein Haus gehst …“

„Ich gehe nicht in dein Haus, Russ“, schnitt ihm Derek das Wort ab. Russ hatte ihm einen Schlüssel gegeben, damit er im Notfall nach Max sehen konnte. Doch er würde sich dort nicht wie ein Kind verstecken. Ehrlich gesagt war er nervös. Doch wenn Victor wirklich da gewesen war, war er jetzt schon lange weg. „Gracie und mir geht es hier gut. Ich gehe mit ihr auf die Terrasse, damit sie nicht in die Glassplitter tritt.“

Russ gab ein undeutliches Geräusch von sich, was sich fast wie ein Knurren anhörte. „Gut, He-Man. Aber fass nichts an, bis wir da sind.“

Er unterbrach die Verbindung und Derek grinste das Telefon an. „Du mich auch.“

Dennoch, als er sich eine Tasse Kaffee einschüttete und Gracie auf die hintere Terrasse ließ, fühlte er sich nicht annähernd so selbstbewusst, wie er vorgab zu sein. Seine Hände zitterten immer noch.

RUSS LIEß seine Partnerin mit Derek reden, während er den Schauplatz fotografierte und alles dokumentierte. Er war zu aufgebracht, um eine Befragung durchzuführen. Nicht wegen Derek, sondern wegen Victor und der ganzen beschissenen Situation. Es gab keinen Beweis, dass es Victor gewesen war, doch Russ war sich dessen sicher. Der tyrannische Gorilla war sauer, weil Derek sich gegen ihn zur Wehr setzte, und terrorisierte ihn deshalb jetzt. Russ hatte das alles schon einmal gesehen: missbrauchende Ex-Männer oder Ex-Freunde schlugen die Frauen, weil diese eine einstweilige Verfügung gegen sie erwirkt hatten. Ein paar Fensterscheiben einzuschlagen war da noch harmlos. Russ hatte Frauen gesehen, die so schlimm zusammengeschlagen worden waren, dass sie ins Krankenhaus eingeliefert werden mussten. Vor ein paar Jahren war eine junge Frau nach Hause gekommen, wo sich ihr Ex-Freund versteckt hatte. Er hatte sie umgebracht und danach die Waffe gegen sich selbst gerichtet.

Als Russ drinnen fertig war, ging er hinaus auf die hintere Terrasse. Derek lehnte mit dem Hintern am Geländer. Sein leerer Kaffeebecher stand neben ihm. Er trug ein schweißdurchtränktes T-Shirt und Shorts und Russ erinnerte sich, wie er gesagt hatte, er wäre im Fitnessstudio gewesen. Unter anderen Umständen hätte ihn der Anblick dieser nackten, muskulösen Oberschenkel verrückt gemacht. Er hatte Derek schon oft genug mit nacktem Oberkörper gesehen und das war ein wirklich schöner Anblick, doch er hatte auch absolut umwerfende Beine.

Officer Chavez hatte ihren Notizblock bereits weggesteckt und schien sich jetzt zwanglos zu unterhalten. So ging sie oft mit Zivilpersonen um: Erst nahm sie den Vorfall zu Protokoll, stellte sicher, dass alles fair ablief. Dann plauderte sie kurz über nichts Bestimmtes, redete einfach in einem sanften, freundlichen Ton mit ihnen, damit sie aus dem panischen Zustand, in den sie durch den Vorfall geraten waren, herauskamen. Sie war die geborene Therapeutin, einfühlsam, dabei jedoch stets nüchtern. Russ beneidete sie darum. Zu oft war er aufgebracht über etwas, das ein Arschloch einer unschuldigen Person angetan hatte, manchmal war er sogar wutentbrannt. Er hatte das Gesetz nie in die eigene Hand genommen, doch die Versuchung war groß.

Officer Chavez blickte ihn an, lächelte mitfühlend und sagte: „Ich denke, wir sind hier fertig. Was ist mit dir?“

„Es ist alles dokumentiert. Außer den Fenstern scheint nichts beschädigt worden zu sein.“

„In Ordnung“, sagte die Polizistin. Sie streckte Derek eine Hand entgegen. „Der Bericht wird am Ende des Tages in der Akte sein, Mr Sawyer. Dann können Sie ihn Ihrer Versicherung vorlegen. Ich empfehle Ihnen, sie so schnell wie möglich anzurufen und den Schaden zu melden.“

„Danke.“

„Übrigens … die Polizei in Tampa hat berichtet, dass sie Sie angerufen hat.“

„Jaah.“ Derek griff nach seiner Kaffeetasse und umklammerte sie mit beiden Händen.

„Wenn sie wegen Ihrer Anzeige Ermittlungen aufnehmen sollen, müssen Sie für eine Befragung runterfliegen.“

Mit dem kleinen Finger der rechten Hand klopfte Derek erregt gegen den Boden der Tasse. „Ich weiß. Ich habe ihnen gesagt, ich versuche, es einzurichten.“

Officer Chavez hatte Russ an diesem Morgen von der Meldung aus Tampa erzählt. Vermutlich hatten sie gestern bei Derek angerufen, doch er hatte Russ nicht ein Wort davon erzählt, geschweige denn von möglichen Plänen dorthin zu fliegen.

Zum Glück drängte Chavez nicht weiter. Sie lächelte nur und nickte. „Einen schönen Tag noch.“

Als sie an Russ vorbeiging, sagte er: „Wir treffen uns auf der Wache. Ich brauche noch eine Minute."

Sie blickte erst ihn an und sah dann über ihre Schulter zu Derek. „In Ordnung." Sie hörte sich nicht erfreut an, ließ sie jedoch alleine.

Russ atmete tief ein, um sich zu beruhigen. Er wollte nicht ausflippen und es so aussehen lassen, als wäre er sauer auf Derek. Es war nicht dessen Schuld. Victor war ein Psychopath. „Bist du okay?"

„Mir geht's gut."

Russ kam näher. „Ich wünschte, ich könnte bleiben, aber meine Schicht dauert noch ein paar Stunden und ich muss mithelfen, den Bericht hierüber zu schreiben."

Derek lächelte ihn an, obwohl ihm der Schreck immer noch anzusehen war. „Ich bin okay. Wirklich. Ich wurde nicht verletzt, Gracie wurde nicht verletzt. Es ist nur etwas zerbrochenes Glas."

Und ein Arschloch, das vielleicht noch nicht damit fertig ist, dich einzuschüchtern. „Mich beunruhigt, dass er bei seinem Auftauchen nicht wissen konnte, dass du weg warst. Er ist gekommen, um mit dir zu reden oder … so etwas. Dann wurde er frustriert und hat die Scheiben eingeschlagen, als er gemerkt hat, dass du nicht zu Hause bist."

„Das kannst du nicht mit Sicherheit wissen", antwortete Derek. Doch sein Gesichtsausdruck wurde düster. Er wusste, Russ könnte recht haben.

„Ich werde den Rest des Tages mein Handy bei mir haben. Ruf mich an, falls er auftaucht."

„Wir wissen nicht, ob er es war."

Russ neigte den Kopf und zog eine Augenbraue hoch.

„In Ordnung. Schön. Ich rufe dich an, falls irgendetwas passiert."

„Danke. Und noch eine Sache: Ich möchte, dass du heute Nacht in meinem Haus schläfst. Oder ich bleibe hier. Ich schlafe auf der Couch. Wenn es dir lieber ist, kannst du deine Schlafzimmertür abschließen."

Ihm war klar, dass Derek vorhatte, ihm zu sagen, er solle sich verpissen. Er verschränkte die Arme vor der Brust, hielt die Tasse immer noch mit einer Hand umklammert und machte ein finsteres Gesicht. Doch nach einem Moment angespannter Stille lächelte er schief. „Das ist das Alphamännchen unter den Polizisten, auf das ich gewartet habe."

Darauf wusste Russ keine Antwort. Vielleicht war er ein Arschloch. Aber war Derek nicht klar, wie brisant die Situation war? Er hatte in ein Wespennest gestochen. Natürlich war es richtig gewesen, Anzeige zu erstatten und eine einstweilige Verfügung zu beantragen – doch jetzt war die Wespe sauer.

Vielleicht war es ihm doch klar, denn er seufzte und lockerte seine Haltung etwas. „Ich verstehe, was du meinst, Russ, aber du kannst mich nicht immer beschützen. Er kann heute Nacht zurückkommen, oder morgen oder nächste Woche. Willst du bis nächstes Jahr auf meiner Couch campieren?"

„Nur …“ Russ wusste, Derek hatte recht, aber er konnte nicht einfach *nichts* tun. „Lass mich nur heute Nacht hier schlafen, okay? Eine Nacht.“

„In Ordnung. Wir bleiben bei mir.“ Derek schaute zur Tür, die von der Terrasse ins Wohnzimmer führte. „Wer wo schläft, besprechen wir dann.“

29

WIE DEREK sich eingestehen musste, freute er sich, dass Russ bei ihm übernachtete. Das zerbrochene Fenster hatte ihn wirklich erschüttert, auch wenn er es sich vor Russ und Officer Chavez nicht hatte anmerken lassen wollen. Was wäre geschehen, wenn er zu dem Zeitpunkt, an dem Victor vorbeigekommen war, zu Hause gewesen wäre? Derek hatte zwar eine beachtliche Größe und durch die Wiederaufnahme seines Trainings etwas von seinem Selbstvertrauen zurückerlangt. Doch er würde nie so groß und muskulös wie Victor sein. Victor würde ihn in einem Kampf ohne Zweifel fertigmachen. Selbst wenn Derek es schaffen sollte, die Polizei anzurufen, würde bis zu ihrem Eintreffen hier eine halbe Stunde vergehen. In der Zeit könnte Victor ihm bereits den Hals gebrochen haben.

Nachdem er die Glassplitter zusammengefegt hatte, ging er den Pfad hinunter, um Max für eine Pinkelpause aus Russ‘ Haus zu lassen. Da Russ später zu ihm kommen würde, beschloss er, den Hund mitzunehmen. Inzwischen liebten Gracie und Max es, zusammen zu sein. Trotz ihres unterschiedlichen Alters und Energielevels verstanden sie sich gut. Und sobald sich Max etwas entspannte, lagen sie gerne eng nebeneinander. Ab und zu ertappten Derek und Russ sie sogar beim Kuscheln. Zum Glück waren beide Hunde kastriert, sodass sie nicht eines Tages mit einem Wurf Welpen überrascht werden würden. Russ rief ihn an, kurz bevor er von der Arbeit aufbrach, und wollte wissen: „Hast du schon gegessen?“

„Nein. Ich wollte auf dich warten.“

„Was hältst du von Pizza zum Abendessen? Wenn du keine Probleme mit Tiefkühlpizza hast.“

„Das hängt davon ab, ob du die richtige Pizza mitbringst.“

Wie sich herausstellte, hatte Russ noch eine große mit Peperoni und eine Chicken-Wings-Buffalo-Style Pizza im Tiefkühlfach. Außerdem wusste er, in welchem Mini-Markt er unterwegs jamaikanisches Ingwerbier zum Runterspülen kaufen konnte. Derek nahm sich vor, im Badezimmerschrank nach Alka-Seltzer zu suchen.

Es war erschreckend angenehm, so als ob sie es schon jahrelang so machen würden: Russ rief an, um zu fragen, ob er auf dem Nachhauseweg noch etwas einkaufen sollte. In den ersten Jahren mit Tim war es auch so angenehm gewesen. Derek dachte, es müsste ihm eigentlich fehlen, doch es hatte in den letzten drei Jahren so viele Spannungen und … Mist … gegeben, dass er sich kaum noch an die guten Zeiten erinnerte. Er hatte sich, länger als gut gewesen war, daran festgeklammert und gehofft, es würde wieder besser werden. Doch inzwischen hatten sie seit über zwei Wochen nicht miteinander gesprochen und er dachte kaum noch an Tim. Die einzige Sache, über die er wirklich traurig war, war die Tatsache, dass er nach dem Ende einer fünf Jahre dauernden Beziehung eigentlich mehr Trauer verspüren sollte … doch das tat er nicht.

DAS ABENDESSEN war fantastisch, auch wenn es schon nach 1:00 Uhr morgens war, als die Pizzen fertig waren. Derek war fast überzeugt, er würde den Rest der Nacht wegen Verdauungsbeschwerden wach bleiben. Russ starrte zornig auf die Pappe, die Derek in die leeren Fensterrahmen der Tür gesteckt hatte, sagte jedoch nichts. Es war ein merkwürdiges Gefühl, zu wissen, dass jemand so wild entschlossen war, ihn zu beschützen. Derek hatte immer auf die Männer, mit denen er Dates gehabt hatte, aufgepasst, sogar auf die, die kräftiger als Tim gewesen waren. Er war immer der Starke gewesen, derjenige, der das Geld nach Hause brachte, oder zumindest den Löwenanteil.

Falls er und Russ zusammenkommen würden – *richtig* zusammenkommen, statt um den heißen Brei herumzureden – könnte das zu einem Problem werden. Derek wollte keinen Mann, der auf ihn aufpasste und mit Sicherheit wollte er nicht von einem Mann unterstützt werden. Es war süß, dass Russ ihn beschützen wollte, doch dadurch wurde Dereks Entschlossenheit, wieder auf die Beine zu kommen, nur noch größer.

Da es wieder warm geworden war, setzten sie sich nach draußen auf die Terrasse. Sie trugen beide nur Jogginghosen. Derek gefiel die leichte Erotik der Situation. Mit einem der attraktivsten Männer, die er je getroffen hatte, herumzuhängen, mit nacktem Oberkörper und barfuß, aber nicht völlig nackt. Dafür war er noch nicht bereit. Die Jogginghose ermöglichte ihm kurz einen verlockenden Blick auf Russ' Gehänge, genug um bei seiner nächsten Masturbationssitzung darüber zu fantasieren. Doch die Situation war nicht offenkundig sexuell und Russ hatte ihn nicht unter Druck gesetzt.

Als ihnen die Augen zuzufallen begannen, sagte Russ: „Vielleicht sollten wir besser schlafen gehen."

„Ja", stimmte Derek zu und spürte, wie sich die Nervosität wieder meldete. Er versuchte, es zu verbergen, in dem er aufstand und sich reckte.

„Hast du einen Schlafsack, den du mir leihen kannst?"

Derek war nicht sicher, wo er verstaut war. Dann fand er ihn jedoch im Garderobenschrank neben der Seitentür. Während Russ nochmals die Türen überprüfte und sicherstellte, dass alles gut verschlossen war – als ob die Pappe in der Tür nicht mit Leichtigkeit hätte entfernt werden können – holte Derek ein Kissen aus dem Schlafzimmer. Russ nahm es und machte sich ein Bett auf der Couch im Wohnzimmer.

Derek sah ihm zu und hatte ein schlechtes Gewissen. „Ist das wirklich bequem genug?", wollte er wissen.

„Klar. Alles in Ordnung."

Derek wollte ihm sagen, wie dumm das war. Es gab keinen Grund, warum Russ nicht das Bett mit ihm teilen sollte. Sie waren erwachsene Männer. Es war keine große Sache.

Nur, dass es eben doch eine große Sache *war*. Er konnte sich nicht überwinden, Russ ins Schlafzimmer einzuladen. Der Gedanke, neben einem anderen Mann zu schlafen, ließ seine Glieder zittern und verursachte ihm Übelkeit. Bei Tim hatte er es geschafft, doch Tim war auch vertraut und, nun ja … sicher gewesen. Obwohl seinem Verstand klar war, dass Russ ihn nicht angreifen oder zu irgendetwas zwingen würde, schaffte er es nicht, seinen Körper davon zu überzeugen. Russ war viel größer als Tim.

Ich hasse das.

„Schlaf gut", sagte er. Dann schaltete er das Licht aus und ging mit Gracie in sein Schlafzimmer.

DIE COUCH war nicht schlecht. Die Polster waren neu und sie war sauber. Russ hatte definitiv schon auf Schlechteren geschlafen. Dazu noch Max, der sich auf dem Boden neben ihm zusammengerollt hatte und ein attraktiver Mann, der im Nebenzimmer schlief. So war es ziemlich angenehm. Nicht so angenehm, wie das Bett mit dem erwähnten attraktiven Mann zu teilen, aber doch nicht schlecht. Nachdem Derek das Licht ausgemacht und ihm eine Gute Nacht gewünscht hatte, kroch Russ in den Schlafsack und döste schnell ein.

Ein Schrei weckte ihn. Russ krabbelte schneller als er jemals aus dem Bett gekommen war aus dem Schlafsack. Im Haus war es dunkel, doch durch die Fenster schien genug Mondlicht, sodass er den Weg quer durchs Zimmer zu Dereks Schlafzimmer fand. Max rannte neben ihm her. „Derek!"

Seine Hand war bereits auf der Türklinke, als Derek schrie: „Komm nicht rein!"

Russ erstarrte. „Bist du in Ordnung?"

„Mir geht's gut. Komm nicht rein!"

Falls Derek wegen eines Albtraums aufgeschrien hatte – einem über Victor oder sogar, oh nein bitte nicht, über *ihn*, wäre es keine große Hilfe, wenn er in das Zimmer stürzen würde. Russ nahm die Hand von der Klinke. Max jaulte und kratzte an der Tür. Daher griff er ihn am Halsband und zog ihn weg. „Es ist okay", versicherte er Derek. „Ich komme nicht rein. Ich bin hier, falls du mich brauchst."

Frustriert und immer noch voller Adrenalin, ging er in die Küchenecke und machte das Licht an. Die Uhr der Kaffeemaschine zeigte kurz nach 4:00 Uhr morgens an, vor etwas mehr als einer Stunde waren sie ins Bett gegangen. Nachdem er Derek so schreien gehört hatte, war es Russ unmöglich, wieder ins Bett zu gehen. Er überlegte, sich einen Kaffee zu kochen, doch was er wirklich brauchte, war etwas, das ihn beruhigte und nicht noch mehr aufwühlte. Im Schrank fand er Kräutertee und erhitzte eine Tasse Wasser in der Mikrowelle.

Als es heiß war, nahm er die Tasse und tauchte den Teebeutel hinein. Dereks Schlafzimmertür öffnete sich und Derek kam heraus. Er sah zerzaust und unglücklich aus und trug wieder eine Jogginghose. Russ blickte schnell an sich hinab, fast befürchtete er, nichts anzuhaben. Doch als er in den Schlafsack gestiegen war, hatte er seine Boxershorts anbehalten, da er vor Derek am Morgen nicht nackt herumlaufen wollte.

„Entschuldige“, murmelte Derek.

„Möchtest du einen Kräutertee?“

„Ja.“

Russ schob ihm die Tasse über die Bar entgegen und stand auf um eine weitere Tasse für sich aus dem Schrank zu holen. Während er sie mit Wasser füllte und in die Mikrowelle stellte, nahm Derek auf einem der Barhocker Platz.

„Ein Albtraum?“, fragte Russ.

„Vermutlich. Ich erinnere mich nicht wirklich.“

„Wie fühlst du dich?“

Derek verzog das Gesicht und zuckte mit den Schultern. „Verängstigt, total erschrocken. Das Übliche.“

Die Mikrowelle klingelte und Russ nahm seine Tasse heraus und stellte sie auf die Bar. Dann ging er wieder zum Schrank und holte noch einen Teebeutel. „Ich habe überlegt …“ Er kam zurück zur Bar und setzte sich in einigem Abstand zu Derek. Dann hängte er den Teebeutel in die Tasse. „Was wäre, wenn eine Frau hier wäre? Würdest du dich dann wohler fühlen?“

„Wer? Im Moment habe ich nicht viele Freunde.“

„Ich habe eine ältere Schwester“, antwortete Russ. „Sie hat Mann und Kind, von daher würde sie es nicht lange tun wollen. Vielleicht kann ich sie aber überreden, ein Wochenende mit uns zu verbringen.“

Derek stöhnte und stützte seinen Kopf auf die Hände. „Eine Anstandsdame? Ich bin kein siebzehnjähriges Mädchen.“

Russ lachte leise und sagte: „Sie würde mir in den Hintern treten, wenn ich etwas versuchen würde, was du nicht willst. Das kann ich dir garantieren. Hier geht es nicht darum, dass du dir wie eine Teenagerin vorkommst. Du sollst dich einfach nur sicher fühlen, wenn ich bei dir bin.“

„Ich weiß, dass ich bei dir sicher bin.“

Russ trank einen Schluck von seinem Tee. Er war nicht schlecht. Ein Kräutermix mit Vanille und Zimt. „Ja, ich weiß.“ Doch ihnen war beiden klar, so einfach war es nicht. „Wie auch immer, ich würde Shannon im Moment sowieso nicht hier haben wollen, nicht während du von Tarzan gestalkt wirst. Vielleicht können wir das für später in Betracht ziehen …“ Fast hätte er gesagt: „Wenn es vorbei ist“, doch er war sich nicht sicher, wann es vorbei sein *würde*.

Eine Weile tranken sie schweigend ihren Tee. Sie sahen beide aus wie Zombies während einer Pause bei Filmaufnahmen. Dann sagte Derek: „Du hast mich wegen der Reise nach Tampa noch nicht zusammengestaucht.“

Russ zuckte die Achseln. „Sie haben dich erst am Donnerstag angerufen. Du musst nicht gleich dieses Wochenende fliegen."

„Ich weiß nicht, ob ich das kann. Ich meine, runterzufliegen ist vielleicht nicht so schlimm, aber …"

„Du möchtest nicht in einem Hotelzimmer übernachten?"

„Um Gottes willen, nein!"

„Nicht einmal alleine?"

„Nein!" Dereks Augen waren weit aufgerissen. „Vielleicht nie wieder!"

Russ dachte kurz darüber nach. Dann kam ihm eine Lösung in den Sinn. „Habe ich dir eigentlich erzählt, dass meine Eltern in Tampa leben?"

Derek sah langsam zu ihm hoch. „Nein."

30

DER FLUG war schlimmer, als Derek befürchtet hatte. Zusätzlich zu seinem normalen Widerwillen – er hatte das Fliegen immer schon gehasst – wurden zu viele Erinnerungen an den albtraumhaften Rückflug mit Victor geweckt. Das Flugzeug war wie immer überbucht und so hatten Russ und er nicht den Luxus eines leeren Sitzes zwischen sich. Sie saßen mit Armen und Schultern gegeneinandergepresst und während des gesamten Fluges stand Derek kurz vor einer Panikattacke.

Glücklicherweise war es ein relativ kurzer Flug. Etwas mehr als drei Stunden, plus die Zeit, die sie auf dem Flughafen in Manchester und auf dem in Tampa herumlungerten. Russ' Mutter holte sie in Tampa ab. Offenbar hatte Russ sie gebeten, anstelle seines Vaters zu kommen. Er war besorgt gewesen, es könnte Derek stressen, auf der Fahrt zum Haus mit zwei Männern im Auto eingesperrt zu sein. Derek konnte nicht abstreiten, dass das hätte sein können. Wie erwartet empfand er Mrs Thomas' Gesellschaft als sehr angenehm. Sie war eine attraktive Frau, vermutlich Ende fünfzig, mit grau meliertem Haar, wobei der Grauanteil überwog, und Russ' strahlend blauen Augen. Sie war freundlich und sehr mitteilsam. Sie unterrichtete ihren Sohn über den gesamten Klatsch und Tratsch der Umgebung und der Familie, den er anscheinend noch nicht gehört hatte. Dabei spielte es überhaupt keine Rolle, dass Derek mithörte.

Extrem sonderbar wurde es, als es um die Diskussion ging, die Shannon und Bill gerade führten. Bill zog anscheinend eine Vasektomie in Betracht. „Er möchte keine Kinder mehr", erklärte Mrs Thomas Derek. „Sie haben bereits eins und er ist ein richtiger kleiner Wirbelwind. Außerdem verstehe ich, dass Bill nicht gerne Kondome benutzt. Er meint, es fühlt sich nicht so gut an …"

„Mom!", unterbrach Russ sie vom Rücksitz. „Derek möchte nicht hören, was Bills Penis gefällt."

Mrs Thomas klimperte mit den Wimpern. „Tut mir leid. Sollen wir lieber darüber sprechen, was deinem Penis gefällt?"

Derek prustete los. Er konnte nicht anders.

„*Das* möchte er auch nicht wissen", brummte Russ. „Und *ich* möchte mit Sicherheit nicht, dass meine *Mutter* über meine *Genitalien* spricht. Klar?"

Mrs Thomas zwinkerte Derek zu und er fragte sich, was Russ ihr über ihre Beziehung erzählt hatte. Sie schien anzunehmen, sie wären ein Paar. Wusste sie, was ihm widerfahren war?

Dass er keinen Sex haben konnte, nicht einmal eine Berührung ertrug? Russ hatte ihm versichert, wenn er wollte, könnte er ein eigenes Zimmer haben. Würde Russ' Eltern das komisch vorkommen?

„Wie auch immer“, fuhr Russ‘ Mutter fort, „Shannon möchte noch mehr Kinder. Daher ist sie überhaupt nicht glücklich über seine Überlegungen wegen einer Vasektomie. Als sie nicht mehr weiter wusste, hat sie uns angerufen.“

„Damit ihr was tut?“, fragte Russ. „Wollt ihr nach New Hampshire fliegen und intervenieren?“

„Nein, natürlich nicht, Schatz. Wir können ihn von hier aus anrufen.“

Russ stöhnte und verbarg das Gesicht in den Händen. Derek kam es so vor, als ob er einen Blick in die Vergangenheit warf, Zeuge einer Szene wurde, die sich wiederholte Male fast genauso seit dessen Kindheit in Russ‘ Leben abgespielt hatte. „Können wir bitte über etwas anderes sprechen?“

„Hat dein Vater erwähnt, dass er nächste Woche eine Darmspiegelung hat?“

DAS HAUS der Thomas‘ war mittelgroß, im Ranchstil errichtet und lag in einem Vorort auf einem kleinen Grundstück mit saftigem grünen Rasen. Es war bezaubernd und erinnerte Derek ein wenig an das Haus in „*Die Brady Family*“. Er war enttäuscht, weil Russ nicht darin aufgewachsen war. Es schien ein idyllischer Ort zu sein, um hier seine Kindheit zu verbringen, mit Sicherheit besser als der heruntergekommene Wohnwagen, in den er und seine Mutter mit Larry gezogen waren. Derek zuckte beim Anblick von Ohrenkneifern immer noch zusammen, da sie den Wohnwagen regelrecht heimgesucht hatten.

Russ‘ Vater begrüßte sie an der Tür. Er war ein großer Mann mit breiten Schultern, silbernem Haar und kantigem Kinn. Russ‘ Aussage nach war er bis zu seiner Pensionierung ebenfalls Polizist gewesen. Er ergriff Dereks Hand mit eisernem Griff, worauf dessen Körper vor Angst erbebte. „Derek! Russ hat uns nur Gutes über Sie erzählt.“

Derek war klar, der Mann wollte einfach nur freundlich sein. Es war nicht seine Schuld, dass er von Natur aus einschüchternd wirkte. Tatsächlich war er keineswegs größer oder muskulöser als Derek selbst, er war einfach nur so … selbstbewusst. Derek zwang sich, zu lächeln und zu antworten. „Danke, dass ich ein paar Tage hier verbringen darf.“

„Kein Problem. Wir freuen uns, Sie besser kennenzulernen.“

Erneut wunderte sich Derek, was sie über seine Beziehung zu Russ erzählt bekommen hatten. Die Vorstellung, Russ‘ Partner zu sein, fand er keineswegs unangenehm. Er konnte sich jedoch kaum so bezeichnen, wenn er nicht einmal in der Lage war, ihn zu küssen, mit ihm zu kuscheln, geschweige denn Sex mit ihm zu haben.

Russ sagte: „Lass uns deine Sachen ins Schlafzimmer bringen.“

Dereks Angst nahm zu. Hatte Russ ihn hereingelegt? Wurde erwartet, dass sie sich doch ein Bett teilten? Er folgte Russ durchs Wohnzimmer, bis zu einem Zimmer am Ende eines engen Flurs.

„Das ist das Gästezimmer“, verkündete Russ und stellte seine Taschen ab. Dann ging er weiter ins Zimmer und setzte sich auf das King-Size-Bett. „Stell deinen Koffer ab und setz‘ dich. Ich möchte kurz mit dir reden.“

Derek tat wie befohlen und nahm auf einem Holzstuhl an der Tür Platz.

„Als Erstes“, fing Russ an, „tut mir leid wegen meinen Eltern. Mir war klar, Dad würde dich eventuell etwas nervös machen. Deshalb habe ich Mom gebeten, uns vom Flughafen abzuholen. Ich hatte gehofft, du würdest es leichter finden, mit ihr klarzukommen.“

„Sie ist sehr nett“, erwiderte Derek. „Ebenso wie dein Vater.“

„Ich habe ihnen gesagt, du bist ein Freund, nicht mein fester Freund. Aber natürlich ziehen sie voreilige Schlüsse. Ich habe noch nie einen der Kerle, mit denen ich zusammen war, hierher mitgebracht, von daher hören sie wahrscheinlich schon die Hochzeitsglocken läuten.“

Derek lachte. „Tja, es gibt schlimmere Dinge, als für deinen Freund gehalten zu werden.“

Russ sah ihn lange an und sagte dann: „Das hoffe ich. Trotzdem, ich werde das richtigstellen. Das hier ist dein Zimmer. Ich lasse meine Sachen hier, aber ich schlafe auf der Couch. In Ordnung?“

„In Ordnung.“ Derek war sowohl erleichtert als auch enttäuscht. Doch das Gefühl, in die Enge getrieben zu werden, verschwand.

RUSS HATTE keine Lust, erneut auf der Couch zu schlafen. Er sehnte sich so verzweifelt danach, mit Derek zu schlafen, dass es schmerzte. Oder wenigstens mit ihm zu kuscheln und rumzumachen. Doch hier ging es nicht um ihn. Tatsächlich würde es vielleicht *nie* um ihn gehen. Er wollte Derek auf jede ihm mögliche Art helfen, und wenn Derek nie mehr als einen Freund in ihm sehen würde, müsste er damit klarkommen. Russ wollte nicht die Art von Freund sein, die lediglich nett ist, weil sie hofft, irgendwann in der Zukunft rangelassen zu werden.

Aber verdammt noch mal … er *mochte* Derek.

Er stand auf und fragte: „Bist du müde? Ich lasse dich eine Weile alleine, falls du nach der Reise ein bisschen schlafen möchtest.“ Derek sah erschöpft aus. Der Flug hatte ihn offensichtlich völlig ausgelaugt. Russ war sich nicht sicher, ob es daran lag, dass sie von Menschen umgeben gewesen waren und er während des gesamten Fluges gegen Russ gequetscht worden war oder weil es ihn an die Reise mit Victor erinnert hatte.

„Das ist wahrscheinlich wirklich eine gute Idee.“

„Okay, Kumpel. Ruh‘ dich einfach etwas aus. Ich werde einige „schöne Momente“ mit meinen Eltern verbringen.“ Er konnte der Versuchung, die Augen zu verdrehen, nicht widerstehen. So sehr er seine Mutter und seinen Vater auch liebte, es gab durchaus Gründe, warum Shannon und er froh gewesen waren, als sie mehr als 2000 km weit weggezogen waren.

Er überließ Derek sich selbst und begab sich auf die Suche nach seiner Familie.

Sie waren in der Küche, wo sein Vater gerade die Kaffeemaschine einstellte. Bei Russ' Eintreten sah er auf und fragte: „Trinkt dein Freund Kaffee?"

„Tut er, aber er hat sich etwas hingelegt. Es war ein langer, unbequemer Flug."

Als seine Mutter merkte, dass sie alleine waren, wurde sie munter. „Oh Schatz! Da hast du dir aber einen *Hübschen* geschnappt!"

Russ musste grinsen und nahm ihr gegenüber am Tisch Platz. „Ich habe ihn mir nicht geschnappt. Ich habe euch doch gesagt, er macht gerade eine schwere Zeit durch. Er ist noch nicht bereit für eine neue Beziehung. Er hat sich gerade erst von seinem Verlobten getrennt."

Sie seufzte und war zweifellos untröstlich, dass ihr verliebtes Baby sie noch nicht um ihren Rat bezüglich der Geschenkeliste für die Hochzeit bitten würde.

„Warum geht ihr morgen zur Polizei?", wollte sein Vater wissen.

„Tut mir leid, Dad, aber das ist seine Privatsache. Ich bin nur zur moralischen Unterstützung hier."

Sein Vater knurrte missbilligend. „Er ist doch hoffentlich nicht in irgendetwas Illegales verwickelt, oder?"

„Oh Russ!", keuchte seine Mutter auf und hielt sich die Hand an den Mund. „Bitte verlieb' dich nicht in einen Drogendealer!"

Russ zog die Augenbrauen hoch. „Ist das dein Ernst? Er ist kein Drogendealer, Mom. Er hat nichts Illegales getan. Aber er muss mit der Polizei über ein Verbrechen reden, das hier in Tampa stattgefunden hat. Deshalb ist er hier. Es liegt einfach nur in Tampas Zuständigkeitsbereich." Er sah seinen Vater eindringlich an. „Und das ist alles, was ich darüber sagen werde."

Sein Vater grunzte zurückhaltend, brühte den Kaffee auf und setzte sich dann zu ihnen an den Tisch. „Meinst du, Derek möchte zum Abendessen in ein Restaurant gehen? Oder sollen wir etwas liefern lassen?"

Keiner in der Familie Thomas war ein großer Koch.

„Er wird nicht ausgehen wollen", sagte Russ, der sich ziemlich sicher war, dass Derek mehr als lediglich einige wenige Stunden benötigte, um sich zu erholen. „Was gibt es hier denn für Lieferservices?"

ZU RUSS' Erleichterung wachte Derek nach etwas mehr als einer Stunde auf. Russ hatte schon befürchtet, er würde den ganzen Abend durchschlafen. Stattdessen war er jedoch mehr oder weniger wieder er selbst. Freundlich unterhielt er sich mit Russ' Eltern und schlug mit einem gesunden Appetit beim bestellten thailändischen Essen zu.

Russ war außerdem froh, dass sich seine Eltern benahmen. Besonders seine Mutter konnte extrem hartnäckig sein, wenn etwas ihre Neugier weckte. Fast hatte er schon befürchtet, sie würde Derek auf den Zahn fühlen, was er für Absichten in Bezug auf ihren Sohn hatte. Zum Glück tat sie das nicht. In der Tat war sie eher liebenswürdig. Derek schien sie anzubeten.

Er ahnte gar nicht, dass das ihre gefährlichste Taktik war: einen nett und leicht konfusen Eindruck zu machen, um ihr Gegenüber in Sicherheit zu wiegen. Bevor er es merken würde, hätte er ihr seine geheimsten Geheimnisse erzählt. Oft genug hatte sie es bei ihren Kindern so gemacht.

Mr Thomas ging da direkter vor. Er starrte einen mit durchdringendem Blick an, bis man sich vorkam, als säße man bei Kaffee und Vanillewaffeln im Kreuzverhör.

Doch Russ behielt die Sache im Auge und schaffte es im Laufe des Abends, die Aufmerksamkeit seiner Eltern von zu persönlichen Dingen wegzulenken. Schließlich gingen sie schlafen und ließen Derek und ihn alleine im Wohnzimmer zurück. Es war erst zehn Uhr, früh für sie beide. Daher schlug Russ vor, in die von den Einwohnern von Florida „Birdcage",genannte, mit Fliegengittern gesicherte Terrasse hinter dem Haus umzuziehen.

Es war eine warme, milde Nacht. Die Luft roch immer noch nach dem Regen am Nachmittag und der Geruch vermischte sich mit dem Duft der Citronella-Kerze auf dem Tisch, die Russ angezündet hatte. Das seltsame Zischen der Zikaden, das ihn immer an die fliegenden Untertassen in den Science-Fiction-Filmen aus den Fünfzigern erinnerte, umgab sie. Doch es ging fast unter in dem Chor der Frösche in den nahen Sümpfen.

Derek und er saßen auf Metall-Nylon-Gartenstühlen. Russ sah Derek in seine Tasche greifen, doch dann stoppen. „Hast du deine Zigarillos mitgebracht?"

„Ich war mir nicht sicher, ob ich hier rauchen darf."

„Es ist in Ordnung", versicherte ihm Russ. Es war nicht *ganz* in Ordnung. Sein Vater mochte es nicht, wenn geraucht wurde. Doch sie waren draußen und es würde Derek entspannen. „Leider ist kein Bier im Haus."

Derek zündete sich einen der Zigarillos an und inhalierte tief. Langsam stieß er den nach Nelke riechenden Rauch wieder aus und sagte: „Das ist okay. Ich kann darauf verzichten. Mit diesen hier sollte ich auch aufhören. In den letzten Wochen bin ich zu abhängig davon geworden."

Das stimmte und es gefiel Russ nicht. Der Rauch störte ihn nicht sehr. Nelkenzigarillos rochen seiner Meinung nach bei Weitem besser als normale Zigaretten. Es war jedoch nicht gerade eine gesunde Angewohnheit. Auf der anderen Seite schien es keine gute Idee zu sein, Derek zu drängen, mit dem Rauchen aufzuhören, während er gleichzeitig auch noch mit allem anderen klarkommen musste.

Mehrere Minuten saßen sie schweigend da, Derek rauchte, Russ genoss einfach nur das angenehme Gefühl Gesellschaft zu haben. Sein T-Shirt klebte an ihm. Es war jedoch schwer zu sagen, ob die Feuchtigkeit Schweiß oder Wasser aus der feuchten Luft war. Außerdem schienen die Moskitos eine Lücke in den Fliegengittern gefunden zu haben. Beide schlugen sie die nervenden Viecher tot. Trotzdem würde Russ lieber jeden Tag hier mit Derek verbringen, als im Whirlpool in Vermont zu sitzen.

„Ich habe überlegt …“, begann Derek zögernd. „Wenn es dir nichts ausmacht, die Tür offen zu lassen, nur ein bisschen, damit ich meine verkorkste Psyche überzeugen kann, dass ich nicht eingesperrt bin … Dann könnten wir versuchen, uns das Bett zu teilen. Falls du das möchtest.“

Russ traute sich nicht, zu antworten. Er hatte Angst, sich zu rühren und Derek so zu verschrecken. Dann jedoch merkte er, dass er *irgendetwas* sagen musste. „Das wäre cool.“

Derek lachte, beugte sich vor und trat den Zigarillostummel auf dem mit Ziegeln gepflasterten Terrassenboden aus. Wie Russ erst jetzt auffiel, hatte er vergessen, etwas hervorzukramen, was er als Aschenbecher hätte benutzen können. Derek lehnte sich in seinem Stuhl zurück und sagte: „Ich weiß, es hört sich so an, als ob ich dir einen riesigen Gefallen tun würde, so als wäre ich der Duke of Dickchester und der Meinung, du müsstest dich geehrt über meine Gesellschaft fühlen …“

Russ wollte es nicht vermasseln, doch obwohl ein Teil seines Gehirns schrie, er solle den Mund halten, bevor er es versaute, musste er einfach fragen: „Du bietest es aber nicht an, weil du meinst, mir etwas schuldig zu sein, oder? Wenn das nämlich so ist …“

„Nein“, stellte Derek nachdrücklich klar. „Du warst großartig und ich schulde dir eine Menge, weil du da warst, als ich zusammengebrochen bin und mir bei allem hilfst … dem ganzen rechtlichen Kram … Aber ich werde dich nicht deswegen ranlassen.“ Er schnaubte und schüttelte den Kopf.

„Gut. Das würde ich nämlich nicht wollen.“

„Was ich fühle“, fuhr Derek fort, „ist Frustration. Wenn ich dir vorher begegnet wäre … vor der Reise und … Naja, das bin ich natürlich, aber du weißt schon, was ich meine. Wenn wir uns begegnet wären, ich *Single* gewesen wäre und dieser ganze Mist nicht passiert wäre, hättest du mich schon mit Gewalt davonjagen müssen. Du bist attraktiv und aufmerksam und ich bin gerne in deiner Nähe. Ich will mit dir zusammen sein. Ich kann nur einfach nicht. Nicht jetzt.“

„Du musst nicht.“

Derek stieß seinen Atem aus und rieb sich mit der Hand übers Gesicht. „Lass es uns versuchen, wenn es für dich in Ordnung ist. Irgendwo muss ich ja anfangen.“

Russ konnte nicht widerstehen und legte leicht seine Hand auf Dereks Unterarm. Derek zuckte fast unmerklich zusammen, entspannte sich dann jedoch unter der Berührung.

„In Ordnung“, meinte Russ. „Doch wenn du dich unwohl fühlst, schick mich auf die Couch. Ich werde deswegen nicht sauer.“

Derek war durchaus nervös. Doch er hatte darüber nachgedacht, seit er alleine in diesem riesigen Bett geschlafen hatte. Vor diesem ganzen Mist hätte er keine Minute gezögert, das Bett mit Russ zu teilen, im Gegenteil, er wäre hin und weg gewesen. Wahrscheinlich hätte er leicht die Initiative ergreifen können. Er hasste seine gegenwärtige Unsicherheit. Doch Russ' Mutter war eine starke, selbstbewusste Frau, die sich von Mann oder Sohn nichts gefallen ließ. Da ihr Schlafzimmer nicht weit entfernt war, traute er sich. Seinem Verstand nach war die Vorstellung, Russ' Mutter zu brauchen, damit sie ihn vor ihrem Sohn beschützte, mehr als lächerlich. Er war größer als Russ und wahrscheinlich auch etwas stärker. Außerdem würde Russ nicht einmal im Traum daran denken, ihn anzugreifen. Seine instinktiven Reaktionen waren jedoch alles andere als rational und er hatte sie nicht unter Kontrolle.

Sobald sie im Schlafzimmer angelangt waren, begann es in seinem Magen zu rumoren und er stand kurz vor einem Würgreiz.

„Ich glaube, ich brauche ein Glas Wasser", sagte er zu Russ.

„Klar. Ich hole dir eins."

Als Russ das Zimmer verlassen hatte, zog sich Derek bis auf die Unterhose aus und legte sich ins Bett. Seit er die Eigentumswohnung verlassen hatte, hatte er nicht mehr nackt geschlafen, obwohl er die Enge der Boxershorts während des Schlafs hasste. Vielleicht war es an der Zeit, wieder nackt zu schlafen. Aber nicht heute.

Als Russ zurückkam, ließ er die Tür soweit geöffnet, dass das Bett vom Flur aus nicht zu sehen war, sie jedoch ungefähr fünfundzwanzig Zentimeter offenstand. „Gut?"

Derek atmete tief durch. „Ich glaube schon."

Russ beobachtete ihn genau, während er das Glas Wasser vorsichtig auf einem Untersetzer auf den Nachttisch neben ihn stellte. „Wir müssen das nicht tun, falls du dir nicht sicher bist."

„Ich werde mir nie sicher sein", stellte Derek rundheraus klar. „Aber das hilft mir wieder in den Sattel." Der Satz enthielt eine sexuelle Anspielung, doch er war nicht in der Laune, Scherze darüber zu machen.

Russ schien ebenfalls keine Witze machen zu wollen. Er beobachtete Derek genau, so als ob er versuchte, einzuschätzen, ob dieser sich noch wohl fühlte. „Soll ich lieber in meinen Klamotten schlafen?"

„Das wäre wahrscheinlich kaum auszuhalten." Es war eine warme Nacht. „Aber würde es dich sehr stören, deine Unterhose anzubehalten?"

„Überhaupt nicht." Russ zögerte kurz und begann dann, sich auszuziehen.

Derek konnte nicht anders, er musste einfach hinsehen. Er kam sich wie ein Spanner vor, aber Russ zog einen Mundwinkel hoch und sah ihm direkt in die Augen, damit er wusste, es war okay. Derek hatte seinen nackten Oberkörper inzwischen bereits viele, viele Male gesehen. Dadurch war es jedoch nicht weniger schön oder erotisch, Russ dabei zuzusehen, wie er sich aus dem verschwitzten T-Shirt mit der Nahaufnahme eines Deutschen Schäferhunds schälte. Als er aus seiner Jeans stieg, schlug Dereks Herz wie wild. Zu diesem Zeitpunkt war es jedoch nicht möglich, zu sagen, ob die Angst oder die Erregung überwog. Sein streng vernachlässigter Schwanz war so hart wie seit Monaten nicht mehr.

Doch das änderte nichts. Würde Russ ins Bett steigen und darum betteln, gefickt zu werden, wäre Derek mit Schallgeschwindigkeit aus der offenen Tür.

Klitzekleine Schritte.

„Brauchst du immer noch ein eingeschaltetes Licht, damit du schlafen kannst?", wollte Russ wissen. Er sah aus wie ein griechischer Gott in Unterhosen.

Derek zuckte mit den Schultern und wollte nicht zugeben, dass es so war. Er kam sich bereits wie ein verängstigtes Kind vor. Als Nächstes würde ihm Russ wahrscheinlich ein Glas warme Milch bringen.

„Warte kurz." Russ ging für einen Moment aus dem Zimmer. Derek hörte, wie er im Flur hantierte, dann kehrte er mit etwas in der Hand zurück. Er fand eine Steckdose in der Nähe der Tür und bückte sich, um es hineinzustecken. „Na also."

Es war ein Nachtlicht. Viel besser noch, es war ein *Donald Duck* Nachtlicht.

„Oh Mann."

„Hey, wenn es hilft."

Es war nicht einfach, einzuschlafen. Neben Russ zu liegen war irgendwie beruhigender, als es mit Tim je gewesen war. Für Tim hatte Derek immer stark sein müssen, sowohl physisch als auch psychisch. Er hatte Hyperventilation zu einer Kunstform erhoben, sei es wegen vermeintlicher Beleidigungen im Supermarkt oder Zankereien auf Facebook. Derek war stets derjenige gewesen, der ihn beruhigen und beschwichtigen musste. Jetzt war Derek zum ersten Mal in seinem Leben derjenige, um den sich gekümmert wurde.

Doch die Angst war immer noch da. In der einen Minute war sie fast verschwunden, bis er sie kaum noch wahrnahm, dann bewegte sich Russ im Schlaf und eiskalte Finger krochen Dereks Rücken hinauf. Die Stimme in seinem Kopf warnte ihn: „Er wacht auf! Weg hier! Lieg nicht einfach da und warte, dass er nach dir greift, du Idiot!" Diese Höllenminuten durchstand er, indem er die Laken fest mit den Händen umklammerte, bis der absurde Schrecken abnahm und er es schaffte, sich klarzumachen, dass Russ nicht Victor war und auch *nie* Victor sein würde.

Dieser Kreislauf wiederholte sich gefühlte Stunden, doch schließlich schlief Derek vor lauter Erschöpfung ein. Zum Glück blieb er von den Albträumen verschont, die er in der ersten Nacht, in der Russ auf seinem Sofa geschlafen hatte, gehabt hatte.

Das Tageslicht, das durch die Lücken der Vorhänge drang, weckte ihn. Er lag auf der Seite und spürte etwas in seinem Rücken, etwas Weiches, es fühlte sich eher nach einem Handtuch als nach einem Menschen an. Als er herumrollte, entdeckte er ein Kissen, das in die Lücke zwischen ihm und Russ gezwängt war und ihre Körper voneinander trennte. Er konnte drübergucken.

Russ war immer noch da und schlief auf der anderen Seite der provisorischen Absperrung. Als sich Derek bewegte, öffnete er die Augen.

„Hey", begrüßte er ihn und rieb sich den Schlaf aus den Augen. „Wie geht es dir?"

„Ganz gut." In Wahrheit fühlte sich Derek immer noch müde. Die Nacht war nicht gerade erholsam gewesen. Doch er wollte Russ nicht sagen, wie hart es gewesen war, mit ihm zusammen in einem Bett zu schlafen. „Wo kommt dieses Kissen her?"

„Ich habe es dorthin gelegt, nachdem ich mit dem Arm um dich geschlungen aufgewacht bin. Ich dachte, es würde dir nicht sonderlich gefallen."

Die Erklärung erfüllte Derek mit einem sonderbaren Gefühl von Traurigkeit … gemischt mit Zuneigung zu dem Mann, der ihn bereits so gut kannte. Zum ersten Mal nach Victors Angriff wollte er … jemanden küssen – *Russ* küssen. Nicht leidenschaftlich. Einfach … um Kontakt zu haben. Ein Dankeschön. Der Gedanke verursachte ein *Zittern* in seinem Bauch, doch wahrscheinlich würde er damit klarkommen. Er musste es zumindest versuchen, bevor ihn der Mut verließ.

Er hob den Kopf, beugte sich vor und streifte mit den Lippen die von Russ, sanft … zaghaft.

„Danke."

Russ' Augenlider zuckten und schlossen sich kurz. Dann seufzte er zufrieden, so als ob er schon so, so lange auf diese einfache Geste gewartet hätte. Er lächelte und öffnete die Augen wieder. „Guten Morgen."

„Guten Morgen." *Und Halleluja!*

Aus dem Flur war Mrs Thomas' Stimme zu hören. „Wer hat Donald weggenommen?"

31

Die Befragung auf dem Polizeirevier in Tampa war sogar noch unangenehmer als die in Manchester. Derek sprach mit einem Polizisten, was theoretisch angenehmer hätte sein können. Er hatte Ärzte immer ihren weiblichen Kolleginnen vorgezogen, besonders wenn es um Untersuchungen der Hoden oder Prostata ging.

Doch dieser Mann war zweifellos noch nie in den Arsch gefickt worden, weder freiwillig noch gegen seinen Willen. Außerdem hatte er Schwierigkeiten, zu verbergen, wie ekelhaft diese Vorstellung für ihn war. Gleichzeitig schien er jedoch verdutzt zu sein, wie jemand mit Dereks Körpergröße lange genug hinuntergedrückt werden konnte, um es zu tun. Derek merkte, dass der Mann fast überzeugt war, es wäre freiwillig geschehen – vielleicht eine Affaire, die Derek später bereut hatte.

Am Ende der Befragung zitterte Derek am ganzen Körper.

„In Ordnung", sagte der Polizist und schloss sein Notizbuch, „wir reden mit dem Hotelpersonal und schauen, ob sie Ihre Geschichte bestätigen können."

„Wie sollten sie?", wollte Derek wissen. „Es ist Monate her. Und ich bin nicht schreiend auf den Flur gerannt." Inzwischen wünschte er sich, er hätte es getan. Nackt, während das Blut aus seinem Hintern tropfte. Bis zum verdammten Empfangstresen. Dann könnten sie diesem Scheißkerl ihre „Bestätigung" in den Hintern schieben.

„Sie sagten, Sie hätten überall auf den Laken Blut und Urin hinterlassen."

„Genau."

„Nun, eines der Zimmermädchen muss sie gereinigt haben. Und höchstwahrscheinlich hat sie ihren Chef über das Blut informiert. In den meisten Hotels ist das mittlerweile eine Standardprozedur. Sie müssen alles im Auge behalten, was später möglicherweise für einen Versicherungsanspruch genutzt werden könnte."

Das machten sie? „Falls sie das Blut auf den Laken gemeldet hat, hätten sie dann nicht die Polizei gerufen?"

Der Mann schüttelte den Kopf. „Alles, was sie interessiert, ist die Haftung. Doch sie werden die Sicherheitskameras überprüft und den Raum untersucht haben, um festzustellen, was dort geschehen ist. Hätten Sie uns den Vorfall sofort gemeldet, hätte das Hotel uns diese Informationen sofort gegeben." Er klang leicht anklagend, wie fast während der gesamten Befragung. „Doch vielleicht haben sie etwas in den Unterlagen. Wir müssen einfach mal schauen."

Dieses Mal hatte Russ bei der Befragung nicht dabei sein dürfen. Stattdessen wartete er vor dem Raum, unterhielt sich mit den anderen Polizisten und amüsierte sich wahrscheinlich großartig. Derek sah ihn, während Officer Blödmann ihn hinausbegleitete. Russ holte ihn im Warteraum ein.

„Wie ist es gelaufen?", fragte er.

„Ich muss sofort hier raus."

RUSS WAR fast genauso sauer wie Derek, nachdem dieser ihm Bericht erstattet hatte. Doch es gab nichts, was er deswegen hätte unternehmen können. Dereks Empfinden, der Polizist wäre mitleidslos, war subjektiv, obwohl Russ keinen Zweifel hatte, dass es den Tatsachen entsprach. Er war nicht sicher, ob es irgendetwas bewirken würde, wenn sie es meldeten, außer den zuständigen Beamten zu verstimmen. Laut Derek hatte der Kerl schließlich nichts Unpassendes getan. Er schien lediglich nicht überzeugt gewesen zu sein. Das würde ihm wohl kaum einen Verweis einbringen.

„Du könntest darum bitten, den Fall einem anderen Beamten zu übertragen", schlug er vor.

„Würde das etwas bringen?"

Russ drehte die Handflächen nach oben. „Vielleicht, vielleicht auch nicht."

„Großartig."

„Sieh mal", erklärte er Derek, als sie auf dem Weg zum Parkplatz die Straße überquerten, „wir mussten die Anzeige hier aufgeben. Gut. Das ist geschehen. Jetzt sind sie gesetzlich dazu verpflichtet, Untersuchungen einzuleiten und den Fall vor den Bezirksstaatsanwalt von Florida zu bringen. Der Mann, mit dem du gesprochen hast, Officer Barkley, hat gesagt, sie würden mit dem Hotelpersonal reden, richtig?"

„Ja."

„Wenn er das tut, kommt Schwung in die Sache. Wenn das Hotel zumindest bestätigen kann, dass Blut und Urin auf den Laken waren, könnte das dem Staatsanwalt als Beweis vorgelegt werden.

Derek sah unzufrieden aus und schien nicht überzeugt zu sein. „Was wird der Staatsanwalt unternehmen?"

„Ich weiß es nicht", lautete Russ' ehrliche Antwort.

SIE WAREN an einem Donnerstag nach Florida geflogen und hatten jetzt noch den Rest des Freitags und den ganzen Samstag Zeit, Tampa und die nähere Umgebung unsicher zu machen, bevor sie am Sonntag zurückfliegen mussten. Russ hatte die Absicht, es voll auszukosten, nicht nur Derek, sondern auch sich selbst zuliebe. Durch das lange Wochenende in Vermont hatte er einige Kollegen anbetteln und Gefallen einfordern müssen, um erneut zwei Tage Urlaub zu bekommen. Er hatte dafür seine nächsten zwei freien Tage eingetauscht. Doch das war es ihm wert, um für Derek da sein zu können. Der schlimmste Teil war vorbei. Jetzt hatte er noch zwei Abende Zeit, um Derek zu zeigen, was für ein romantischer Kerl er sein konnte, wenn sie nicht in ihren Häusern saßen, Bier tranken und sich gepflegt an den Eiern kratzten. Der gestrige Abend war ein guter Anfang gewesen. Er machte sich etwas vor, wenn er annahm, Derek hätte jede Minute davon genossen. Dieser hatte eindeutig nicht viel geschlafen. Doch der Kuss heute Morgen machte Russ Hoffnung.

„Möchtest du noch mal zum Haus zurück?“, fragte er, als sie beim Auto ankamen.

Derek sah ihn abwägend an und hob einen Mundwinkel. „Du machst dir schon wieder Sorgen um mich, nicht wahr?“

„Was meinst du?“

„Du glaubst, ich müsste mich ausruhen oder etwas in der Art, nachdem dieser ganze Mist schon wieder durchgekaut wurde.“

„Vielleicht. Ich weiß, es setzt dir sehr zu.“

Derek kam näher und sah ihm direkt in die Augen. „Du bist wirklich toll. Weißt du das eigentlich?“ Er lächelte, seine nussbraunen Augen glühten im Licht der Nachmittagssonne grau. „Ich denke, ich bin okay. Ein Kaffee wäre allerdings nicht schlecht.“

Russ wartete einen Moment, bis sein Herz aufgehört hatte, wie wild zu schlagen. Dann erst war er in der Lage, zu antworten. „Ja“, sagte er, „Kaffee klingt gut.“

DA DAS Indigo Coffee nur ein paar Straßen weiter war, beschlossen sie, das Auto stehen zu lassen. Russ war noch nie dort gewesen, hatte jedoch auf seinem Handy nach Coffeeshops gesucht und Indigo Coffee hatte vielversprechend ausgesehen. Zum Glück war es tatsächlich nett, vor einer langen Theke standen Barhocker und vor den Fenstern in Gruppen angeordnete Polsterstühle.

Russ bestellte einen einfachen schwarzen Kaffee für sich und war überrascht, als Derek einen Cappuccino bestellte und jede Menge Zucker hineinstreute.

„Das schmeckt dir?“

„Bitte keine Kommentare über ‚schwulen Kaffee‘. Ich trinke einfach nur gerne Cappuccino.“

„Das ist kein schwuler Kaffee“, widersprach Russ mit einem Grinsen. „Schwuler Kaffee enthält fettreduzierte Milch und mindestens eine Sirupart.“

„Tatsächlich?“

„Ja. Das ist Gesetz.“ Derek verdrehte die Augen, doch das störte ihn nicht. Jetzt wusste er, was er Derek zu Weihnachten schenken würde – eine Cappuccino-Maschine.

Volltreffer!

Als sie am Fenster Platz nahmen, erblickte Derek draußen eine Frau, die ihren Zwergspitz ausführte. Seufzend sagte er: „Ich spüre das dringende Verlangen, in der Hundepension anzurufen und sie zu bitten, Gracie ans Telefon zu holen.“

Russ lachte. „Du könntest es versuchen, aber ich bin nicht sicher, ob sie so nett sind." Sie hatten ihre Hunde beide in der Hundepension ‚Great Bay Kennel' einquartiert. Dort war Max, seit er Russ gehörte, in dessen Abwesenheit meistens untergebracht. In der Pension wurde viel Wert auf das Ausführen der Hunde gelegt und sie wurden verwöhnt. Max schien immer froh zu sein, dorthin zu dürfen. Doch einem Hund ein Telefon ans Ohr zu halten, damit ihm sein Herrchen schmeichelnde Worte hineinflüstern konnte, war wahrscheinlich selbst für sie ein wenig zu viel.

„Wahrscheinlich nicht. Ich vermisse sie einfach."

„In zwei Tagen sind wir wieder zu Hause."

Derek lächelte ihn an und drehte sich dann, um den Leuten auf dem Bürgersteig zuzusehen. In freundschaftlichem Schweigen tranken sie ihren Kaffee, bis Russ nach einer Minute beschloss, den Stier bei den Hörnern zu packen.

„Hast du Lust, heute Abend mit mir auszugehen?"

„Wohin?"

„Hier gibt es jede Menge nette Restaurants." Er hatte bereits Erkundigungen bei seinen Eltern eingeholt und die, die ihnen gefielen, auf Google Maps nachgeschlagen.

Derek sah ihn verwirrt an, dann schien ihm ein Licht aufzugehen. „Mann! Bittest du mich um ein Date?"

Russ zuckte mit den Schultern, plötzlich war er verlegen. „Nun … ja." Eine ganze Zeit lang herrschte Stille und er verspürte ein flaues Gefühl im Magen. *Bitte sag' jetzt nicht: „Lass uns einfach nur Freunde sein ..."*

„Oh", antwortete Derek schließlich und blickte in seinen Cappuccino. „Ich bin wohl davon ausgegangen, dass wir bereits miteinander ausgehen."

„Dann sollte es dich ja nicht allzu viel Überwindung kosten", erwiderte Russ hoffnungsvoll.

Derek stellte seine Tasse auf den Couchtisch und beugte sich vor. „Ich würde sehr gerne mit dir ausgehen."

Russ grinste zurück. „Super."

32

Derek hatte keine Kleidung mitgenommen, die zum Ausgehen geeignet wäre. Den Großteil seiner besten Anziehsachen hatte Tim in den Dreck geschmissen und einigen davon war das nicht sehr gut bekommen. Auch die Reinigung hatte nicht geholfen. Er war sowieso nicht davon ausgegangen, sie hier zu benötigen. Daher hatte er nur Jeans und T-Shirts sowie eine dünne Jacke eingepackt. Als sie jedoch im Gästezimmer ihre Koffer durchsuchten, zog Russ einige Kleidungsstücke heraus und hielt sie ihm entgegen.

„Was hältst du von diesen hier?"

Derek sah sich die Hose und das schwarze Hemd genauer an. „Das sind doch meine."

„Das sind sie", gab Russ zu. „Ich habe sie aus deinem Schrank geklaut, als ich dir beim Packen geholfen habe."

„Du trägst meine Sachen?"

„Nein, du Idiot. Ich habe sie mitgenommen, damit du sie anziehst, sollte ich es schaffen, dich zum Ausgehen zu überreden. Ich glaube, sie stehen dir richtig gut."

„In Ordnung", erwiderte Derek und nahm die Sachen. „Wir gehen jetzt essen und danach zeige ich dich bei der Polizei wegen Diebstahls an."

„Tu das."

Natürlich hatte Russ auch Sachen für sich selbst eingepackt. Er bot an, sich im Badezimmer umzuziehen. Derek sagte ihm jedoch, er solle dableiben. „Du hast in Unterwäsche neben mir geschlafen", stellte er klar. „Ich verkrafte es, dass du dich umziehst, wenn ich im selben Raum bin."

Das war eine Lüge, wenn auch keine sehr große. Er wurde immer noch nervös, wenn Russ begann, seine Hosen auszuziehen. Die Tür war geschlossen und Russ' Eltern in der Küche. Doch er stand es durch. Einiges musste man einfach durchziehen.

Weil auch Derek seine Ausgehsachen anzog, wurde er abgelenkt. Als er sich umdrehte, stand Russ in einer hellbraunen Hose und einem beigen Pullover mit V-Ausschnitt auf der anderen Seite des Bettes. Der Pullover schmiegte sich an seinen Oberkörper, betonte jede Kontur seiner Brust und der Bauchmuskeln. Dereks Puls beschleunigte sich und dieses Mal geschah es nicht aus Angst. „Wow", sagte er, dann verließ ihn seine Stimme. Er räusperte sich und fügte hinzu: „Du siehst … unglaublich aus."

Russ lächelte. „Du auch."

An der Wand hinter Russ hing ein bodentiefer Spiegel und Derek betrachtete sich zum ersten Mal darin. Der Anblick schockte ihn. Der Mann im Spiegel war groß und muskulös, hatte einen durchtrainierten Oberkörper und die Ärmel des Hemdes wurden durch die Biszepsmuskeln gedehnt. Er hatte ein markantes Kinn und die braunen Augen schimmerten rauchgrau. *Bin ich das?* Es war, als ob er eine andere Person betrachtete. Derek fühlte sich nicht länger groß und breitschultrig. Er kam sich vor, als ob er zu einem Nichts verkümmert wäre, einem spindeldürren Schwächling, der von einem fallenden Blatt erschlagen werden konnte. Der Mann im Spiegel sah jedoch stark und sogar attraktiv aus, besonders in der schwarzen Hose und dem eng anliegenden schwarzen Hemd.

Derek hob die Augenbrauen. *Echt schick.*

SIE GINGEN ins Yokohama, ein japanisches Restaurant mit Sushi Bar. Russ hatte Derek aus einem Stapel Speisekarten auswählen lassen, die sein Vater gesammelt hatte. Wie er zugeben musste, war es eine gute Wahl. Es war ruhig, aus den Lautsprechern kam leise japanische Zithermusik. An den Tischen mussten die Gäste ihre Schuhe ausziehen und auf Polsterbänken knien.

Russ hatte vorgehabt für die kleinen Würfel des Hühnchen-Katsus, das sie als Vorspeise bestellt hatten, Essstäbchen zu benutzen. Er hatte jedoch Schwierigkeiten, sie korrekt zu gebrauchen. Derek schien gut klarzukommen. Nachdem Russ das Stückchen Huhn bereits zum dritten Mal fallengelassen hatte, kicherte er und legte seine Stäbchen hin.

Derek griff über den Tisch nach Russ‘ Händen und sagte: „So. Leg‘ dieses in die Krümmung deines Daumens … genau. Jetzt halte sie mit diesen beiden Fingern …“

Nach einer kleinen Einweisung bekam Russ die Bewegung hin, zumindest gut genug, um das verdammte Hühnchen-Katsu greifen zu können. Er schaffte es, es in seinen Mund zu befördern und war begeistert vom Geschmack. Das Hühnchen zerging auf der Zunge. „Oh, das ist erstaunlich.“

„Ja, das ist es.“

„Das ist also nicht das erste Mal, dass du diese verfluchten Dinger benutzt?“

„Nein“, antwortete Derek grinsend. „Tim und ich sind oft Japanisch essen gegangen.“

Russ wollte bei dem Date keine Erinnerungen an Tim wecken, konnte jedoch kaum einen Restaurantwechsel vorschlagen. Außerdem war es nett hier.

Derek schien seine Gedanken zu erraten und fügte hinzu: „Mach dir keine Sorgen. Japanisches Essen war nicht unsere spezielle „Sache“ oder so. Wir sind in vielen Restaurants gewesen. Ich liebe einfach nur die japanische Küche.“

„Gut.“

„Von heute an“, sagte Derek und beugte sich vor, „werde ich bei japanischem Essen immer daran denken, wie du mit deinen Essstäbchen hantiert hast.“

Russ schnaubte. „Super.“

„Magst du Sushi?“

„Keine Ahnung.“

Überrascht hob Derek die Augenbrauen. „Noch mal von vorne: Magst du Fisch?“

„Ja.“

„Vertraust du mir? Dann bestelle ich Sushirollen, die wir uns teilen können.“

„Na los.“

Derek bestellte und als das Sushi kam, stellte Russ fest, dass er es nicht mochte. Fisch war eine Sache – *roher* Fisch eine völlig andere. Und an einem der schrecklichen Dinger waren sogar *Saugnäpfe.* Es gab einige Rollen, die er okay fand, zum Beispiel die mit einer Scheibe gesüßtem Ei. Und er liebte die Rolle mit gebratener Süßkartoffel. Doch alles in allem war Sushi nicht gerade ein Hit.

„Das ist in Ordnung“, sagte Derek, nachdem er die Sachen aufgegessen hatte, bei denen sich Russ nicht hatte überwinden können. „Sie haben auch Huhn und Rindfleisch.“

„Zumindest rieche ich später nicht nach Fisch“, stellte Russ fest.

„Touché. Ich putze mir die Zähne, bevor wir schlafen gehen.“

Das klang fast, als ob Derek davon ausging, dass sie heute wieder gemeinsam in einem Bett schlafen würden. Wenn das der Fall war, war es für Russ das Herunterschlucken einiger sich nach glibberigem Plastik anfühlenden Dinge wert gewesen.

DEM WEICHEN Blick aus Russ‘ blauen Augen nach zu urteilen, hatte dieser die Botschaft verstanden. Nicht, dass Derek viel versprach. Der Gedanke an Sex verursachte ihm immer noch Übelkeit. Sie würden also wieder in ihrer Unterwäsche schlafen müssen. Doch ein Teil von ihm wollte Russ in seinem Bett haben, während zur gleichen Zeit ein anderer Teil von ihm sich bei dem Gedanken daran unwohl fühlte.

Er war sich nicht sicher, aber vielleicht wurde der Teil, der es sich wünschte, endlich stärker als der Teil, der Angst davor hatte. Wahrscheinlich würde es trotzdem noch eine ganze Weile dauern, bis er wieder bereit für etwas Sexuelles wäre. Würde Russ wirklich so lange warten wollen?

Zumindest im Moment schien Russ aber gut damit klarzukommen, also versuchte er, es zu genießen. Russ gab alles, damit es ein romantischer Abend wurde und alleine das fand Derek romantisch. Wenn er nur nicht so verdammt kaputt wäre. Russ verdiente etwas Besseres als das, was Derek ihm geben konnte.

Hör‘ auf!, befahl er sich. *Du bist mit jemandem essen, den du wirklich magst, und er scheint dich auch zu mögen. Kannst du es nicht einfach mal fünf Minuten genießen, ohne gleich wieder zu jammern?*

Es fiel ihm nicht leicht, doch er versuchte, sich zu entspannen. Russ war ein angenehmer Begleiter und seine linkischen Versuche, sich durch die japanische Küche zu navigieren, waren liebenswert. Wenn Derek seinen Blick erwiderte, war er über die Wärme darin überrascht. Kein Mann hatte ihn jemals so angesehen.

NACH DEM Essen lud Russ ihn noch zu einem Kaffee ein. Sie hätten auch einfach in dem Restaurant bleiben und ein Dessert bestellen können. Sie stimmten jedoch darin überein, dass es nur in wenigen Restaurants einen anständigen Kaffee gab. Das Risiko war es ihnen nicht wert. Daher gingen sie wieder zu Indigo Coffee. Natürlich gab es in der Nähe des Restaurants noch andere Cafés, doch das Indigo kannten sie bereits und es lag auf dem Nachhauseweg. Im Übrigen gefiel es ihnen.

Da es Freitagabend war, war es ziemlich voll. Sie fanden jedoch einen kleinen Tisch in der Ecke. Russ bat Derek, den Tisch zu bewachen, während er zum Bestellen an die Theke ging. „Möchtest du den gleichen halb-schwulen Kaffee wie letztes Mal?“, fragte er.

„Jetzt hältst du ihn nur noch für *halb*-schwul?“

Russ formte mit seiner linken Hand einen Becher und tätschelte mit der rechten Hand den Rand. „Schaumig, aber mit Vollmilch für echte Männer – und ohne Sirup.“

„Aha. Ja, das wäre toll.“

Belustigt sah er zu, wie Russ an die Theke ging und versuchte, den Kaffee auf genau die gleiche Art mit genau den gleichen Gesten, zu beschreiben.

Der Barista verfolgte die Vorstellung mit verwirrtem Gesichtsausdruck und fragte schließlich so laut, dass auch Derek es hören konnte: „Meinen Sie einen Cappuccino?“

Russ zuckte mit den Schultern und sah hilflos zu Derek hinüber, der nickte. Russ grinste und signalisierte dem Barista seine Zustimmung.

Du liebenswerter Idiot.

Zumindest erinnerte sich Russ, dass Derek seinen Cappuccino mit viel Zucker trank. „Ich glaube, ich habe ihn verärgert.“ Er stellte die Tassen auf den Tisch und legte Zucker und ein Stäbchen zum Umrühren neben Dereks Tasse.

„Er ist wahrscheinlich der Meinung, Kaffee hätte keine sexuelle Orientierung.“

„Oh.“ Russ sah zum Barista hinüber und nahm dann Platz. „Wahrscheinlich war das nicht politisch korrekt.“

Derek zuckte mit den Schultern. Politische Korrektheit war für ihn nie ein Schreckgespenst gewesen. „Danke für den Cappuccino.“

„Gerne.“

Der Rest des Dates verlief wirklich gut. Es war nicht so voll, dass sie sich unbehaglich gefühlt hätten und aus den Boxen kam lockerer Jazz, der eine Unterhaltung erlaubte. Sie redeten über alles, von den Hunden bis zum bevorstehenden langen Thanksgiving Wochenende. Derek hatte nichts vor, doch Russ war zu seiner Schwester eingeladen worden. Dann sprachen sie darüber, die Häuser für den Winter vorzubereiten. Das Thema Vergewaltigung vermieden sie sorgfältig, bis Derek es indirekt ansprach.

„Kann ich dir etwas sagen?“, fragte er, nicht sicher, ob er es wirklich tun sollte.

„Du kannst mir alles sagen.“

Er versuchte zu lächeln, doch es gelang ihm nicht ganz. „Weil ich so ein psychisches Wrack bin, sind mir automatische Gesten der Zuneigung jetzt ein wenig unheimlich.“ Er zögerte, fast hoffend, Russ würde ihn unterbrechen und etwas Beruhigendes sagen. Doch er sah Derek lediglich erwartungsvoll an. „Ich denke ‚Wahrscheinlich gefällt es ihm, wenn ich seine linke Hand halte’, und das möchte ich auch gerne. Aber ich weiß nicht, ob ich mich gut dabei fühle oder … überhaupt *etwas* fühle. Ich möchte nicht, dass du denkst, die Geste bedeute, ich fühle etwas, wenn das vielleicht gar nicht der Fall ist.“

Er hatte es versaut. Wenn er jetzt Russ‘ Hand halten würde, würde es sich seltsam anfühlen. Es wäre besser gewesen, gar nichts zu sagen. Doch er hatte ehrlich sein und Russ nichts vormachen wollen.

Russ seufzte und beugte sich vor. „Ich möchte, dass dir etwas klar ist. Du musst dich für mich nicht verstellen. Du musst nicht lächeln, wenn dir nach Weinen zumute ist. Du musst nicht kuscheln, wenn sich dir beim Gedanken daran alle Haare sträuben. Du musst mich nicht küssen, wenn dir nicht danach ist.“

„Es ist komplizierter. Ein Teil von mir will dich berühren, der andere Teil will *niemanden* berühren. Und bevor ich es nicht mache, weiß ich nie, welcher Teil gewinnen wird.“

„Dann berühre mich und zieh‘ deine Hand wieder zurück, falls es sich nicht richtig anfühlt“, sagte Russ vernünftigerweise.

Ihm war klar, Russ wollte nicht, dass er sich dumm und schwach vorkam, doch genau das war der Fall. Er streckte die rechte Hand über den Tisch und legte sie auf Russ‘ linke. Einige Sekunden ließ er sie dort liegen, bis er entschied, dass es ihm gefiel, Russ‘ Haut unter seinen Fingern zu spüren. Leicht strich er mit den Fingerspitzen darüber. Wie er beim Hochsehen bemerkte, beobachtete ihn Russ genau.

Dann griff Russ in aller Ruhe nach seiner Tasse, trank einen Schluck und fragte: „Was würdest du davon halten, Thanksgiving zum Essen mit zu meiner Schwester zu kommen?“

„Hast du sie schon gefragt?“

„Nein, ich wollte sie morgen anrufen.“

„Du musst das nicht tun.“ Derek umschloss Russ‘ Hand mit seiner.

„Stimmt, ich *muss* nicht. Aber genau das würde ich tun, wenn ich mit jemand anderem ausgehen würde. Und wir haben beschlossen, miteinander auszugehen, stimmt’s?“

„Ja."

„Meiner Schwester macht es nichts aus, wenn ich meinen Freund mitbringe." Russ drehte seine Hand, bis die Handfläche nach oben zeigte. „Die Frage ist nur, hast du Lust, mitzukommen? Es werden nur Shannon, ihr Mann Bill und ich da sein. Sie haben einen kleinen Jungen, Jacob. Er ist fünf."

„Müsste Gracie wieder in die Hundepension?"

„Nein. Ich nehme Max immer mit." Russ schloss die Hand.

„Okay. Wenn es ihr wirklich nichts ausmacht, komme ich mit."

„Super! Und schau' dir das an", fügte Russ hinzu und blickte auf ihre Hände. „Wir halten Händchen."

Derek lächelte ihn an, das kleine bisschen Nervosität, das er verspürte, wurde von einer Welle der Zuneigung fortgespült. „Ja, sieht ganz danach aus."

RUSS WAR im siebten Himmel. Das Essen war gut verlaufen, auch wenn er sich mit den Essstäbchen beinahe ein Auge ausgestochen hätte. Er hatte erfolgreich eine kaffeeähnliche Substanz für Derek bestellt und sie nicht verschüttet. Und Derek hatte seine Hand gehalten.

Das war großartig gewesen. Er glaubte, eine Vorstellung davon zu haben, wie schwer es für Derek gewesen war und hoffte, gut damit umgegangen und Derek nicht allzu bedrohlich vorgekommen zu sein. Ihm war auch klar, es bedeutete nicht, sie würden jetzt die ganze Zeit Händchen halten. Doch Derek schien es gefallen zu haben, also würde er es vielleicht noch einmal tun.

Klitzekleine Schritte.

Als sie zum Haus zurückkehrten, waren seine Eltern schon ins Bett gegangen. Der Großteil des Hauses war dunkel, am Eingang und im Wohnzimmer hatte seine Mutter allerdings eine Lampe angelassen. Das Nachtlicht im Flur war vorübergehend durch die Mickey Mouse Leuchte aus dem Badezimmer ersetzt worden – Donald Duck war immer noch im Gästezimmer. Warum seine Eltern Disney Nachtlichter besaßen, wusste Russ nicht. Er ging jedoch davon aus, dass einige Fragen besser unbeantwortet blieben.

„Willst du noch aufbleiben?", fragte er Derek leise.

Derek gähnte und streckte die Arme. Dadurch dehnte sich der Stoff seines Hemds verführerisch. „Wie spät ist es?"

„Fast Mitternacht."

„Ich bin ziemlich erledigt. Willst du nicht schlafen gehen?"

„Klar." Russ zögerte und wollte es nicht versauen, fragte dann aber doch: „Willst du immer noch, dass ich bei dir schlafe?"

Derek lächelte und nahm wieder Russ' Hand. „Komm' Tiger."

Natürlich war es keine sexuelle Einladung, was Russ durchaus klar war. Als sie im Gästezimmer waren, drehten sie einander den Rücken zu, zogen sich bis auf die Unterwäsche aus und stiegen ins Bett. Derek schaltete die Lampe auf dem Nachttisch aus, aber Donalds warmes Licht leuchtete immer noch aus einer Ecke des Zimmers. Die Tür stand einige Zentimeter offen. Damit sich Derek sicher fühlte, stopfte Russ das zusätzliche Kissen zwischen ihre Körper.

Derek lachte, bat ihn aber nicht, es wieder zu entfernen. Stattdessen beugte er sich vor und küsste Russ leicht auf den Mund. „Danke, dass du auf mich aufpasst."

Die Zärtlichkeit in seiner Stimme wärmte Russ' ganzen Körper. „Hat es dir gefallen?"

„Ja, das hat es."

„Gut. Vielleicht hast du ja Lust, noch einmal mit mir auszugehen."

In dem Dämmerlicht konnte er Derek nicht klar erkennen. Er schien jedoch zu lächeln. „Vielleicht mache ich das."

33

THANKSGIVING BEI Russ‘ Schwester war toll, obwohl sich Derek vorher fast drei Wochen lang deswegen verrückt gemacht hatte. Er war sich ziemlich sicher gewesen, dass Shannon und Bill sich als wundervolle Menschen entpuppen würden. Man brauchte ja nur Russ und seine Eltern anzusehen. Doch er wurde das Gefühl nicht los, den Verwandten vorgeführt zu werden, damit diese ihre Zustimmung gaben. Russ tat es mit Sicherheit nicht mit Absicht, es war einfach eine Sache, die eng verbundene Familien machten. Alle Menschen, die sie mochten, sollten sich gegenseitig auch mögen.

Das Problem war allerdings, Derek kam sich zurzeit nicht sehr liebenswert vor. Trotz Russ‘ Bestärkung fühlte er sich miserabel und zerstört. Abgesehen davon, dass er zu schwach gewesen war, um Victor abzuwehren – welcher Mann konnte keinen Sex mit seinem Freund haben? Konnte nicht einmal nackt neben ihm schlafen, ohne dass ihm übel wurde? Nach ihrer Rückkehr aus Florida teilten sie sich weiterhin ein Bett, behielten dabei aber immer noch ihre Unterwäsche an. Ohne die Sicherheit, Russ‘ Eltern und Donald Duck in der Nähe zu haben, hatte Derek im Haus am See in den ersten Nächten beinahe Panikattacken bekommen. In beiden Nächten war er ängstlich und verwirrt aufgewacht, hatte sich aber geweigert, das Bett zu verlassen. Er hatte lediglich mit der Hand neben das Bett gegriffen und Gracies Fell gestreichelt, bis er wieder einschlafen konnte.

Ein kleiner Sieg in einer Reihe voller Misserfolge.

Irgendwann hatte er sich dann an Russ‘ Gegenwart gewöhnt. Sie hatten jedoch ein Nachtlicht kaufen müssen. Immerhin war es nur ein flacher Kasten, der schwach grün leuchtete und keine peinliche liebenswerte Comicfigur.

Doch er wurde finanziell von Russ abhängig und hasste es. Die Zahlung der Kreditraten hatte Derek finanziell ruiniert und jetzt konnte er die fälligen Rechnungen nicht mehr zahlen. Russ hatte Dereks Strom- und Handyrechnung für diesen Monat beglichen. Doch sein Propangasvorrat ging zur Neige. Seit er mit achtzehn zu Hause ausgezogen war, war er auf niemanden mehr angewiesen gewesen und er hasste es. Doch seine Bewerbungen – und er *hatte* sie rausgeschickt – hatten zu keinem einzigen Vorstellungsgespräch geführt. Er schauderte, wenn er daran dachte, was Top Circle den Personalabteilungen anderer Unternehmen über ihn erzählen mochte, wenn diese Erkundigungen einholten.

Aber in den Tagen, die sie bei Shannon verbrachten, versuchte er das alles aus seinem Kopf zu verbannen. Er konnte sich nicht ausklinken, selbst wenn er gewollt hätte, nicht wenn er es bequem haben wollte. Am Tag vor Thanksgiving fegte ein starker Schneesturm über den Staat hinweg. Es war früh für Schnee, doch nicht völlig ungewöhnlich. Vor drei Jahren hatte der „Halloween nor'easter"-Schneesturm Ende Oktober mehr als 300.000 Menschen von der Stromversorgung abgeschnitten. Der jetzige Sturm war nicht ganz so schlimm, doch der gesamte Osten von Manchester war ohne Strom, einschließlich Dereks und Russ' Häuser. Russ hatte zwar einen Generator, doch es machte wenig Sinn, Propan zu verbrauchen, wenn im Haus seiner Schwester alles reibungslos funktionierte. Am frühen Morgen waren die Straßen geräumt, daher fuhren sie wie geplant zum Abendessen zu Shannon und Bill. Sie hatten auch vor, die Nacht dort zu verbringen, da es unwahrscheinlich schien, dass die Stromversorgung in weniger als vierundzwanzig Stunden wieder funktionieren würde.

DIE ZUNEIGUNG zwischen Russ und seiner Schwester war offensichtlich. Shannon schien Derek von dem Moment, als Russ ihn vorstellte, als Teil der Familie zu betrachten. Leider machte ihn Bill etwas nervös, was zurzeit bei allen großen Männern der Fall war. Derek hasste das, hatte jedoch keinen Einfluss darauf. Es gab einen unangenehmen Moment, als Bill Russ umarmte und es bei Derek automatisch genauso machen wollte. Derek spannte sich an, sobald sich Bills starke Arme um ihn schlossen. Bill merkte, dass etwas nicht stimmte, und ließ ihn sofort los. „Tut mir leid. Wahrscheinlich kennen wir uns noch nicht gut genug."

Derek lächelte matt und versuchte, es mit einem Achselzucken abzutun, doch Russ sagte schnell: „Er mag es nicht, umarmt zu werden."

„Tut mir leid."

„Nein", erwiderte Derek. „Ist schon in Ordnung. So bin ich einfach. Es ist nichts Persönliches." Doch natürlich fühlten sich jetzt alle unwohl.

Verdammt!

Schließlich schaffte er es, sich zu entspannen. Bill war eher albern als einschüchternd, sobald Derek ihn näher kennenlernte. Shannon war wie ihr Bruder, sie versuchte stets, sich um alle zu kümmern, einschließlich Derek. Ihr fünfjähriger Sohn Jacob war ein Wirbelwind, aber süß. Und das Thanksgivingessen, das Bill fast alleine gekocht hatte, da Shannon die Abneigung ihrer Mutter in Bezug auf das Kochen geerbt hatte, war großartig.

Ebenfalls toll war, dass Shannon und Bill äußerst entspannt waren, wenn sich Russ und Derek berührten oder küssten. Sie taten es nicht oft, Derek ertrug immer noch nicht mehr als Händchenhalten und flüchtige Küsse auf Lippen oder Wange. Sie bekamen jedoch keine sonderbaren Blicke zugeworfen oder Bedenken mitgeteilt, weil sie es vor „den Kindern taten", was Derek in dem Jahr, in dem er Weihnachten bei Tims Eltern verbrachte, hatte erdulden müssen. Er fühlte sich so wohl, wie es ihm momentan nur möglich war.

Ziemlich spät abends, nachdem Jacob von jedem im Raum, eingeschlossen Derek und beider Hunde, einen Gutenachtkuss verlangt hatte und Shannon ihn ins Bett brachte, war Derek auf einmal alleine im Wohnzimmer. Er saß vor dem

Feuer und trank einen Kaffee. Russ half Bill in der Küche beim Aufräumen. Den Geräuschen nach alberten sie mehr herum, als sauber zu machen. Gracie und Max lagen zusammengerollt vor dem Feuer. Max hatte den Kopf an Gracies Hals gekuschelt.

Shannon kam zurück ins Zimmer und setzte sich ans andere Sofaende. „Ich dachte schon, er wird nie müde“, sagte sie fröhlich. „Es ist bereits zwei Stunden nach seiner normalen Schlafenszeit.“

„Vielleicht schläft er dafür morgen länger“, vermutete Derek.

„Ich hoffe es, aber es ist nicht sehr wahrscheinlich.“

Derek lächelte teilnahmsvoll.

Shannon nahm ihre Tasse vom Couchtisch, verzog jedoch das Gesicht, als sie einen Schluck trank. „Igitt! Kalt.“ Sie stellte sie wieder hin. Dann blickte sie über ihre Schulter, wie um sich zu vergewissern, dass sie alleine waren. Sie sagte: „Also … Derek. Mom hat erzählt, du warst in Tampa, weil du bei der dortigen Polizei ein Verbrechen anzeigen wolltest.“

„Äh … ja.“ Plötzlich stieg Kälte in ihm auf. Er trank einen Schluck Kaffee, damit ihm wieder warm wurde.

„Ich weiß, es geht mich nichts an“, sagte Shannon. „Und ich spreche es nicht an, um dir etwas zu unterstellen …“ Sie zögerte. „Hat Russ dir etwas über ein Gespräch erzählt, das er und ich am Wochenende nach dem vierten Juli geführt haben?“

Die Frage überraschte ihn. „Nein. Sollte er?“

„Nein“, erwiderte Shannon. „Und vermutlich bin ich froh, dass er dir nichts davon erzählt hat. Er hat uns übrigens auch nichts über dich erzählt. Nicht in Bezug auf den Grund deiner Reise nach Tampa. Er hat Mom und Dad lediglich gesagt, du müsstest eine Anzeige bei der Polizei machen.“

„Okay.“ Derek wünschte, sie würde aufhören zu reden. Es war so gut gelaufen. Warum musste sie es jetzt kaputtmachen?

Shannon rutschte unruhig auf der Couch hin und her. „Das Ding ist, ich habe einige Schlüsse gezogen: die Anzeige in Tampa, du magst keine Berührungen, zum Schlafen muss das Licht eingeschaltet und die Tür offen sein … Es hat mich an etwas erinnert, dass ich vor Jahren durchmachen musste.“

Dereks Puls beschleunigte sich, während er unverwandt weiter in seine Kaffeetasse starrte.

„Derek … bist du sexuell missbraucht worden?“

RUSS WUSSTE nicht, was geschehen war. Eben noch schienen sich alle wohlzufühlen und er war dabei, das Wasser aufzuwischen, das er und Bill während einer spontanen Wasserschlacht auf dem Boden verteilt hatten. Im nächsten Moment wurde die Eingangstür laut zugeknallt. Bill und er erstarrten und sahen sich beklommen an.

Kurz danach kam Shannon mit zwei Kaffeetassen in die Küche. Sie stellte sie auf der Theke ab und sagt zu Russ. „Derek ist sauer. Vielleicht solltest du besser mal nach ihm sehen."

„Was ist passiert?"

„Es war meine Schuld. Ich dachte, wenn er weiß, dass jemand versteht, was er durchmacht …"

Oh Scheiße.

Russ lehnte den Wischerstiel an den Tisch und rannte ins Wohnzimmer. Es war leer, abgesehen natürlich von Max und Gracie, die vor dem Feuer lagen und verwirrt zu sein schienen. Russ riss seine Jacke vom Kleiderständer und hörte, wie Shannon nach ihm rief, als er nach der Türklinke griff.

„Russ!"

Er drehte sich um und sah sie an.

Sie stand in der Küchentür und sah unglücklich aus. „Sag ihm … alles, was du musst."

Er verstand, was sie meinte. Kurz nickte er ihr zu und ging nach draußen.

Beim Einatmen schmerzte die kalte Nachtluft in seinen Lungen und er betete, Derek würde nicht irgendwo herumlaufen, wo es schwer war, ihn zu finden. Er hatte seine Jacke am Kleiderständer hängen gelassen und die Temperaturen lagen unter dem Gefrierpunkt. Auf dem Boden lag noch Schnee, nur die Auffahrt war geräumt und es war unmöglich zu sagen, welche Spuren wohin führten. Während er in die Garage schaute, schlüpfte er in seine Jacke. Derek war jedoch nicht dort. Bills Kastenwagen und Shannons Nissan waren beide verschlossen, dort konnte er also auch nicht sein.

Russ rannte zu seinem Outback, den er auf der Auffahrt geparkt hatte. Er war ebenfalls verschlossen und er verfluchte sich deswegen selbst. Wenn er ihn offen gelassen hätte, hätte Derek vielleicht Schutz darin gesucht. Schnell rannte er Dereks Namen rufend ums Haus, doch es kam keine Antwort. Es waren auch keine Fußspuren zu sehen, die durch den Garten oder auf die umliegenden Felder führten. Schließlich sprang er in den Outback, ließ ihn an und fuhr die Straße entlang.

DEREK KAM sich wie ein kompletter Idiot vor. Als Shannon sexuellen Missbrauch erwähnt hatte, war er von Panik erfasst worden und aus dem Haus gestürzt. Er hatte nicht einmal seine Jacke mitgenommen. Und jetzt fror er sich den Arsch ab. Doch irgendetwas in seinem Inneren ließ ihn weiter die Straße hinuntergehen und hinderte ihn daran, umzudrehen, obwohl er wahrscheinlich Gefahr lief, eine Unterkühlung zu bekommen.

Hör auf, dich wie ein verdammtes Baby zu benehmen! Bist du nicht Manns genug, ein wenig Kälte zu ertragen?

Er schlang die Arme um den Körper und kämpfte sich weiter. Es schneite ja nicht oder so. Er hatte immer noch seine Wanderstiefel an, daher konnte er ganz gut auf der Straße laufen, trotz der Schneeberge, die die Räumfahrzeuge hinterlassen hatten. Trotzdem kämpfte eine zweite Stimme in ihm gegen die erste an und schimpfte mit ihm, weil er wie ein Kind davongerannt war. Shannon war höchstwahrscheinlich sauer auf ihn und Russ würde sich schämen. *Tolle Aktion, um den Urlaub deines Freundes zu ruinieren, du Arsch.*

Er konnte nicht sagen, warum er davongelaufen war. Er konnte sich kaum daran erinnern. In einer Minute fühlte er sich wohl, war zufrieden und fühlte sich willkommen. In der nächsten kam Shannon dahinter, was für ein verkorkster Kerl er war. *Bist du sexuell missbraucht worden?*

Um Gottes willen! War es etwa so offensichtlich? Woher wusste sie es? Stand es ihm auf die Stirn geschrieben? Sie hatte etwas darüber gesagt, dass er es nicht mochte, berührt zu werden und bei offener Tür und mit Nachtlicht schlafen musste. *Wer über dreißig braucht zum Schlafen schon ein Nachtlicht?*

Er war völlig verkorkst und sie wunderte sich wahrscheinlich, warum ihr Bruder einen Spinner in ihr Haus gebracht hatte. Konnte sie ihn in die Nähe ihres Kindes lassen? Wahrscheinlich glaubte sie es jetzt nicht mehr, nicht nachdem er mitten im Gespräch ohne Jacke in die Kälte gerannt war. Wer tat das schon? Mit Sicherheit niemand, der bei halbwegs klarem Verstand war.

Während ihm diese dunklen Gedanken im Kopf herumspukten, wurde er sich undeutlich seines Schattens bewusst, der vor ihm auf der Straße auftauchte. Ein Auto näherte sich und er war im Scheinwerferlicht gefangen. Er wirbelte herum, um in die Schneehaufen zu springen und den Weg freizumachen, doch die Scheinwerfer steuerten nicht direkt auf ihn zu. Das Auto wurde langsamer und fuhr an den Straßenrand. Derek erkannte Russ‘ Outback.

Scheiße.

Er war sich nicht sicher, ob er im Moment mit Russ klarkommen würde, daher drehte er sich um und lief weiter. Es war sinnlos. Der SUV blieb auf gleicher Höhe und das Seitenfenster wurde heruntergelassen.

„Derek! Steig‘ ins Auto!“

RUSS HATTE ihn nicht anschreien wollen, doch scheiße, er war stocksauer! Er tat alles, damit sich Derek überall, wo sie zusammen hingingen, sicher fühlte und jetzt versuchte der Kerl mit aller Macht sich eine Unterkühlung zuzuziehen.

Zum Glück blieb Derek nach kurzem Zögern stehen. Russ stoppte den SUV und Derek stieg ein. Keiner von ihnen sagte etwas, als Russ die Heizung höher stellte und losfuhr. Er suchte auf der engen Straße nach einer Stelle zum Wenden. Selbst wenn Derek darauf bestehen sollte, dass sie sofort nach Hause fuhren, würde Russ das nicht tun, ohne vorher noch ihre Sachen zu holen und sich von Shannon und Bill zu verabschieden. Derek konnte ja solange im Auto warten, wenn er wollte.

Schließlich sagte Derek, zögernd … leise: „Du verdienst etwas Besseres.“

„Hör gefälligst damit auf!“, schnauzte ihn Russ an. „Nur weil ich sauer auf dich bin, weil du einfach so weggerannt bist, bedeutet das noch lange nicht, dass ich unsere Beziehung beenden will.“ Er sah, wie Derek angesichts seines Tonfalls zusammenzuckte, und zwang sich, leiser zu sprechen. „Tut mir leid. Ich wollte dich nicht anschreien. Ich habe mir nur Sorgen um dich gemacht.“

„Mir tut es leid. Ich habe mich wie ein kleines Kind benommen.“

„Erzählst du mir, was passiert ist?“

Derek zuckte mit den Schultern. „Ich bin mir nicht sicher.“

„Shannon hat etwas zu dir gesagt“, beharrte Russ. „So viel hat sie mir zumindest verraten. Aber ich weiß nicht, was.“

„Sie hat mir gesagt, was für ein verkorkster Typ ich wäre.“

Russ sah ihn mit finsterer Miene an. „Okay, mir ist klar, sie muss *irgendwas* gesagt haben, aber das klingt nicht im Geringsten nach Shannon. Hat sie dich wirklich einen verkorksten Typen genannt?“

Russ schnaubte, anscheinend kehrte langsam ein wenig von seinem Humor zurück. „Nein. Sie hat darüber gesprochen, dass ich keine Berührungen mag und nur mit offener Tür und Nachtlicht schlafen kann …“

„Und dann?“

Seine Miene wurde wieder finster. „Dann hat sie mich gefragt, ob ich sexuell missbraucht worden wäre.“

„Ich habe ihr nichts gesagt, falls es das ist, was du denkst. Es klingt, als ob sie nur eins und eins zusammengezählt hätte …“

„Und festgestellt hat, dass ich völlig verkorkst bin“, sagte Derek vehement.

„Du bist nicht verkorkst.“ In Russ stieg wieder der Ärger hoch, doch er hielt ihn im Zaum und zwang sich, mit ruhiger Stimme zu sprechen. „Du wurdest vergewaltigt. Du bist Opfer eines Verbrechens geworden. Es war nicht deine Schuld. Du hast es nicht getan. Es ist dir zugestoßen, so wie es vielen Menschen überall auf der Welt zustößt.“

„Wie viele Männer haben in deinem Bezirk eine Vergewaltigung angezeigt?“, wollte Derek wissen.

„Ich weiß es nicht.“

„Weißt du überhaupt von einem?“

Russ schüttelte den Kopf. „Nur von dir.“

„Weil es *nicht* passiert. Nicht Männern!“

„Doch“, widersprach Russ geduldig, „das tut es. Doch Männer zeigen es kaum jemals an. Sie schämen sich zu sehr. So wie du.“

Darauf erwiderte Derek nichts.

Russ fuhr den Outback in die Einfahrt und stellte den Hebel auf „Parken“, ließ jedoch den Motor laufen, damit die Heizung weiterlief. Er sah, dass Derek noch nicht in der Lage war, hineinzugehen und Shannon erneut gegenüberzutreten, nicht, nachdem er meinte, sich vor ihr blamiert zu haben.

Russ holte tief Luft und sagte dann: „Shannon ist vergewaltigt worden, als sie noch zur Highschool gegangen ist." Er sah Derek überrascht blinzeln, sagen tat er jedoch nichts. „Ich denke, daher hat sie nachgebohrt. Sie dachte, sie könnte dir ... vielleicht helfen. Sie scheint es ungeschickt angefangen zu haben, aber sie wollte sich bestimmt nicht über dich lustig machen. Sie hat nur versucht, zu helfen."

Derek seufzte. „Oh Mann ... sie muss mich für einen totalen Deppen halten."

„Hörst du *bitte* ...? Nein, ich glaube nicht, dass sie das tut. Sie ..." Er stöhnte frustriert auf. „Ich konnte ihr nicht von dir und dir nicht von ihr erzählen. Sie hat es bis heute nicht einmal Bill erzählt. Deshalb dieses ganze Missverständnis.

„Du erzählst es mir jetzt."

„Sie hat gesagt, ich darf." Zumindest hoffte er, dass sie das gemeint hatte.

Nach einer ganzen Weile öffnete Derek die Tür und stieg aus. Russ befürchtete schon, er würde wegrennen, so verrückt das auch gewesen wäre. In dieser Gegend gab es keine Möglichkeit, einen Bus oder ein Taxi zu erwischen. Doch Derek ging zum Haus. Russ machte den Motor aus und folgte ihm.

BEI IHRER Rückkehr herrschte eine unbehagliche Stimmung und das lag nicht nur an den Vorkommnissen zwischen Derek und Shannon. Anscheinend hatte sich Bill nicht abwimmeln lassen und Shannon hatte ihm schließlich erzählt, was passiert war. Dabei war sie zusammengebrochen und hatte ihm berichtet, was ihr in der Highschool zugestoßen war. Er hatte es nicht gut aufgenommen.

Derek war in dieser Sache zwar ein Außenstehender, doch als er mit Russ in die Küche ging, um sich zu entschuldigen, bekam er eine kurze Zusammenfassung.

„Es ist alles in Ordnung", versicherte ihm Shannon. „Ehrlich. Ich hätte nicht so neugierig sein sollen."

Bill lehnte mit verschränkten Armen an der Spüle und starrte auf den Boden. „Es ist in Ordnung", murmelte er.

„Geht es *dir* gut?", wollte Russ wissen.

Als Bill nicht antwortete, sagte Shannon: „Ich habe ihm ... von Marty erzählt. Jetzt ist er sauer auf mich."

„Ich bin nicht sauer", fauchte Bill. „Ich bin verletzt. Meine eigene Frau hat geglaubt, mir so etwas nicht erzählen zu können!" Seine Stimme war leise, bebte jedoch vor kaum gezügelter Emotionen.

„Wir lassen euch eine Weile alleine", sagte Russ mit sanfter Stimme.

Shannon nickte.

Im Wohnzimmer setzten sich Russ und Derek auf die Couch und Russ sagte leise: „Vielleicht *sollten* wir heute noch nach Hause fahren." Ursprünglich hatten sie einige Tage bleiben wollen, damit Russ Zeit mit seiner Schwester und seinem Neffen verbringen konnte.

Derek war klar, wenn sie fuhren, müssten sie ein Hotel finden, in dem Hunde erlaubt waren, falls das überhaupt möglich war. Oder sie müssten die Gasvorräte für den Generator in Russ' Haus auffüllen. Es war unwahrscheinlich, dass die Stromversorgung schon wieder hergestellt war. In den letzten Nachrichten war von Schätzungen von ein paar Tagen für Rockford und die umliegenden Städte die Rede gewesen.

Obwohl er wusste, Russ würde widersprechen und wahrscheinlich sauer werden, wenn er es andeutete, fühlte sich Derek für den misslungenen Abend verantwortlich. Shannon hatte versucht, ein Gespräch unter vier Augen mit ihm zu führen und durch seine Überreaktion war es voll ins Auge gegangen. Jetzt wusste ihr Mann über eine Sache Bescheid, die sie für sich hatte behalten wollen und sie stritten sich. *Ich habe es total vermasselt.*

Doch er und Russ konnten auch nicht einfach fahren, ohne ihren Gastgebern Bescheid zu sagen, wollten aber auch nicht zurück in die Küche gehen. Daher saßen sie einfach nur schweigend da. Zwischen ihnen herrschte eine Spannung, die ein Gespräch erschwerte. Daher griff Russ nach der Fernbedienung und fand auf einem Sender einen Thanksgiving-Film, den Derek noch nicht kannte. In dem Film spielten Holly Hunter, Charles Durning und ein ziemlich zurückhaltender Robert Downey jr. in der Rolle von Hunters schwulem Bruder mit. Als der Film fast zu Ende war, waren auch Shannon und Bill wieder aus der Küche gekommen. Anscheinend war der Streit beendet, oder zumindest vorläufig vertagt worden.

Als der Abspann lief, ergriff Shannon die Fernbedienung und schaltete den Ton aus. „Tut mir leid wegen gerade, Jungs."

„Ja", stimmte ihr Bill zu. „Normalerweise streiten wir uns vor unseren Gästen nicht."

Russ lächelte beide an. „Kein Problem. Aber ich glaube, wir sollten vielleicht lieber nach Hause fahren."

„Nein, bitte tut das nicht", sagte Shannon. „Wir wollen, dass ihr hierbleibt. Und der Strom wird auch noch nicht wieder da sein."

„Ernsthaft, Kumpel! Wir haben die Sache geklärt. Wir wollen einfach ein paar schöne Tage mit dir und Derek verbringen." Bill sah immer noch niedergeschlagen aus, das Ungestüme vom Tag war verschwunden, doch er gab sich wirklich Mühe.

Also gab sich auch Derek Mühe. Er setzte ein Lächeln auf und sagte: „Klingt gut."

Russ sah ihn aufmerksam an. Dann sagte er: „In Ordnung. Warum holt ihr nicht ein paar Brettspiele raus?"

34

So SEHR er auch gehofft hatte, Tim nie wiederzusehen, war Derek doch klar, dass das ziemlich unwahrscheinlich war – vor allem, da Tims Name neben seinem auf dem Kreditvertrag für das Haus am See stand. Alleine deshalb mussten sie früher oder später miteinander reden. Daher war Derek nicht allzu überrascht, als Tim an einem Sonntag im Dezember auftauchte.

Er war gerade in der Küchenecke und machte sich eine Tasse Kaffee, als er von einem lauten Klopfen an der Tür erschreckt wurde. Die Fensterscheiben waren inzwischen ersetzt worden und er sah Tim durchs Glas spähen. *Super. Und ich hatte noch nicht einmal einen Kaffee!*

„Komm rein!“

Tim öffnete die Tür und sah ihn missbilligend an, da beide Hunde aufsprangen und den Besucher begrüßen wollten. „Nette Unterwäsche.“

„Die kennst du schon.“ Ehrlich gesagt fühlte er sich unwohl. Er mochte es nicht mehr, wenn ihn jemand beäugte. Tim begann jedoch bereits, ihm auf die Nerven zu gehen. Daher widerstand er dem Drang, ins Schlafzimmer zu rennen und sich eine Hose anzuziehen. *Scheiß drauf. Warum kann ich in meinem eigenen Haus nicht anziehen, worin ich mich wohlfühle?*

Doch natürlich fühlte er sich *nicht* wohl und genau betrachtet war es immer noch auch Tims Haus. Noch schlechter fühlte er sich allerdings, als sein Ex-Verlobter hereinkam, Gracie und Max wegscheuchte und ihm ein Fremder folgte.

Der Mann machte alles andere als einen einschüchternden Eindruck. Er war sogar noch dünner und schlaksiger als Tim und mindestens fünf Jahre jünger. Er wirkte, als ob er gerade erst das College verlassen hätte, wenn überhaupt. Zwar sah er nicht schlecht aus, war jedoch nicht Dereks Typ: sommersprossig mit Babygesicht, stacheligem roten Haar, die grünen Augen von Eyeliner umrahmt.

„Das ist mein Freund Evan“, erklärte Tim und deutete mit der Hand auf den jungen Mann. Dann wies er gelangweilt auf Derek. „Evan, das ist Derek, mein Ex.“ Er betonte Dereks Namen, als ob ihm dieser einen üblen Geschmack im Mund verursachen würde.

Der Blick, den Evan Derek zuwarf, war lüstern und das war noch harmlos ausgedrückt. Derek sah, wie ihm bereits die Vorstellung eines Dreiers durch den Kopf ging.

Super.

„Ich ziehe mich schnell an“, murmelte Derek und stellte seine Tasse geräuschvoll auf die Arbeitsplatte.

Als er ins Schlafzimmer kam, war Russ gerade dabei, aufzustehen. Er sah Derek mit schläfrigen Augen verwirrt an. „Ist jemand gekommen?"

„Tim und sein jugendlicher Liebhaber", antwortete Derek. Er hob die Jeans, die er gestern getragen hatte, vom Boden auf und zog sie an.

„Was wollen sie?"

„Das weiß ich noch nicht." Der Pullover, den er gestern angehabt hatte, roch nach Schweiß, daher ließ ihn Derek wieder auf den Boden fallen und holte ein sauberes T-Shirt aus der Schublade.

Er drehte sich um und beobachtete, wie Russ in seine Jeans stieg. Das schwarze Haar war schlafzerzaust und sah einfach sexy aus. Auf dem durchtrainierten Oberkörper war am Bauch eine leichte „Falte" zu sehen. Sie stammte von den Bettlaken, die Russ während des Schlafes unter sich zusammengeknüllt hatte.

„Würde es dir etwas ausmachen, kein Shirt anzuziehen?", fragte Derek.

„Warum?"

„Weil du so echt heiß aussiehst und es Tim verrückt machen wird."

Russ grinste ihn an und kratzte den Abdruck an seinem Bauch. „Sind wir etwa wieder zurück auf der Highschool?"

„Ja. Der Kerl, der mich abgeschossen hat, soll sehen, dass mein Freund heißer als seiner ist."

„Okay. Ich wollte nur sichergehen."

ES WAR eine unangenehme Situation. Während Russ eine Tasse aus dem Schrank nahm und sich Kaffee einschüttete, folgte ihm Tims stechender Blick. Und der sexbesessene Milchbubi, den er mitgebracht hatte, gab sich keine Mühe, sein Interesse an sowohl Russ als auch Derek zu verbergen. Russ war sich ziemlich sicher, dass er auf eine Orgie hoffte. Das war jedoch nicht sehr wahrscheinlich. Selbst wenn Russ mitgemacht hätte – was er nicht tun würde – schienen sich Tim und Derek gegenseitig umbringen zu wollen.

„Wir müssen über den Kredit für dieses Haus reden", sagte Tim unvermittelt, nachdem sich alle vorgestellt hatten.

„Ich habe bezahlt", sagte Derek. „Sowohl die Rate für diesen als auch für den letzten Monat."

„Was ist mit nächstem Monat?"

„Was soll damit sein?"

„Hast du schon einen Job?"

Tim war erst seit zehn Minuten hier, doch Russ verspürte bereits den Wunsch, ihn zu schlagen. Er wusste, wie viele Bewerbungen Derek geschrieben hatte. Nicht eine Einzige hatte dank Victor, der eine Kündigung aus „schwerwiegenden Gründen" veranlasst hatte, zu einem Vorstellungsgespräch geführt. In der Geschäftswelt kam das einem Todesstoß gleich, wie er von Derek erfahren hatte. Aus diesem Grund konnte dieser auch kein Arbeitslosengeld beantragen.

„Nein", erwiderte Derek gelassen, „ich habe noch keinen Job."

Angesichts dieses kleinen Siegs sah Tim hocherfreut aus, nachdem sein Versuch, den neuen Freund vorzuführen, klar daneben gegangen war. „Und wie willst du die Raten zahlen? Ich werde das nämlich mit Sicherheit nicht tun."

Derek starrte ihn an, schien jedoch Schwierigkeiten zu haben, eine Antwort zu finden. Daher sagte Russ: „Wenn ihr mit den Raten in Verzug geratet, wird dein Kreditrating genauso in den Keller fallen wie Dereks."

„Das weiß ich", zischte Tim. „Aber ich lebe nicht hier. Im Übrigen habe ich diese kleine ... *Bretterbude* nie haben wollen." Er wedelte mit dem Finger vor Dereks Gesicht herum. „Ich will aus dem Vertrag raus!"

Mit zusammengebissenen Zähnen antwortete Derek: „Wie du verdammt gut weißt, kann ich dich nicht auszahlen, und bevor ich keine neue Arbeit habe, bekomme ich auch keine neue Finanzierung."

„Kumpel", sagte der Milchbubi – Russ hatte seinen Namen bereits vergessen – „im Café Croissant in Portsmouth suchen sie neue Leute. Ich könnte ein gutes Wort für dich einlegen. Ich habe ein paarmal mit dem Manager geschlafen."

Alle Blicke richteten sich auf ihn.

„Was? Er ist wirklich heiß."

„Danke", erwiderte Derek düster. „Vielleicht komme ich darauf zurück."

Tims arrogantes Grinsen brachte Russ auf die Palme. Er wollte es ihm austreiben. Obwohl der Bubi offensichtlich versuchte zu helfen, wusste Russ, Derek würde Probleme haben, sich als Barista oder Kellner zu bewerben. Ein nicht ganz unwesentliches Problem war, dass die meisten dieser Gastronomiebetriebe *niemals* Leute einstellten, die vorher ein so hohes Gehalt wie Derek bekommen hatten. Sie wussten, ein Verdienst, mit dem lediglich Studenten gerade so eben über die Runden kommen konnten, würde ihn nicht zufriedenstellen. Sollte er den Job bekommen, könnte er ihn nicht in seinem Lebenslauf angeben. Außerdem konnte er nur hoffen, später kein Vorstellungsgespräch bei jemandem zu haben, an dessen Tisch er bedient hatte. Unternehmen stellten keine Leute ein, die abgestürzt waren. Die allgemeine Meinung war: Wäre er gut in seinem Job gewesen, wäre er nicht so tief gefallen.

Soviel zu der Tatsache, Amerika hätte kein Klassensystem.

„Zwing mich nicht dazu, zum Anwalt zu gehen", drohte Tim.

Das brachte das Fass endgültig zum Überlaufen. Russ ertrug seinen Anblick keine Minute länger. Er knallte seine Tasse auf die Theke, sodass alle erschrocken zusammenzuckten. „Das wirst du verdammt noch mal nicht tun, du verdammtes Stück Scheiße!"

„Russ ...", begann Derek und der Milchbubi keuchte: „Langsam, Kumpel!", doch Russ war völlig auf Tim konzentriert, dessen Augen vor Angst weit aufgerissen waren, als der Polizist auf ihn zuging.

„Du hast einen rechtlich bindenden Vertrag für dieses Haus unterzeichnet, du Mistkerl. Du kommst nicht aus dem Vertrag, indem du ihm drohst. Die einzige

Möglichkeit für dich, aus der Sache rauszukommen, ist eine Neufinanzierung auf Dereks Namen. Bis Derek eine Neufinanzierung bekommt, bist du, mein Freund, verpflichtet, die Raten zu zahlen, sollte Derek dazu nicht in der Lage sein."

„Das werde ich nicht!", kreischte Tim, als er in Richtung Tür zurückwich.

Der Milchbubi schob sich zwischen Tim und Russ und hob bittend die Hände. „Mann! Beruhige dich!"

Russ ignorierte ihn und kümmerte sich nicht großartig darum, ob er auf seinem Weg zu Tim gegen ihn stieß. Er wollte nur Tim aus dem Haus haben. *Jetzt.*

„Dann ist dein Kreditrating im Arsch. Probier es aus. Oder zahl' deinen Teil der Rate, was du übrigens in den letzten zwei Monaten nicht getan hast. Nach meiner Rechnung schuldest du Derek mindestens eine volle Rate."

„Russ!", schrie Derek.

Doch Russ' Zorn war übergekocht und er konnte die Hitze immer noch unter der Haut spüren. „Am besten hauen du und dein kleiner Freund ganz schnell ab, bevor ich noch *richtig* sauer werde!"

Mehr war nicht nötig, mit einem letzten: „Leckt mich doch alle beide!" stürzte Tim davon.

Der Milchbubi blieb kurz auf der Türschwelle stehen und suchte nach etwas in seiner Gesäßtasche. Schließlich zog er eine Visitenkarte hervor, die er Russ entgegenhielt. „Kannst du sie deinem Freund geben? Falls er an dem Job interessiert ist, meine ich."

Russ nahm die Karte, sein Ärger ließ ein wenig nach. Es war eine billige Karte, zu Hause auf einem Tintenstrahldrucker gedruckt und von Hand zurechtgeschnitten. Darauf stand lediglich der Name „Evan" und eine Telefonnummer. *Geschickt.* „Äh … klar."

„Danke!" Dann zwinkerte Evan ihm zu. „Ihr könnt mich beide anrufen."

„Evan!", schrie Tim von draußen.

Evan sauste davon.

Was für ein Mistkerl, dachte Russ. Tim hatte ihn verdient.

Tief befriedigt, Tim rausgeschmissen zu haben, drehte sich Russ mit einem Grinsen zu Derek um. Doch Derek erwiderte das Lächeln nicht. Er funkelte ihn wütend mit knallrotem Kopf an.

Oh Scheiße …

„Was … zum *Teufel* … sollte *das* denn?"

Russ wusste nicht, was er falsch gemacht hatte. Verzweifelt versuchte er, die ganze Szene vor seinem geistigen Auge nochmals ablaufen zu lassen, doch dafür war nicht mehr genug Zeit. Derek stand auf und ging auf ihn zu, die Hände zu Fäusten geballt.

Will er mich schlagen? „Ich dachte, du wärst stocksauer auf ihn …"

„Deshalb hast du es übernommen, mich vor ihm zu beschützen?"

„Ja."

„Verdammt noch mal, Russ!“, zischte Derek. „Bin ich wirklich so ein Waschlappen?“

Russ sah ihn schockiert an. „Wer hat denn gesagt …“

„Du glaubst, ich würde mit jemandem wie *Tim* nicht klarkommen?“ Er sprach den Namen voller Verachtung aus. „Er ist ein *Kind.* Er ist der am wenigsten einschüchternde Mann, den ich kenne. Ich könnte ihn mit einer Hand hochheben!“

„Tut mir leid.”

„Nein.“ Derek schüttelte nachdrücklich den Kopf. „Hier geht es nicht nur um ihn. Ständig beschützt du mich: vor ihm, vor Victor, vorm Alleinsein. Außerdem hilfst du mir ständig: beim Umgang mit der Polizei, bei meinen Rechnungen …“

Allmählich klang es wie ein Trennungsgespräch und das begann ihn zu ängstigen. „Was ist falsch daran? Ich dachte, du möchtest meine Hilfe. Ich dachte, du *brauchst* sie!“

Derek gab ein angewidertes Geräusch von sich und ging zurück in die Küchenecke. Dort blieb er stehen, die Hände auf den Rand der Bar gestützt. „Dadurch komme ich mir … schwach vor.“

„Ich möchte nicht, dass du dich schwach fühlst, Derek. Ich versuche doch nur, dir zu helfen, die ganze Sache hinter dich zu bringen.“

„Ich werde es nicht *hinter* mich *bringen*“, sagte Derek finster. „Verstehst du denn nicht? Das ist nichts, was ich nach einiger Zeit durchgestanden habe und danach bin ich geheilt.

Was Victor mir angetan hat, wird von jetzt bis zu meinem Tod an mir kleben. Nichts wird daran etwas ändern können.“

Russ ging vorsichtig zu ihm. Er hatte Angst, wenn er sich zu schnell bewegte, könnte Derek anfangen zu schreien, oder schlimmer noch, wegrennen. „Es ist erst fünf Monate her. Du musst dir mehr Zeit geben.“

Derek schüttelte wieder den Kopf. „Was ich muss, ist *härter* werden. Ich bin es leid, mich schwach zu fühlen. Ich bin es leid, von dir mit Samthandschuhen angefasst zu werden. Es ist ekelhaft!“

„Ich versuche doch nur, mich um dich zu kümmern! Du bist mein Freund, oder etwa nicht? Wir sollten uns umeinander kümmern.“

„Freund?“ Derek wirbelte zu ihm herum. „Wie könnte ich dein *Freund* sein? Wir sind einfach nur zwei Bekannte, die sich ein Bett teilen! Weißt du überhaupt, wie mein Schwanz aussieht? Ich bin mir sicher, *deinen* niemals zu Gesicht bekommen zu haben!“

„Du willst wissen, wie mein Schwanz aussieht?“, fragte Russ aufgebracht. Er riss seinen Reißverschluss auf und schob Jeans und Unterhose nach unten. „Bitte sehr!“

Das war der völlig falsche Weg. Es wurde ihm sofort bewusst, als er sah, wie der andere Mann kreidebleich wurde. Derek ging rückwärts, so als ob er einen Angriff erwarten würde.

Als ob er eine *Vergewaltigung* erwarten würde.

„Es tut mir leid“, sagte Russ eilig und griff nach seiner Hose. Der Bund von Jeans und Unterhose hatte sich verheddert und erschwerte es ihm, sie hochzuziehen. Unbeholfen schaffte er es schließlich.

Derek wandte sich ab, die Hände zu Fäusten geballt. Er schien Schwierigkeiten beim Atmen zu haben. Schließlich keuchte er: „Ich kann das nicht mehr. Ich kann nicht zulassen, dass du dich um mich kümmerst, so tun, als ob wir eine Beziehung hätten, wenn ich dir im Gegenzug nichts dafür bieten kann.“

„In Beziehungen geht es nicht nur um *Sex*, Derek.“

„Ich weiß. Aber das ist ein Teil der Gleichung und ein Teil, den ich nicht dazu beitragen kann.“ Inzwischen klang er ruhiger, doch das war nicht sehr beruhigend. Seine Schultern waren nach vorne gesackt, er sah besiegt aus. Seufzend fügte er hinzu: „Ich weiß, du willst mir nur helfen und dafür bin ich dir dankbar. Aber ich bin zu abhängig von dir. Du machst alles für mich, du versuchst, alle Aufregung von mir fernzuhalten und jetzt *unterstützt* du mich sogar *finanziell*. Das kannst du dir nicht leisten.“

„Das ist keine große Sache“, log Russ. Die Zahlung von Dereks Strom- und Handyrechnung, zusätzlich zu seinen eigenen, begann langsam, ihn finanziell zu belasten. Er hatte noch Geld auf der Bank, doch darauf hatte er bereits letzte Woche zurückgreifen müssen. Polizisten verdienten einfach nicht so viel.

„Was, wenn die Kreditrate fällig wird?“, wollte Derek wissen. „Glaubst du wirklich, Tim wird zahlen? Oder wolltest du das übernehmen?“

Russ konnte ihm nicht antworten. Er *hatte* daran gedacht, die Zahlungen zu übernehmen, selbst wenn seine Ersparnisse dabei draufgehen sollten. Und insgeheim hatte er sich Sorgen gemacht, was im Februar geschehen würde, wenn seine Reserven aufgebraucht wären.

„Ich mag es nicht, wie ich mich verändere“, sprach Derek weiter. „Ein Mann, der sich aushalten lässt und mit dem man nicht mal Sex haben kann. Ich verliere das letzte bisschen Respekt, das ich mir selbst gegenüber noch hatte.“

„Was soll ich tun?“ Russ kannte die Antwort bereits und fürchtete es, sie zu hören.

„Geh‘ bitte.“

35

WEIHNACHTEN WAR schrecklich. Derek war jedoch klar, dass nur er alleine Schuld daran hatte, naja, er und das beschissene Wetter. Die Schneemassen von Thanksgiving waren im relativ warmen Dezember dahingeschwunden. Am ersten Weihnachtstag war es um die zehn Grad warm und es goss in Strömen. Er hatte Russ aus verletztem Stolz weggeschickt. Seitdem waren mehr als anderthalb Wochen vergangen und Russ hatte seinen Wunsch, etwas Zeit für sich zu benötigen, respektiert. Das Problem war jedoch, Derek wollte gar nicht wirklich alleine sein. Er wollte mit Russ zusammen sein. Doch er hasste es, sich auf Russ zu verlassen, hasste die Art, wie Russ sich um ihn kümmerte, als sei er ein Kind. Ihm war bewusst, dass Russ nur sein Bestes wollte, doch dieses ganze ... *Bemuttern* ... fühlte sich einfach falsch an. Dadurch kam er sich traurig und mickrig vor und das hasste er.

Gleichzeitig war er sich aber nicht sicher, ob eine Trennung auf Zeit der richtige Weg war, damit umzugehen, schließlich fühlte er sich jetzt auch nicht besser. Er fand immer noch keinen Job, nicht einmal nachdem er zusammengebrochen war und einen Bewerbungsbogen für das Café Croissant ausgefüllt hatte. Evans Versuche, ihn während ihres Telefonats zu einem One-Night-Stand zu überreden, waren echt nervig gewesen. Seine Empfehlung gegenüber dem Manager hatte nicht für eine Einladung zu einem Bewerbungsgespräch gereicht.

Derek hatte also lediglich erreicht, dass er sich jetzt isoliert und einsam vorkam. Russ und er hatten geplant, den Weihnachtsmorgen zusammen zu verbringen, Geschenke auszutauschen und anschließend zum Weihnachtsessen zu Shannon zu fahren. Derek hatte nicht viel Geld, auf seinem Konto waren inzwischen nur noch einige Hundert Dollars, doch er hatte Russ mehrere Filme auf Blu-Ray gekauft.

Jetzt lagen sie auf der Bar, eingepackt in billiges Weihnachtspapier. Er hatte gehofft, Russ würde morgens vorbeischauen, doch das hatte er nicht. Gegen Mittag hörte er den SUV aus der Einfahrt fahren.

„Bleiben nur wir beide“, sagte er niedergeschlagen zu Gracie.

Ich bin ein solcher Idiot.

Er nahm einen großen „Knochen“ für Hunde, der aus einer organischen Substanz bestand, die für Hunde bekömmlicher als die üblichen Hundekauknochen sein sollte – das große Hundeknochen-Kotz-Ereignis von 2009 wollte er nicht wiederholen – und gab ihn Gracie. Dann setzte er sich mit einer Tasse heißem Instant-Kakao und einer Tüte Kekse aus dem Supermarkt aufs Sofa. Es gab weder einen Weihnachtsbaum noch irgendeine Dekoration. Er hatte geplant, sie mit Russ zu besorgen, aber natürlich war es dazu nicht mehr gekommen. Doch er hatte ja sein Laptop und so sah er sich einige Weihnachtsfilme auf YouTube an.

Und so verlief in diesem Jahr das Weihnachtsfest im Sawyer Haus.

RUSS' WEIHNACHTSFEST war etwas schöner, jedoch nicht viel. Er hatte ein Geschenk für Derek gekauft: keine Cappuccino-Maschine, aber etwas, das Derek wirklich brauchen würde, wenn er den Winter über im Haus am See wohnen wollte. Doch da es teuer gewesen war, hatte er jetzt Angst, es ihm zu geben. Derek würde wegen des Preises sauer werden und ihn erneut bezichtigen, überfürsorglich zu sein. Obwohl es ihn fast umbrachte, ging Russ an dem Morgen nicht zu Derek. Stattdessen fuhr er, sobald er konnte, zu Shannon. Der Besuch bei seiner Schwester und Bill hob seine Laune etwas und es war herrlich, Jacobs Freudenschreie beim Auspacken der Geschenke zu hören. Das größte Geschenk, das Russ seinem Neffen gekauft hatte, war ein ferngesteuerter Dinosaurier für Kinder ab fünf Jahren. Er war ein wenig bestürzt wegen des Krachs, den das Spielzeug machte: Krach, wenn es sich bewegte und Krach, wenn Jacob eine andere Taste der Fernbedienung drückte und der Schrei des T-Rex erklang.

„Das wird euch in den Wahnsinn treiben", sagte er zu Bill und Shannon. Er hatte Angst, Weihnachten nie wieder eingeladen zu werden.

Bill schnaubte nur und antwortete: „Das machen sie doch alle. Heutzutage sind alle Spielsachen roboterhaft und laut."

„Du solltest mal die Zeichentrickserien hören, die er sich ansieht", fügte Shannon hinzu und verdrehte die Augen.

Russ *hatte* die Serien gehört. Er verabscheute sie.

Jacob fand den Dinosaurier jedoch *cool!* Den ganzen Tag spielte er damit und fiel in sein Schreien ein. Und das war ja schließlich auch der Grund, warum Russ ihn gekauft hatte. Juhu! Er hatte einige Punkte als Lieblingsonkel gesammelt.

Den ganzen Tag über war er sich jedoch Dereks Abwesenheit schmerzlich bewusst. Bis zum Abend wurde das Thema nicht erwähnt. Shannon und Bill wussten, Derek hatte um etwas Zeit für sich alleine gebeten, Shannon hatte deswegen mehr als einen verzweifelten Telefonanruf bekommen. Nachdem Jacob ins Bett gebracht worden war und Bill jedem ein Glas seines selbst gemachten Eierpunsches mit einem großzügigen Schuss Rum und Bourbon Whiskey eingeschenkt hatte, sprach Shannon das Thema an.

„Hast du ihn heute gesehen?"

„Nein", antwortete Russ unglücklich.

„Nicht einmal, um ihm frohe Weihnachten zu wünschen?"

„Nein."

„Shannon", ermahnte sie Bill, „lass' ihn in Ruhe."

Sie hob die Augenbrauen. „Ich mache mir doch nur Sorgen. Ich mache mir über sie beide Sorgen.“ Nachdem sie einen Schluck Eierpunsch getrunken hatte, fügte sie hinzu: „Das habe ich alles selbst durchgemacht, damals.“

„Was?“, wollte Russ wissen.

„Damals, als ich nach Martys Tod zum College gegangen bin. Ich habe mich völlig zurückgezogen, weil … es niemand verstanden hat.“

Davon hatte Russ nichts gewusst. Er war zu der Zeit in der Abschlussklasse und so mit den Prüfungen für seinen Highschool-Abschluss beschäftigt gewesen, dass er kaum Zeit gehabt hatte, an seine Schwester hundertsechzig Kilometer weiter östlich an der Universität zu denken. Jetzt kam es ihm vor, als ob er sie im Stich gelassen hätte – schon wieder. „Du hättest mich anrufen können“, sagte er defensiv.

Shannon lachte leise und schüttelte den Kopf. „Nein, das konnte ich nicht. Du hättest mir sowieso nicht helfen können.“

„Was *hätte* dir denn helfen können?“, wollte Russ wissen.

„Ich weiß es nicht. Vielleicht mit jemandem zu reden, der das Gleiche durchgemacht hat. Deshalb habe ich versucht, Derek eine helfende Hand zu reichen. Doch vielleicht ist das nicht das, was *er* jetzt braucht.“

Russ sah zu Bill hinüber und ihre Blicke trafen sich. Er erkannte den Schmerz und die Frustration in seinen Augen. Doch auch Bill war damals nicht in der Lage gewesen, ihr zu helfen. Sie waren sich erst sieben Jahre nach ihrem Abschluss an der UNH, der University of New Hampshire, begegnet.

„Vielleicht bin ich nicht der Richtige für ihn“, bemerkte Russ. Es klang erbärmlich und nach Selbstmitleid, doch er konnte es nicht ändern. „Ich werde nie wirklich verstehen, was er durchmacht. Und ich bin kein Therapeut.“

Er sah Bill kurz zu Shannon hinüberblicken, und als er wieder Russ anschaute, herrschte wenig Zweifel, dass es ihm genauso ging.

Doch Shannon hatte den schweigenden Gedankenaustausch der beiden Männer beobachtet und lächelte nachsichtig. Sie rutschte über die Couch zu Bill hinüber und schmiegte sich in seine Arme. „Ihr zwei“, sagte sie beruhigend. „Hier geht es nicht um einen von euch. Bill, du bist alles, was ich brauche. Und Russ … gib‘ Derek einfach etwas Zeit, das Chaos in seinem Kopf zu ordnen. Falls er dich braucht – *wenn* er dich braucht – weiß er, wo er dich finden kann.“

„Was, wenn er mich nie mehr braucht?“

„Das wird er.“

GEGEN ZEHN Uhr abends gab es Derek auf. Was genau er aufgab, wusste er nicht. Vielleicht, auf Russ‘ Heimkehr zu warten. Doch das war sinnlos. Wahrscheinlich würde Russ über Nacht in Keene bleiben.

Wo ich genau jetzt auch sein sollte.

Doch er hatte seine Wahl getroffen. Er hoffte nur, Russ verbrachte ein schöneres Weihnachtsfest als er. Derek hatte jeden Weihnachtsfilm gesehen, der ihm in den Sinn gekommen war, hatte fast einen Liter gekauften Eierpunsch getrunken und zum Abendbrot einen aufgetauten Truthahn gegessen.

Er ließ Gracie nach draußen und stand im Hauseingang, durch das kleine Vordach vor dem Regen geschützt, während sie pinkelte. Er verdrehte den Hals, um zu sehen, ob in Russ' Haus Licht war, doch es war alles dunkel. Als Gracie wieder reinkam, musste er sie mit einem Handtuch abtrocknen.

Er schloss die Türen ab, schaltete im Wohnzimmer und in der Küchenecke die Lampen aus und betrachtete traurig die eingepackten Blu-Rays auf der Bar. Sie würden nicht schlecht werden, nahm er an. Doch es wäre schön gewesen, sie Russ zu geben, bevor der Tag vorbei war.

RUSS KAM an dem Abend gegen Mitternacht wieder zu Hause an. Shannon hatte versucht, ihn zu überzeugen, über Nacht in Keene zu bleiben, doch er war nicht mit dem Herzen dabei. Er wollte in Dereks Nähe sein, selbst wenn er nicht mit ihm zusammen sein konnte. Ja, er wusste, dass das jämmerlich war, aber er konnte nicht anders.

Auf der Rückfahrt spielte er mit dem Gedanken, bei Derek anzuhalten. Trotz allem war Weihnachten. Es wäre doch nicht völlig abwegig, eine Minute zu halten und ihm frohe Weihnachten zu wünschen, oder?

Als er auf den Parkplatz fuhr, wurde seine Hoffnung zerstört. Dereks Haus war völlig dunkel. Sein Auto war da, also war er wahrscheinlich zu Hause. Offenbar war er jedoch früh zu Bett gegangen. Russ stieg aus dem Auto und nahm seine Reisetasche und die kleine Tüte mit den Geschenken, die er bekommen hatte, heraus. Max lief den Pfad hinunter und zu Russ Erschrecken direkt zum Seiteneingang von Dereks Haus.

„Komm' Junge!", zischte Russ, bemüht, nicht zu viel Lärm zu machen. „Heute gehen wir nicht dorthin."

Widerwillig machte Max kehrt und ging mit ihm den Hügel hinauf. Als sie ihr eigenes Haus erreicht hatten, waren Hund und Herrchen völlig durchnässt. Russ hoffte, dass keins seiner Geschenke beschädigt worden war. Die meisten waren jedoch sowieso Werkzeuge.

Er öffnete die Tür, ließ Max und sich hinein und schaltete das Licht in der Küche an. Die Heizung war runtergedreht, da er geplant hatte, ein paar Tage wegzubleiben. Daher war es jetzt ziemlich kalt. Er stellte die Taschen ab und ging ins Wohnzimmer, um das Thermostat ein paar Grad höher zu stellen.

Neben dem Sofa stand Dereks Geschenk: ein 6400 Watt starker Generator von Champion mit Elektrostarter, der mit einer Tankfüllung Dereks gesamtes Haus ungefähr sechs Stunden mit Strom versorgen konnte. Er hatte über fünfhundert Dollar gekostet, was ein ordentliches Loch in seine Finanzen gerissen hatte. Doch das war etwas, das jeder Einwohner in New Hampshire haben sollte, vor allem, wenn er in der tiefsten Pampa wohnte. Leider war Russ davon überzeugt, dass Derek es nicht wollen würde. Nicht von ihm jedenfalls.

Er seufzte und drehte sich weg, um nicht länger daran denken zu müssen.

Sogar eine verdammte rote Schleife hatte er darum gebunden.

36

AM FOLGENDEN Dienstag bekam Derek einen Anruf von Mr Michaelson, dem Anwalt, den der Staat Florida für ihn bestellt hatte. Es war jetzt über einen Monat her, seit Derek nach Tampa geflogen war und er hatte sich eingeredet, dass er von dort nichts mehr hören würde. Doch Mr Michaelson teilte ihm mit: „Der Bezirksstaatsanwalt hat Ihren Fall überprüft und bietet Mr Salkos Anwalt einen Deal an."

„Einen Deal?", fragte Derek verwirrt. Hätte das nicht mit ihm besprochen werden müssen?

„Schwerer Missbrauch – Vergewaltigung – ist eine schwere Straftat. Mr Salko soll einem „Plea of no contest" zustimmen, das heißt, in einem Fall von minderschwerer sexueller Belästigung seine Schuld zwar nicht bestreiten, aber auch nicht einräumen. Dann müsste er nur eine Geldstrafe zahlen und würde somit einen Gefängnisaufenthalt vermeiden.

Anders ausgedrückt, er würde ungeschoren davonkommen.

„Was?", schrie Derek auf. „Nein, das ist lächerlich!"

Mr Michaelson seufzte und fuhr übertrieben geduldig fort: „Mr Sawyer, der einzige Beweis, der Ihre Behauptung einer *Vergewaltigung* durch Mr Salko untermauert, ist, dass das Hotelpersonal Blut und Urin auf den Laken eines Bettes gefunden hat …"

„Na also."

„Es reicht nicht, um vor Gericht zu gehen. Sein Anwalt würde einfach behaupten, sie beide hätten nur … rumgemacht … und dabei wäre es etwas rauer zugegangen."

„Und haben uns gegenseitig *angepisst?*"

„Das soll vorkommen."

Du Arschloch. Du ... verdammtes ... schwulenhassendes ... Arschloch ... Derek hatte keine Zweifel, dass Mr Michaelson glaubte, es hätte sich genau so zugetragen und jetzt wäre Derek einfach nur sauer, weil Victor ihn nicht vorher zum Essen eingeladen hatte, oder etwas in der Art. Er schaffte es kaum, seinen Zorn im Zaum zu halten und fragte: „Was, wenn ich dem Deal nicht zustimme?"

„Vertrauen Sie mir, Mr Sawyer. Das ist das Beste für Sie und Mr Salko. Die Sache wird ohne einen langen, unangenehmen Prozess, den Sie höchstwahrscheinlich sowieso verlieren würden, beigelegt. Sie könnten Ihrem Arbeitgeber mitteilen, dass die Anschuldigungen gegen Sie zu Ihren Gunsten fallengelassen wurden. Wie ich verstanden habe, haben Sie Schwierigkeiten, aufgrund von Mr Salkos Anschuldigungen eine neue Arbeitsstelle zu finden."

„Ja."

„Als Bestandteil des Deals wird er diese Anschuldigungen zurücknehmen müssen. Dann können Sie wieder ins Berufsleben einsteigen."

Je länger Mr Michaelson sprach, desto empörter wurde Derek. Doch nachdem er aufgelegt und kurz hatte hyperventilieren müssen, wurde ihm klar, dass das Gespräch wenigstens etwas Gutes hatte: Zum ersten Mal seit Monaten hatte die Wut über die Ungerechtigkeit der ganzen Angelegenheit die Angst und Scham, an die er sich schon gewöhnt hatte, überwogen.

Er dachte darüber nach, Russ anzurufen. Sie hatten sich immer noch nicht ausgesprochen. Seit dem Tag kurz vor Weihnachten hatten sie keinen Kontakt mehr gehabt. Die Blu-Rays lagen immer noch in weiß-silberfarbenem Geschenkpapier verpackt auf Dereks Bar. Aber Russ würde über die neuesten Entwicklungen informiert werden wollen, oder etwa nicht?

Er entschied sich, zu warten. Es war Nachmittag und Russ wahrscheinlich auf der Arbeit. Sein Outback hatte nicht auf dem Parkplatz gestanden, als Derek mit Gracie draußen gewesen war. Es gab keinen Grund, ihn während der Arbeit zu stören. Es wäre eventuell auch ein guter Grund, um den Hügel hinunterzugehen und mit ihm zu sprechen, wenn er nachts nach Hause kam.

„DAS WAR Barkley aus Tampa", teilte ihm Chavez am Telefon mit. „Er sagt, der Bezirksstaatsanwalt möchte einen Deal."

Russ fluchte leise. Er hatte eigentlich nichts anderes erwartet, doch es kotzte ihn trotzdem an. „Sollen wir Derek anrufen?"

„Falls er noch nicht informiert wurde, wird er es in Kürze", stellte sie klar.

Das wusste er. Es war nicht mehr ihr Fall. Barkley hatte sie nur aus Höflichkeit auf dem Laufenden gehalten.

Russ seufzte. Derek würde stinksauer sein, noch mehr als er selbst. Doch es gab nichts, was sie jetzt noch tun konnten. Wenn der Staatsanwalt den Fall nicht strafrechtlich verfolgen wollte, konnten sie ihn nicht dazu zwingen. Und ein Strafprozess würde Derek wahrscheinlich nicht guttun. Im Zuge der Strafverfolgung wurden die Opfer von sexuellem Missbrauch oft gedemütigt und erneut traumatisiert.

Doch Victor ungeschoren davonkommen zu lassen, wird ihn verdammt noch mal auch nicht glücklich machen.

Er steckte sein Handy zurück in die Tasche und holte sich einen Einkaufswagen aus der Schlange. Nach dem Einkaufen musste er noch jede Menge Besorgungen erledigen. Er überlegte, Derek anzurufen, doch da sie seit mehr als zwei Wochen nicht mehr miteinander gesprochen hatten, wäre das komisch. Besser er wartete, bis er wieder zu Hause war, dann konnte er bei ihm vorbeischauen und direkt mit ihm sprechen.

Vorausgesetzt, Derek wollte ihn sehen.

DEREK SCHLOSS nicht länger seine Tür ab, wenn er zu Hause war. Die Wohnung in Portsmouth war natürlich die ganze Zeit über abgeschlossen gewesen. Am See schien das Haus jedoch so abgelegen zu sein, dass er kaum daran dachte. Er schloss ab, als er am Nachmittag ins Fitnessstudio ging, doch als er nach Sonnenuntergang zurückkam und mit Gracie Gassi ging, vergaß er es nach ihrer Rückkehr.

Er dachte daran, Russ anzurufen. Vielleicht sollte er einfach zu seinem Haus runter laufen. Der Outback stand nicht auf dem Parkplatz, Russ hatte ihn jedoch früher am Tag dort gesehen, daher hatte er heute wahrscheinlich frei. Doch Derek war schweißüberströmt und stank. Es wäre besser, erst zu duschen.

Er duschte, trocknete sich ab und ging nackt, nur das Handtuch um die Hüften geschlungen, ins Wohnzimmer.

Irgendetwas stimmte nicht.

Gracie lag neben dem kalten Kaminofen, den Kopf eingezogen, die Ohren eng am Kopf anliegend. Sie sah ihn an und jaulte.

„Was ist los, altes Mädchen?“

Und dann roch er es – das beschissene Aftershave, das Victor benutzte; dieser Gestank nach Leder und Schweiß. Derek spürte, wie er kreidebleich wurde. Das bekannte eisige Gefühl in seinen Eingeweiden, von dem er sich kürzlich erst hatte befreien können, war wieder da.

Oh Gott, nein ...

Eine kräftige Hand griff nach seiner Schulter und riss ihn herum. Im gleichen Moment rutschte ihm das Handtuch von den Hüften, sodass er Victor völlig nackt gegenüberstand. Dereks Hintern wurde schmerzhaft gegen die hölzerne Sofakante gedrückt. Als sich Victor vorbeugte und zu sprechen begann, konnte Derek den Wodka in seinem Atem riechen. „Du verdammte Pussy!“

Er war unfähig, sich zu bewegen. Eine Stimme in seinem Kopf schrie: *Renn weg, du Idiot*! Doch er blieb wie angewurzelt stehen, vor Schreck wie erstarrt. Gracie kläffte Victor inzwischen wild an, war jedoch zu verängstigt, um ihn anzugreifen. Derek war sich seiner Nacktheit überaus bewusst, sein Schwanz versuchte, in seinen Körper zu kriechen, sein Arschloch verkrampfte sich vor Entsetzen. *Er wird es wieder tun! Hilfe! Er wird es wieder tun!*

Victors Finger bohrten sich hart in seine Schulter und er schrie: „Wir sind beste Freunde gewesen! Es war keine große Sache! Wir haben uns ständig nackt gesehen. Wir waren geil aufeinander. *Es war keine große Sache*!“

„Du hast mich vergewaltigt!“ Überrascht hörte Derek seine eigene Stimme. Er klang wie eine winzige, zitternde Maus.

Victor hob kurz die Augenbrauen, für eine Sekunde war er aus dem Konzept gebracht. Dann brüllte er auf und schlug ihm hart gegen die Brust. *„Fick dich!“*

Durch die Wucht des Schlages wurde Derek über das Sofa geschleudert. Mit einer Schulter landete er im Sitzpolster, doch seine Hüfte knallte schmerzhaft gegen den Couchtisch. Er schrie auf und stürzte zu Boden. Gracie jaulte ängstlich auf, als sie fast von seinem Knie getroffen wurde.

Russ! Hilf' mir! Doch er wusste, es war hoffnungslos. Russ war in seinem Haus, doch genauso gut hätte er sich auf der anderen Seite der Erdhalbkugel befinden können. Er würde nichts hören. Er würde auch nicht zufällig vorbeikommen, nicht nachdem Derek ihn vor einigen Wochen angeschnauzt hatte.

Dieses Mal wird er mich umbringen! Ich werde sterben!

„Ich habe dich lediglich gefickt, du verdammter Schwanzlutscher, das war alles!" Victor riss ihn vom Boden hoch und schmiss ihn aufs Sofa. „Du wolltest es doch! Du hast es verdammt noch mal auch gewollt!"

„Nein!", schrie Derek.

Victor trat den Couchtisch zur Seite, dabei verfehlte er Gracie nur knapp. Der Hund huschte mit eingezogenem Schwanz ein paar Schritte zurück, bellte ihn jedoch tapfer an und versuchte, ihn von ihrem hilflosen Herrchen zu vertreiben.

„Ich habe dir gegeben, was du wolltest und jetzt versuchst du, mein Leben zu ruinieren!"

Derek hatte Schwierigkeiten, Luft zu bekommen. „Ich habe nicht … wollte …"

„Du willst mich vor Gericht schleifen?" Victor schlug auf Dereks Beine ein, als dieser in einem nutzlosen Versuch, ihn sich vom Leib zu halten, damit um sich trat. „Du willst, dass ich *gefeuert* werde? Dass in meiner Akte eine *schwere Straftat* steht? Dass ich als *Sexualstraftäter* registriert werde?"

Er schnappte nach Dereks Knöcheln und riss ihm die Beine auseinander. Derek schrie auf, mehr vor Angst als aus Schmerz. Sein Genitalbereich lag einladend vor Victor ausgebreitet da.

Nein! Nein! Nein!

Sein Schrei schien Gracie zu ermutigen. Sie machte einen Satz nach vorne und rammte ihre Zähne in Victors Bein. Er brüllte auf und wirbelte herum, um sie zu attackieren.

Gracie!

Victor schlug sie nicht, schrie aber: „Geh' weg, du verdammter Hund!", und lockerte dabei den Griff um Dereks Beine.

Derek trat hart nach ihm und wand sich aus Victors Griff. Mit der linken Hacke traf er dessen Bauch und mit einem lauten *Uff* fiel Victor über die Sessellehne. Gracie war so klug, sein Bein loszulassen und zu ihrem Herrchen zu rennen, das gerade von der Couch taumelte und mühsam wieder auf die Beine kam.

Derek hastete zur nächstgelegenen Tür, der Glastür zur Terrasse. Er riss sie auf und rannte nach draußen, dicht gefolgt von Gracie. Es war eine klare Nacht, doch die Temperaturen waren stark gefallen. Eiskalte Luft traf auf seinen nackten Körper. Er knallte die Tür zu, sodass Victors Wutschreie nur noch gedämpft zu hören waren. Die Tür konnte jedoch nicht von außen verriegelt werden.

Also rannte Derek los.

Da er kein Boot besaß und abgesehen von Höchstleistungsschwimmern zu dieser Zeit des Jahres niemand in den See springen würde, blieb nur ein möglicher Fluchtweg. Er sprang von der Terrasse auf das verwelkte Gras des kleinen Gartens, der das Haus umgab. Dann rannte er Richtung Parkplatz, auf den Hügel mit Russ' Haus zu. Sein Auto war verschlossen und er hatte den Schlüssel nicht bei sich, das wäre also keine Zuflucht. Doch Russ wäre eine, wenn er es schaffen würde, dorthin zu gelangen, bevor Victor ihn einholte.

Leider war Victor trotz seiner Angetrunkenheit nicht so dumm, ihm über die Terrasse nachzurennen. Als Derek an der Seitentür vorbeijagte, kam er herausgesprungen und warf sich auf ihn. Derek stürzte auf die kalte Erde.

„Arschloch", knurrte Victor.

Derek kam hart auf dem Rücken auf, bekam keine Luft mehr und musste wehrlos hinnehmen, dass Victor sich mit seinem ganzen Gewicht auf ihn legte. Angst überfiel ihn und wegen des kalten Bodens begann seine Kopfhaut zu kribbeln. Einzelne Grashalme gruben sich in sein Fleisch. Doch das war nichts im Vergleich zu der Übelkeit, ausgelöst durch das Gefühl von Victors Körperwärme, das erneute Niedergedrücktwerden durch dessen kräftigen Körper, den Gestank nach Leder und Schweiß, den Geruch des Wodkas in dessen Atem …

Derek schaffte es gerade noch rechtzeitig, den Kopf zur Seite zu drehen, als sich sein Magen auch schon verkrampfte und ihm das Mittagessen aus Mund und Nase floss.

„Verdammt!", fauchte Victor. „Was zum Teufel stimmt nicht mit dir?"

Derek würgte und schluchzte: „Lass mich in Ruhe …"

„Was verdammt …? Du bist ein *Mann* … verdammt noch mal! Ich habe dich gefickt – na und? Kleine Schwuchteln wie Tim werden ständig in den Arsch gefickt. Du hast mir erzählt, du hättest ihn gefickt. Hat er etwa jedes Mal angefangen, wie ein kleines Mädchen zu heulen, als du deinen Schwanz in ihn gesteckt hast?"

„Lass mich in Ruhe!" Sein Hals und die Nebenhöhlen brannten und der Geschmack von Erbrochenem ließ ihn erneut würgen.

„Hör' auf, dich wie eine *Pussy* zu benehmen. Reiß dich zusammen! Früher haben wir uns ständig geprügelt. In der neunten Klasse hast du mir die Nase gebrochen und ich habe dir in der elften Klasse im Sportunterricht die Schulter ausgekugelt! Willst du mir etwa sagen, ein Schwanz im Arsch tut mehr weh als *das*?!"

„Lass mich in Ruhe!", schrie Derek. Er legte seine ganze Kraft in den Schlag und knallte Victor die Faust gegen die Schläfe.

Victor schrie etwas Obszönes und hielt sich den Kopf. Das gab Derek die Möglichkeit, ihn hart gegen die Schulter zu stoßen. Victor fiel zur Seite und Derek wand sich unter ihm heraus. Leider machte er den Fehler, blindlings den Weg, den er gekommen war, zurück zur Terrasse zu rennen. Als seine nackten Füße die hölzernen Latten der Terrasse berührten, stand Victor bereits wieder und setzte zur Verfolgung an.

Derek rannte auf die Terrassentür zu, doch Victor griff nach seinem Arm. Derek riss sich los, verlor dabei jedoch das Gleichgewicht. Er versuchte noch, das Holzgeländer der Terrasse zu erwischen, griff jedoch daneben.

Dann stürzte er nackt mit wild rudernden Armen die Holzstufen zum Steg hinab.

RUSS HATTE bei seiner Ankunft Dereks Auto auf dem Parkplatz bemerkt, musste jedoch erst seine Einkäufe ins Haus bringen und Max hinauslassen. Seine Erledigungen hatten weitaus länger gedauert als erwartet, vor allem, da es auf der South Willow Street einen Unfall gegeben hatte. Gott sei Dank war Dezember und es war nicht so warm, dass die Milch, die stundenlang im Kofferraum lag, sauer wurde. Er überlegte wieder, Derek anzurufen, wollte jedoch nicht am Telefon mit ihm sprechen. Die Neuigkeiten über das Vorgehen des Staatsanwalts waren hoffentlich eine gute Entschuldigung, um endlich direkt miteinander zu sprechen. Dann vielleicht …

Max rannte zwischen Küche und Seiteneingang hin und her. Russ hatte ihn bereits hinausgelassen, als er gekommen war, daher war sein Verhalten äußerst merkwürdig.

„Was ist los, Junge?“

Max rannte zu ihm und begann zu jaulen.

„Musst du wirklich so nötig? Du warst doch gerade erst draußen.“ Trotzdem stellte er die Nudelpackungen, die er in der Hand gehabt hatte, auf die Theke und folgte dem Hund zur Tür.

Da hörte er es. Irgendetwas kratzte wie wild von der anderen Seite.

Er sah durch die Gardine nach draußen. Alles, was er sehen konnte, waren ein braun gesprenkelter Hintern und Schwanz, doch er erkannte Gracie und öffnete die Tür.

Sie kam hereingerannt und umkreiste ihn jaulend, den Schwanz zwischen den Beinen und schien verängstigt zu sein.

„Gracie?“ Langsam begann er, sich Sorgen zu machen. „Wo ist Derek?“ Vielleicht war Derek mit ihr draußen gewesen und hatte sich verletzt oder einen Anfall gehabt. Warum sonst war sie alleine unterwegs?

Russ trat auf die Treppe und sah zu Dereks Haus hinauf. Dann hörte er das Geschrei.

DEREK WAR mit dem Rücken auf dem Steg gelandet. Dort lag er nun am Fuß der Treppe, die Schmerzen schossen durch seinen ganzen Körper. Er hatte sich bei dem Sturz an beiden Knien und der Hüfte verletzt, an mehreren Stellen war die Haut abgeschürft. Am schlimmsten war jedoch der stechende Schmerz in seinem rechten Arm. Mit Sicherheit war er gebrochen.

Undeutlich war er sich der näherkommenden Schritte bewusst, die laut polternd die Stufen herunter auf ihn zu kamen. Dann erbebte der Steg, als Victor darauf sprang und sich über ihn stellte.

Derek befand sich an einem Ort jenseits der Angst, er beobachtete lediglich, sah dabei zu, wie sich die Dinge entwickelten. Er war hilflos und wusste, er würde vergewaltigt oder umgebracht werden, vielleicht sogar beides, doch das spielte keine Rolle mehr. Er verspürte keine Angst. Er spürte … gar nichts mehr. Victors Gesicht erschien über ihm, er sah die Wut in dessen Augen, sah, wie sich der eisenharte Kiefer anspannte.

Erneut geriet der Steg ins Wanken, als Victor sich auf die Knie fallen ließ und mit gegrätschten Beinen auf ihm saß. „Du blödes Arschloch! Willst du dich umbringen?“

Derek starrte ihn ausdruckslos an. Victors Gesicht kam näher und Derek begann sich schon zu fragen, ob der Mann ihn küssen wollte. „Wir sind seit Ewigkeiten beste Freunde! Warum kannst du es nicht einfach vergessen, sodass wir alle in Ruhe weiterleben können? Es war *keine! ... große! ... Sache!“*

„Du … hast … mein … Leben … zerstört.“ Derek schien es, als ob seine Stimme schwach und geisterhaft aus einem kilometerlangen Tunnel kommen würde.

„Oh verdammt noch mal!”, zischte Victor. „Mach‘ es bei mir, wenn es dir hilft!“

„Was?“

„Fick mich! So hart du willst! So, dass es wehtut! So, dass es *blutet*! Ich werde einfach hier liegen und es über mich ergehen lassen, falls es das ist, was du brauchst, um darüber hinwegzukommen!“

Derek starrte ihn verständnislos an. Von weit weg hörte er eine andere Stimme, Russ‘, etwas schreien, doch er konnte die Worte nicht verarbeiten. Sein Verstand war stehengeblieben wie ein Motor voller Sand.

Victor drehte sich um und sah zur Terrasse hoch. In dem Moment fühlte sich Derek wieder zurück in seinem Körper. Ein Strom von Angst, Ekel, Wut und … *Hass* … drohte ihn zu überschwemmen. Er fand seine Stimme wieder und halb schreiend, halb schluchzend sagte er: „Du … krankes … *Arschloch*!“

Ungeachtet der Schmerzen in seinem Körper holte er aus und schlug Victor mit dem linken Arm voll ins Gesicht.

RUSS HATTE keine Kondition mehr. Das wurde ihm erst in diesem Moment bewusst, als er so schnell er konnte den Hügel hinaufrannte. Seine Lungen waren kurz vor dem Bersten. Keuchend stolperte er den Hügel zu Dereks Haus hinauf, und als er schon vor der Tür stand, die Faust zum Klopfen erhoben, hörte er das Gebrüll.

Es kam jedoch nicht von drinnen, sondern von der Rückseite des Hauses.

Russ rannte zur Terrasse, doch auch dort war niemand. Die Geräusche eines Kampfes führten ihn schließlich zur Treppe. Als er hinunterblickte, sah er mit Entsetzen Victor auf allen vieren über einem nackten Derek hocken. Victor schrie irgendetwas von ‚darüber hinwegkommen'.

„Sofort runter von ihm!", schrie Russ. „Polizei!" Natürlich hatte er nicht daran gedacht, seine Waffe mitzunehmen.

Halb rennend, halb taumelnd kam Russ die Treppe herunter, als Derek etwas schrie, was er wegen des Lärms, den seine Schritte auf den Holzplanken verursachten, nicht hören konnte. Dann landete Derek einen Treffer in Victors Gesicht.

Der brüllte auf und schien mit beiden Fäusten auf Derek eindreschen zu wollen. Russ griff ihn jedoch von der Seite an. Beide Männer knallten auf den Steg, überschlugen sich und stürzten in den eiskalten See. Das kalte Wasser schnitt Russ rasiermesserscharf ins Fleisch. Vor Schmerz keuchte er auf und verschluckte sich am nach Schlamm und Fisch schmeckenden Wasser. Es war nicht sehr tief, doch es war dunkel und Victors kräftiger Körper lag auf ihm. Sie sanken bis zum Grund des Sees. Russ kam mit dem Rücken auf dem matschigen Grund auf. Er kämpfte gegen das Gewicht, das ihn nach unten drückte, an, stellte jedoch schnell fest, dass Victor sich nicht wehrte. Der Mann bewegte sich nicht mehr.

Scheiße!

Mit all seiner Kraft schaffte Russ, Victor von sich zu schieben. Seine Hände und Knie berührten den schlammigen Grund des Sees und er hob hustend und nach Luft schnappend den Kopf aus dem Wasser.

Derek schrie: „Russ!" Doch durch das Wasser in seinen Ohren schien der Schrei von weit weg zu kommen. Er stand im hüfthohen Wasser und hatte Schwierigkeiten, das Gleichgewicht zu halten, da immer wieder kleine Wellen gegen seinen Bauch schlugen. Als er sich schnell umsah, merkte er, dass Victor und er ungefähr drei Meter vom Steg abgetrieben waren. Derek kniete am Rand des Stegs, seinen rechten Arm haltend und unkontrolliert zitternd. Er sah furchtbar aus. Russ wollte zu ihm, ihn ins Warme bringen, doch dafür blieb keine Zeit.

Victor trieb immer noch mit dem Gesicht nach unten neben ihm. Russ packte ihn, hielt ihn über Wasser und drehte ihn um. Das Gesicht sah in dem dämmrigen Licht wachsartig und leblos aus, die Augen waren geschlossen. Wasser schwappte ihm übers Gesicht und in den Mund, doch er zeigte keine Reaktion. Er war eindeutig besinnungslos und atmete nicht.

Russ' Erste Hilfe Kurs begann, seine Wirkung zu zeigen. Obwohl er den Mann abgrundtief hasste, zog er ihn zum Steg. Dort angekommen stieg er aus dem Wasser. Derek versuchte, ihm mit einer Hand zu helfen. Was stimmte nicht mit seinem rechten Arm? War er gebrochen?

Russ kniete auf dem Steg, seine Kleidung war vollgesogen mit eisigem Wasser und die kalte Luft stach in seine Haut. Er zog Victor aus dem Wasser und legte ihn flach auf den Steg.

„Geh‘ ins Haus!“, wies er Derek an. „Ruf‘ die 911! Und sieh‘ zu, dass du warm wirst!“ Er bekam noch mit, wie Derek langsam aufstand und wegging, doch seine gesamte Aufmerksamkeit war auf Victor gerichtet. Er drehte den Mann auf die Seite und Wasser floss aus seinem Mund. An einer Seite des Kopfes hatte er eine klaffende Wunde. Dort schien er irgendwo gegen gestoßen zu sein – vielleicht gegen die Kante des Stegs oder gegen etwas auf dem Grund des Sees.

Und dann tat er, wozu er ausgebildet worden war. Ungeachtet seiner Gefühle, begann Russ mit der Wiederbelebung.

37

DER VORTEIL einer Stadt mit der Größe von Rockford war, dass die Rettungskräfte immer schnell zur Stelle waren. Sanitäter und Polizei trafen zehn Minuten nach Dereks Anruf ein. Er telefonierte immer noch mit dem Mitarbeiter der Notrufzentrale, berichtete Einzelheiten des Kampfes und beschrieb den Zustand der Beteiligten, als bereits ein Polizist an die Tür klopfte. Derek öffnete und wollte ihn zum Steg schicken. Der Polizist warf jedoch nur einen Blick auf ihn und rief die Rettungssanitäterin. Sein Kollege und der andere Sanitäter gingen mit einer zusammengeklappten Trage um das Haus herum.

Während des Telefonats hatte sich Derek eine Jogginghose angezogen. Er hatte es jedoch nicht geschafft, den Arm durch einen Ärmel zu bekommen. Er war vom Ellenbogen bis zum Handgelenk angeschwollen und hatte sich durch die Prellungen rot und violett verfärbt.

Während der Polizist ihm Fragen über den Angriff stellte, die Sanitäterin Dereks Puls und Temperatur maß und dann den Unterarm provisorisch schiente und in eine Schlinge legte, saß Derek auf der Couch und nahm seine Umgebung kaum wahr. Der Schmerz war heftig, doch er ertrug ihn kommentarlos und biss jedes Mal die Zähne zusammen, wenn die Sanitäterin den Arm bewegen musste. Er war losgelöst von allem, als ob er von einem Punkt außerhalb seines Körpers zusehen würde, obwohl er aus dem Blickwinkel gar nichts erkennen konnte. Auf die Fragen des Polizisten antwortete er mit emotionsloser, monotoner Stimme.

„Können sie Ihren Schmerz beschreiben?“, fragte die Sanitäterin. „Auf einer Skala von eins bis zehn, wobei zehn das Höchste ist.“

Derek zwang sich zu antworten: „Acht.“

Er wollte nicht ins Krankenhaus, wollte nicht mit Menschen kommunizieren müssen – diese zwei waren schon schlimm genug. Er wollte einfach nur schlafen. Doch sein Arm pochte schmerzhaft. Einem Teil von ihm war klar, dass die Verletzung ordentlich versorgt werden musste, wenn sie richtig verheilen sollte. Von den anderen Verletzungen an Hüfte und Knie wollte er der Sanitäterin nichts sagen. Dazu hätte er die Hose nach unten ziehen müssen.

„Im Krankenwagen können wir Ihnen etwas gegen die Schmerzen geben.“

Beim Gedanken im Krankenwagen von Leuten umgeben zu sein, bekam er Gänsehaut. Wenn er zulassen würde, dass ihn ein Arzt untersuchte, wollte er nicht plötzlich splitterfasernackt mit herunterbaumelndem Schwanz vor ihm stehen. Irgendwie musste er sich Unterwäsche, eine andere Hose und zumindest eine Jacke oder etwas Ähnliches anziehen.

Sie hörten Leute die Treppe zur Terrasse hochkommen. Kurz danach kam Russ zitternd in eine Rettungsdecke gehüllt herein. Durch die offene Tür sah Derek, wie die Sanitäter Victor auf der Trage die Treppe hinaufzogen und dann um das Haus herumgingen. Schnell sah er weg.

„Oh Mann, ist mir kalt!", stieß Russ hervor. Er blickte Derek an, zögerte einen Moment und fragte dann: „Macht es dir etwas aus, wenn ich mich umziehe?"

Derek schüttelte den Kopf.

Der Polizist schaute merkwürdig, als Russ ins Schlafzimmer ging. „Er hat seine Sachen hier?"

Derek wusste nicht, ob das in Anbetracht der Umstände nun gut oder schlecht war. Er antwortete einfach nur: „Ja."

Der Polizist nickte und notierte etwas in sein Notizbuch.

Kurz darauf kam Russ in einer Jogginghose und einem der T-Shirts, die er hiergelassen hatte, als Derek ihn mehr oder weniger rausgeschmissen hatte, aus dem Schlafzimmer. Seine nassen Sachen brachte er ins Badezimmer und Derek hörte, wie er sie in die Wanne warf.

„Hast du den Bericht von Russ Thomas?", fragte der Polizist in sein Funkgerät.

Sein Partner antwortete: „Hab' ich. Muss noch jemand im Rettungswagen mitfahren?"

„Der eine Mann hat einen gebrochenen Arm und ziemlich üble Verletzungen."

„Ich will nicht in den Rettungswagen", sagte Derek matt. Er wollte nicht in Victors Nähe sein, egal ob dieser nun bewusstlos war oder nicht.

Die Sanitäterin widersprach: „Ihr Arm muss eingegipst werden. Ich habe ihn lediglich ruhiggestellt."

Hinter sich hörte Derek Russ sagen: „Ich kann ihn hinfahren."

RUSS BEMERKTE sofort, was der Sanitäterin und Officer Wallace entgangen zu sein schien: Derek hatte sich in sich selbst zurückgezogen. Nicht dass Russ qualifiziert genug für eine Diagnose wäre. Er war schließlich kein Psychologe. Aber er hatte darüber gelesen, wie Menschen während und nach traumatischen Erlebnissen dichtmachten, um sich selbst zu schützen. Und wer wusste schon, was Victor mit Derek gemacht hatte, bevor Russ gekommen war. Schon der bloße Gedanke daran weckte in Russ den Wunsch, er hätte den Bastard ertrinken lassen.

Officer Wallace und die Sanitäterin, Alice, kannten Russ, zumindest flüchtig. Doch Alice stellte klar, dass sie Derek trotzdem nicht in seine Obhut übergeben könnten. „Ich habe bereits mit der Behandlung begonnen", beharrte sie. „Ich muss seinen Zustand beobachten, bis er im Krankenhaus ankommt."

Russ wandte sich an Wallace und fragte: „Können wir nicht alle im Streifenwagen mitfahren? Mr Salko, der Kerl, den ihr Partner gerade in den Rettungswagen geladen hat, hat Derek angegriffen. Sie sollten nicht zusammen im gleichen Fahrzeug sein."

Wallace seufzte und sprach in sein Funkgerät: „George?"

„Ja."

„Bring' den Mann nach Manchester. Wir fahren im Streifenwagen hinterher. Alice muss bei dem anderen Patienten bleiben."

„Roger."

Russ sagte zu Derek: „Gracie ist mit Max im Haus."

„Gracie", keuchte Derek mit weit aufgerissenen Augen.

„Es geht ihr gut. Sie ist mich holen gekommen, als …" Er hatte Angst, zu viel zu sagen und so ein weiteres Trauma auszulösen.

Doch Derek starrte weiterhin ausdruckslos vor sich hin. Russ fragte sich, ob die Geschehnisse des Abends in Endlosschleife vor seinem geistigen Auge abliefen. *Was soll ich jetzt tun?*

„Wir sollten fahren", sagte Alice.

DEREK BEKAM nicht viel von der Fahrt zum Krankenhaus oder seinem Aufenthalt in der Notaufnahme mit. Er war sich jedoch Russ' Anwesenheit bewusst. Die ganze Zeit blieb dieser an seiner Seite, sorgte dafür, dass alles ordnungsgemäß durchgeführt wurde und knurrte wie ein Wachhund, wenn es zu lange dauerte. Besonders bestürzt schien er zu sein, als die Krankenschwestern darauf bestanden, Dereks Jogginghose auszuziehen und feststellten, dass er keine Unterwäsche hatte anziehen können. Derek wäre wahrscheinlich selber unglücklich darüber gewesen, doch alles schien so weit weg zu sein. Undeutlich bekam er mit, wie jemand seinen Genitalbereich mit einem Handtuch bedeckte, während die Krankenschwester den Riss an seiner Hüfte säuberte und verband. Dasselbe tat sie mit den Abschürfungen an seinen Knien, den Beinen und dem Oberkörper. Er spürte die Schmerzen, doch sie schienen nicht wichtig zu sein.

Andererseits schmerzte sein Arm stark. Sie hatten ihm jedoch etwas zur Schmerzlinderung gespritzt, durch das er sich noch weiter weg fühlte, sanft schwebend. Er registrierte, dass er für Röntgenaufnahmen in einen kleinen Raum gerollt wurde, hatte jedoch kaum eine Erinnerung an das Eingipsen des Armes.

Das Krankenhauspersonal bestand darauf, ihn zur Überwachung über Nacht dazubehalten. Dank der Medikamente, mit dem sie ihn vollgepumpt hatten, schlief er, wachte jedoch mitten in der Nacht mit einem Angstschrei auf. Sein Arm und die Hüfte pochten. Der Raum lag größtenteils im Dunkeln, doch es gab ein Nachtlicht und die Tür war zu einem erleuchteten Flur hin halb geöffnet. Eine

Krankenschwester musste den Schrei gehört haben, denn sie kam eilig herein, um nach ihm zu sehen.

„Russ!“, rief er.

„Ihr Partner ist die ganze Nacht im Warteraum“, versicherte sie ihm mit leiser, beruhigender Stimme. „Brauchen Sie etwas?“

Derek war nicht in der Lage, sich klar zu artikulieren, er murmelte nur nochmals Russ‘ Namen. Vage bekam er mit, wie die Krankenschwester überprüfte … was auch immer Krankenschwestern überprüften … bevor sie weitere Schmerzmittel in den intravenösen Zugang spritzte und er wieder einschlief.

Als er aufwachte, schimmerte Sonnenlicht unter den Jalousien hervor. Im Raum war es dämmrig, jedoch nicht länger dunkel. In seinem Arm pochte es immer noch, es schmerzte aber nicht mehr so stark wie nachts. Sein Kopf dagegen fühlte sich geschwollen und weich an, falls das möglich war. Bei jedem Herzschlag schmerzten seine Schläfen.

„Hey“, flüsterte eine leise Stimme.

Derek zuckte vor Schreck zusammen. Als er jedoch den Kopf hob, sah er Russ in einem Stuhl am Ende des Bettes sitzen. Er ließ den Kopf wieder aufs Kissen fallen, doch dadurch begann es gleich wieder schmerzhaft darin zu pochen.

„Sie haben gesagt, du kannst nach Hause“, sagte Russ, „sobald der Arzt sein Einverständnis gibt.“

„Mein Kopf tut weh.“

„Ich rufe die Schwester.“

DIE KRANKENSCHWESTER gab Derek erneut Schmerzmittel. Als ihm in den Rollstuhl geholfen wurde, damit er das Krankenhaus verlassen konnte, war er daher wieder ziemlich benommen. Undeutlich bekam er mit, wie er auf einen Autorücksitz gehoben wurde.

Dann musste er eingeschlafen sein, denn er wurde wach, als Russ die Autotür öffnete. „Wach‘ auf, wir müssen dich ins Haus kriegen.“

Die Wirkung der Schmerzmittel hatte nachgelassen und er nahm seine Umgebung wieder wahr. Das war nicht Russ‘ Outback, sondern eine Limousine. Derek schaute nach vorne und sah Officer Chavez hinter dem Lenkrad sitzen. Sie drehte sich um und winkte ihm zu. „Mr Sawyer.“

„Officer Chavez sieht nach den Hunden“, erklärte Russ. Dann schob er einen Arm um Dereks Taille und den anderen unter dessen rechte Achsel.

Dabei musste er trotz des Gipses vorsichtig mit Dereks Arm umgehen, doch er schaffte es, ihn aus dem Sitz zu hieven, ohne etwas zu verdrehen oder irgendwo gegen zu stoßen. Als Derek einigermaßen sicher auf seinen Beinen stand, beugte sich Russ hinunter und sagte: „Danke, Romina.“

„Kein Problem.“

Russ schloss die Autotür und führte Derek ins Haus.

„DEN REST des Tages bleibe ich hier", sagte Russ zu Derek. Er würde ihn keinesfalls unbeaufsichtigt lassen, während er mit Schmerzmitteln vollgepumpt war und einen Arm in einer Schlinge hatte.

Zum Glück begann Derek nicht, zu diskutieren.

Sie gingen ins Schlafzimmer und Derek setzte sich aufs Bett, während Russ Boxershorts aus der Kommode holte. „Möchtest du eine Unterhose anziehen, bevor du ins Bett gehst?"

Derek nickte.

„Schaffst du das alleine, oder soll ich dir helfen?" Er vermutete, Derek würde keine Hilfe wollen, schien jedoch nicht in der Lage zu sein, sich mit einer Hand an- oder auszuziehen.

„Ich brauche Hilfe."

„In Ordnung. Warum stellst du dich nicht hin und stützt dich auf die Kommode?"

Derek befolgte den Ratschlag mit etwas Unterstützung von Russ. Die Beine zu beugen, schien ihm Schwierigkeiten zu bereiten. Russ kniete sich vor ihn. Dann griff er nach dem Bund der Jogginghose, hielt den Blick jedoch auf Dereks Füße gerichtet. „Bist du bereit? Ich werde auch nicht gucken, versprochen."

„Okay."

So behutsam wie möglich schob er die Hose mit gesenktem Kopf nach unten. Derek gab ein leises Zischen von sich, als Russ sie über die Oberschenkel schob. Zumindest waren die Knie mit Bandagen umwickelt. Als die Hose ganz nach unten geschoben war, trat Derek heraus. Russ hielt ihm die Boxershorts hin, damit er leicht hineinsteigen konnte.

Er schob sie Dereks Beine hinauf, bis Derek den Bund mit der linken Hand greifen und sie ganz nach oben ziehen konnte. Doch dann geschah etwas Merkwürdiges. Derek plumpste nach vorne und stützte sich schwer auf Russ' Schulter. Russ spürte, wie sein Arm bebte und bevor ihm klar wurde, was da gerade geschah, brach Derek zusammen. Russ umfasste dessen Taille und schaffte es gerade noch, zu verhindern, dass er auf seine verletzten Knie fiel.

Derek schrie vor Schmerz auf.

„Was ist los?", wollte Russ beunruhigt wissen. „Was stimmt nicht?"

Es kam keine Antwort und er führte Derek zum Bett hinüber. Er versuchte, ihn vorsichtig daraufzusetzen, doch Derek zitterte am ganzen Körper und konnte sich nicht länger aufrecht halten. Zu zweit fielen sie auf die Matratze. Russ hatte Angst, in der Notaufnahme könnte etwas übersehen worden sein: eine Unterkühlung oder ein Krampfanfall zum Beispiel.

Doch als er in Dereks Gesicht sah, bemerkte er, dass dieser schluchzte.

Russ hatte keine Ahnung, was er tun sollte. Er wollte ihn an sich ziehen, befürchtete jedoch, dadurch alles noch schlimmer zu machen.

Derek löste sein Dilemma, indem er sich an Russ schmiegte und sich an ihn klammerte. Sie waren sich körperlich so nahe wie nie zuvor. Dereks Körper bebte, als er schluchzte und wimmerte, Tränen strömten seine Wangen hinab. „Ich dachte, er bringt mich um! Ich dachte, er …! Oh Gott! Oh Gott! Hilf mir! *Hilf mir*!"

„Er ist weg. Er wird dir nie wieder wehtun. Ich werde es nicht zulassen."

„Hilf mir ... "

So ging es immer weiter. Russ beruhigte ihn, so gut er konnte. Zärtlich strich er ihm über die Stellen der Haut, die nicht aufgeschrammt oder geprellt waren. Er murmelte beruhigende Worte in Dereks Ohr, erzählte ihm, dass alles wieder gut werden würde, dass er in Sicherheit sei, Russ ihn liebte und niemals zulassen würde, dass Victor – oder *ein anderer* – ihn verletzte. Er wusste nicht, ob Derek ihm glaubte. Wahrscheinlich nicht. Wie könnte er auch?

Doch er hatte jedes Wort genau so gemeint.

38

Als Derek Stunden später aufwachte, fühlte er sich beschissen. In seinem Arm pochte es und der Gipsverband kratzte. Der Verband selber war eine Überraschung für ihn, er hatte kaum eine Erinnerung an die Geschehnisse nach dem Angriff. Er erinnerte sich, dass Russ geschrien und Victor von ihm runtergestoßen hatte. Dann waren Russ und Victor ins Wasser gefallen und … irgendwie waren sie wieder herausgekommen, aber Victor war … tot? Vielleicht auch nicht. Dann waren da Sanitäter und Derek sollte ins Krankenhaus gebracht werden. Russ war mit ihm in die Notaufnahme gefahren. Und … Officer Chavez wollte mit den Hunden spielen?

Russ schlief neben ihm im Bett. Er lag auf der Seite, eng an Dereks Schulter gepresst, eine Hand auf dessen Arm gelegt. Undeutlich erinnerte sich Derek daran, wie er letzte Nacht in Russ' Armen zusammengebrochen war und bis zur Erschöpfung geweint hatte. Dann musste er eingeschlafen sein. Russ hatte ihn anscheinend ausgezogen und sich neben ihn gelegt. Doch Derek fühlte sich nicht bedroht und wurde auch nicht nervös deswegen. Es war, als ob Russ über ihn wachen würde.

Vorsichtig setzte er sich auf, bemüht, Russ nicht zu wecken. *Oh Mann, tut mein Arm weh!* Letzte Nacht hatten sie ihm etwas gegen die Schmerzen gegeben, doch er erinnerte sich nicht daran, ob er ein Rezept bekommen hatte. Vielleicht erwarteten sie auch, dass er einfach Ibuprofen oder Paracetamol nahm? Das wäre echt blöd. Er glaubte nicht, dass das auch nur im Entferntesten helfen würde.

Als er aufstand, merkte er, dass er Boxershorts trug, obwohl er sich daran erinnern konnte, vorher nur eine Jogginghose – ohne etwas darunter – getragen zu haben. Er wunderte sich: *Hat er mich ohne meine Erlaubnis ausgezogen?* Das zu glauben, fiel ihm jedoch schwer. Dann fiel ihm wieder ein, wie er sich auf der Kommode abgestützt hatte, Russ mit gesenktem Kopf vor ihm kniend, während Derek in die Unterhose stieg. *Ich werde nicht gucken, versprochen.*

Und das hatte er auch nicht.

Derek blickte auf Russ. Der Mund war im Schlaf geöffnet, das Gesicht friedlich und einfach wunderschön. Diesem Mann bedeutete er wirklich etwas. Er hatte nicht nur Victor angegriffen, um ihn zu beschützen – etwas, zu dem nicht viele Männer den Mut gehabt hätten, da Victor die meisten Männer einfach umpusten konnte. Nein, er hatte Dereks Bedürfnisse stets über seine eigenen gestellt. Er hatte auf Sex verzichtet, hatte sich mit einem gelegentlichen Händchenhalten oder einem flüchtigen Kuss zufriedengegeben. Klar, sie kannten sich erst seit sechs Monaten und waren erst seit wenigen Monaten zusammen. Doch wie Derek feststellte, gingen seine Gefühle bereits tiefer.

Ich vertraue dir, dachte er. *Ich weiß, du wirst mir nicht wehtun. Ich weiß, du wirst mich beschützen.*

So war es mit Tim nie gewesen. Und mit absoluter Bestimmtheit niemals mit Victor, obwohl er ihn schon so lange kannte. Ihre Beziehung hatte auf einem gegenseitigen Bedürfnis nach Macht und Dominanz basiert. Ihre „Freundschaft" hatte zu Narben, gebrochenen Knochen und der Einlieferung ins Krankenhaus geführt.

Doch Russ war anders. Russ hielt ihm den Rücken frei. Und das, obwohl Derek ihn weggeschickt hatte. Natürlich war er manchmal überfürsorglich, was ein echtes Problem darstellte. Derek wollte und brauchte nicht bemuttert zu werden. Er wollte wieder auf die Beine kommen, sich wieder stark fühlen. Doch das war etwas, an dem sie zusammen arbeiten konnten. Er musste Russ nicht ausschließen.

Er ging zu dem bodenlangen Kleiderschrankspiegel hinüber. Wie in Tampa war er abermals überrascht, wie sehr das Bild, das er von sich selbst hatte, von seinem Spiegelbild abwich. Der Derek, der ihm aus dem Spiegel entgegenblickte, war einige Zentimeter größer als Russ, breitschultrig und durchtrainiert. *Stark.* Doch im Inneren fühlte er sich zerbrechlich, schwach und … *winzig.*

Aber dieses Mal hast du dich gewehrt, sagte eine Stimme in seinem Kopf, die dieses Mal ausnahmsweise nicht verurteilend oder erniedrigend klang.

Ich habe versagt, antwortete er der Stimme. *Ich habe einen guten Treffer gelandet, aber ich war nicht stark genug, ihn abzuwehren.*

Du hast drei Mal kräftig zugeschlagen, verbesserte ihn die Stimme.

Wäre Russ nicht gekommen, hätte Victor trotzdem gewonnen. Derek war sich nicht sicher, was genau dann passiert wäre. Hätte Victor ihn erneut vergewaltigt? Ihn umgebracht? Oder ihn einfach nur krankenhausreif geprügelt und Derek gezwungen, die Anzeige zurückzuziehen?

Ich habe Nein gesagt.

Also habe ich das erste Mal verdient. Beim ersten Mal hatte er nicht Nein gesagt. Er hatte sich nicht gewehrt.

Sein Spiegelbild hob einen Mundwinkel. Es schien, als ob ihn der selbstsichere Derek aus der Vergangenheit durch ein Fenster ansehen würde und etwas irritiert wäre. *Netter Versuch. Doch du hast es nicht verdient. Das hat niemand. Wie wäre es, wenn du einfach mal etwas nachsichtiger dir selbst gegenüber bist?*

Derek starrte sein Spiegelbild an, unsicher, ob er in der Lage war, den Vorschlag zu befolgen.

Eine Stimme hinter ihm sagte: „Das sehe ich auch so."

Derek drehte sich um und merkte, dass Russ ihn vom Bett aus beobachtete. Er sah angeschlagen und hinreißend schlafzerzaust aus.

„Was?"

Russ gähnte und reckte sich. Dann antwortete er: „Ich nehme an, du hast in den Spiegel geschaut und gedacht: ‚Wow! Dieser Kerl ist echt hübsch!'. Dem stimme ich zu."

Derek lachte verlegen. Doch er konnte nicht widerstehen und schaute nochmals in den Spiegel. „Bin ich das?"

Epilog

Es dauerte über zwei Jahre, bis Dereks Leben nicht mehr ständig vom Gedanken an Victor bestimmt wurde. Doch trotzdem war Derek klar, dass die Erinnerung an den Mistkerl immer präsent wäre, in seinem Hinterkopf lauerte und somit Auswirkungen auf seine Beziehung zu Russ und anderen Männern hätte.

Durch dessen Verstoß gegen die einstweilige Verfügung konnte Victors Anwalt in Florida keinen Deal mehr machen. Der Angriff auf dem Steg war von einem Polizisten, Russ, bezeugt worden. Dies verlieh den neu hinzugekommenen Vorwürfen, die Derek gegen ihn erhoben hatte, dieses Mal in New Hampshire, zusätzliches Gewicht. Victors Anwalt gab sich bei der Verteidigung seines Mandanten jedoch große Mühe. Da sich Derek gewehrt hatte, argumentierte er, beide Männer hätten sich freiwillig an dem Kampf beteiligt. Nach den Gesetzen des Staates New Hampshire wäre es somit ein „mutual combat", ein Vergehen, das mit einer Gefängnisstrafe von nicht mehr als einem Jahr und einer Geldstrafe von höchstens tausend Dollar geahndet würde. In Anbetracht der einstweiligen Verfügung, gegen die Victor verstoßen hatte, als er beim Haus aufgetaucht war, war das jedoch kein sehr überzeugendes Argument. Diesen Vorfall, sowie die vom Krankenhaus bestätigten Verletzungen seines Mandanten und Russ' Zeugenaussage nutzte Dereks Anwalt, um auf schwere Körperverletzung zu plädieren. Nach den Gesetzen des Staates New Hampshire wurde es dadurch zu einem „Class A" Verbrechen, einer Straftat der höchsten Kategorie. Victor wurde schuldig gesprochen und zu einer Gefängnisstrafe von fünfzehn Jahren sowie einer Geldstrafe von viertausend Dollar verurteilt.

Sein Anwalt wollte natürlich Berufung einlegen.

Die ganze Sache führte zu Victors Rausschmiss aus der Firma. Bis dahin hatte es jedoch keine zwei Jahre gedauert: Sofort, nachdem Derek Strafanzeige erstattete, hatte Jack Victor gefeuert. Eine beinahe überzeugend entschuldigend klingende Virginia Haas hatte Derek angerufen und ihm seine alte Stelle angeboten. Fast hätte er ihr gesagt, die könne sie sich sonst wohin stecken, doch er war nicht dumm. Er musste einen Kredit abbezahlen, und obwohl Tim widerwillig das Geld für die Januarrate herausgerückt hatte, kamen bereits wieder Andeutungen, dass er nicht vorhabe, weiterzuzahlen.

Daher kehrte Derek zu Top Circe zurück. Seine Kollegen wussten inzwischen alle von der Vergewaltigung. Er war nicht sicher, was er mehr hasste: die mitleidigen Blicke der Leute, die ihm glaubten, oder die feindseligen Blicke derer, die der Meinung waren, die „Firmenschwuchtel" hätte sich an einem Unschuldigen gerächt, weil der einen Annäherungsversuch abgeblockt hatte. Einer

Sache war er sich jedoch ganz sicher. Sie wollten ihn nicht länger hier haben und er wollte nicht länger bleiben. Daher suchte er sich eine Stelle in einem anderen Technologieunternehmen.

„Es ist in Ordnung, wenn wir eine Pause machen", sagte Russ.

Derek holte tief Luft und wartete, bis das Zittern nachließ.

Ihr Sexleben hatte sich gebessert, vor allem seitdem sich Derek eingestanden hatte, dass er seine Angst nicht alleine bezwingen konnte. Er war bei einigen Therapeuten gewesen, bis er einen gefunden hatte, den Dereks Schwulsein nicht störte – der erste schien sich damit extrem unwohl zu fühlen – und der auch verstand, wie man sich nach einer Vergewaltigung fühlte. Jemand, dem klar war, dass es nicht nur eine schmerzhafte Erfahrung gewesen war, sondern auch seinen ganzen Körper, bis in sein Innerstes, seine Seele, vergiftet hatte.

Zu seiner Überraschung war der Therapeut, bei dem er sich am wohlsten fühlte, eine Frau.

Susan war nicht sicher gewesen, ob Analsex eine gute Idee wäre. „Es gibt eine Menge Schwule, die *niemals* Analsex haben", erklärte sie ihm. „Einige Studien halten sie sogar für die Mehrheit. Russ und Sie kommen gut mit anderen sexuellen Handlungen klar. Sie müssen sich nicht zu etwas zwingen, zu dem Sie noch nicht bereit sind."

Das verstand er. Er wusste auch, Russ war nicht so fasziniert davon, einen Schwanz in den Arsch gesteckt zu bekommen, dass er es sich von Derek gewünscht hätte, wenn es diesen verstörte. Doch Derek hatte es tun wollen. Er wollte Russ sexuell näher sein als Tim oder jedem anderen.

Jetzt, da sein harter Schwanz in Russ' Arsch eindrang, wurde ihm ein wenig schwindelig, als ob er gleich ohnmächtig werden würde. Es war jedoch nicht direkt Angst. Oder Nervosität. Er fühlte nichts außer dem Schwindel. Doch das war neuerdings ein anderes Symptom seiner Angst geworden. Es schien, als ob sich seine Angst immer, wenn er sie in den Griff bekam, auf andere Art zeigte.

Da sein Schwanz anfing zu erschlaffen, bewegte er sich langsam vor und zurück und versuchte, steif zu bleiben. Plötzlich begann Russ unwillkürlich zu stöhnen, seine Augenlider zuckten.

Ja! Mach weiter!

Es war so heiß, diese Geräusche von Russ zu hören und zu sehen, wie sich sein hübsches Gesicht vor Lust verzog. Der Schwindel verschwand, Dereks Erregung nahm wieder zu, sein Schwanz schwoll an und füllte den Arsch seines Geliebten. *Lass mich dir beweisen, wie sehr ich dich liebe ...*

„Oh Gott", keuchte Russ und Derek konnte dessen Erregung spüren, die ihn in Wellen überkam und auf Dereks nackten Körper übersprang. Er wollte mehr. Er wollte Russ die ganze Zärtlichkeit, die ganze Freude, die er beim bloßen

Anblick von Russ‘ Gesicht, dessen nackten Körper oder dem Klang seiner Stimme empfand, spüren lassen.

Wahrscheinlich besaß er zu diesem Zeitpunkt jedoch nicht viel Finesse. Es war Juni, vor fast drei Jahren hatten sie sich zum ersten Mal gesehen und fast genauso lange war es her, dass er dies das letzte Mal getan hatte. In der Zwischenzeit waren Russ und er sehr erfinderisch mit ihren Händen und Mündern gewesen, doch das war nicht genug. Nicht für Derek.

Hart stieß er in Russ, gegen die dunklen Gedanken, die in seinem Hinterkopf herumspukten, ankämpfend. *Hier geht es nicht um Victor. Hier geht es nicht um Tim. Hier geht es allein um* Russ.

Derek streifte mit den Lippen die von Russ, leckte sie, knabberte daran. Dann nahm er Russ‘ Mund mit seinem in Besitz. Russ stöhnte und stieß seine Zunge tief in Dereks Mund. Der zögerte einen Moment, kämpfte gegen den Drang zu fliehen an. Doch das Gefühl war schnell vorbei und leidenschaftlich erwiderte er den Kuss.

Ja.

Ja.

Das ist für dich.

Mit einem letzten harten Stoß versenkte er sich tief in Russ‘ Hintern und kam in heißen Stößen, zitternd nach Luft schnappend. Russ streichelte sich fieberhaft, bis auch er seinen Höhepunkt erreichte, sich zwischen ihren Körpern entlud und Dereks Brust mit seinem Sperma übergoss.

„Ich liebe dich“, hauchte Derek, die Wange gegen die von Russ gepresst.

„Ich liebe *dich.*“ Nachdem sie sich ein wenig beruhigt hatten, wollte Russ wissen: „Wie war es?“

„Gut. Was ist mit dir?“

Russ kicherte. „Es war großartig.“ Er küsste Derek und sagte: „Aber du weißt, was ich meine.“

„Mir geht es gut. Es gab einige … Momente, in denen ich mir nicht sicher war. Doch alles in allem war es gut.“

„Glaub‘ nicht, du müsstest es ganz schnell wieder tun. Ich liebe es, einfach nur mit dir zusammen zu sein. Es spielt keine Rolle, was wir machen.“

Es hatte lange gedauert, bis sich Derek wohlfühlte, wenn sie beide nackt waren. Das gegenseitige Berühren war eine schrittweise Entwicklung gewesen. Dies war das erste Mal, dass er etwas erzwungen hatte. Doch es war gut gegangen.

Er glitt aus Russ und streckte sich neben ihm auf dem Bett aus. „Eines Tages musst du es bei mir machen“, sagte er.

Russ riss die Augen auf. „Hält Susan das für eine gute Idee?“

Der Gedanke, seine sexuellen Praktiken zuerst mit seiner Therapeutin besprechen zu müssen, ärgerte Derek, doch er verstand Russ‘ Bedenken. „Nein. Aber ich meine ja auch nicht heute, nicht einmal nächsten Monat. Nur … irgendwann einmal.“ Russ runzelte die Stirn, doch bevor er etwas erwidern konnte, fuhr Derek fort: „Versteh‘ doch. Ich bin so erzogen worden, dass sich von einem Mann ficken zu lassen, das Schlimmste ist, was ein Mann nur tun kann. Ich muss darüber hinwegkommen.“

„Nicht heute“, sagte Russ entschieden.

Derek lächelte und schmiegte sich enger an ihn. „Nein. Nicht heute.“

RUSS FÜHLTE sich gut. Es war großartig gewesen, von Derek gefickt zu werden und die Tatsache, dass dieser gut damit klargekommen war, war noch besser. Doch er brauchte keinen Schwanz im Arsch als Beweis für die Liebe seines Freundes und machte sich Sorgen, Derek setze sich vielleicht zu sehr unter Druck. Bis hierhin war es ein langer Weg gewesen. Sie mussten nichts beschleunigen. Sie hatten alle Zeit der Welt.

Gleichzeitig verstand er aber auch, was in Derek vorging, zumindest zum Teil. Sein psychotischer Stiefvater, Victor, dazu noch die Homophobie seiner Mutter, die ganzen übertrieben maskulinen Freunde, mit denen er und Victor während der Schulzeit rumgehangen hatten, durch all das war in seiner Psyche verankert worden, dass Männer maskulin zu sein hatten. Alles, was sie weniger maskulin erscheinen ließ, war schlecht. Und ganz oben auf der Liste stand das Entwürdigendste, was einem Mann nur passieren konnte: wie eine Frau gefickt zu werden.

Das war absoluter Mist. Und Derek wusste, dass es Mist war. Sein Körper war jedoch noch nicht davon überzeugt, ihm musste es erst noch bewiesen werden. Unglücklicherweise hatte Victor noch eine weitere Schicht aus Angst hinzugefügt.

Daher … nicht heute. Vielleicht irgendwann einmal. Russ wäre für ihn da, wenn er soweit war. Doch jetzt war es Zeit, die Schweinerei zu beseitigen und Kaffee zu trinken.

Die Hunde waren überglücklich, als sie aus dem Schlafzimmer kamen. Es war noch nicht wahnsinnig spät am Morgen, doch … die übliche Gassigehzeit war schon verstrichen.

Russ ließ sie zur Seitentür hinaus, während Derek den Schalter der Kaffeemaschine betätigte. Russ hatte ihn schließlich soweit erzogen, die Maschine am Abend vorher zu programmieren, damit sie sich nicht als Erstes am Morgen noch im Halbschlaf damit herumärgern mussten. Ein kleiner Sieg. Worüber war er sich nicht sicher. Vielleicht war es einfach nur schön, Einfluss auf Dereks Leben zu haben.

Er blickte zur Küchenecke hinüber, in der Derek nackt herumhantierte, Tassen aus dem Schrank holte, nach Kaffeesahne und Zucker suchte und sie neben die Kaffeemaschine stellte. Er war so attraktiv. Sogar mit vom Schlaf und Sex zerzausten Haaren. Nein, gerade *weil* sein Haar vom Schlaf und Sex zerzaust war!

Es war wundervoll, zu beobachten, wie er langsam wieder der Alte wurde, Schritt für Schritt. In einer ihrer gemeinsamen Therapiesitzungen hatte Susan Russ gewarnt, dass Derek nie über das, was Victor ihm angetan hatte, hinwegkommen würde. Er würde es niemals vergessen. Es würde niemals verschwinden und immer Auswirkungen auf seine Gefühle in Bezug auf Sex, auf Männer, auf Freunde haben … Doch Derek und er könnten sich trotzdem ein gemeinsames Leben aufbauen. Sie könnten sich trotzdem lieben. Russ müsste Dereks Wunden auf dessen eigene Art und Weise heilen lassen, den Rest seines Lebens lang.

Das konnte und wollte Russ. Er würde Derek von ganzem Herzen, mit jeder Faser seines Körpers, mit seiner Seele lieben. Und er würde die Liebe, die Derek für ihn empfand, akzeptieren, wie auch immer sich diese zeigen mochte. Es gab immer noch Momente, in denen Derek ihn von sich stieß und sich zurückzog. Vielleicht würde es diese Momente immer geben. Doch sie hatten gelernt, sie zu umschiffen. Derek verlangte nicht länger, dass Russ das Haus verließ, wenn er alleine sein wollte, und Russ bekam keine Angst mehr und rief Susan an, wenn es passierte. Ja, das hatte er ein paarmal getan, bis sowohl Susan als auch Derek ihm befohlen hatten, damit aufzuhören.

Sie mussten also beide noch an sich arbeiten. Doch das war gut. So blieb es interessant.

NACHDEM DEREK Russ eine Tasse Kaffee gereicht hatte, gingen sie mit den Hunden auf die hintere Terrasse, um etwas Sonne zu tanken. Sie waren beide nackt und der kühle, vom See kommende Wind strich liebkosend über Dereks Körper. Wahrscheinlich würde er sich in Umkleideräumen oder Duschen von Fitnessstudios nie wieder sonderlich wohlfühlen, doch das Haus am See und die hintere Terrasse waren ein sicherer Ort. Er hatte sich an die zwanglose Nacktheit mit Russ gewöhnt und die Schönheit von dessen Körper schätzen gelernt. Außerdem gefiel ihm, dass Russ seinen Körper ebenfalls schätzte.

„Wir müssen ein Boot kaufen", sagte er, während er über den ruhig daliegenden See blickte.

Bisher hatten sie noch nicht oft von „wir" gesprochen. Meistens hielten sie sich in Dereks Haus auf, doch Russ besaß seines immer noch. In einem Haus alleine war nicht genügend Platz für ihre ganzen Sachen. Doch eines Tages würden sie das Problem schon lösen. Sie fingen bereits an, sehnsüchtig nach Verlobungsringen und Hochzeitspaketen zu schauen, auch wenn noch keiner von ihnen den Mut gehabt hatte, dem anderen einen Heiratsantrag zu machen. Sie wussten beide, es war nur noch eine Frage der Zeit.

Und sie hatten Zeit. Hier am See schien sie langsamer zu vergehen. Deshalb hatte Derek damals das Haus gekauft, um einen Rückzugsort zu haben, einen Platz, an dem er entspannen und den ganzen Stress vergessen konnte. Victor hatte versucht, das zu zerstören, hatte es jedoch glücklicherweise nicht geschafft. Weil Officer Thomas im Einsatz gewesen war.

„Okay", antwortete Russ. „Was für eins? Ein Motorboot?"

„Ein Kanu“, erwiderte Derek. „Das ist ruhig und friedvoll. Darin können wir uns einfach treiben lassen, wenn uns danach ist, und keiner stört uns.“

Russ nahm Dereks Hand. Derek zuckte nicht zusammen. Inzwischen war es eine vertraute Geste, warm und angenehm.

„Das klingt toll”, sagte Russ.

JAMIE FESSENDEN beschloss in der Junior Highschool, Schriftsteller zu werden. Einige seiner Kurzgeschichten wurden in der Schülerzeitung abgedruckt und eine seiner Geschichten schaffte es in einem nationalen Wettbewerb unter die besten hundert. Doch erst als er fast zwanzig Jahre später seinen Partner, Erich, kennenlernte, begann er ernsthaft zu schreiben. Abwechselnd inspirierte und trieb Erich ihn an und so schrieb Jamie mehrere Drehbücher, von denen er auch einige als Mikrobudget Independent Filme produzierte. Danach begann er mit dem Schreiben von Romanen und veröffentlichte 2010 sein erstes Buch.

Nach neun Jahren haben Jamie und Erich geheiratet und ein Haus in der Wildnis von Raymond, New Hampshire gekauft. Dort gibt es keine Straßenlaternen, durch ihren Garten laufen Truthähne und Rehe und die Coyoten bringen ihnen allabendlich ein Ständchen. Vor Kurzem hat Jamie seinen „Hauptberuf" im technischen Support gekündigt, um jetzt ganz als Schriftsteller zu arbeiten.

Besucht Jamie unter: jamiefessenden.wordpress.com
Facebook: www.facebook.com/pages/Jamie-Fessenden-Author/102004836534286
Twitter: twitter.com/JamieFessenden1

MORD
AUF DEM
Berg
JAMIE FESSENDEN

Als Jesse Morales, frischgebackener College-Absolvent und angehender Krimiautor, sich auf eine Woche als Helfer im Observatorium des Mount Washington einlässt, rechnet er mit harter Arbeit. Womit er nicht rechnet, ist die Leiche, die er zwischen den Felsen im Nebel findet. Der Mann entpuppt sich als der junge Tourist Stuart Warren, für den ein Ausflug auf den Berg mit seinen Freunden tödlich endete.

Der verwitwete Polizist Kyle Dubois wird mit seinem Partner Wesley Roberts mitten in der Nacht zum Schauplatz des Verbrechens gerufen. Obwohl sich Jesse und er augenblicklich voneinander angezogen fühlen, fällt es Kyle schwer, einen so jungen Mann mit einer Vorliebe für Kriminalfälle ernst zu nehmen. Jedoch gelingt es Jesse bald, sich nützlich zu machen, indem er sich ein Zimmer im Hotel der Angehörigen und Freunde sucht, um sich unter sie zu mischen. Was er dort erfährt, könnte bei der Lösung des Falles helfen – oder ihn das Leben kosten.

Von JAMIE FESSENDEN

Missbraucht
Mord auf dem Berg

Veröffentlicht von DREAMSPINNER PRESS
www.dreamspinner-de.com

CPSIA information can be obtained
at www.ICGtesting.com
Printed in the USA
LVHW111608291118
598661LV00005B/857/P

9 781640 800182